TOTE HABEN KEIN ZAHNWEH

Isabella Archan wurde 1965 in Graz (Österreich) geboren. Nach Abitur und Schauspieldiplom folgten viele Jahre Theaterengagements an Stadt- und Staatstheatern in Österreich, der Schweiz und Deutschland. Seit 2002 lebt Isabella Archan als Freiberuflerin in Köln, wo sie eine zweite Karriere als Autorin begann. Einige Theaterstücke, Kurzkrimis und zwei Kriminalromane wurden bereits veröffentlicht: »Helene geht baden« und »Marie spiegelt sich« sind im Conte Verlag erschienen. Neben dem Schreiben ist Isabella Archan immer wieder in Rollen in TV und Film zu sehen, u. a. im Kölner »Tatort«, in der »Lindenstraße« und in »Diese Kaminskis«. Ihre eigenen Krimiabende erfreuen sich großer Beliebtheit.
www.isabella-archan.de

ISABELLA ARCHAN

TOTE HABEN KEIN ZAHNWEH

KRIMINALROMAN

emons:

Bibliografische Information der Deutschen Nationalbibliothek
Die Deutsche Nationalbibliothek verzeichnet diese Publikation in der Deutschen Nationalbibliografie; detaillierte bibliografische Daten sind im Internet über http://dnb.d-nb.de abrufbar.

FSC
www.fsc.org
MIX
Papier aus verantwortungsvollen Quellen
FSC® C083411

Umschlaggestaltung: Nina Schäfer
Gestaltung Innenteil: César Satz & Grafik GmbH, Köln
Lektorat: Hilla Czinczoll
Druck und Bindung: CPI – Clausen & Bosse, Leck
Printed in Germany 2016
ISBN 978-3-95451-776-3
Originalausgabe

Dieser Roman wurde vermittelt durch die Autoren- und Verlagsagentur Peter Molden, Köln.

Dieses Buch ist Gabriela & Dr. Cornelia Assaf gewidmet.

Mitunter sitzt die ganze Seele
in eines Zahnes dunkler Höhle.

Wilhelm Busch

TEIL 1

AUGEN SCHLIEßEN

EINS

Hedda Kernbach sah den Tod in weißem Strick.

Vielleicht, weil sie ihn sich immer so gewünscht hatte.

Nicht so merkwürdig, so eigenartig und schräg, aber in ihrer Phantasie hatte sie dem Sterben immer schon einen reinen und auch heiteren Anstrich geben wollen. Warum also nicht so sterben, als hätte eine Strickomi ihre letzte Arbeit an den Herrn Sensenmann verkauft? Doch diese Handarbeit hätte sie früher besser hinbekommen.

Sie war als kleines Kind bei ihren Pflegeeltern in Hasenthal an der Mur sehr begabt im Umgang mit den langen, dicken Nadeln gewesen und hatte vom Strickumhang bis Strickpüppchen alles aus den dicken Wollknäueln gestrickt.

Von den vielen Schafen ihrer Ersatzfamilie war weiße Wolle leicht zu bekommen gewesen. Die kratzte zwar, aber hielt Nässe und Kälte ab. Dort in Hasenthal, in der Fremde, wo sich tatsächlich Fuchs und Hase Gute Nacht sagten, weit weg von ihrem Zuhause in Köln, hatte sie ihre Liebe zum Stricken und dem Weiß entdeckt.

Wegen der unschuldigen Reinheit war so ein Weiß für die kleine Hedda das Allerschönste gewesen. Weiß wie die Wolken, die am Himmel vorüberzogen und sie nicht mitnehmen konnten, zurück zu Mama und Papa, weiß wie die Schafe, die vor dem einfachen Bauernhaus das grüne Gras zupften. Hedda mochte auch die anderen Farben der Palette, nur Schwarz klammerte sie aus, Schwarz war in ihrer kindlichen Seele die Farbe des Krieges, des Hungers und des Alleinseins gewesen.

Weiß war Sanftmut, Geduld und stilles Träumen. Bis heute, bis zur alten Hedda. Nur das Stricken hatte sie schon vor Jahrzehnten aufgegeben.

Nun, wie es schien, hatte auch Heddas Mörder eine Vorliebe für weiße Strickwaren.

Sein gesamter Kopf war hinter einer bizarren weiß gestrickten Maske verborgen. Doch das Einzelstück war nicht besonders praktisch. Die Augenschlitze wirkten zu eng, und der Mundbereich war vollkommen dicht. Alles in allem eine dilettantische Handarbeit.

Außerdem, wer bitte schön hatte schon jemals vom schwarzen Mann mit blütenweißer Maske gehört? War Heddas Mörder ein Purist erster Güte, der es selbst bei seinen Verbrechen ablehnte, im gängigen Schwarz aufzutreten? Wollte er sich von all den anderen schwarzen Männern unterscheiden, die an diesem Mittwochmittag unterwegs waren, um in Köln alten Damen die Kehle aufzuschlitzen?

Wie auch immer, die weiße Strickmaske löste in der sterbenden Hedda Kernbach eine solche Heiterkeit aus, dass sie ihre zusammengepressten Lippen löste und zu lachen versuchte.

Der hohe Schwall von Blut, der daraufhin aus der klaffenden Wunde an ihrem Hals schoss, ließ das weiße Strickmaskengesicht nach hinten zucken. Der Mörder mochte anscheinend nichts weniger als rotes Blut, das sich nur mit kaltem, am besten eisig kaltem Wasser aus dem weißen Strick herauswaschen ließ. Er wich dem Schwall nach oben aus, verschwand aus Heddas Blickfeld. Kaum versiegte der Blutschwall aus ihrer Kehle, tauchte sein Strickmaskenkopf wieder auf, seine Augen hinter den schmalen Schlitzen zusammengekniffen, was graue Schattenlinien im endlosen sauberen Weiß hinterließ.

Heddas Kehlkopf setzte noch mal zu diesem ultimativen Lachanfall an, der aber aus rein anatomischen Gründen nicht mehr möglich war. Das fein geschliffene Messer des weißen Strickmaskenmörders hatte ihren Schildknorpel in zwei fast gleich große Hälften geteilt.

Alles, woran sich Hedda erinnerte, war ein zweimaliges Klingeln an der unteren Haustür. Sie hatte den Summer gedrückt, wieder mal ohne zu fragen, wer da unten denn hereinwollte. Leichtsinnig, würde ihre beste Freundin sagen, aber in Wahrheit hörte Hedda schon schlecht und wollte nicht mehrfach nachfragen müssen. Sie hatte ohnehin mit dem Paketboten gerechnet, sie war meistens zu Hause und nahm die Päckchen der Nachbarn an. Mit dem jungen Mann ließ sich gut über das Wetter und die Welt im Allgemeinen plaudern.

Hedda war zur Eingangstür ihres Appartements gegangen, hatte geöffnet, leichtsinnig, aber leichten Sinns. Dort stand der Maskenmann wie eine schlechte Kopie aus einer Horrorkomödie, mit dunkelgrauem Mantel und weißer Strickmaske und gezücktem Messer. Hedda hatte ungläubig auf die Gestalt gestarrt, viel zu überrascht, um noch zu schreien oder die Tür wieder zuzuschlagen. Der Strickmaskenmann hatte Hedda wortlos durch den Flur ins Wohnzimmer gedrängt, bis Heddas Knie am Vorstelltisch zum Halten gekommen waren.

Sie hatte auch da noch statt Angst nur Verwunderung verspürt, ja, auch schon einen Schalk im Nacken, glaubte an den schlechtesten aller Scherze, an einen schiefgegangenen Witz ihrer Skatdamen. Die waren für ihren manchmal seltsamen Humor bekannt.

Sie setzte zu der Frage an, was denn bitte dieser weiße Witz von einer Strickmaske sollte und überhaupt dieser komische Überfall, da schoss die Hand mit dem Messer nach vorn und leicht schräg nach oben. Hedda spürte es wie einen harten Schlag an ihrem Hals, dann ein Brennen und Ziehen. Es wurde dunkelgrau um Hedda, die Wände schienen sich zu drehen, und sie kippte seitlich weg.

Ihr Aufprall wurde vom Perserteppich vor dem Vorstelltisch abgemildert. Ihr Blick heftete sich an ihren Lüster oben an der Decke. Seine goldenen Engelchen schwankten leicht, und Hedda kam sich schon halb im Himmel vor, da tauchte das maskierte Mördergesicht vor ihr auf und verursachte Heddas missglückten Versuch eines letzten Lachens.

Die Geräusche, zu denen sie noch fähig war, kamen ihr wie die Schreie eines Dinosauriers vor. Vielleicht ein Velociraptor – die hatte sie in Spielbergs Trilogie besonders gemocht. Heddas Humor hatte sich im Laufe der Jahre dem ihrer Skatfreundinnen angeglichen, ihre Heiterkeit steigerte sich bei dem Gedanken, gleich einem prähistorischen Untier abzutreten. Würde sie auch in wenigen Augenblicken ausgestorben sein, sie hinterließ keine eigenen Kinder.

Hedda konnte den Schnitt an ihrer Kehle nicht sehen, aber sie spürte ihn wie einen zu engen Kragen, der Druck auf die

Gurgel ausübte. Das Blut, das mit schneller Geschwindigkeit aus der Wunde floss, war warm, weshalb es Hedda so vorkam, als wäre ein heißer Lappen um ihren Hals gewickelt. Apropos Blut: Den Fleck würde keine Reinigung mehr aus dem Perser rauskriegen, da ging sie jede Menge letzter Wetten ein.

Zu Heddas Heiterkeit, als sie so am Boden lag und langsam in die andere Welt hinüberglitt, gesellte sich ein Gefühl der Liebe aus schwer pumpendem Herzen.

In Liebe gehen, das hatte sie immer gewollt und würde sie sich auch nicht nehmen lassen. Mord und Mörder, Strickmaskenmann hin oder her, von diesem Bösewicht würde sie sich nicht davon abbringen lassen, ihre Gefühlslage bis zur letzten Sekunde in der Hand zu behalten.

Sie dankte einem Gott, dem sie vielleicht bald persönlich die Hand schütteln würde. Sie dankte dem Schicksal, das ihr, nach der harten Kindheit in den letzten Kriegsjahren, nicht nur gute Pflegeeltern und eine solide Ausbildung geschenkt, sondern sie auch mit ihrer großen Liebe zusammengeführt hatte. Wie hatte sie jeden Tag mit Erich genossen, seine Liebe, den Sex und, ja, auch sein Geld aus der Pudding-Dynastie Kernbach, das ihnen beiden später ein unabhängiges Leben ohne Verpflichtungen und Arbeitsstress ermöglicht hatte.

Auch Erich würde sie ja gleich wiedersehen, so sagten es doch die Rückkehrer, die, deren Zeit noch nicht gekommen war, die zurückgeschickt worden waren und von dem Licht und ihren Lieben erzählten, die sie abholen wollten. Hedda hoffte, ihr missglückter Lachanfall hatte diese Geister nicht verschreckt und vertrieben, denn so ganz allein hinüberzumüssen, machte auch der heiteren Hedda ein wenig Angst.

Ein paar gute Jahre hätte sie schon gern noch gehabt. Sie fühlte sich mit fünfundsiebzig noch rüstig und agil. Wohltätigkeit, Spaziergänge, Skatabende und die warme Sonne im Landkartengesicht. Gesund bleiben, solange es geht. Doch es kommt immer anders, als man denkt, dieses Sprichwort fiel ihr jetzt ein, und mit aufgeschnittener Kehle sollte man keine Pläne für den nächsten Tag mehr machen.

Zu guter Letzt versuchte sie sogar, diesem Schneeweißchen-

Mörder, der ihr trotz seiner Untat doch einen Abgang in exzentrischer Heiterkeit ermöglichte, noch etwas Positives abzuringen. So kann man wirklich abtreten, oder, Frau Kernbach?

»Umpf!«

Ein dumpfer Laut über ihr ließ Heddas letzten Gedankenstrom anhalten. Sie konzentrierte sich wieder auf das vermummte Strickgesicht.

Der böse weiße Maskenmann hatte seine Schlitzaugen weit aufgerissen, und jetzt lag ein eigenartiger Glanz in seinem Blick. Seine rechte Hand tauchte in Heddas Blickfeld auf. Er trug dunkelgraue Handschuhe mit einem weißen Muster, als ob er alle Mörderaccessoires aufeinander hätte abstimmen wollen. In seinen Fingern hielt er ein kleines Messer, das Hedda an ihr eigenes erinnerte, mit dem sie in der Küche Zwiebeln schnitt.

Wer hätte gedacht, dass man damit auch Kehlen schneiden konnte?

Die Hand fuhr nach unten und zwang ihren Kiefer auseinander, dann vergruben sich die Finger in Heddas Mund. Das Messer fand seinen Platz zwischen Heddas Zähnen, und Hedda konnte fühlen, wie er damit gegen ihr Zahnfleisch drückte und versuchte, etwas anzuheben, auszustemmen. Keine Schmerzen, Gott sei Dank, aber ihre Heiterkeit bekam Risse.

Was kam denn jetzt noch?

Der Schneeweißchen-Mörder keuchte, und der Druck auf Heddas Kiefer nahm immens zu. Was machte der Maskenmann dort nur? Neugier und Erstaunen, eine letzte große Verwunderung.

Holte der Maskenmann einen Zahn aus ihrem Kiefer?

Sie hatte wertvolle Gemälde und jede Menge Goldschmuck in ihrer Wohnung. Dazu kam ihre Pelzmantelsammlung, immerhin achtzehn an der Zahl, jedes Weihnachten einen von Erich, bis sie sich beide mit dem Tierschutz zu beschäftigen begonnen hatten und Hedda lieber für lebende Tiere spendete, als tote an ihrem Körper zu tragen. Aber der Mann war so gierig, auch noch das Zahngold aus ihrem Mund zu stehlen. Oder wollte er einen ihrer Beißerchen als Trophäe auf sein Küchenbord stellen?

Hedda hörte einen lauten Knacks. Der Druck auf ihren Kiefer

ließ nach. Die Finger verließen ihren Mund, ihre Lippen schlossen sich. Sie konnte weder das Gesicht mit der Maske noch die behandschuhte Hand mit dem Messer sehen. Vielleicht hatte der Mörder nur eine Schraube aus Heddas Gebiss entfernt, um sie bei sich selbst einzusetzen, weil ihm in seinem Mörderhirn doch sicher eine fehlte?

Das war doch glatt der nächste Witz an diesem Todestag von Hedda Kernbach. Anatomisch unmöglich, aber mit Willenskraft und einer letzten Zuckung doch machbar, fing Heddas Mund zu schmunzeln an. Dazu ein Glucksen und heiseres Röcheln, das komisch gemeint war und auch dem Mörder mit der weißen Strickmaske nicht entging.

Sein rundes Strickmaskengesicht kam zurück in Heddas Blickfeld, und auch ohne seine genauen Züge sehen zu können, war eindeutig klar, dass er sich darüber jetzt maßlos ärgerte. Gut so.

Die grau-weiß besternte Handschuhhand tauchte ebenfalls wieder auf. Diesmal hielt sie ein Rohr oder eine Rolle in den Fingern. Hatte der Mörder denn sämtliches Werkzeug aus seiner Schublade mitgebracht?

»Dummpftesmpftaltesmpftstück, du!«

Dem Maskenmann fehlte ganz eindeutig eine freie Stelle um den Mund herum, seine Worte klangen dumpf und für Hedda völlig unverständlich. Gern hätte sie einen weiteren Witz dazu losgelassen, aber für Worte reichte es wirklich nicht mehr.

Das Rohr oder die Rolle kam auf Hedda zu, wurde in ihren Mund gedrückt, und das war endgültig.

Heddas Seele löste sich sanft vom Körper, und die Stille danach wirkte vollkommen humorlos.

ZWEI

Ich schwebe in einer Art Nichts.

Nicht gar nichts, aber ein wenig Nichts.

Außer laufenden Gedanken, die kann man auch im Nichts nicht aussperren. Ich kann es zumindest nicht.

Meine Gedanken laufen.

Trippeln wie eine Horde Ameisen, hin zu mir, vor mir davon und am Ende über mich. Ich atme und fühle dieses kleine Nichts. Es kitzelt und macht mir ein bisschen Angst. Aber damit kann ich gut leben.

Etwas mehr Angst habe ich vor dem Geräusch eines Zahnarztbohrers.

Ich fürchte mich auch ein wenig vor den weißen Kitteln der Ärzte. Allgemein, nicht nur, wenn es sich um Zahnärzte handelt.

Ein richtig flaues Gefühl im Magen, Herzklopfen und Schweißperlen auf meiner Stirn bekomme ich allerdings bei Spritzen.

Ich visualisiere mir eine in mein Nichts.

Mein rechtes Augenlid zuckt, meine Atmung wird schneller, und ich muss mich zusammenreißen, um nicht auf der Stelle auf und davon zu laufen. Weg von der Liege, raus aus dem Zimmer. Wie ein kleines Kind vor dem schwarzen Mann.

»Langsam und tief einatmen, Dr. Leo«, sagt mein Hypnosetherapeut zu mir. Seine Stimme kommt zu mir wie die Flügel einer Libelle an einem Sommerabend am See meiner Kindheit.

Wow! Hypnose macht mich poetisch.

Ich mache diese Hypnosetherapie wegen meiner Ängste.

»Du bist so tief in der Entspannung, dass nur noch meine Stimme zu dir dringt, meine Stimme, die dir sagt, dass alles gut ist. Alles.«

Ich bin in verschiedenen Therapien, seit dreißig Jahren, mit kurzen Unterbrechungen in der Zeit, als ich durch Portugal trampte, und später, als meine Töchter zur Welt kamen, und ich habe weiß Gott Fortschritte gemacht. Doch niemals habe ich mich so leicht und frei gefühlt wie während dieser Tiefenentspannung.

Früher konnte ich schon mal beim Aufziehen einer Spritze das Bewusstsein verlieren oder während einer Behandlung zu schluchzen beginnen. Heute ist es nur mehr das Herzklopfen, das schnelle Atmen, der Schweiß.

Damit kann ich umgehen.

Ich bin Zahnärztin von Beruf.

Ich bohre Zähne auf, und ja, ich trage in meiner Praxis manchmal einen weißen Kittel. Spritzen sind mein Alltagsgeschäft und meine tägliche Überdosis Adrenalin zugleich.

Die Stimme meines Hypnosetherapeuten wogt über mein getrübtes Tagesbewusstsein wie Wellen über einen Strand. Sharif El Benna ist Tunesier und seit dreißig Jahren in unserem Land. Wahrscheinlich kam er nach Deutschland, als ich meinen Hintern mit vierzehn das erste Mal auf einem Sessel eines Gesprächstherapeuten für Teenager wetzte.

Sharif hat eine weiche Stimme mit einem leicht gerollten R, und sein S ist lang und scharf wie das Schwert eines Wüstenpiraten. Doch er macht mir überhaupt keine Angst. Er nennt mich Dr. Leo, und wenn ich auf seinem breiten Behandlungssofa niedersinke, ist es, als würde ich in ein Märchen aus Tausendundeiner Nacht eintauchen. Ein süßlich-orientalischer Duft treibt durch den Raum, und ich habe mich schon oft gefragt, ob Sharif El Benna in den hinteren Zimmern der großen Wohnung auch wohnt und kocht.

Ich traue mich nicht zu fragen, will das Verhältnis von Therapeut und Patient nicht ins Persönliche gleiten lassen. Zumal er mich nie nach dem Warum meiner Ängste gefragt hat, sondern mich nur in die innere Tiefe führt, in der jede Veränderung möglich werden kann.

Atme, Dr. Leo. Atme und lass alles fließen …

Wenn es in meinem Kopf nur nicht immer so trippeln und trapsen würde.

Dr. Leocardia Huberta Kardiff, reiß dich zusammen und entspanne dich.

Leo ist besser als Leocardia.

Dr. Leo ist besser als Dr. Leocardia Kardiff.

Wirklich alles ist besser, Huberta. Die Menschen, die meinen zweiten Vornamen kennen, kann ich an einer Hand abzählen.

Mein Vater, Dr. Gerwald Hubertus, lebte bereits von meiner Mutter getrennt, als sie mit mir schwanger wurde, und sie hatte schon wieder ihren Mädchennamen Kardiff angenommen. Meine Mutter wollte meinen Vater trotz der Schwangerschaft nicht zurück, auch wenn die beiden noch lange Zeit nach ihrer Trennung Sex miteinander zu haben pflegten. Klar, wie sollte ich sonst entstanden sein, an den Heiligen Geist glaubt niemand in meiner Familie, und der Klapperstorch war's auch nicht. Dr. Hubertus aber wollte irgendwie ein Teil des Lebens seiner Tochter sein.

Somit blieb nur der in Amerika beliebte Brauch, den Nachnamen des Erzeugers als zweiten Namen des Kindes einzusetzen.

Warum mir meine Mutter zusätzlich als Erstnamen Leocardia aufdrückte, hat sie mir bis heute nicht verraten. Um ehrlich zu sein, ich habe sie nie danach gefragt.

Die Zeit mit Papa Gerwald verbrachte ich als kleines Kind hauptsächlich in seiner Zahnarztpraxis. Meistens verkroch ich mich in seinem Büro, mit angezogenen Knien unter dem Schreibtisch, meine Puppe Popsi an mich geklammert. Ich zählte die abertausend Sekunden, bis mich Mama wieder abholen kam. Gedämpft klang durch die Tür das hohe, ziehende Geräusch des Bohrers an mein Ohr. Oft verbunden mit kleinem, aber durchdringendem Wehklagen der Patienten.

Wenn Papa mit einem Patienten fertig war, kam er ins Büro, um seine kurzen Pausen mit mir zu verbringen, und ich dachte jedes Mal, wirklich jedes Mal, jetzt wäre ich an der Reihe, mit dem Bohrer gequält zu werden. Um mich zu beruhigen, hatte er immer eine Spritze mit dabei. Natürlich nicht für mich, sondern für die arme Popsi. Damit wollte Papa mir zeigen, dass ich bei einer seiner Behandlungen niemals Schmerzen zu befürchten hätte. Er hob meine Puppe hoch – sag schön Ahhh, du Püppchen – und drückte die Spritze in Popsis weiche Plastiklippen. Würde ich sie heute wiederfinden, wäre ihr Mund mit Einstichlöchern übersät.

Dabei zwinkerte er mir vertrauensvoll zu.

Wenn ich nur daran denke, wird mir sofort übel. Keine Therapie wird das je ändern können.

Trotzdem bin ich nach einem heftigen Streit mit dem neuen Freund meiner Mutter mit vierzehn ganz zu Papa Gerwald gezogen. Er nahm mich wortlos bei sich auf, der Grund interessierte ihn nicht. Ab da war klar, dass ich später auch Zahnmedizin studieren und seine Praxis übernehmen würde. Das Thema wurde nie in Frage gestellt, und ich kam wegen meiner Spritzenphobie in Therapie. Von persönlichen Tochter-Vater-Gesprächen hielt mein Papa nichts. Als er die große Praxis in Köln-Sülz zusammen mit dem ehrgeizigen Dr. Frederic Lang übernahm, arbeitete ich in den Schulferien als Praktikantin bei ihm.

Nach meinem Studium war ich immerhin zwei Jahre in einer Zahnklinik am Rheinauhafen, aber als Dr. Gerwald Hubertus wegen einer beginnenden Parkinsonerkrankung früher als gedacht in den Ruhestand trat, nahm ich naht- und widerstandslos die Stelle meines Vaters ein. Dazu kam, dass ich für eine Familie zu sorgen hatte und man in einer gut gehenden Praxis wesentlich mehr verdienen kann als im Klinikum.

Beim ersten Privatpatienten fiel ich mit der Spritze in der Hand in Ohnmacht, aber außer diesem einen Eklat schlage ich mich nach außen hin ganz gut.

Gern würde ich Sharif El Benna alle diese Dinge erzählen, aber er fragt ja nie. Manchmal, so wie heute, traue ich ihm allerdings zu, dass er meine Gedanken liest.

Ein toller Mann. Aber vergeben. Ich übrigens auch. Eigentlich.

Ich bin vierundvierzig und in der Blüte meiner weiblichen Existenz. Zumindest lese ich das immer in den Zeitschriften, die im Wartezimmer meiner Praxis ausliegen. Vierundvierzig, stolz und selbstständig, im Feuer der mittleren Frauenjahre und noch Lichtjahre vom Klimakterium entfernt. Na ja.

Ich …

»Wenn ich das nächste Mal mit den Fingern schnippe, erwachen Sie frisch und erholt und sind wieder voll da, Dr. Leo.«

Sharif schnippt, und ich bin wieder voll da.

Mein erster Blick geht zum Handy, nein, seit einer Woche Smartphone. Mein Geliebter, Magister Heinz Lerbaum, hat es mir geschenkt. Es singt den Song »Candy« von Robbie Williams, wenn er anruft.

Sharifs weitläufiger, in weichen Farben bemalter Behandlungsraum in der Brahmsstraße 4 in Lindenthal ist bei dreimaligem Umsteigen von der Linie 7 auf die 13 auf die 18 etwa fünfundzwanzig Minuten von meiner eleganten Praxis am Nikolausplatz in Sülz entfernt. Dreimal umsteigen klingt viel, aber ich liebe es, die Straßenbahn zu nehmen. Jedes Mal komme ich mir vor wie ein Tourist auf Sightseeingtour in den Kölner Veedeln. Entspannt, wie ein Reisender im Bummelgang. Sonst brauche ich den Wagen, ich lebe in einem Haus in Junkersdorf, mein Alltag lässt selten Mußestunden zu.

Wie immer verbeugt sich Sharif mit gefalteten Händen vor mir, legt dann eine Hand auf sein Herz und blinzelt mir zu. Ich schwärme in diesem Moment ein klein wenig mehr für ihn und fühle mich bereit für den Arbeitsnachmittag und die Patienten.

Diese Arbeitstage nach Ostern sind immer besonders voll, und bis übernächste Woche muss ich ohne Sharifs weiche Stimme und sein Schnippen auskommen. Seit ich ihn in den Gelben Seiten, ohne Internet und Smartphone, gefunden habe, nehme ich diese Mittagstermine wahr. So verliere ich keinen Abend mit Luise und Nathalie, meinen fünfzehnjährigen Zwillingstöchtern, zweieiig und seit jeher jede für sich eine unverwechselbare Persönlichkeit. Auch für Magister Heinz nehme ich mir dann Zeit. Vom Vater meiner Töchter bin ich längst geschieden.

Hungrig bin ich jetzt, wie eine Wölfin.

Ich versuche, auf mein Äußeres zu achten, auf meine Figur. Was gar nicht so leicht ist. Der Stresspegel, unter dem ich lebe, macht mich dauerhungrig. Ich beherrsche mich noch beim Frühstück, kann mich aber spätestens in der Mittagspause nicht mehr zurückhalten. Da brauche ich Nervennahrung. Knäckebrot macht mich depressiv, und einen melancholischen Zahnarzt wünsche ich keinem. Gott sei Dank habe ich ein hübsches Gesicht mit hellen blauen Augen und lockiges blondes Haar von meiner Mutter vererbt bekommen, damit überspiele ich meine Fettröllchen an Bauch und Hüfte.

Nachdem ich die Tür zu Sharif El Bennas Hypnoseraum passiert habe, schlüpfe ich im Vorzimmer in meine hohen Schuhe und spüre den Schmerz am linken Zeh wieder. Ein Hühnerauge. Aber die hohen Absätze machen mich größer, und das genieße ich. Ich gehe durch die Eingangstür hinaus auf den Hausflur, schließe die schwere Holztür und drücke auf den Knopf für den Aufzug. Ich bemerke einen hellen Streifen, der den sonst dunklen Korridor erleuchtet.

Ich hebe den Kopf und sehe, dass die Wohnungstür zum Appartement gegenüber offen steht. Von irgendwoher muss ein Luftzug kommen, die Tür bewegt sich leicht, schabt weich über den glatten Steinboden, ein paar Millimeter hin und wieder zurück.

Es ist kurz nach zwei Uhr mittags. Im Haus ist es still, so still, dass mir eine leichte Gänsehaut über den Rücken läuft. Am liebsten würde ich zu Sharif zurück, wieder seine Finger schnippen hören, seiner Stimme lauschen. Oder in den Aufzug steigen, der eben vor mir hält und seine Tür für mich öffnet. Allein heute stehen so viele Zahnschmerzgeplagte in meinem Terminkalender. Wenn ich mich beeile und in den Lift springe, könnte ich mir sogar noch einen Latte vom Eckcafé an der Haltestelle mitnehmen. Einen Latte mit viel Schaum und dazu eine Nussschnecke.

Lecker!

Ich bleibe aber stehen, wo ich bin, die Lifttür schließt sich. Dann mache ich fünf Schritte hin zur Nachbarwohnung.

Eine unverschlossene Wohnungstür gibt ein eigenes Bild ab. Ähnlich wie ein herrenloser Hund oder eine Börse, die im Bus auf einem leeren Sitz liegen geblieben ist, strahlt sie etwas Einsames, Verirrtes aus. Sie kann von Vergesslichkeit oder Nachlässigkeit erzählen oder auch von einem Übel, einem ungewollten oder absichtlichen Verlust.

Ich seufze und klopfe laut an den Türrahmen.

»Hallo, ist da jemand?«

Meine Stimme hört sich ein klein wenig zu hoch an, so

ähnlich klinge ich beim Einspritzen und Betäuben, wenn ich nach meinem Tuch greifen muss, um die Schweißperlen dezent abzuwischen.

Ich räuspere mich und versuche es noch mal.

»Hallo, dadrinnen! Sie haben Ihre Wohnungstür nicht abgeschlossen! Ist alles in Ordnung?«

Mein Bauch sagt mir schon, dass es das nicht ist. Mein Verstand klammert sich noch an vernünftige, banale Erklärungen. Ich fasse meine Handtasche fester und betrete die fremde Wohnung. Im Flur brennt Licht, das von einem glänzenden Parkettboden reflektiert wird.

»Hallo, hallo! Mein Name ist Dr. Kardiff. Ihre Tür stand offen, und ich wollte mich nur davon überzeugen, dass es Ihnen gut geht.«

Ich rufe jetzt.

»Ich komme rein. In Ordnung?«

Meine Füße gehen weiter. Auf dem Parkett hören sich die hohen Hacken meiner Schuhe wie das Ticken einer Zeitschaltuhr an. Achtung, Achtung, in zehn Sekunden geht die Bombe hoch! Zeit, zu verschwinden.

Dreh um und renn weg!

Ich gehe weiter durch den Flur, er ist lang, breit und voller gemalter Bilder. Ich sehe eine Dame mit grünem Kleid, die einen Apfel in ihren schlanken Fingern hält. Eine Jagdgesellschaft mit einer Meute von hechelnden Settern und Dienern, die gebogene Hörner blasen. Ganz vorn hängt das Porträt eines Mannes mit Fliege und Hut und einem unglaublich breiten Grinsen. Ich wende mich ab und versuche, mich auf das Wesentliche zu konzentrieren.

Die nächste Tür ist wieder nur angelehnt.

Noch einmal rufe ich, so laut ich kann, mein Hallo und klopfe wieder. Die Tür schwingt auf und gibt den Blick auf ein geräumiges Wohnzimmer frei. Große, schwere Möbel, verzierte Schränke, ein antiker Büfettschrank mit allerlei Porzellannippes hinter den Glasvitrinen und in der Mitte ein breites und reich mit Polstern belegtes Sofa. Davor ein schöner, glänzender brauner Vorstelltisch. Darunter ein sicher sehr teurer Perserteppich.

Darauf liegt eine ältere Frau, aus deren Mund eine zusammengerollte Zeitschrift ragt.

Leo! Dreh um! Renn weg!

Oh!

Ich schaue genauer hin.

Ihre Kehle ist durchtrennt worden. Das kann ich sofort erkennen. Blut hat sich im Perserteppich verteilt und ist dort getrocknet. Ihre Augen starren zur Decke, an der ein Lüster mit kleinen goldenen Engeln hängt. Mein Blick geht zweimal von unten nach oben und wieder zurück.

Ohhhhhhh!

Ich schwanke auf meinen Schuhen, komme mir vor, als würde ich gleich über eine Klippe stürzen.

Dass die alte Frau tot ist, ist klar. Dass sie nicht an einem Herzanfall gestorben ist, auch. Auf das Schwanken folgt automatisch mein Standardsatz in Notlagen: »Ich bin Arzt, lassen Sie mich durch.« Völlig absurd hier drinnen, aber …

Oh! Oh!

Jetzt geht es mit mir durch.

Ich lasse meine Handtasche fallen und stürze zu der Frau am Boden. Ich reiße die Zeitschrift aus ihrem Mund. Sie fliegt nach hinten, ich höre, wie sie gegen den Büfettschrank klatscht. Ich lege meine Hand auf das Herz der Frau, mein Ohr an ihre Lippen. Lausche nach einem Hauch von Leben, fühle nach einem Schlag in der Brust. Nichts. Niente. Nada. Aber das wusste ich schon vorher.

Mein Herz dagegen schlägt rasend wild.

Verdammt!

Ich hebe meinen Kopf wieder, betrachte das Szenario. Das Zimmer wirkt wie eine alte Fotografie. Mir schwindelt, und ich kippe leicht nach vorn. Meine Hand stützt sich auf den Körper der Frau. Er ist weich, noch keine Spur von Leichenstarre. Ich nehme meine Hand schnell wieder weg, starre auf die Wunde an ihrem Hals.

Wie ein tiefes Tal klafft der Einschnitt an ihrer Kehle. Der große Blutfleck auf ihrer Bluse glitzert leicht, noch ist nicht alles getrocknet. Ich überlege fieberhaft, gehe meine medizinischen

Kenntnisse über die Stadien einer Leiche durch und schätze grob, dass die Frau nicht länger als eine halbe Stunde tot sein kann. Während ich hypnotisiert auf Sharifs Couch lag, hatte sie ihren Todeskampf. Ihr Mund ist auch ohne die Zeitschrift weit offen geblieben, ich kann den gesamten Rachenraum sehen.

Mir wird übel.

Irgendwie, tief in meinem Hirn, kommt mir die Tote bekannt vor, aber ich kann mich im Moment nicht erinnern. Stattdessen gehe ich professionell an die Sache heran, ich sehe mir automatisch ihr Gebiss an. Ihre Zähne sind weiß, sicher gebleicht, scheinen fast alle noch ihre eigenen zu sein. Links oben erkenne ich ein Implantat. Rechts unten aber klafft ein Loch, das überhaupt nicht zu ihrem sonst so gut erhaltenen, gepflegten und sicher teuren Gebiss passt. Zwei Zähne fehlen komplett, die beschliffenen Stümpfe von zweien sind als Pfeiler noch da, aber die Brücke, die zu dieser Lücke passt, die Brücke vom Siebener bis zum Vierer, ist nicht da. Warum das denn? Wer würde einer Sterbenden eine Brücke aus dem Mund entfernen? Und womit? Ich beuge mich tiefer, sehe genauer hin und …

In genau diesem Moment fällt mir wieder ein, dass ich in einer fremden Wohnung vor einer toten Frau knie, die mit hundertprozentiger Sicherheit ermordet worden ist.

Oh, oh, oh …

Das Parkett im Flur knarrt.

Mit einem Aufschrei drehe ich mich um, doch niemand steht mit einem Messer oder einer Hacke oder sonst was hinter mir. Im Zimmer ist es immer noch totenstill.

Was ich jetzt brauche, ist Hilfe. HILFE!

Ich stemme mich hoch, halte mich am Couchtisch fest. Mir fallen meine Fingerabdrücke ein, ich überlege mir ein Alibi, obwohl ich mir sicher bin, nichts mit diesem Verbrechen zu tun zu haben. Sharif El Benna fällt mir ein. Er kann bezeugen, dass ich bis vor wenigen Minuten auf seiner Behandlungscouch in tiefer Trance war.

Ich drehe mich um.

Ich renne durch den langen Flur an den Bildern vorbei nach

draußen, das laute Schlagen meiner Hacken gleicht jetzt einem Klopfen aus einem verschlossenen Sarg.

Ich bin im Treppenhaus, der Aufzug wartet immer noch auf mich. Kein Mensch zeigt sich. Ich mache meine fünf Schritte zu Sharif El Bennas Praxis zurück, drücke auf die Klingel. Von drinnen summt es weich. Ich überlege, ob die Wohnungstür der alten Frau schon offen stand, als ich zu meinem Termin bei Sharif kam.

Die Tür vor mir geht auf. Ich falle Sharif in die Arme.

In diesem Moment singt mein neues Smartphone Robbie Williams' »Candy«. Das ist der Moment, wo das Getrippel der Ameisen in meinem Kopf von den Schreien, die mein Kehlkopf wie von selbst produziert, tatsächlich einmal übertönt wird.

DREI

Sie kamen um zehn vor sieben.

Britti Poster, eine der Arzthelferinnen und unermüdliche Plaudertasche, erzählte später, es habe sie an »Spiel mir das Lied vom Tod« erinnert, als die drei Kripobeamten mit Schwung die Tür zur Zahnarztpraxis Dr. Lang/Dr. Kardiff aufstießen und nebeneinander durch den breiten Flur auf die Rezeption zugingen. Britti selbst habe sich wie die junge Claudia Cardinale gefühlt, was sie während der Schilderung vor Patienten und den übrigen Kollegen veranlasste, ihre rehbraunen Augen auf Tellergröße aufzureißen und die Spitzen ihres braunen Pagenkopfes wild hin- und herzuschaukeln.

Den Vergleich mit dem Westernklassiker übernahm sogar eine Onlinezeitung aus Brittis eigenem Blog, in dem sie regelmäßig über ihre Erlebnisse räsonierte. Nicht nur im realen Leben teilte Britti gern jedes Ereignis in ihrem jungen Dasein mit.

»Was kann ich für Sie tun?«, fragte Gerda Horst das Ermittlerteam. In Brittis Beschreibung erhielt die Sprechstundenhilfe die Rolle des Saloonwirts, der die drei Fremden als Erster empfing.

Bulldogge Gerda saß nun schon seit über fünfundzwanzig Jahren an der Rezeption und war deren unangefochtene Hüterin. Ohne ihren Segen kam hier keiner vorbei. Man munkelte, dass sie früher, sehr viel früher, mal eine Liaison mit dem inzwischen frühpensionierten Dr. Hubertus gehabt hatte, dem Vater von Dr. Leocardia Kardiff. Aber niemand hätte je gewagt, Gerda darauf anzusprechen.

Der Mittlere der Dreiergruppe holte seinen Ausweis heraus und zeigte ihn Gerda Horst. »Kriminalpolizei. Hauptkommissar Jakob Zimmer mein Name. Wir würden gern zu Frau Dr. …«

In diesem Moment kam sie in einem grünen OP-Kittel um die Ecke gestürmt. Der Mundschutz baumelte an ihrem Hals wie ein kleiner grüner Drache, der es sich unter ihrem Kinn bequem gemacht hatte. Sie war außer Atem und hatte rote

Flecken auf den Wangen, was sie mit ihren hellen Haaren und dem blassen Teint ein wenig wie eine gehetzte Prinzessin auf der Flucht aussehen ließ.

»Ich habe schon den ganzen Nachmittag auf Sie gewartet!« Dr. Leocardia Kardiff keuchte mehr, als dass sie sprach.

Sie hatte in Raum eins behandelt, der direkt neben der Rezeption lag. Bei geöffneter Tür konnte man ganz gut mithören, was bei der Anmeldung geredet wurde. Leo hatte ihre Patientin Frau Reis mit einem schnellen »Komme sofort wieder« auf dem Behandlungsstuhl sitzen lassen, mit offenem Mund und betäubter halber Lippe, und war um die Ecke gerast.

Frau Reis, deren Weisheitszahn operativ entfernt werden sollte, schwankte zwischen Erstaunen und Neugier und wäre am liebsten mit Frau Doktor mitgestürmt. Britti Poster, die in Wahrheit auch erst in diesem Moment mit Leo zur Rezeption lief, um zu sehen, was denn die Bullen hier in der Praxis wollten, drehte sich kurz zu Frau Reis um und streckte ihren Daumen nach oben, als ob sie alle etwas gewonnen hätten. Schon seit Ende der Mittagspause fand Britti, dass die Chefin unausgeglichener und blasser als sonst wirkte.

Was auch stimmte, denn seit ihrer schrecklichen Entdeckung hatte Leo das Gefühl, auf rohen Eiern zu wandeln.

Gemeinsam mit Sharif El Benna war sie noch einmal zu der Leiche in der Nachbarwohnung getaumelt, und sie beide hatten dann unverzüglich die Polizei gerufen. Keine zehn Minuten später wimmelte es in dem Gang, in der Wohnung, auch in Sharifs Praxis von Uniformierten und Sanitätern, ein Bienenstock an helfenden Händen, doch für die alte Dame kam die Hilfe zu spät.

Nachdem die erste Aufregung, auch dank der immer ruhigen Art des Sharif El Benna, abgeklungen war, hatte Leo der Polizei klarmachen können, dass sie die alte Frau nur aufgefunden hatte. Sie machte ihre Aussage vor einem finster dreinblickenden, sehr jungen Polizeibeamten und bat, so schnell wie möglich in ihre Praxis gehen zu dürfen. Der Terminkalender am heutigen Mittwoch war brechend voll.

Mitten im Frage-Antwort-Polizeispiel hatte sich der Fahrstuhl geöffnet, und Magister Heinz Lerbaum war im Flur aufgetaucht. Seine Stirn war in Falten gelegt, und trotz der warmen Temperaturen draußen hatte er einen Staubmantel über seinem wie immer korrekten Anzug mit Fliege getragen.

Als Leo nach dem Auffinden der Leiche endlich an ihr Smartphone gegangen war, hatte sie ihn in ihrem Schock angeschrien, sofort zu kommen, jetzt, ja, genau jetzt brauche sie seine Hilfe, eine Leiche liege hier, und sie sei die einzige Verdächtige. Er war gekommen, hatte tatsächlich seine immer so wichtige Arbeit in der Steuerkanzlei unterbrochen, doch, wie Leo fand, zu spät, zu zögerlich. Sie hatte ihn links liegen lassen und sich nur auf das Gespräch mit dem blutjungen Beamten konzentriert.

Sie würde natürlich noch eine DNA-Probe abgeben müssen und einen Termin für eine weitere Zeugenaussage im Präsidium bekommen, aber nach der Aufnahme ihrer ersten Aussage und der Überprüfung ihrer Personalien hätte sie gehen können. Doch Magister Heinz Lerbaum, Anwalt für Steuerrecht, Leos Freund – oder besser Lover, so lange, bis seine Scheidung endlich durch sein würde –, hatte den Aufbruch nun noch verzögert, indem er sich in Szene gesetzt und Fragen über Fragen gestellt hatte, bis Leo den Ärmel seines Staubmantels gepackt und ihn in den Aufzug gezogen hatte.

Statt sie zu umarmen, hatte Magister Heinz sie beim Hinunterfahren finster angesehen – nach dem Motto: Warum musst gerade du über solch eine Schweinerei stolpern? Und ich deswegen auch noch meine Arbeit unterbrechen?

In solchen Momenten fragte sich Leo, ob sie nach ihrer Scheidung von Johannes Belmont, dem genialen, aber verkannten Künstler, nicht vom Regen in die Traufe gestolpert und ihr Magister Heinz mehr Felsbrocken als Wegbereiter war. Allein dass ihn jeder Magister Heinz anstatt nur Heinzi nannte, sprach doch schon Bände, oder?

Er hatte in Wien studiert, es bis zum Magister geschafft. Da es in Deutschland nicht üblich war, diesen Titel dem Nachnamen voranzustellen, sollte zumindest auf privater Ebene jeder Bescheid wissen. Eitel und hochnäsig, wie Leo fand, doch dieser Nachmittag war weiß Gott nicht dazu da, ihre

Beziehung in Frage zu stellen, das würde später sowieso wieder aufkommen.

Schließlich waren sie beide raus auf die Straße getreten, dort standen zwei Rettungswagen und zwei Polizeiautos, auf der gegenüberliegenden Straßenseite knipsten Passanten mit ihren Handys.

Magister Heinz hatte angeboten, sie zur Praxis zurückzufahren. Leo hatte zugestimmt, obwohl ihr gerade jetzt eine Fahrt mit den drei Straßenbahnen außerordentlich gutgetan hätte. Aber sie hatte ein schlechtes Gewissen ihrem Lover gegenüber, wie meistens, und dankend sein Angebot angenommen. Als er sie am Nikolausplatz aussteigen ließ, hatte er ihr die Haare gestreichelt wie einem zitternden kleinen Hund.

»Bis heute Abend, Kindchen.«

Leo hatte genickt und war froh gewesen, aus dem Wagen mit der kalten Klimaanlage flüchten zu können. Erst in der Praxis und in ihrem Büro hatte sie weiche Knie und ein rasendes Herz bekommen, erst da bemerkt, wie sehr sie die Sache mitgenommen und wie sehr sie sich nach einer innigen Umarmung ihres Magister Heinz gesehnt hatte.

Das Wartezimmer war tatsächlich brechend voll gewesen, und sie hatte sich entschieden, nichts von ihrem Erlebnis zu erzählen, zumindest nicht, bis alle Patienten versorgt waren. Als ihre Hände bei Frau Winterkorn, der ersten Kariespatientin an diesem Nachmittag, zu zittern anfingen, fiel es nicht weiter auf. Ihre Helferinnen kannten das schon, dass Frau Doktor gern mal vor ihrer eigenen Arbeit Angst bekam. Nachdem sie den langen Gang, an dem zu beiden Seiten die Behandlungsräume lagen, zu weiteren Schmerzgeplagten entlanggehetzt war, hatte sich Leo langsam wieder in den Griff bekommen.

Nun aber, kurz vor Feierabend, tauchten die Kripobeamten auf, gleich zu dritt, gleich wie ein Minischwarm.

Als Leo um die Ecke bog, kam die diffuse Angst zurück, doch eine Verdächtige zu sein, doch auf irgendeine Weise Mitschuld am Tod der alten Dame zu haben. Würde sie das Sorgerecht für Luise und Nathalie behalten können, wenn sie unter Anklage stand? Würde Magister Heinz zu einer Kriminellen halten?

Und vor allem, was würde ihr Vater dazu sagen, dass seine Tochter, sein einziges Kind ... Schluss damit. Was für dämliche Gedanken. Leo schlug sich auf die Backe.

»Hat das jetzt nicht wehgetan?«

Der große Blonde in der Mitte der Dreiergruppe sah sie mit einem erstaunten Blick an. Sein Haar stand in alle Richtungen, als wäre er eben erst aus dem Bett gesprungen, sein Kinn war unrasiert, und sein Kurzarmhemd wirkte ungebügelt. Sympathisch waren allerdings die Grübchen um seinen Mund, wie Leo binnen Zehntelsekunden feststellte.

Die schlanke, sportliche Frau mit dem Pferdeschwanz neben dem Grübchenmann hielt Leo einen Ausweis vor die Nase. »Kripo Köln, Hauptkommissarin von Zeh mein Name. Das sind Hauptkommissar Zimmer und Kommissar Fahrenz.«

Hinter Leo tauchte nach Britti Poster auch Greta Lutzinger auf, ebenfalls Zahnarzthelferin. Im Warteraum, der durch eine breite Glasfront von der Rezeption getrennt war, hoben sich Köpfe, ein älterer Herr stand sogar auf und machte einen Schritt auf die Gruppe zu.

Leo holte tief Luft und wandte sich an die Wartenden. »Es ist alles in Ordnung. Alles in Ordnung. In meiner Mittagspause habe ich eine Leiche gefunden, das ist alles. Wirklich alles. Ihre Kehle war durchtrennt, eine Zeitschrift steckte in ihrem Mund, sie war tot, ich hätte nichts mehr tun können, wirklich, und ich ...«

Britti sog hinter Leo die Luft ein. Greta kicherte völlig unpassenderweise.

Eine junge Frau erhob sich und trat neben den älteren Herrn im Wartebereich, jetzt erst erfasste das Schaulustigenfieber die Leute. Leo merkte, dass sie Rede-Mist gebaut hatte, Schweigen wäre in dieser Situation Gold gewesen. Am liebsten hätte sie sich noch mal geohrfeigt, aber der Blick des blonden Großen ruhte immer noch auf ihr, und mehr Peinlichkeit konnte sie wirklich nicht ertragen.

Gerda Horst, die Bulldogge, gewohnt, mit jeder Situation fertigzuwerden, rettete Leo aus dem tiefen Tal des schnelleren Redens als Denkens. »Dr. Kardiff, wollen Sie mit den Kommissaren nicht in Ihr Büro gehen? Dort sind Sie ungestört.«

Leo griff sich den Rettungsanker. »Ja, natürlich, meine Herren, ähm … und Sie auch, Frau … ich hab Ihren Namen …«

»Von Zeh, Hauptkommissarin Birgit von Zeh.«

»… ja, bitte, einfach durch die Tür hinter Ihnen. Dort sind wir … äh … ungestört.«

Die Dreiergruppe drehte sich gehorsam um und ging auf die Tür zu.

Leo wurde klar, dass sie in keinem Fall eine Verdächtige sein konnte, denn die Polizeibeamten hätten sich sonst niemals so höflich benommen. Sie überlegte, ob sie ihnen drinnen einen Kaffee anbieten durfte oder ob das schon in Richtung Bestechung ging. Oder sollte sie sofort Magister Heinz anrufen, ein zweites Mal seine Hilfe erbitten? Quatsch, Steuern hatte sie ja nicht hinterzogen, und noch mal hätte sie sein Hundegetätschel auf ihrem Kopf nicht ertragen. Leo dachte lieber an die Therapie, an Sharif, an seine Stimme, wenn er sie in die Tiefe lotste – erst mal Augen schließen, Leo –, und schloss die Augen.

Leo rannte in den Türrahmen, stieß sich die Stirn, riss die Augen wieder auf, öffnete die Tür, ließ die Beamten eintreten, rieb sich die Stirn, dachte, dass sie wohl doch einen Anwalt bräuchte, bei ihrem dummen Benehmen.

Britti Poster zog sie von hinten am Kittel und riss sie aus ihren Gedanken.

»Britti, ich bitte Sie, nicht jetzt. Ich werde Ihnen alles erzählen, wenn die Zeit dafür da ist.«

»Frau Dr. Kardiff.« Brittis Stimme hatte einen beleidigten Unterton. »Ich wollte doch nur nach Frau Reis fragen. Was ist zu tun?«

Leo nahm die Hand von der Stirn, schlug sich damit nun noch mal auf die Backe, aber diesmal unbewusst. »Holen Sie den Sauger aus ihrem Mund, fahren Sie den Behandlungsstuhl wieder hoch und plaudern Sie mit ihr, das können Sie doch richtig gut.«

»Darf ich ihr von Ihrer Leiche erzählen?«

Leo stutzte. Ihre Leiche? War sie Besitzerin der toten alten Dame geworden, weil sie zufällig über sie gestolpert war?

»Reden Sie, worüber Sie möchten, Britti.«

Das würde Britti Poster ohnehin tun.

»Und Sie, Greta, gehen zu Herrn Luftig in die Drei hinein und bitten ihn um viel Geduld, ich komme, so schnell ich kann.«

Greta kicherte schon wieder, verschwand aber wortlos im Gang.

»Soll ich die Termine der restlichen Patienten auf die nächsten Tage verschieben?« Bulldogge Horst behielt wie immer den totalen Überblick.

»Ja, das ist eine gute Idee, Frau Horst. Außer den zwei akuten Schmerzpatienten, die nehme ich auf alle Fälle noch dran.«

Leo spürte Schweiß auf ihren Handflächen und wischte sie an der OP-Hose ab. Dann folgte sie den Kriminalbeamten in ihr Büro und machte die Tür geräuschvoll zu.

Leos Büro war klein, aber dafür gemütlich eingerichtet. Es gab eine breite rote Ledercouch mit vielen Kissen, ein hohes Bücherregal, auf dem neben den Büchern und allerhand Fotos von ihrer Familie in der mittleren Reihe eine Kaffeemaschine stand, und einen kleinen Schreibtisch, darauf, neben einem unbeschriebenen Block, ihr Laptop, davor ein ergonomischer Drehstuhl. Neben dem Regal hingen auf einem Kleiderständer Leos Alltagssachen, ihre Bluse, ihr Rock, wie wirres Blätterwerk, darunter am Boden ihre hohen Schuhe, einer auf die Seite gekippt. Die Ordnung, die sie ihren Töchtern gern predigte, hielt sie selbst selten ein. Auf dem kleinen Basttisch vor der Couch türmten sich Modezeitschriften und darauf ein Taschenbuch, ein Krimi der unteren Kategorie. Zur Entspannung gedacht.

Der große blonde Hauptkommissar, dessen Namen Leo nicht mehr einfallen wollte, hob den Krimi an. »Blutige Nächte« stand auf dem Einband, dazu das Bild einer jungen Frau, die schreiend durch eine dunkle Gasse lief.

Leo fühlte sich mal wieder ertappt. »Das liest sich nur so lange gut, bis man selbst in so was stolpert …«

Der Blonde lächelte, seine Grübchen vertieften sich. »Keine Sorge, meine Mutter liest immer die Cotton-Romane. Ich lese so was auch gern, vor allem morgens beim … na, Sie wissen schon.«

Seine Kollegin warf ihm einen strengen Blick zu. Der Dritte

im Bunde, jung und lässig, setzte sich ohne Aufforderung ans linke Ende der Couch und holte ein iPad unter seiner Jeansjacke heraus. Er schob das Smart Cover nach oben, und es erwachte zum Leben. Das ist also die moderne Version von Block und Bleistift, wenn ich jetzt verhört werde, dachte Leo.

Ihr Herz klopfte zu laut und zu schnell. Immerhin fielen ihr die Namen der drei wieder ein. Zimmer, von Zeh und Fahrenz. Das beruhigte sie ein klein wenig.

»Möchten Sie einen Kaffee?«

Der große blonde Zimmer nickte und Kommissar Fahrenz am iPad auch. Nur Hauptkommissarin von Zeh blickte weiterhin streng, sie hätte sich gut im Guter-Bulle-böser-Bulle-Spiel gemacht. Leo drängte sich an dem Hauptkommissar vorbei zur Kaffeemaschine.

»Ich bin ganz zufällig rein in diese Wohnung, die Tür war ja auf. Ich kam aus der Therapie. Nicht Gesprächstherapie, nein, ich bin nicht psychisch krank, nicht dass Sie so was denken. Ich mache eine Hypnosetherapie gegen meine Phobien. Ich meine, ich habe nur eine, und die habe ich mit der Therapie im Griff. Wirklich. Möchten Sie einen Espresso oder lieber einen Crema?«

Leos Mund war ganz trocken vor Aufregung. Hauptkommissar Zimmer legte seine Hand auf ihre Schulter. Sie hob den Kopf und sah in grüne Augen.

»Das mit dem Kaffee hat Zeit, Frau Dr. Kardiff. Wir müssen eigentlich mit Ihrem Kollegen Dr. Frederic Lang sprechen. Könnten Sie ihn dazuholen?«

Die Berührung an ihrer Schulter und der sanfte Tonfall des Blonden ließen Leo vor Erleichterung laut ausatmen. »Ja, selbstverständlich. Wobei mein Kollege sicher wie immer enorm beschäftigt ist. Er ist sehr gefragt, und vor allem unsere weiblichen Patienten werden lieber von ihm als –«

Die strenge Hauptkommissarin unterbrach sie. »Die Tote, Frau Hedda Kernbach, war eine seiner Patientinnen. Wenn Sie jetzt so nett wären.«

Leo nickte. Es fiel ihr wie Schuppen von den Augen. Dieses Gefühl, als sie die Tote gefunden hatte. Sie war ihr bekannt vorgekommen. Das war es. Eine Patientin von Dr. Frederic Lang, dem smarten und immer charmanten Kollegen, der die Praxis zusammen mit ihrem Vater gegründet hatte.

Natürlich musste Leo diese Hedda Kernbach gekannt haben, sie wahrgenommen haben im Wartezimmer, auf dem Gang oder auch in einem der Behandlungsräume. Vielleicht war die alte Dame sogar einmal auf einem ihrer Stühle gelandet, wenn Frederic auf Urlaub gewesen war. Irgendwie machte das die Sache für Leo noch schlimmer.

Sie machte die Bürotür wieder auf und rannte zu Gerda Horst an die Rezeption. »Könnten Sie Dr. Lang zu mir holen, bitte, sofort?«

Gerda Horst nickte, und Leo rannte wieder zurück, warf einen schnellen Blick Richtung Wartebereich, stellte sich Frau Kernbach vor, wie sie wartete, eine Zeitschrift durchblätternd, ein wenig unruhig vor dem Zahnarztbesuch und der Diagnose. Das Bild der alten Dame auf dem Boden des überladenen Wohnzimmers tauchte mit voller Wucht vor Leos innerem Auge auf. Der Körper reglos, das Blut auf dem Perserteppich, die klaffende Wunde an der Kehle und die Zeitschrift, die wie ein monströser, turmartiger Tumor aus dem Mund der Toten ragte.

Als sich Leo zum dritten Mal an diesem langen, sehr langen Tag auf die Backe schlug, geschah es hart und mit einem lauten Klatsch. Die drei Kriminalbeamten von der Kölner Kripo sahen gleichzeitig zu ihr hin, sie konnte sehen, wie Zimmer verwundert eine Braue hochzog. Aber diesmal war es Leo egal, ob es peinlich wirkte oder nicht.

Diesmal war es wichtiger, nicht in Ohnmacht zu fallen.

»Wollen Sie Milch oder Zucker zu Ihrem Kaffee?«

VIER

Erst kurz nach neun kehrte Ruhe in der Praxis ein.

Leo hatte noch Patienten von Frederic übernommen, während er mit den Ermittlern sprach. Frederic hatte die drei in sein Büro hinübergebeten, wahrscheinlich, weil es größer war, das Ambiente dort eleganter und geordneter. Das Letzte, was Leo mitbekommen hatte, war, dass die strenge Hauptkommissarin ihn danach gefragt hatte, wo er denn in der Mittagspause gewesen sei. Später baten die Beamten noch Gerda Horst hinein, sicher wollten sie die Krankenakten von Hedda Kernbach einsehen.

Nach Bulldogge Gerda war Britti Poster gerufen worden. Die anderen Helferinnen und auch den Zahntechniker, der immer mittwochs in der Praxis war, bat man ebenfalls der Reihe nach ins Büro. Hinterher erzählte Britti aufgeregt, dass sie alle nach ihrem Aufenthaltsort während der Mittagspause befragt worden seien. Lächerlich, wie Leo fand. Nur weil sie zufällig Hedda Kernbach gefunden hatte.

Trotzdem hatte sich Britti erleichtert und stolz gezeigt, dass sie ein wasserdichtes Alibi hatte. Seit einigen Wochen opferte sie ihre Mittagspausen, um in den zwei Stunden die Notizen von Dr. Lang aufzunehmen. Also musste sich auch Leos Kollege um ein Alibi schon mal keine Sorgen machen. Nach einer guten Stunde waren die Ermittler von Frederic hinausgeleitet worden. Es hatte Getuschel und Gewisper gegeben, nur Leo hatte die letzten beiden Schmerzpatienten behandelt und eisern geschwiegen.

Britti war die letzte der Helferinnen, die nun die Eingangstür hinter sich zuzog. In ihrer freien Hand hatte sie schon ihr Smartphone und tippte mit dem Daumen darauf herum.

»Aber morgen müssen Sie uns alles erzählen, Frau Doktor, morgen gibt's keine Ausreden mehr!«, hatte sie zum Abschied gerufen. Leo dachte an Katastrophentourismus und Staus auf der Autobahn nach einem Unfall, verursacht durch Schaulustige.

Ein letztes Klacken, als die Tür ins Schloss fiel, dann machte sich eine fast anmaßende Stille in den Behandlungsräumen breit. Kaum vorstellbar, dass so viele Menschen hier herumgewandert waren. Erst morgen früh um sechs, wenn die Putzfrauen kamen, würde der Lärm wieder erwachen.

Leo streckte sich durch; das Knacken in ihrem verspannten Nacken wirkte wie ein Knall. Ihr war es so vorgekommen, als lauerten ihre Angestellten und auch die restlichen Patienten wie Geier darauf, die ganze Geschichte von dem Mord und der Leiche zu erfahren. Als Leo zwischendurch laut »Morgen rede ich, heute bin ich zu fertig – damit das klar ist!« gerufen hatte, war tatsächlich ein herzhaftes »Super!« aus einem der Zimmer zurückgekommen.

Die Erschöpfung machte sich in Leos Körper breit. Selbst den grünen OP-Anzug aus- und die Alltagsklamotten wieder anzuziehen war wie Bergeversetzen. Sie setzte sich noch einmal auf die rote Couch; ihr Kopf brummte, und sie wollte den harten Tag mit Atemübungen, die sie bei Sharif El Benna gelernt hatte, ausklingen lassen. Die halfen nicht nur gegen ihre Spritzenphobie, sondern auch bei Kopfschmerzen und totaler Müdigkeit.

Augen schließen, damit ging es immer los.

Leo ließ ihre Lider nach unten fallen, da lag die tote Frau am Boden, ihre Kehle war aufgerissen, eine Zeitschrift steckte in ihrem offenen Mund. Leo drückte ihre Augendeckel fester zu, presste sie zusammen, um das Entspannungsritual zu erzwingen. Da stand der Mund der Frau offen und klaffte wie eine rot beleuchtete Höhle, etwas war daraus herausgerissen worden.

Plötzlich wusste Leo nicht mehr, wie die Übung weiterging, was kam nach dem Augenschließen? Sie hatte alles, aber auch alles vergessen, was ihr der Tunesier beigebracht hatte, alles war verschluckt worden von diesem offenen Mund, in dem etwas fehlte, das Leo kannte, das jeder Zahnarzt kennen musste. Die Tote war Patientin in dieser Praxis gewesen, und sie fragte sich, ob Frederic den Ermittlern auch seine ganz privaten Patientenakten gezeigt hatte, die klassischen Notizen, die sich Zahnärzte zu ihren Kunden machten. Mit seinen ganz persönlichen Bemerkungen. Das würde sie selbst jetzt brennend interessieren. Leo riss den Kopf nach oben.

Dr. Frederic Lang und ihr Vater hatten die Praxis in einer Zeit gegründet, als es noch keine Computer und elektronischen Datenbanken gab. Damals war alles per Hand notiert und aufgelistet worden. Frederic hatte sich immer solche Notizen zu den jeweiligen Patienten gemacht, manchmal fachlicher, aber oft auch privater Natur. Seiner Meinung nach diente es der individuellen Ausrichtung seiner Arbeit auf den Patienten; Frederic war ein Perfektionist, wie er im Buche steht.

Auch heute noch, in den bequemen Zeiten von Computer und Clouds, pflegte er diesen alten Brauch der persönlichen Notiz. In diesen handgeschriebenen Akten waren sicher auch seine Leistungen, die Besonderheiten und Feinheiten seiner Zahnbehandlungen erfasst, die Hedda Kernbach im Laufe der Zeit bekommen hatte.

Allerdings schrieb Frederic seine Eindrücke nicht mehr selbst auf – er hatte sich in diesen hektischen Jahren eine Klaue zugelegt, die selbst er beim zweiten Lesen nicht mehr entziffern konnte. Dr. Lang ließ schreiben, von seiner jeweils neuesten Lieblingshelferin. Er diktierte in den Mittagspausen wie früher die Chefs der großen Konzerne ihren Privatsekretärinnen. Leo wunderte sich, dass sich vor allem in der heutigen Zeit keine der jungen Frauen, die als Helferinnen in der Praxis arbeiteten, je über ihn beschwerte. Im Gegenteil, sie sahen es als Privileg an, dem eleganten Herrn Doktor zu dienen.

Zurzeit war es eben Britti Poster, die nach Frederics Worten Buch führte. Jede Mittagspause zitierte er sie herein, und wenn Leo und die anderen aus der Pause zurückkamen, kam eine völlig erschöpft aussehende Britti aus Frederics Büro.

Leo vermutete stark, dass Frederic sich gescheut hatte, den Ermittlern diese ganz privaten Notizen zur Verfügung zu stellen. Er konnte und mochte sich sicher nicht vorstellen, dass ein Satz, ein Wort oder ein Gedanke von ihm in eine Mordermittlung gehörte. Aber wenn doch? Die Kommissare mussten Frederic dazu befragt haben, der fehlende Zahnersatz des Mordopfers war doch sicher dem – wie hieß der Fachausdruck? – Rechtsmediziner bei der Polizei aufgefallen, oder? Warum hatte ihr gegenüber keiner die Lücke im Gebiss der Toten erwähnt?

Es begann, an Leo zu nagen. Jetzt hätte sie gern gewusst, was in diesen »Geheimakten« ihres Kollegen stand. Sie würde ihn morgen früh gleich darauf ansprechen. Obwohl er sicher nicht damit herausrücken würde. Vielleicht, weil er noch wie Leos Vater einer anderen Generation entstammte.

Obwohl Dr. Gerwald Hubertus zu Hause gern erzählt hatte, wie viel ihm der eine oder andere Dauerpatient mit seinen schlechten Zähnen eingebracht hatte. »Du bekommst den neuen Wagen, den du angeblich so dringend brauchst«, hatte Gerwald mal zu seiner Exfrau Agathe, Leos Mutter, gesagt. »Mein neuer Patient ist ein Süßigkeitenliebhaber mit angedachtem Dauerabo bei mir.« Das war auch der Grund, wieso Leo ungern Süßes aß, es erinnerte sie zu sehr an Papa und seine gut zahlenden Dauerabonnenten.

Doch zur Verteidigung ihres Kollegen musste Leo zugeben, dass er nicht nur altmodisch seine Notizen pflegte, er war es auch, der die Modernisierung vorantrieb. Er hatte den 3-D-Scanner angeregt, der bald geliefert werden würde und den Betrieb sicher weiter florieren ließe. Und spendierte er nicht immer zu Weihnachten ein üppiges Büfett für die Belegschaft?

Frederic pflegte einen guten Umgang mit Mitarbeitern und Patienten. Seine Art, den Menschen direkt ins Gesicht zu schauen, tief in die Augen, und langsame Sätze und Nebensätze aneinanderzureihen, wirkten selbst bei den Ängstlichen und Phobischen wie ein fleischgewordenes Valium.

Bei den Frauen kam noch dazu, dass Frederic mit seinem vollen dunklen Haar, das fast zu perfekt, um natürlich zu sein, von grauen Streifen durchzogen wurde, und mit seinem Stil, unter dem Kittel immer ein schwarzes Hemd mit offenem Kragen, kombiniert mit einer lässigen Jeans als Beinkleidung, zu tragen, einfach bombig ankam. Sein angedeuteter Handkuss und seine gepflegten Hände taten ihr Übriges. Frederic war der ältere George Clooney unter den Zahnärzten.

Auf Leo hatte Frederics Charme keine Wirkung, für sie war er der Onkel aus Papas Praxis von früher, der Unterstützer während ihres Studiums und seit nun mehr schon über zehn Jahren Mitinhaber ihrer Gemeinschaftspraxis. Er hatte sofort zugestimmt, Leo ins Boot zu holen, als ihr Vater krankheitsbedingt aufhören musste. Für Frederic, der sich zunehmend auf Privatpatienten konzentriert hatte, war Leo die willkommene Partnerin, die für ihn das Gros der Kassenmenschen übernahm. Leo akzeptierte dieses Arrangement, und sie kamen bestens miteinander aus.

Trotzdem wollte sie heute etwas hinter seinem Rücken tun. Musste es tun, je länger es in ihrem Kopf herumspukte. Bis morgen warten und dann artig fragen verblasste als Option mehr und mehr.

Die Tür zu Frederics Büro würde verschlossen sein, aber Gerda Horst hatte einen Generalschlüssel hinter der Rezeption in einer der Schubladen liegen. Leo hatte davon erst vor einem Jahr erfahren, als sie den Schlüssel für ihr eigenes Büro verloren hatte. Dumm nur, dass sie sich nicht mehr genau erinnern konnte, wo das Ding lag.

Sie verließ ihr Büro, ging hinter den Empfang und begann, die Schubladen aufzuziehen. Natürlich lag der Schlüssel in der untersten.

Das Klicken des Schlosses und das leichte Quietschen von Frederics Bürotür kamen ihr laut, fast dröhnend vor. War es richtig von ihr, ohne seine Erlaubnis einzudringen? Sollte sie ihn nicht doch einfach persönlich fragen? Leo fand ihre Neugier etwas schamlos und unverhältnismäßig. Besser, sie ließ ihr Vorhaben sein, der Tag war grauenhaft genug gewesen.

Aber dann sah sie die alte Dame wieder vor sich, sah den Blick der Toten starr auf die Engelchen am Lüster gerichtet, sah den offenen Mund mit der Zahnlücke zwischen den Mularen und Praemularen. Wäre sie nicht Zahnärztin, hätte diese Lücke in den hinteren Zähnen sicher keinen so nachhaltigen Eindruck bei ihr hinterlassen.

Leo machte die Tür nur einen Spaltbreit auf und quetschte sich hinein, als ob das ihr Eindringen harmloser machen würde.

In Frederics Büro brannte auf seinen Wunsch hin immer eine rosa Salzkristalllampe in der Größe eines ausgewachsenen

Hundes, sie stand auf einem Sockel neben einer edlen Sitzecke aus weißem Leder und tauchte den Raum in ein sanftes, weiches Licht. Das Zimmer war fast doppelt so groß wie Leos Büro, eine Front wurde von einem hohen Wandregal mit Büchern und Akten eingenommen, vor dem ein antiker Schreibtisch stand. Es gab hier keinen Computer; Frederic war ganz die alte Schule in dem Raum, in dem er seine Pausen verbrachte.

Mehr als einmal hatte Gerda Horst Frederic verzweifelt darum gebeten, ihr doch für die Computerkartei mehr Details zukommen zu lassen. Doch Frederic gab der Öffentlichkeit nur das Notwendigste preis.

Leo musste an Britti Poster denken und fragte sich, ob Frederic von ihrer ungehemmten Plapperei und Veröffentlichungswut wusste. Die Helferin hätte besser in einen Friseursalon gepasst. Zu ihrer Verteidigung aber war festzustellen, dass sie bis jetzt nichts von den gemeinsamen Mittagspausen mit Dr. Lang herausposaunt, oder wie es so schön hieß, gepostet hatte, also gab es an der hübschen Brünetten vielleicht auch eine schweigsame Seite. Eine fleißige und kompetente Zahnarzthelferin war sie auf alle Fälle.

In der hinteren Ecke, am Ende des Bücherregals, stand eine hohe Bodenvase mit immer frischen Blumen, auch das war einer der Wünsche von Dr. Lang. Sie verdeckte elegant eine schmale Brandschutztür, von der aus man in den Gang und direkt zur Treppe kam. Die Blumen dufteten leicht und verstärkten das elegante Ambiente des Büroraumes noch zusätzlich.

Leo tippelte auf Zehenspitzen zu dem Wandregal und konzentrierte sich auf die Aufschriften der Akten.

»Kann ich dir helfen, Leo?«

Das kam so überraschend, dass Leo aufquiekte wie ein kleines Ferkel. Sie drehte sich auf dem Absatz herum, verlor fast das Gleichgewicht und hielt sich am Schreibtisch fest. Frederic musste noch mal zurückgekommen sein oder hatte etwas in einem der Behandlungsräume zu tun gehabt. Leo hatte ihn glatt überhört und übersehen. Die Blamage war perfekt.

Dr. Lang trug über seiner Jeans sein klassisches schwarzes Hemd, darüber statt des Arztkittels ein blaues Gilet mit einem ebenfalls blauen Seidenschal. Mit der randlosen Brille sah er ein wenig wie ein Priester mit einer Diakonstola aus. Leo fühlte das dringende Bedürfnis, um Vergebung zu bitten.

»Frederic, ich weiß gar nicht, wie ich das erklären soll … der Tag heute … die tote Frau … ich …« Plötzlich kamen ihr die Tränen. Sie weinte heftig und unerwartet, jetzt erst rollte dieser ganze Druck wie ein Erdrutsch über sie hinweg.

»Na, na, na …!« Frederic war mit drei großen Schritten bei ihr und nahm sie in den Arm. Leo kam sich klein und hilflos vor, sie war wieder fünf und hatte einen schlimmen Tag in Papas Praxis hinter sich, die vielen traurigen Menschen, die Geräusche, das Bohren und Papa mit Blut auf dem Kittel, der ihr weismachen wollte, all das sei gar nicht so schlimm, all das müsse man hinnehmen wie ein Mann, auch wenn man ein kleines Mädchen mit niedlichen Löckchen war.

Leo heulte und schluchzte, während Frederic ihr mit einer Hand über den Kopf strich und mit der anderen eine Packung Taschentücher aus seinem Schreibtisch zauberte. Sie griff danach und schnäuzte sich, weinte weiter, schnäuzte sich noch mal. Am Ende stiegen nur noch tiefe Seufzer aus ihrer Brust hoch, und ihre Wangen brannten von den salzigen Tränen. Frederic führte sie zu der weißen Sitzecke, drückte sie nach unten und setzte sich neben sie. Er nahm ihre Hand und streichelte sie ganz sanft, als ob sie eine kranke Katze oder ein verwundetes Reh wäre.

Die große Salzkristalllampe warf ihr schimmerndes Licht auf sie beide, und für wenige Sekunden war es Leo, als ob sie sich nach all der Zeit in Frederic verlieben könnte. Magister Heinz hinter sich lassen und mit Frederic wie in einem schnulzigen Film ein neues Leben als Dr. Lang-Kardiff beginnen könnte.

»Trotzdem will ich jetzt wissen, was du in meinem Büro wolltest, Leo.«

Der Dornenvögel-Moment war vorbei, und Frederic ließ ihre Hand los. Er schob sich die randlose Brille höher auf die Nase und sah sie streng an.

Leo schluckte schwer. »Ich wollte nach den Akten von Hedda Kernbach gucken.«

»Wozu das denn?«

In der einen Sekunde wollte Leo alles erzählen, von dem Auffinden der Leiche, der aufgeschlitzten Kehle, der Zeitschrift und vor allem der Lücke in ihrem Gebiss, in der nächsten hinderte der Gedanke, Frederic würde nach diesem Gespräch sofort ihren Vater anrufen und ihm von der wunderlichen Tochter erzählen, sie daran. Dr. Hubertus würde spätestens morgen auf der Matte stehen, um sich nach ihrem Befinden zu erkundigen. Von allen Dingen, die sie nach diesem Tag brauchte, gehörte ihr Vater am allerwenigsten dazu.

»Ich wollte nach ihrer Adresse schauen, damit wir für die Beerdigung sammeln und Blumen schicken können.« Eine Notlüge sollte nach diesem Tag gestattet sein.

Frederic hob die Augenbrauen. »Da hättest du nur den Computer hochfahren und ihre Karteikarte aufrufen brauchen, Kind.«

Kind! Das hatte sie sich verdient. Kindchen bei Magister Heinz, Kind bei Dr. Lang. Die vierundvierzig Jahre waren scheinbar nur an ihren Falten abzulesen.

»Natürlich, ich bin ja so blöd, entschuldige!« Dann wagte sie doch einen schnellen Schuss ins Blaue. »Hast du Hedda Kernbach eine Brücke vom Siebener bis zum Vierer gemacht?«

»Das habe ich tatsächlich. Warum fragst du?«

»Eine Goldbrücke, oder?«

»Mein Gott, Leo, Frau Kernbach war eine der Letzten aus der Kernbach-Pudding-Dynastie, natürlich konnte sie sich eine Goldbrücke leisten. Aber ich verstehe nicht, was das jetzt …?«

Kernbach. Die Pudding-Herstellung. Leo fiel es wie Schuppen von den müden Lidern. Hedda Kernbach, die Pudding-Witwe. Sicher eine unglaublich gute Privatpatientin.

»Schon gut, schon gut, Frederic, tut mir leid, ich bin nur so …« Leos Smartphone begann zu singen, diesmal »Ebony And Ivory« von Paul McCartney, die Musik hatte Leo für ihre Töchter ausgewählt. Sie und Frederic zuckten synchron zusammen. Leo musste lachen. Sie war wirklich die geborene Einbrecherin, lief auf Zehenspitzen und ließ zur gleichen Zeit ihr Handy an. Super.

»Das sind Nathi und Lulu, ich muss da ran.« Leo stand schnell auf und stolperte Richtung Tür. Hinter sich hörte sie, wie Frederic tief Luft holte, als wollte er doch noch seinen Unmut über ihr Eindringen kundtun. Sie riss das Smartphone an ihr Ohr, winkte ihrem Kollegen schnell zu und huschte aus dem gediegenen Büro hinaus.

Während Leo Handtasche und Jacke schnappte und die Praxis wie ein schneller Kreisel verließ, um sich endlich auf den Weg nach Hause zu machen, während Nathalie ihr das Ohr über die Mathearbeit abkaute und Luise im Hintergrund brüllte, sie sei schweinehungrig und wo Mama denn wäre, kreisten Leos Gedanken weiter um Hedda Kernbach.

Der Täter hatte also eine Goldbrücke aus dem Mund seines Opfers entfernt. Um sie zu Geld zu machen? Warum aber war dann nicht mehr gestohlen worden? Leo hatte nicht den Eindruck gehabt, als ob ein Einbrecher in der Wohnung der alten Dame gewütet hätte. Hatte sie ihn gestört?

Leos Kehle fühlte sich heiß und trocken an. Sie musste schnell nach Hause, ihre Töchter füttern und sich ausruhen. Als sie in den Lift stieg, tauchte Frederic hinter ihr auf, er trug jetzt einen dunkelblauen Mantel. Er stellte sich neben sie und drückte auf E. Im hellen Licht der Kabine sah er elegant aus wie immer, ein älterer Mann, der sich richtig gut gehalten hatte. Sein berechtigter Ärger über ihren irrwitzigen Versuch, an seine Aufzeichnungen heranzukommen, war zum Glück verschwunden.

»Weißt du, was ich in Hedda Kernbachs Akte angemerkt habe?« Frederic grinste breit, und plötzlich war er wieder der nette Onkel aus ihrer Kindheit. Er blinzelte ihr zu. »Eine goldene Brücke für eine Frau im goldenen Alter. Die Kernbach, die in Gold beziehungsweise Geld schwimmt.«

Leo lachte hell auf. Sein Humor überraschte sie. Doch schnell wurde er wieder seriös.

»Hat deine Nathi die Arbeit bestanden?«

»Eins minus!«

»Ich gratuliere. Ein kluges Kind.«

Es war ein spätes, kurzes Feierabendgespräch, wie immer.

Fast.

FÜNF

»Ich hab 'ne supertolle App geladen, mit der kann man seine Steaks auf den Punkt genau grillen. Interessiert, Skipper?«

Per Kowalski hielt sein Smartphone wie eine Trophäe nach oben und winkte damit in Jakob Zimmers Richtung, als dieser eben sein Büro verließ und sich die Windjacke überzog. Draußen hatte nach dem schönen sonnigen Tag abends leichter Regen eingesetzt.

Pers Angebot ließ Jakob unbeeindruckt. »Erstens, Per, habe ich kein Smartphone, zweitens bin ich Vegetarier, und drittens, wenn du mich noch einmal Skipper nennst, bist du ab sofort für immer der Pinguin Kowalski aus Madagaskar. Der, der immer den Klugscheißer gibt.«

Per fuhr sich schuldbewusst mit seiner freien Hand über den Mund, dann an sein Herz, am Ende machte er eine kleine Verneigung nach vorn. »Du bist der Boss, Erster Hauptkommissar! Wenn wir Birgit als den irren Rico einsetzen, könnte Luis der knuffige Private sein.«

Hinter Per tauchte Luis Fahrenz wie aufs Stichwort auf. Die beiden teilten sich in dem Großraumbüro einen breiten Schreibtisch, Jakob hatte ein eigenes Zimmer dahinter mit einer verglasten Tür. So konnte er seine Kollegen im Auge behalten. Sie ihn ebenfalls.

In den Händen hielt Luis sein iPad, das zu ihm gehörte wie eine dritte Hand. Er grinste übers ganze Gesicht. »Da möchte ich dabei sein, wenn Frau Hauptkommissarin Birgit von Zeh eine Sprengladung auskotzt!«

Per und er grölten.

Auch Jakob musste lachen. Gleichzeitig fragte er sich, ob es ein gutes Licht auf ihn und seine Kollegen warf, dass sie über die »Pinguine aus Madagaskar« so gut Bescheid wussten. Immerhin hatten er, Luis und auch Per keine Kinder, nur Birgit von Zeh guckte die Zeichentrickserie mit ihren beiden Söhnen.

Bevor er seine Gedanken über Zeichentrickpinguine und

Ermittler weiterspinnen konnte, klingelte sein stinknormales Handy. Jakob hinkte technisch gesehen gern etwas hinterher.

Harro de Närtens vom Rechtsmedizinischen Institut am Melatengürtel war dran. »Pass auf, Jakob. Den Todeszeitpunkt der alten Dame kann ich zwischen elf und dreizehn Uhr festlegen. Eher zu dreizehn Uhr hin.«

»Der Täter und unsere Hauptzeugin haben sich also quasi die Türklinke in die Hand gegeben.«

»Sieht so aus. Weiter: Speiseröhre und Luftröhre wurden mit einem einzigen Schnitt durchtrennt. Der Schildknorpel gespalten. Der Halswirbel wurde dabei verletzt. Nach dem Winkel der Wunde zu urteilen, stand der Täter direkt vor ihr. Die Dame Kernbach ist am schnellen Blutverlust gestorben. Nach dem Schnitt hat sie höchstens noch ein, zwei Minuten gelebt.«

»Und wozu dann die gerollte Zeitschrift, die laut Aussage unserer Hauptzeugin in ihrem Rachen steckte?«

»Ich habe kleine Papierfetzen im Mundraum gefunden. Stammen eindeutig von der Zeitschrift. Vielleicht wollte der Täter sichergehen.«

»Wäre sie denn erstickt an der Papierrolle?«

»Kann ich nicht sagen, da die Todesursache ganz klar der Kehlkopfschnitt war. Aber ich kann dir durch die Verletzung an den hinteren Halswirbeln die Tatwaffe präsentieren: ein Schinkenmesser.«

»Also eins, das es in fast jeder Küche gibt?«

»Ich gehe davon aus. Dieses Schinkenmesser hatte eine spitz zulaufende Stahlklinge und war hervorragend geschärft. Die Klingenlänge müsste um die dreiundzwanzig Zentimeter betragen. Die Breite des Klingenrückens setze ich bei drei Komma zwei Millimeter an. Keine weiteren Besonderheiten an den Schnitträndern an Haut und Knochen des Opfers zu erkennen. So weit meine erste Einschätzung, mehr kriegst du in den nächsten Tagen.«

Jakob Zimmer musste an Pers Grillsteak-App denken. Ob es auch eine App fürs Kehledurchschneiden gab? Sicher doch, bei der grenzenlosen Auswahl. Er beschloss, sich niemals ein Smartphone zuzulegen.

»Was ist mit der Zahnbrücke, die im Mund der Toten fehlte?«

Jakob dachte an die Zahnärztin, die das Opfer gefunden hatte. Wie sie um die Ecke gerast war und fast ihr Gleichgewicht verloren hatte. Sie hatte sich tapfer gehalten, andere hätten nach so einem Erlebnis einen Nervenzusammenbruch erlitten. Vielleicht lag das an ihrem Beruf, wer bitte bohrte schon gern freiwillig in den Zähnen seiner Mitmenschen herum? Apropos Zähne, sein hinterer Backenzahn tat auch schon seit längerer Zeit weh, vielleicht sollte er …

»… am Kiefer erkennen.«

Jakob hatte die Antwort des fülligen Rechtsmediziners nicht mitbekommen. »Entschuldige, Harro, ich hab grad tausend Dinge im Kopf. Stichwort Brücke …«

»Ob ihr dieser Zahnersatz direkt vor oder nach dem Tod entfernt wurde, kann ich nicht sagen. Jedenfalls ist der Kiefer unter dieser Gewalteinwirkung gebrochen. Wie gesagt, das war nur ein erster Überblick.«

Harro de Närtens legte ohne Gruß auf. Entweder wollte er endlich in den verdienten Feierabend, oder das nächste Opfer wartete bereits unter einem Laken auf Harros fachkundigen Blick. Wer dort lag, brauchte keine Windjacke gegen den Frühlingsregen mehr. Dort war der Tod zu Hause, dem sein Team und er ein Mäntelchen der Gerechtigkeit umhängen konnten, wenn der Täter gefasst wurde. Mehr nicht. Aber auch nicht weniger. Vielleicht brauchten sie deshalb am Ende mancher Tage einfach nur eine Kinderserie mit durchgeknallten Pinguinen.

Sein Handy klingelte wieder.

Oberstaatsanwalt Theo Prunk wollte wissen, ob man denn morgens um zehn schon eine Pressekonferenz geben konnte. Jakob Zimmer gab die Frage an Luis Fahrenz und Per Kowalski weiter, die nur mit den Schultern zuckten. Seit dem Auffinden der Leiche gab es noch keine nennenswerten Ergebnisse. Doch im Internetzeitalter brauchte man schnelle Statements, um eine schlechte Presse abzuwehren. Jakob traf eine Entscheidung.

»Morgen, zehn Uhr, ich bin da.« Diesmal legte er grußlos auf.

Seit der Name Hedda Kernbach, Witwe des Pudding-

Millionärs Erich Kernbach, gefallen war, stand fest, dass der Fall mehr als sonst die Öffentlichkeit beschäftigen würde. Kein Wunder, dass schon wenige Stunden nach dem Mord der erste Anruf vom prunkvollen Theo kam, wie die Belegschaft den Oberstaatsanwalt nannte.

Wieder unterbrach ihn das Handy. Wer hatte diese Dinger erfunden? Früher hatte er seine Fahndungserfolge auch ohne sie gehabt. Diesmal war allerdings seine Mutter dran.

»Mama, ich bin noch auf dem Präsidium.«

»Ich wollte dich nicht bei der Jagd stören, Schatz!« Ihre Stimme klang weich wie immer. Ihr Jargon heiterte ihn jedes Mal auf.

Was für ihn Zeichentrickserien waren, waren für seine Mutter Stefanie die Jerry-Cotton-Hefte. Sie hatte einmal mit einem Augenzwinkern gesagt, dass sie ihr als alleinerziehende und arbeitende Mutter das stressige Leben über die Jahre erleichtert hätten, sie zu der freundlichen und immer noch bemerkenswert jugendlich wirkenden Frau hätten werden lassen, die jetzt ihren Ruhestand genoss.

In Jakobs Erinnerung saß seine Mutter oft lesend auf der ausziehbaren Couch im Wohnzimmer, das zugleich auch ihr Zimmer gewesen war, das zweite gehörte ganz ihrem Sohn. Wenn er als kleiner Junge nicht einschlafen konnte, stieg er aus seinem Hochbett und lugte um die Ecke. Da saß Mama mit ihrem Heftchen auf den Knien, das Gesicht entspannt und die Wangen gerötet, versunken im nächsten Abenteuer des ewig gut aussehenden und immer erfolgreichen Detektivs.

Vielleicht war Jakob Zimmer deshalb zur Polizei gegangen, weil er seiner Mama ein realer Jerry Cotton sein wollte. Sie hatte sich über seine Entscheidung riesig gefreut und ihm in den Jahren des Studiums und der Ausbildung jede nur erdenkliche Unterstützung zukommen lassen.

Jetzt war er leicht beunruhigt. Seine Mutter rief ihn nur in Notfällen auf dem Handy an. »Du störst nicht, was gibt es?«

»Ich muss ins Krankenhaus, Schatz.«

Jakob bekam mit einem Mal weiche Knie. »Was is, Mama?« Er sah aus dem Augenwinkel Per und Luis die Köpfe heben.

»Es ist wieder das Herz. Heute ging es mir nicht wirklich gut.«

Jakob sog die Luft ein, plötzlich war alles andere nebensächlich.

Die Stimme seiner Mutter klang wie immer. »Dr. Mertens ist eben hier, er war so lieb und hat nach Feierabend noch einen Hausbesuch gemacht. Er möchte mich sofort einweisen, damit ich überwacht werden kann.«

»Ich komme, so schnell ich kann, Mama!«

»Jakob, bleib, wo du bist, es wird alles geregelt. Dr. Mertens überweist mich direkt in die Uniklinik, ins Herzzentrum, da bin ich in besten Händen. Ich pack jetzt mein Köfferchen und fahre mit dem Notarztwagen dahin. Du fängst mal schön die Bösen, und dann kommst du mich besuchen.«

»Ich liebe dich, Mama.« Jakob stiegen die Tränen hoch, es kratzte in seiner Kehle.

»Schatz, es ist alles halb so wild, ehrlich.«

Dann war seine Mutter aus der Leitung verschwunden, und Jakob stand dort mit dem Handy am Ohr und dem Gefühl, er müsse etwas tun. Irgendwas, nur dass ihm nichts einfiel.

Er erinnerte sich, dass sie beide am Ostersonntag einen langen Spaziergang im Stadtwald gemacht hatten, seine Mutter war mehrmals stehen geblieben und hatte sich an die Brust gegriffen. Was für ein schlechter Ermittler er war, dass ihn das nicht zum Nachfragen gebracht hatte. Auch ein schlechter Sohn, der am Schreibtisch stand, statt seine Mutter mit Blaulicht ins Krankenhaus zu fahren.

Per und Luis sahen ihn fragend an. Ihren großen und durchtrainierten Boss wie einen kleinen Jungen mit hängenden Schultern und roten Augen so stehen zu sehen, machte sie unruhig. Per begann auf seiner Zunge zu kauen, ein Tick, wenn er nervös war.

In diesem Moment kam Birgit von Zeh um die Ecke, sie scheuchte die Dreiergruppe auf. »Ich habe den nächsten Angehörigen unseres Opfers aufgetrieben. Ein Neffe, Peter Kernbach-Kessel. Es sind übrigens tatsächlich die Pudding-Kernbachs, also viel Kohle im Spiel.«

Kernbachs gesunde und leckere Puddingkreationen gab es seit den fünfziger Jahren, und bis heute kannte jedes Kind die Werbung mit dem Hamster, der von jeder Puddingsorte zehn Päckchen für die Winterzeit bunkerte. Seit Jahrzehnten immer neu aufbereitet und modernisiert – heute hatte der Pudding-Hamster in seiner Höhle auch ein Smartphone zum Überwintern mit dabei –, war er fast so beliebt wie die Pinguine aus Madagaskar.

Jakob wandte sich schnell seiner Kollegin zu. »Hast du den Neffen direkt gesprochen?«

»Vor einer halben Stunde. Per Handy. Er ist noch beim Golfen auf Mallorca. Ich sage nur Pudding-Millionen. Er nimmt den nächsten Flieger und steht uns morgen Mittag zur Verfügung.«

Luis Fahrenz verwuschelte sich die dunklen Haare, sodass sie kreuz und quer standen, ein wenig so wie bei seinem Boss. Dann klopfte er mit dem linken Zeigefinger auf sein iPad.

»Und ich werde sofort den Passagier Peter Kernbach-Kessel auf den Flugrouten überprüfen. Wann er hin ist und so weiter. Auch sein Golfhotel mit den Reservierungen. Also, wenn er es nicht geschafft hat, unter falschem Namen hierher- und wieder zurückzukommen …«

»Dann hat der auch schon mal ein Alibi.«

Per grunzte. Malträtierte seine Zunge. Er hatte den gesamten Nachmittag und Abend die Nachbarn von Hedda Kernbach vernommen und war frustriert von dem mageren Ergebnis zu seinem Team gestoßen. Keiner hatte etwas gesehen oder gehört.

Jakob kniff die Augen zusammen, er musste sich konzentrieren.

Birgit von Zeh deutete auf seine Windjacke. »Wolltest du schon Feierabend machen?«

Jakob schüttelte den Kopf. Eigentlich hatte er sich auf den Weg zum Tatort machen wollen, sich dort noch mal umsehen, dann den Stand der Spurenermittlung abfragen, zurück ins Präsidium und mit seinen Kollegen eine kurze Besprechung über den morgigen Tag halten. So ein brutaler Mord geschah in Köln nicht alle Tage. Seine Vorgesetzten und die Staatsanwaltschaft wollten schnelle Ergebnisse, die Journalisten würden sich morgen auf der Pressekonferenz mit Fragen überschlagen. Schon jetzt war das Internet mit Berichten und Mutmaßungen voll. Trotzdem. Sein Kopfschütteln ging in ein Nicken über.

»Entschuldigt, Kollegen, aber ich muss los. Meine Mutter ist unterwegs ins Krankenhaus und … na ja, ich muss dahin. Wenn ihr weitermachen könntet, wäre ich … also, keine Widerrede, ihr macht weiter, ich melde mich.«

Per und Luis nickten, nur Birgit blickte skeptisch. Er fragte sich, wie schnell sie sich aus dem Dienst verabschieden würde, wenn einem ihrer Söhne etwas passiert wäre.

Schnell gab Jakob noch die Infos von Rechtsmediziner de Närtens weiter und erwähnte die Pressekonferenz. »Wenn es noch was Wichtiges gibt, quält mich am Handy. Sonst morgen um acht Besprechung unter uns. Vor diesem Presseaufmarsch. Tschüss, Leute!«

Jakob Zimmer zog sich seine Jacke über, stellte den Kragen auf und verließ fluchtartig das Zimmer, ohne noch ein Wort zu verlieren.

Auf dem Weg von Kalk zur Uniklinik in Lindenthal begann es, heftiger zu regnen. Jakob fiel ein, dass der Tatort mit dem Auto keine fünf Minuten von der Klinik entfernt lag, er würde also nach dem Besuch bei seiner Mutter doch noch seiner Ermittlungsarbeit nachgehen.

Bevor er auf den Lindenthalgürtel einbog, hielt Jakob an einem Kiosk und kaufte ein Jerry-Cotton-Sonderheft mit drei Krimis. Er starrte auf das Cover mit dem gezeichneten Unhold, der Jerry mit einer Waffe bedrohte. Jerry sah dabei smart und lässig wie immer aus. Jakob warf das Heft auf den Beifahrersitz und setzte sich in den Wagen, wo er die Regentropfen über die Frontscheibe laufen sah.

In seinem Kopf vermischte sich das Bild der toten Hedda Kernbach mit dem Gesicht seiner Mutter. Zugleich spürte er einen dumpfen Schmerz in seiner Backe, der hintere Zahn meldete sich wieder. Sein Handy klingelte. Die Kollegen schienen keine Viertelstunde ohne ihn auszukommen.

»Was gibt's?«

»Hey, Boss, sorry wegen der Störung. Per hier. Aber die Spurensicherung hat einen weißen Wollfaden auf der Matte vor der Eingangstür gefunden. Leider sind Sanitäter, Beamte und wer weiß, wer sonst noch, darauf herumgetrampelt. Der Faden ist schon im Labor. Aber vielleicht hat auch nur die Kernbach selbst was von ihrer Strickwolle verloren. Alte Damen stricken doch gern. Apropos: Sag deiner Mutter gute Besserung von uns Pinguinen hier.«

Grinsend startete Jakob den Motor.

Der Regen nahm zu.

SECHS

Der bullige Kerl rempelte Heidi Mohn beim Einsteigen schmerzhaft an.

»'tschuldigung, Oma!«

Dann sah er ihr direkt in die Augen. Sein Mund mit den nach vorn gewölbten, breiten Lippen grinste, und seine Augen über den dicken Backen glitzerten, als wäre er soeben einem Märchen als böser Kobold entstiegen. Ich hab dir extra feste in die Rippe gerammelt, altes Weib!, sagten seine Augen, sein Mund und seine ganze Körperhaltung.

Heidi zuckte mit keiner Wimper, nickte nur und setzte sich schnell neben einen jungen Mann, um zu verhindern, dass der Kerl sich auch noch neben ihr in der Straßenbahn breitmachte.

An diesem lauen Mittwochabend hatte sie mit Ann-Kathrin, der Schwester ihres verstorbenen Mannes, nach dem Konzert noch länger vor der Philharmonie gestanden, und sie hatten über alte Zeiten geredet. Ann-Kathrin hatte darauf bestanden, Heidi mit dem Taxi nach Hause zu bringen, aber Heidi wiederum fand es dumm, einen so großen Umweg zu fahren, wo sie doch in genau der entgegengesetzten Richtung wohnte. Sie hatte Ann-Kathrin versprochen, sich ein eigenes Taxi zu rufen, war aber innerlich schon entschlossen gewesen, doch zu Fuß Richtung Neumarkt und der Linie 1 zu marschieren.

Das laue Frühlingswetter hatte viele Nachtschwärmer auf die Straße gelockt.

Der bullige Typ war ihr zuerst nur kurz auf der gegenüberliegenden Straßenseite aufgefallen. Er lehnte an der Hausmauer und spielte mit seinem Handy. Es war ein Blick aus dem Augenwinkel gewesen, und Heidi hatte ihn in ihrem Kurzzeitgedächtnis abgespeichert, weil er einen leuchtenden Schal in Neongrün getragen hatte. Jrasjrön, hatte Heidi kurz gedacht, oder froschjrön, und weit und breit für dä Jung keine Prinzessin. Dann war Ann-Kathrin in ihr Taxi gestiegen, um Richtung schäl Sick, auf die andere Rheinseite, zu fahren, und

Heidi hatte sich mit flotten Schritten auf den Weg zu ihrer Bahn gemacht.

Darauf war sie stolz. Auf ihren flotten Schritt. Auf das Gefühl, noch immer so gut unterwegs zu sein wie früher, als sie noch ein knackig kölsch jung Mädche war. Wenn sie diesen Herbst ihren siebenundsiebzigsten Geburtstag feierte, würde sie genau an diesem Tag auf die Domplatte fahren und nach oben steigen, jawohlja, ganz hinauf auf den Dom, über ihr Kölle schauen und sich selbst zum Jebootsdag gratulieren. Dann ans Grab zu ihrem Martin und trotz der Trauer dankbar sein für die guten Jahre ihrer Ehe.

Am Neumarkt an der Haltestelle hatte sie den grünen Schal wiedergesehen. Diesmal keine zwei Meter von ihr entfernt. Der Bullige spielte nicht mehr mit seinem Handy, er stand, die Hände in den Hosentaschen, schräg rechts von Heidi und sah sie an. Heidi hatte ihren Kopf schnell von ihm weggedreht, in einer großen Stadt wie Köln gab es immer wieder seltsame Geschöpfe, denen man am besten mit Nichtbeachtung begegnete.

Die Eins kam, und mit Heidi drängten sich mehr als genug Fahrgäste in die Bahn. Heidi wollte eben den Bulligen mit seinem grünen Schal aus ihrem Kopf verbannen, da kam der Rempler. Sein Ellbogen bohrte sich schmerzhaft in ihre Seite, spitz und hart, als wolle er ihr eine Rippe brechen. Dann bewegte sich die Menge, der Bullige ließ sein »'tschuldigung, Oma!« los und seinen Blick über Heidi laufen, der Ellbogen verschwand, der Schmerz blieb, dumpf und irgendwie grasgrün wie sein Schal.

Neben dem jungen Mann sitzend, atmete Heidi nun tief ein und aus, atmete den Rempler fort, drückte sich ein wenig an ihren Sitznachbarn, sein Körper sollte ihr die Sicherheit wiedergeben. Der junge Mann sah kurz auf, er hatte Kopfhörer auf den Ohren und sein Smartphone in der Hand, Heidi konnte einen dumpfen Bass hören.

Ihr fiel ihr eigenes Handy ein, das sie von ihrer Freundin Liese zu Weihnachten geschenkt bekommen hatte. Ein einfaches Ding mit großen Tasten, für ältere Leute gemacht. Sie kramte in ihrer Handtasche und fand es unter Bonbons und dem Programmheft.

Endlich kam es zum Einsatz, bisher hatten ihre Telefonate aus einer Verabredung zum Tee und einem Anruf wegen einer Verspätung bestanden. Sie würde ihre Nachbarn, die Sievers, anrufen und einen von ihnen bitten, ihr entgegenzukommen. Das Ehepaar war so reizend und hilfsbereit, das klappte sicher.

Heidi drückte auf den roten Knopf, um es anzumachen, doch nichts tat sich. Sie versuchte es mit dem grünen, aber das doofe Ding blieb schwarz.

»Soll ich Ihnen helfen?«

Der junge Mann hatte eines seiner Ohren vom Kopfhörer befreit und lächelte sie mitleidig an. Warte nur, bis du in mein Alter kommst, min Jung, da wird dich die Technik auch überrennen, dachte Heidi.

»Gern, junger Mann.«

Der Junge nahm Heidis Handy in die Hand und probierte einige der Knöpfe aus. Dann gab er es ihr mit einem Seufzen zurück. »Tut mir leid. Ich denke, der Akku ist leer. Wollen Sie meins benutzen?«

Auch Heidi seufzte. Sie wusste die Nummer nicht auswendig. Zugleich schimpfte sie mit sich, dass sie das Ding monatelang nutzlos in ihrer Handtasche mitschleppte und dann vergaß, es aufzuladen.

»Danke, min Jung, aber es geht schon.«

Der junge Mann zwinkerte ihr zu und schob sich seinen Kopfhörer wieder übers Ohr. Dann schloss er die Augen und begann, mit dem Kopf hin und her zu wippen. Seine Haare waren dunkelblond, leicht gelockt und ließen sie an ihren Martin denken.

Obwohl ihre erste Begegnung nun schon mehr als sechzig Jahre zurücklag, war jedes kleine Detail, jedes gewechselte Wort, selbst der Geruch dieses Februars 1953 noch in Heidis Hirn gespeichert. Oft wusste sie am Abend schon nicht mehr, was sie zu Mittag gegessen hatte, und ohne Liste brauchte sie gar nicht erst in den Supermarkt zu gehen, aber den ersten Kuss von Martin Mohn, dem hübschen gelockten Jungen mit Schellenkappe beim Rosenmontagszug, den meinte sie immer noch auf ihren Lippen zu spüren.

Fünfzehn Lenze war Heidi da jung gewesen, e lecker Mädche mit langen Zöpfen, ohne die Eltern mit einer Freundin unterwegs und aufgeregt. Es war die erste TV-Übertragung vom Kölner Rosenmontagszug, damals noch vom NWDR, und alle waren stolz und glücklich, das Schunkeln und Singen schien kein Ende zu nehmen. Beim »Wer soll das bezahlen, wer hat so viel Geld« stand er dann neben ihr, legte seinen Arm um die blutjunge Heidi. Das Lied klang aus, und der Bursche drehte sich zu ihr und gab ihr ein Bützche direkt auf die rot geschminkten Lippen. Heiß war ihr geworden, so heiß, und da, schon da hatte sie es gespürt, dä Jung würde noch eine Rolle in ihrem Leben spielen.

Die Durchsage in der Bahn – »Nächster Halt Weiden Zentrum« – mischte sich in ihre Gedanken.

Mein Gott, wo sind die Jahre denn hin?, dachte Heidi, stand automatisch auf und hatte durch die Intensität ihrer Erinnerung den bulligen Kerl völlig vergessen. Sie huschte aus der Bahn und überquerte die Gleise. An der Haltestelle gegenüber saß eine junge Frau, die ihr zunickte. Heidi nickte zurück, wusste das Gesicht nicht einzuordnen. Sie verfiel in ihren flotten Schritt, in weniger als fünf Minuten würde sie zu Hause sein. Auf der anderen Straßenseite war ein Pärchen neben ihr, sie schlenderten jung und verliebt daher, das Alter trieb sie noch nicht zur Eile an.

Als Heidi in die Arndtstraße einbog, hörte sie, bevor sie ihren Blick auf das gelbe Häuschen mit gepflegtem Vorgarten und Mosaiksteinen vor der Haustür richten konnte, harte Schritte direkt hinter ihr.

Der Froschjröne, dachte Heidi erschrocken, der ist immer noch da. Ihre Schultern zogen sich hoch, ihre Hände klammerten sich um den Henkel ihrer Handtasche, freiwillig würde sie dem Bulligen ihr Geld nicht überlassen.

»Hallo, Oma!«

Der Bullige kam an ihre Seite. Er passte sein Tempo dem ihren an, und sein Schal machte bei jedem seiner Schritte einen kleinen Schwung nach oben, wie eine Wetterfahne bei leichtem Frühlingswind. Sein Atem ging schwer, er hatte zu kämpfen, um mit Heidis guter Kondition mitzuhalten. Du solltest weniger Bohnen mit Mettendchen essen, dachte sie boshaft.

Dann begannen ihre Gedanken wie ihre Schritte zu rasen, sie dachte an Ann-Kathrin und das Taxi, an Martin und den ersten Kuss, an ihre Skatrunde und an ihre beste Freundin, das Heddalein, an den kleinen Tim, den Sohn ihrer netten Nachbarn, wie er sie um Bonbons anbettelte und sie ihm heute Nachmittag ihren ganzen Vorrat für den laufenden Monat geschenkt hatte. Heidi dachte an ihr Bett und ihren Fernseher, sie sah die Schatulle mit den Dokumenten der bezahlten Beerdigung vor sich, ihren Platz neben Martins letzter Heimstatt.

Wer würde die Blumen am Grab gießen, wenn sie heute Nacht von dem bulligen Grashüpfer erschlagen würde? Die Gedanken schwirrten und sprangen in ihrem Hirn hin und her. In dem Moment fasste sie der Mann am Oberarm und brachte sie zum Stehen.

Heidis Oberkörper war noch mitten im Schwung und kippte fast vornüber, aber der Griff des bulligen Kerls hielt sie eisern umklammert. Er drehte sie herum, und im selben Moment spürte Heidi Knochen und Knöchel auf ihre Lippe treffen, spürte ein Knacken, gefolgt von einem Dröhnen, das in ihrem Kiefer anfing und sich über ihre Augen in ihrem Kopf festfraß.

Die geballte Faust des Bulligen zog sich so schnell zurück, wie sie gekommen war, hinterließ eine aufgeplatzte Lippe, zwei wackelige Vorderzähne und eine leichte Gehirnerschütterung. Noch bevor der Schmerz eingesetzt hatte, hatte die Faust das Sichtfeld für Heidi freigegeben, direkt auf den neongrünen Schal, weshalb sie später bei ihrer Aussage vor der Polizei einzig und allein nur diese Auffälligkeit erwähnen konnte.

Später, als sie mit einem Eisbeutel auf der Lippe schluchzend bei den Sievers, den Eltern von Klein Tim, saß und versuchte, dem Licht der kleinen Lampe zu folgen, das der Notarzt vor ihren Augen kreisen ließ. Später, als ein dicker freundlicher Polizeibeamter ihre Aussage aufnahm und ein kleiner hektischer Dünner die Strecke bis zur Bahn zurücklief, um vielleicht noch Zeugen zu finden.

Die Aussage von Heidi Mohn war für die Polizisten unbrauchbar, denn sie konnte sich nicht einmal mehr daran erinnern, ob der Mann, der sie in Todesangst versetzt und geschlagen hatte, dick oder dünn gewesen war, groß oder klein. Ihr fiel ein, dass ihr Elternhaus im Februar 1943 durch eine Brandbombe schwer beschädigt worden war, damals im Luftkrieg, und wie sie als Fünfjährige hemmungslos im Schutzbunker geweint hatte, weil sie ihre Lieblingspuppe zu Hause vergessen hatte. Aber die Puppe hatte überlebt, wie Mama und Papa und Tante Helga auch.

Der letzte Fetzen Erinnerung an diesen Abend vor dem Überfall war der Mann an der Pauke beim Konzert in der Philharmonie und wie Ann-Kathrin ihr zugeflüstert hatte, dass »dä Jung ganz schön op dat Kalvfell bengelen deit«. Dann folgten nur noch das Neongrün, die Angst, der Schmerz und ein Weinen, das nicht versiegen wollte, bis der Notarzt ihr eine Beruhigungsspritze gab.

Zusätzlich zur dicken Lippe zeigte sich auf ihrem Oberarm am nächsten Morgen ein Bluterguss, in allen Farben schillernd, dort hatte sie der böse Junge gepackt. Den Mantel würde sie nie mehr tragen, der hatte ihr Unglück gebracht.

Heidi Mohn war nur froh, dass sie ihre Handtasche samt Inhalt noch hatte, es hatte sich also augenscheinlich nicht um einen Raubüberfall gehandelt, wie der freundliche dicke Polizist konstatierte. Er notierte eine bösartige Attacke eines vermutlich Betrunkenen auf eine Rentnerin. Anzeige gegen unbekannt sei alles, was man machen könne.

Was der Mann, der Heidi Mohn am Mittwochabend nach Ostern aufgelauert hatte, zu ihr gesagt und wie er ausgesehen hatte, das wollte partout nicht in ihrem Hirn auftauchen.

Der gemütliche Polizist hinterließ bei Heidis Nachbarn, den Sievers, noch seine Durchwahl auf dem Revier, vielleicht würde der alten Dame morgen oder in einer Woche noch etwas zu dem Überfall einfallen, das käme einem oft erst viel später wieder in den Sinn. Dann könnten sich Frau Mohn oder ihre netten Nachbarn bei ihm oder einem seiner Kollegen melden.

Da aber Heidi am nächsten Morgen vom Tod ihrer besten Freundin Hedda erfuhr, verschwand der jrasjröne Frosch im tiefen Brunnen ihres Unterbewusstseins.

SIEBEN

Manchmal habe ich das Gefühl, ein Monster zu sein. Ein abartiges Individuum, das nicht in diese Welt zu passen scheint.

Ich weiß ja nicht, wie andere ihren Alltag auf die Reihe kriegen, ich schaffe nicht mal ein einziges Abendessen ohne Chaos und Streit. Manchmal packt mich so die Lust, dieses Leben einfach hinzuschmeißen und heißa-ho ab nach Kanada oder Mexiko oder ins Internet und sich bei Second Life registrieren. Real oder virtuell, Hauptsache, weg!

Stopp, Leocardia Huberta! Nicht undankbar sein. Nicht das Leben verschreien, das du führst.

Das sollte mir nach heute Mittag wirklich bewusster sein.

Es gibt Schlimmeres als zwei Kinder, die sich mal wieder wegen einer dummen CD von Bruno Mars in die Haare kriegen, oder einen Mann, der sich Magister Heinz nennt, aber so dumme Fragen stellt, dass man ihm als Freundin, nein, ich korrigiere mich, als Geliebte, Daueraffäre, als Liebe-dich-mehr-als-meine-Frau-aber-kann-mich-noch-nicht-scheiden-lassen-Schatz, am liebsten die Suppe über den Kopf kippen würde.

Wie kann mich der Mann fragen, nach diesem Tag, nach all dem, was ich heute erlebt und durchlebt habe, wie kann er mich fragen, warum ich so müde aussehe? Erinnere ich ihn in solchen Stressmomenten zu sehr an seine Frau, die er angeblich hinter sich gelassen hat, außer natürlich zu Weihnachten, Ostern und ihrem Geburtstag?

Scheiße! Soll ich heulen?

Nein, weg mit dem dummen Weiberwasser, wie mein Vater zu sagen pflegte.

Schlimmer wäre es, mit durchtrennter Kehle auf dem Teppich zu liegen. Was hat die arme Frau gesehen, als sie nach oben starrte und ihr letztes Stündlein schlagen fühlte? Auf alle Fälle eine Hand, die ihr eine Zeitschrift in den Mund stopft.

Würg.

Nein! Einfach grässlich! War es nicht genug, sie zu töten und auszurauben? Die Wohnung sah ziemlich ordentlich aus; wenn ich ehrlich bin, glaube ich nicht an einen Einbruch. Aber wie passt dann die entfernte Brücke dazu?

Hmm … eine Goldbrücke … So einfach geht die nicht aus dem Mund. Hat der Mörder eine Zange dabeigehabt? Oder es mit dem Messer gemacht, mit dem er ihr die Kehle …?

Ich sollte mit den Fragen aufhören und endlich einschlafen. Morgen geht es weiter. Dem Wecker ist es egal, ob ich um sechs das Gefühl habe, ein Felsbrocken schlägt in meinem Hirn auf, wenn er klingelt. Immerhin ist es dem Wecker auch egal, ob ich morgen immer noch müde aussehe.

Frechheit!

Ja, da schnarcht Magister Heinz neben mir.

Bin ich glücklich?

Wenn ich heute Nacht sterben müsste, weil ein Wahnsinniger mit Messer und Zeitschrift bewaffnet hier eindringt, würde ich glücklich hinübergehen? Würde Magister Heinz neben mir einfach weiterschlafen, nachdem er mich gefragt hat, warum ich so mausetot aussehe?

Mausetot.

Nathi hat das immer gesagt. Als sie vier war und ich den beiden die alten Märchen vorgelesen habe. Die Hexe wurde in den Ofen gestoßen und verbrannte. Mausetot, Mami. Hat sie dann gesagt. Mausetot ist die Hexe. Und Lulu war immer still. Hat mich mit ihren riesigen Augen angesehen und kein Wort gesagt. Mausestill. Ich vermisse es, dass sie klein sind. Nicht das Leben damals mit Johannes und die schwere Zeit während der Trennung, aber die kleinen Mädchen mit ihren zarten Händchen, die sie mir gegeben haben, wenn wir über die Straße gegangen sind.

Ich verkläre.

Schon damals habe ich mich schlecht gefühlt, weil meine Zwillinge sich oft gestritten haben, sich gern die Puppen und Autos an den Kopf geworfen haben. Die anderen im Supermarkt kreischten nicht im Duett, wenn es keine Süßigkeiten an der Kasse gab, oder spuckten ihre Nanny mit Spinat an. Die Rechnung für die Reinigung war oft höher als der Lohn für Rita. Wenn es darum ging, Rita zu ärgern, waren meine beiden Süßen immer ein Herz und eine Seele. Was wohl aus Rita geworden ist? Ob sie ihr Abi nachgeholt hat?

Man verliert so vieles aus den Augen, wenn die Zeit rennt.

Wie cool meine Töchter heute meinen Bericht über meinen Leichenfund aufgenommen haben. Ich glaube, die Tragweite ist ihnen gar nicht bewusst geworden. Nathalie fand es superspannend, dass ihrer Mutter mal was Aufregendes passiert ist. Und Lulu wollte Details wissen, falls in der Schule einer danach fragt. Die waren richtig enttäuscht, als ich ihnen verboten habe, darüber in der Klasse zu reden. Da war es auf einmal schon wieder weniger spannend. Ich bin mir aber sicher, sie werden trotzdem alles mit ihren Freundinnen bequatschen.

Teenager eben.

Ich muss jetzt endlich schlafen.

Ich vermisse meine Puppe Popsi.

Wenn ich schon vor meiner Therapie die offene Tür gesehen hätte, wäre es vielleicht nicht passiert, oder? War ich mal wieder zu gestresst? Zu müde? Trage ich eine Mitschuld am Tod der alten Dame?

Der Tod der alten Dame, ein guter Titel für einen Krimi.

Da kann man mit Freude Mordsbücher lesen und fährt mit Serienkillern in Urlaub, aber wenn die Realität zuschlägt, ist man fassungslos. Hilflos.

Ich habe mich hilflos gefühlt. Das ist das Schlimmste, oder?

Jetzt heule ich doch. Egal. Ich muss sowieso aufs Klo. Da putz ich mir gleich die Nase.

Hilflos wie damals, als Johannes mich verlassen hat. Die letzte Nacht mit ihm zusammen in einem Bett werde ich niemals vergessen. Johannes hat aber nie geschnarcht, so wie Heinz. Dafür war er ein wahrer Meister im Schuldgefühleverteilen. Ich hätte seine Karriere als Maler gebremst, ich hätte Kinder gewollt und mir doch keine Zeit für die Familie genommen.

Hätte er doch die Brötchen verdient! Wenn ich nicht die Praxis vom Papa übernommen hätte, wer hätte dann all die Farben und Leinwände und Mischbehälter und Pinsel bezahlt?

Ganz abgesehen davon, dass zwei kleine Babys auch was zu futtern brauchen, ganz abgesehen davon, dass …

Nein, halt. Stopp!

Ich sollte in diesem Sommer mit den Mädchen ans Meer fahren, wer weiß, wie lange sie noch was gemeinsam mit ihrer alten Mutter machen wollen. Alte Mutter? Wenn ich fünf oder besser zehn Pfund abnehme, pfeift mir mit vierundvierzig am Strand sicher noch der eine oder andere Italiener hinterher. Oder? Aber Magister Heinz hasst Hitze und Sand.

Genau wie Frederic.

Peinliches Gespräch, das heute Abend. Wie blöd muss man sein, dass man in das Büro seines Kollegen schleicht, ohne sich vorher vergewissert zu haben, dass der auch weg ist? Ob er sich wirklich das mit dem goldenen Alter zu der goldenen Brücke notiert hat? Soll ich ihn doch darum bitten, es persönlich lesen zu dürfen? Nö, da brech ich lieber noch mal ein.

Haha.

Ob die alte Dame in ihrem Leben mal am Meer war? Ihr Sterben muss ihr wie Ertrinken vorgekommen sein, das ganze Blut schießt aus dem Schnitt und verhindert das Atmen. Es ist, wie auf einem Stuhl zu sitzen, den Mund aufzureißen und sich hilflos zu fühlen, wenn der liebe Herr Doktor mit seiner Spritze kommt. Oh mein Gott, warum hab ich denn jetzt daran gedacht, jetzt kommt wieder diese Ohnmacht, dieses Fallen, ich muss aufstehen und auf die Toilette, sonst …

»Heinz?«

Ich glaube, mir ist nicht gut. Ich glaube, ich bin nicht nur müde, ich bin eine Frau am Rande des Nervenzusammenbruchs.

»HEINZ!«

Hieß nicht so ein Film vor ein paar Jahren?

»Hmm …?«

»Heinz, wach auf, ich …«

Ja, ich erinnere mich. »Frauen am Rande des Nervenzusammenbruchs« von Pedro Almodóvar. Was einem so alles einfällt …

»Is was, Liebes?«

»Nein, schlaf weiter, es ist alles in Ordnung, ich hatte nur das Gefühl, es wäre jemand im Haus.«

»Gefühl?«

»Ja, das ist das Ding, das man haben kann, wenn man kein gefühlloser Roboter ist.«

»Was is denn jetzt ...?«

»Nichts, Heinz, schlaf einfach weiter.«

Da gehorcht er mir aufs Wort. Immerhin. Immerhin, schreckliches Wort. Nein, ich will mich nicht beklagen. Morgen früh dann, alles morgen. Oder heute, es ist sicher schon nach Mitternacht.

Oh Gott, zwei Uhr.

Und es regnet immer noch. Ich muss auf die Toilette.

Ich werde morgen ganz schön müde aussehen.

TEIL 2

TIEF EINATMEN

EINS

»Frau Doktor, diese dunklen Schatten unter Ihren Augen sollten Sie besser überschminken. Vor dem nächsten Patienten kann ich Ihnen was zum Kaschieren borgen, das wirkt wahre Wunder.«

Britti Poster stand neben Leo und bereitete das Besteck für den nächsten Patienten vor. Leo überflog die Patientenakte. Klaus Weninger war der Nächste, der sich heute einer Curettage seiner Zahnfleischtaschen auf der rechten Seite unterziehen musste, das hieß ein tiefes Auskratzen und Entfernen des fast an der Wurzelspitze liegenden Zahnsteines, der die schmerzhaften Zahnfleischentzündungen hervorrief. Das hieß außerdem mindestens sechs Spritzeneinstiche am Stück.

Wer würde sich wohl unwohler fühlen? Leo oder Klaus, der einer jener Patienten war, die, kaum auf dem Stuhl, immer wieder versicherten, wie genau sie es mit dem Zähneputzen nahmen und ihren Süßigkeitenkonsum kontrollierten. Ihre Karies und das ständig entzündete Zahnfleisch erzählten die wahre Geschichte. Leo fragte sich oft, ob denn die Menschen wirklich glaubten, einen fachkundigen Arzt einfach so hinters Licht führen zu können.

Für einen kurzen Moment sah sie die leere Stelle in Hedda Kernbachs Mund vor sich. Dann war das Bild aber Gott sei Dank verschwunden. »Danke für Ihr Angebot, Britti, aber heute hilft das auch nichts mehr. Sie können Herrn Weninger jetzt hereinbitten.«

Obwohl Leo gestern groß angekündigt hatte, ihr makabres Abenteuer aus der Mittagspause heute als Livebericht kundzutun, war ihr an diesem Morgen eindeutig nicht nach Sprechen zumute. Seit ihrer Ankunft in der Praxis waren die Blicke der Helferinnen teils gespannt, teils leicht ängstlich auf sie gerichtet. Selbst Bulldogge Horst hatte sich zur Begrüßung über den Tresen der Rezeption gelehnt und ihr Kinn auf den Unterarm gestützt, als wäre sie ein Kind, das auf das versprochene Märchen der eigens engagierten Geburtstagsfee wartete.

Nur Frederic war mit einem knappen »Tag, meine Liebe« an ihr vorbeigerauscht.

Leo hatte sich noch vor der Behandlung von Klaus Weninger ein Aspirin eingeworfen, ihr Kopf brummte, und ihr Nacken war verspannt. Sie sehnte sich nach einer Massage und stellte sich vor, wie Magister Heinz ihr sanft den Nacken kneten würde. Doch in dieser Vorstellung ähnelte er eher einem Brad Pitt, sein Haar war voll, sein Oberkörper durchtrainiert und seine Stimme tief und zärtlich zugleich.

Brittis großes Seufzen riss sie aus den Tagträumen. »Die armen Damen!«

Britti war auf halbem Weg stehen geblieben. Ein Fuß zeigte Richtung Tür, der andere war zurück zu Leo gedreht. Sie sah wie eine Ballettelevin aus, Leo wartete auf das Plié und Relevé samt Klavierbegleitung dazu. Ihr linker Zeigefinger ging nach oben zu ihrem Gesicht und wischte unter dem Auge eine unsichtbare Träne weg.

»Da Frau Kernbach weggefallen ist, können die ihre Skatrunde erst mal vergessen. Wo doch in drei Wochen der Wettkampf beginnt und sie noch spielen wollten, bis ihnen ein Kreuz aus der Stirn wächst, hat Frau Kernbach bei ihrem letzten Besuch hier gesagt.«

So war das manchmal mit der kleinen, redefreudigen Britti Poster. Im Kopf unter ihrem seit heute Morgen rötlich getönten Pagenkopf schwirrten die Geschichten und Tratschereien der unzähligen Patienten und aller Mitarbeiter umher wie Hummeln an einem besonders gut duftenden Lavendelstrauch. Britti sog all das Summen und Brummen auf, mischte es durch und gab dann Teile davon wieder heraus wie halb gebackene Brötchen. Fragte man nach, wurde man sofort mit einer tollen Story belohnt, fast wie in den Nachrichten bei RTL. Britti war ein wandelndes Newsmagazin.

Doch heute war Leo müde, mit einem Hang zur Melancholie, keine interessierte Zuhörerin. Sie hob ihre Stimme an. »Britti! Herr Weninger!«

Britti schüttelte den Kopf wie ein nasser Hund. Ihre akkurat geschnittenen Spitzen schaukelten. Sie warf Leo einen Blick zu, der tiefes Bedauern ausdrückte. Ob wegen dieses Skatmarathons oder weil Leo jetzt die Details dieser Geschichte entgingen, war nicht zu erkennen. Dann drehte sie beide Füße in dieselbe Richtung, um den Patienten zu holen.

Leo streifte ihre rosa Latexhandschuhe über, die Frederic Lang verächtlich Mädelszeug nannte, die aber bei den meisten Patienten bombig ankamen.

Frau Dr. Leo Kardiff bewies selbst beim Bohren Geschmack. Sie fand nicht nur, dass die Farbe ihren Berufsalltag etwas auflockerte, sie wirkte auch beruhigend, wenn die Spritzen sie selbst nervös werden ließen. Denn am Ende manch harter Behandlungstage kam die Phobie durch und machte Leo das Leben schwer.

Heute konnte nach langer Zeit wieder so ein Tag sein. Die Nachwirkungen des gestrigen Schocks und der wenige Schlaf setzten ihr zu.

Herr Weninger schwor, immer noch im Türrahmen stehend, dass er seine Zähne dreimal am Tag bürstete und sich sogar eine Schallzahnbürste zugelegt hätte. Sei denn die Behandlung heute überhaupt nötig? Leo machte ihm klar, dass er niemals selbst an den tief liegenden Zahnstein in den entzündeten Taschen herankommen könnte und diese Behandlung deshalb doch auch von der Krankenkasse übernommen würde. Nun wollte Herr Weninger keine Spritze, er sei robust und halte Schmerzen aus.

»Wenn ich mit dem Scaler tief in Ihrer Zahnfleischtasche arbeite, werden Sie Ihre Meinung schnell ändern, Herr Weninger.«

»Scaler, Frau Doktor?« Weningers Augen wurden rund. Er erinnerte Leo an eine Mangafigur aus den Comics, die Lulu gern las.

Leo setzte ihre entspannte Stimme auf. »Sehen Sie hier.« Sie zeigte ihm das Handinstrument, das mit seinem Haken am Ende wohl auch eine gute Angel abgeben würde. »Damit entferne ich Ihren subgingivalen Zahnstein. Damit und mit dem klassischen Ultraschall. Danach werden Sie sich um ein paar Kilo leichter fühlen.«

Leo lachte, und Britti kicherte. Doch bei Klaus Weninger kam der Scherz so gut wie gar nicht an, er hatte seinen Blick schon auf die Spritze gerichtet.

»Also, Herr Weninger, bitte den Mund noch mal weit auf und den Kopf zu mir drehen.«

Leo spürte ein leichtes Flattern im Magen. Am liebsten hätte sie die Spritze in ihrer Hand weggeworfen und den Raum verlassen. Sie dachte an Sharif El Benna und seine sonore Stimme, an ihre Töchter, an eine grüne Wiese und an Skat spielende Damen, die jetzt arm dran waren. Das half ihr, und sie stach mit ruhiger Hand zu. Ab dem vierten Einstich schließlich ging es ohne Flattern, und auch Klaus Weninger hatte sich in sein Schicksal ergeben und die Augen geschlossen.

Während das Betäubungsmittel zu wirken anfing, rannte Leo zu einem anderen Patienten, auch ein Mann, Typ Manager, der sich heute seine Frontzähne bleichen ließ. Leo fragte sich zwar, warum der Mann seine schönen, ohnehin weißen Zähne durch ein Bleaching unnatürlicher machen wollte, doch auch nach einem Beratungsgespräch blieb er bei seinem Vorhaben. Er erhoffte sich von einem Tick mehr Weiß einen Karriere-Weitsprung in seiner Firma.

Die Vorbereitungen waren bereits von Greta getroffen worden; der Kofferdam, der zum Schutz des Zahnfleischs angelegt war, ließ das Gesicht des Patienten wie einen Comic-Bösewicht wirken. Leo trug nun das hoch dosierte Gel auf seine vorderen Beißerchen auf und bestrahlte sie mit einem kurzwelligen Licht.

Wieder zurück und über Klaus Weninger gebeugt, lief Brittis Bemerkung erneut durch ihren Kopf.

»Britti, was hatten Sie vorhin gemeint mit den armen Damen?«

Leos Stimme klang durch den Mundschutz hindurch etwas dumpf, sie setzte den Ultraschall an, das Geräusch ließ Klaus Weninger tiefer im Zahnarztstuhl versinken. Britti, die, ebenfalls über Klaus Weninger gebeugt, mit Wasser kühlte und saugte, räusperte sich hinter ihrer sterilen Maske.

»Frau Kernbach hat doch jeden Donnerstag um sechs mit zwei Freundinnen Skat gespielt. Im Schwarzen Adler. Die drei haben sich für den Skatwettkampf angemeldet, der in drei Wochen dort stattfindet. Nein, ich Dussel. Die drei haben den Abend sogar mit organisiert. Ich weiß noch, dass ich das vor drei Wochen oder so auf FB gepostet habe. Es spielen ja auch immer mehr junge Leute Skat.«

Wirklich erstaunlich, dass Britti es schaffte, nichts über die

Aufzeichnungen von Dr. Lang zu »posten«. Unfassbar. Dafür einmal den Daumen hoch.

»Schwarzer Adler?«, fragte Leo.

»Kennen Sie sicher, Frau Doktor. An der Haltestelle Mommsenstraße der Linie 9. Gegenüber an der Ecke. Das große Gasthaus. Dort wird immer wieder mal ein internes Skatturnier ausgetragen. Frau Kernbach war seit Jahren die Sponsorin. Ein gutes Preisgeld und Pudding umsonst für alle Teilnehmer. Kernbach-Pudding natürlich, da saß die doch an der Quelle. Der Hamster auf der Packung ist echt süß! Frau Kernbach wurde dazu übrigens letztes Jahr auch interviewt, ein Artikel im Stadt-Anzeiger, mit Bild auf zwei Seiten. Können Sie im Internet nachlesen. Tierschutz und Skat. Das wird ihr fehlen. Wo sie doch so leidenschaftlich gern gespielt hat.«

Leo fragte sich, ob einem nach dem Tod so was wie Skat oder Skilaufen oder auch Krimis lesen, wie sie es gern tat, fehlen würde. Sie legte den Ultraschall ab und nahm den Scaler in die Hand.

»Dasch wa dnie Winwe vom de Kermbasch – odr?«, meldete sich plötzlich Patient Klaus Weninger in seinem Behandlungsstuhl zu Wort.

Er konnte sich durch seinen weit geöffneten Mund kaum artikulieren, aber Britti hatte sich einige Fertigkeiten zugelegt, was die Verständigung zwischen Helferin und Patient anging.

»Genau. Hedda und Erich Kernbach haben sich jung kennengelernt, in Landgraaf, drüben in Holland, und schon nach drei Monaten geheiratet, das war schon damals Rekord. Da war auch der Erich noch ein junger Lehrling, der schwer im Laden seines Vaters geschuftet hat und davon träumte, sich selbstständig zu machen. Die Hedda hat Heimarbeit für reichere Leute gemacht, obwohl sie lieber in eine Drogerie über die Grenze gegangen wäre, aber allein die Karte für die Bahn war damals zu viel. Keiner hat an Erich geglaubt, als er sich nach dem Tod des strengen Vaters mit einem Milchgeschäft selbstständig gemacht hat, außer Hedda. Dann kamen die Puddings, und es wurde ein Selbstläufer. Sie sind zurück nach Köln – der Rest ist ohnehin jetzt überall in den Zeitungen und im Fernsehen. Schade nur, dass sie keine Kinder hatten.«

Leo zog die Augenbrauen hoch. Sie selbst hatte bis zu dem grausamen Tod der alten Dame nicht ein einziges Mal von der Patientin Hedda Kernbach Notiz genommen. Asche auf ihr Haupt.

Die rechte Seite war bereinigt. Schallkopf und Scaler wanderten zurück auf die Ablage. Britti holte den Sauger aus dem Mund des Patienten, und Klaus Weninger holte tief Luft.

»Bitte ausspülen.«

Weninger neigte sich vor und nahm den Becher mit Wasser in die Hand. Er spülte seinen Mund und spuckte die blutige Speichelflüssigkeit in das Becken. Leo fiel das Blut unter Heddas Hals ein, noch nicht ganz trocken. Wer hatte der reizenden Skat spielenden Witwe so etwas angetan?

»In einer Woche sehen wir uns wieder, Herr Weninger, dann ist die linke Seite dran.« Leo zog den Latexhandschuh an ihrer rechten Hand aus und reichte Klaus Weninger die Hand.

Der wischte sich mit dem Ärmel über seine Lippen und konnte auf einmal wieder lächeln. »Ist es wahr, dass Sie die arme Pudding-Hedda gefunden haben?«

Leo ließ die Hand sinken. Wie zum Teufel konnte dieser Patient davon wissen? Sie warf einen schnellen und gewollt bösen Blick zu Britti hin, doch die war gerade schwer damit beschäftigt, die nächsten Vorbereitungen zu treffen. Schädlich und unverschämt, das war Brittis Plappersucht! Außerdem war die Bezeichnung Pudding-Hedda eine Frechheit.

»Herr Weninger, wenn Sie nicht endlich Ihre Zähne wirklich regelmäßig reinigen und auf Ihren Süßkram verzichten, wird Ihnen wohl bald auch keine Curettage mehr helfen, und Sie werden einige Zähne verlieren.«

Das Lächeln auf Weningers Gesicht verschwand, und er verließ fluchtartig das Behandlungszimmer.

»Lassen Sie sich an der Rezeption einen Termin geben, ja?« Leo rief ihm den Satz mit einiger Schadenfreude hinterher. Dann wandte Sie sich Britti Poster zu. Noch bevor sie den Mund aufmachen konnte, unterbrach Britti ihre Arbeit und sah ihr in die Augen. Das Grün ihrer Iris schimmerte feucht. Es passte gut zu dem neuen rötlichen Haarton.

»Entschuldigen Sie bitte, Frau Dr. Kardiff, aber als Sie kurz draußen waren, hat er mich gefragt, ob Sie die Zahnärztin aus der Praxis in Sülz wären, die Frau Kernbach gefunden hat.«

»Woher …?«

»Im Internet stand es schon gestern. Ein paar Stunden nachdem der Mord in den Breaking News war. Heute haben es auch die Zeitungen aufgegriffen. ›Eine Zahnärztin aus Köln-Sülz fand in den Mittagsstunden den grausam verstümmelten Körper der Pudding-Witwe Kernbach.‹ Und noch mehr. Haben Sie heute noch gar keine Zeitung gelesen? Es wird sicher auch in den Hauptnachrichten gebracht. Hätten Sie das gedacht, dass Sie …?«

Nein, heute Morgen war Leo zu beschäftigt damit gewesen, ihre dunklen Augenringe zu überschminken, was nichts gebracht hatte. Und nein, auch Magister Heinz hatte ihr kein Wort davon berichtet, als er mit der Zeitung in der Hand seinen Kaffee getrunken hatte. Hatte er sie schonen wollen, oder ignorierte er das Vorkommnis? Zum dritten Mal nein, Leo hätte nie gedacht, einmal selbst Thema im »heute journal« zu sein.

Die Ermittler hatten ihr doch Diskretion zugesagt. Aber wie es aussah, konnte sie dankbar sein, dass nicht auch ihr Name samt privater Adresse öffentlich gemacht geworden war. Leo schüttelte unwillkürlich den Kopf über die Medienwelt. Wahrscheinlich hätte sie schon auf dem Weg vom Tatort in die Praxis auf dem Smartphone von ihrem Fund lesen können.

Der Zorn auf Britti war verraucht. Leo winkte ab. »Schon gut. Das war ein harter Tag gestern.«

»Ich würde mich ganz schön erschrecken, wenn ich in der Zeitung lesen würde, dass man Greta ermordet hat.«

»Bitte?« Leo konnte den Gedankensprüngen der Helferin nicht folgen.

»Na, die Damen. Die Skatrunde von Frau Kernbach. Das waren doch auch ihre Freundinnen, wie sie mir erzählt hat. Stellen Sie sich vor, Frau Doktor, die erfahren das heute aus der Zeitung. Und heute Abend müssen die Armen Mau-Mau oder Rommé spielen. Oder Canasta für zwei.«

Leo glaubte nicht, dass dieses Problem die Damen heute

Abend beschäftigen würde, sagte es aber nicht. »Wer steht als Nächstes an?«

Britti schluckte, und ihre Augen waren wieder klar. Wie auf Knopfdruck. »Frau Weber in der Drei. Akute Schmerzen seit gestern Abend. Extra eingeschoben.«

Auf dem Weg vom Behandlungsraum eins in die Drei dachte Leo nun doch an die Damen der Skatrunde.

Während sie Frau Weber begrüßte und neue Latexhandschuhe anzog, fragte sie sich, wie sie auf den Tod einer guten Freundin reagieren würde. Während sie mit einer Sonde Frau Webers hinteren Backenzahn untersuchte, überlegte sie, ob sich diese Damen heute treffen würden, um dieselbe Zeit, im Schwarzen Adler, um zu trauern oder sich über das Unfassbare zu unterhalten. Über diese Untat!

Als sie mit völlig ruhiger Hand eine Spritze aufzog, war sie sich sicher, dass sie persönlich, als Betroffene, die Frau gern kennenlernen würde, die die Leiche der Freundin gefunden hatte. Beim Bohren dachte sie, dass sie selbst, als Findern, es für die Aufarbeitung wichtig fände, mehr über Hedda Kernbach zu erfahren. Eine gewisse Neugier schmeichelte sich mit vernünftigen Argumenten ein. Nahm zu, wuchs ein wenig.

Am Beginn der Mittagspause zog sie sich in ihr Büro zurück, googelte nach dem Tod der alten Dame. Las drei Artikel über die Zahnärztin aus Köln-Sülz, die das Opfer gefunden hatte. Streckte sich auf dem roten Sofa in ihrem Büro aus. Las in ihrem Krimi weiter. Aß einen Salat, danach eine ganze Schachtel Pralinen.

Sie wurde müde, schloss die Augen.

Bevor Leo eines ihrer seltenen Mittagsschläfchen hielt, überlegte sie, dass die Mommsenstraße nicht weit von ihrer Praxis entfernt lag und sie abends auf der Fahrt nach Hause den kleinen Umweg machen könnte.

Erfrischt erwachte sie.

ZWEI

Der Saal war knallvoll, und dem ersten Hauptkommissar Jakob Zimmer war speiübel. Außerdem hatte er sich heute Morgen beim Rasieren gleich viermal geschnitten, und so zierten vier rote Streifen sein Kinn und seinen Hals.

Als er mit einem kräftigen Niesen, gefolgt von einem Dröhnen im Schädel, aufgewacht war, hatte er zum Handy greifen, auf dem Präsidium anrufen und sich krankmelden wollen. Doch eine Pressekonferenz sagte man nicht so einfach ab, noch dazu, wo ein Mord in besseren Kreisen sicher die ganz große Horde der Journaille anzog. Er hatte sich aus dem Bett gequält, sich nach zwei schwarzen Kaffees noch zwei Aspirin reingezogen – was half es da, dass er sonst versuchte, sich gesund zu ernähren und Sport zu treiben?

Noch stand er seitlich vor dem aufgebauten Podium und sah zu, wie ein Mann in einer Trainingsjacke ziemlich ungeschickt versuchte, ein weiteres Mikrofon zwischen den gelben, grünen und roten Teilen aufzustellen. Es hätte auch ein Frage-Antwort-Spiel vor einem der wichtigen Fußballmatches sein können, so viele Medienleute hatten sich angesagt.

Jakob stellte sich Oberstaatsanwalt Theo Prunk im Trikot des BVB neben Thomas Tuchel vor. Der Gedanke an den BVB ließ ihn ruhiger werden. Wenn seine Lieblingsmannschaft die Hürden der Bundesliga schaffte, würde er ja wohl trotz Übelkeit und leichten Rasurblessuren eine lächerliche Pressekonferenz überstehen.

Die Hitze im Konferenzsaal war hochsommerlich, obwohl die Temperaturen draußen nach dem sonnigen Tag gestern stark gesunken waren. Der Regen am Abend hatte eine Abkühlung um einige Grad gebracht, doch hier drinnen heizten die vielen wissbegierigen Körper den Raum auf. Mehrere Sender übertrugen live, die Kameraleute auf ihrer Suche nach den besten Plätzen rempelten sich wie kleine Jungs im Sandkasten gegenseitig nieder. Einzelne Flüche waren aus der Menge zu hören, und ein weiterer Mann mit Trainingsjacke wies den Journalisten Plätze zu. Jakob fragte sich, ob die Trainingsjackenmänner aus einer neuen Unterabteilung im Polizeipräsidium kamen, von der er noch nichts wusste.

Eine junge blonde Frau in einem schicken Kostüm kam auf ihn zu. »Sind alle Absprachen mit Herrn Prunk klar?«

Sie hatte sich nah an sein Ohr gebeugt, und Jakob konnte ihr Parfüm riechen, es erinnerte ihn an seine Exfrau, und eine Mischung aus Wut und Sehnsucht durchlief ihn wie ein innerer Regenschauer.

»Von mir aus kann es losgehen!« Jakob räusperte sich.

Die Frau nickte. Dann drückte sie ihre Hand auf seine Schulter, fast zärtlich. »Wollen Sie vorher noch in die Maske gehen, Herr Hauptkommissar Zimmer?«

Jakob sah sie erstaunt und brüskiert an, aber ihr Gesicht war Richtung Theo Prunk und der stellvertretenden Bürgermeisterin gerichtet. Beide hatten es sich nicht nehmen lassen, heute mit dabei zu sein, um den festen Willen zu demonstrieren, kein Verbrechen in Köln ungesühnt zu lassen. Mit verschwitztem Gesicht drehte sich der Oberstaatsanwalt einmal suchend im Kreis. Sollte er doch »in die Maske gehen«, Jakob würde sich auf keinen Fall Make-up auf seine Schnittwunden schmieren lassen. Allein, dass er sich heute rasiert und sein Haar mit etwas Gel zu bändigen versucht hatte, war mehr als genug.

Die Hand der schicken Blondine rutschte von seinem Jackett. Ohne eine Antwort abzuwarten, ging sie schnell auf den prunkvollen Theo zu und stellte sich auf die Zehenspitzen, um auch ihm etwas Geheimnisvolles zuzuflüstern.

Natürlich wäre der Saal heute nur halb so voll gewesen, wenn überhaupt, wenn die Ermordete eine unbekannte Rentnerin gewesen wäre, die man in ihrer kleinen Zwei-Zimmer-Wohnung gefunden hätte. Höchstens die brutale Art der Tötung hätte Aufsehen erregt, solche Horrorstorys las man gern. Die Kehle durchtrennt und erstickt – klang doch nach einer guten Geschichte.

Hinter Jakob tauchte sein Chef auf, der Polizeipräsident höchstpersönlich. Langsam fragte sich Jakob, was er denn hier sollte, er kleines Licht im Dienst des Staates, bei so viel Prominenz könnte er doch auf der Toilette verschwinden und den Kaffee samt Aspirin wieder auskotzen.

Sein Handy vibrierte in seiner Hosentasche. Er nahm es heraus und schaute auf das Display. Eine SMS von seiner Mutter aus dem Krankenhaus.

»Denke an dich, hab den Fernseher an, bleib cool, Jerry!«

Jakob schmunzelte, und von einem Moment auf den anderen fand er zu seiner altbewährten Lockerheit zurück. Man durfte dem ganzen Spektakel keine große innere Aufmerksamkeit schenken. Auch wenn in den nächsten Wochen die Nachrichten wie auch die Gazetten voll von Berichten über Hedda Kernbachs dramatisches Ende sein würden, er wollte den Mord an der Witwe des Pudding-Millionärs Kernbach wie jeden anderen seiner Fälle angehen.

Sein Team konnte sich einer sehr hohen Aufklärungsrate rühmen. Die oft verbissene, nicht lockerlassende Birgit von Zeh und der manchmal zugegebenermaßen legere Luis Fahrenz bildeten ein Gespann, das sich in seinen Stärken extrem voneinander unterschied und in seinen Fehleinschätzungen immer wieder hervorragend ausglich. Der junge Luis liebte die neuen Medien, war ein Ass am Computer, die lebenserfahrene Birgit mochte handgeschriebene Notizen und altmodische Verbrecherjagden. Und Per Kowalski, der lange Dünne, war mit seinem groben Humor und seiner ausgefeilten Art, Vernehmungen durchzuführen, schon ein Widerspruch in sich.

Je nach Fall kamen auch Ermittler aus anderen Abteilungen dazu, und meistens unterstützte der beleibte und beliebte Rechtsmediziner Harro de Närtens das Kernteam. Die Pinguine aus Madagaskar, fiel Jakob wieder ein, und aus seinem Schmunzeln wurde ein breites Lächeln.

Und er war Skipper, der Boss.

Jakob Zimmer, der Führungsbeamte der kleinen Abteilung, sah seine Mitarbeiter wie seine Familie an. Für ihn, als Einzelkind mit alleinerziehender Mutter aufgewachsen, war es immer ein Traum gewesen, in einer Großfamilie zu leben. In der kleinen Wohnung in Deutz, in der er groß geworden war und wo Stefanie bis heute lebte, waren in Jakobs Phantasie der Hausmeister der tolle Großvater, das schwule Nachbarpärchen die Tanten und deren drei Katzen seine Geschwister gewesen.

Später, auf dem Apostelgymnasium, hatte er schnell Freunde gefunden, drei beste, schon damals war er in den freien Stunden in einem Viererteam unterwegs gewesen. Er erinnerte sich, dass sie, um sich gegen die Schultyrannen zu wehren, muskelbepackte Bodyguards erfunden hatten, die jederzeit für ein Butterbrot bereit waren, jemanden windelweich zu schlagen, und keine Fragen stellten. Um die Geschichte zu untermauern, hatten die vier aus einer Fitnesszeitschrift Bilder von Gewichtshebern ausgeschnitten, abfotografiert und den dummen Krawallbrüdern als Beweise vorgelegt. Es hatte perfekt funktioniert.

Auch Superman und Batman hatten seine Phantasie beflügelt, und schon damals hatte er sich einen Beruf gewünscht, in dem er Gerechtigkeit und stilles Heldentum verbinden konnte. Dazu die Cleverness von Mutters Lieblings-FBI-Agent. Clark Kent und Jerry Cotton in einer Person.

Vielleicht, dachte Jakob, ist es doch nur eine schmale Linie, die die Guten von den Schurken trennt. Vielleicht ist es eine Mutter, die ihrem Sohn genug Halt gibt, der ihn von einer Untat wie der gestrigen abhält.

Die Frau im Kostüm tauchte wieder vor Jakob Zimmer auf, ihr Lächeln wirkte aufgesetzt und ging durch ihn hindurch, was er schade fand. Er überlegte, sie doch nach ihrer Handynummer zu fragen, vielleicht war sie Single wie er selbst. Doch im Moment war sie gestresst, und er kämpfte mit der Übelkeit, also war es sicher nicht die richtige Zeit für eine Annäherung.

»Oberstaatsanwalt Prunk wird in der Mitte sitzen, rechts von ihm der Polizeipräsident, an der äußeren Kante Pressesprecherin Sandra Kano. Sie und Ihre Kollegin bitte auf die Herzseite.«

»Meine Kollegin?«

»Frau von Zeh. Ist Sie mit Ihnen gekommen?«

Jakob überlegte schnell. Er hatte der Pressekonferenz heute um zehn zugestimmt, aber sollte er Birgit von Zeh mitbringen? Er setzte zu einer Antwort an, kam aber nicht über ein Luftholen hinaus.

Die Blondine schwenkte ihr nichtssagendes Lächeln über Jakobs Schulter nach hinten. »Ah, da haben wir Sie ja! Hauptkommissarin von Zeh, hierher, bitte!«

Jakob drehte sich um neunzig Grad, und da kam seine Kollegin, drängte sich durch zwei Trainingsjackentypen durch, eine hellblaue Bluse über der Jeans und das schulterlange Haar zu einer Außenrolle geföhnt. Ihre Mundwinkel waren nach unten gezogen, sie sah noch mürrischer als sonst aus.

»Ich musste tatsächlich in die Maske! Hörst du, Jakob. Die haben mir Make-up und eine Föhnfrisur verpasst. Was zum Teufel soll das werden? Ein Empfang für Mister Clooney?«

»Ich wusste nicht, dass du mit dabei sein sollst. Aber ich freue mich, dich zu sehen.« Jakob drückte seiner Kollegin die Hand, selbst ihre schlechte Laune machte ihn froh. Er musste nicht allein nach da oben.

Birgit drehte ihre Finger in der Föhnwelle. »Theo Prunk hat mich kurz vor Mitternacht noch zu Hause angerufen. Er meinte, es werde noch weibliche Unterstützung gebraucht.«

»Ist dafür nicht die Vizebürgermeisterin hier?«

Die Blondine erschien wie einst die »bezaubernde Jeannie« in der alten TV-Serie zwischen ihnen. »Die stellvertretende Bürgermeisterin ist nicht amtlich hier. Sie wird auch nicht aufs Podium steigen. Sie möchte mit ihrem Erscheinen nur der ermordeten Kölner Bürgerin ihre Ehre erweisen.«

Wäre die ermordete Bürgerin nicht Hedda Kernbach gewesen, wäre keiner von den Wichtigen gekommen. Wäre Hedda Kernbach zum Beispiel Stefanie Zimmer, wäre höchstens die Tatsache, dass ein Hauptkommissar seine Mutter durch ein grausames Verbrechen verloren hätte, eine Schlagzeile im Express wert gewesen.

Ein kalter Schauer lief über Jakobs Rücken, schon gestern Abend hatten sich das Gesicht der Toten und das seiner Mutter in seinem Kopf überlappt. Stefanie wurde in diesem Jahr fünfundsiebzig, auch sie drehte sich ihr schütter werdendes Haar in großen Locken auf und hatte um den Hals ein Marienbild, wenn sie auch sonst keinen teuren Schmuck trug. War der Mörder hinter alten Damen im Allgemeinen her und Jakobs Mutter ebenso in Gefahr wie Tausende anderer Frauen in Köln auch? Oder machte sich hier nur die Hysterie ihres Sohnes breit?

Nach dem Besuch in der Klinik war er gestern Abend noch mal am Tatort vorbeigefahren.

Brahmsstraße 4, beste Wohnlage, drei Stockwerke mit je zwei Luxusappartements. Er hatte das Haus von außen betrachtet, hatte die rote Lampe der Alarmanlage gesehen. Keiner kam hier so einfach rein. Wie war es dem Mörder gelungen?

Er hatte kurz überlegt, bei Sharif El Benna zu klingeln, dem Hypnosetherapeuten, der gegenüber der alten Dame wohnte. Doch hatte er da schon diese Schwere in seinem Kopf und die Müdigkeit in seinen Knochen gespürt. Der Besuch im Krankenhaus, wo die Ärzte Stefanie Zimmer an ein Vierundzwanzig-Stunden-EKG angeschlossen hatten und Jakob absolut nichts für sie tun konnte, hatte ihm mehr zugesetzt, als er zugeben wollte.

Was stand heute nach der Pressekonferenz alles an?

Die Gelder der Witwe Kernbach mussten überprüft werden. Die wohltätigen Stiftungen. Die Erbfolge. Wem stand das Geld zu? Die Bekannten, die Freunde mussten vernommen werden. Hatte Hedda ihren Mörder gekannt, ihm vertrauensvoll die Tür geöffnet? Wer hatte einen Grund, die alte Dame zu töten? Oder hatten sie es mit einem Täter zu tun, der aus reiner Lust mordete?

Direkt nach der Konferenz wollte Jakob zunächst persönlich zu Harro de Närtens ins Rechtsmedizinische Institut am Melatengürtel fahren. Bei einem Treffen Auge in Auge konnten sie miteinander über weitere Details grübeln. Nach Harro käme die nächste Besprechung mit seinen Kollegen. Für heute Nachmittag war der Neffe der Toten aufs Revier einbestellt, frisch aus Mallorca eingetroffen. Am frühen Abend wollte Jakob mit dem Therapeuten El Benna reden. Für morgen Nachmittag hatte er die Zahnärztin Dr. Leocardia Kardiff einbestellt.

Was für Eltern nennen ihre Tochter Leocardia?

Hätte er mit seiner ersten Frau je ein Kind, ein Mädchen, bekommen, hätte sie Melanie oder Johanna geheißen, etwas Bodenständiges, Einfaches. Claudia Zimmer, seine Ex, jetzt wieder ihren Geburtsnamen führend, tauchte in Jakobs Gedankenspielen auf. Wie er sie damals im Schwimmbad getroffen und sich schneller in sie verknallt hatte, als er einem Verdächtigen Handschellen anlegen konnte. War es diese Geschwindigkeit gewesen, die letztlich ihre frühe Ehe scheitern lassen musste?

Über Claudias Gesicht schob sich das Gesicht der schicken Blondine im Kostüm, darüber aber wie eine Wolke mit ganz hellen Locken das Gesicht der Zahnärztin. Weil er doch gestern seinen Backenzahn gespürt hatte und …

»Soll ich dir einen Tritt in deinen Allerwertesten geben, oder gehst du von allein da hoch?«

Birgit von Zeh drückte ihren Ellbogen in seinen Rücken, das Kartenhaus seiner Gedanken fiel in sich zusammen. Die blonde Frau im Kostüm winkte die Teilnehmer der Pressekonferenz wie ein Verkehrspolizist nach oben, Theo Prunk saß schon in der Mitte.

Als der Polizeipräsident als Letzter aufs Podium kam, ging ein Blitzlichtgewitter los, dazwischen sah Jakob rote Lichter an den Kameras angehen. Das Murmeln im Saal wurde von Pressesprecherin Sandra Kano abgewürgt, die verkündete, dass nun Oberstaatsanwalt Theo Prunk und der Polizeipräsident ihre Statements abgeben würden, bevor Hauptkommissar Zimmer alle über den Stand der Ermittlungen unterrichten würde.

»Wozu bin ich denn eigentlich hier und wie ein Clown geschminkt, scheiße noch mal?« Birgit von Zeh zischte in Jakobs Ohr.

Jakob flüsterte so leise wie möglich zurück, damit dieser Dialog nicht von den Mikrofonen aufgefangen werden konnte. »Du bist der freundliche Aufputz, Schätzchen!«

Der Blick, den Birgit von Zeh ihrem Kollegen und Vorgesetzten zuwarf, war absolut tödlich.

DREI

Um Viertel vor acht abends stand Leo unschlüssig in der Mommsenstraße vor der breiten hölzernen Schwingtür des Schwarzen Adlers.

Der Schwarze Adler war eines der alten Kölner Brauhäuser, wo man sich sein Kölsch schmecken ließ und dazu Halve Hahn oder Himmel un Äd bestellte – und das sich noch in Familienbesitz befand.

Leo erinnerte sich, dass Magister Heinz für einen der Söhne des Wirtes die Steuererklärung machte und er einmal mit ihr zum Essen hierhergegangen war. Heinz und sie hatten an einem der langen Tische Platz genommen und wenig später darüber gestritten, ob der Stich vom Kölner Dom, der riesengroß an der gegenüberliegenden Wand hing, ein Werk aus dem 18. oder 19. Jahrhundert war. Magister Heinz hatte zuerst die Kellnerin gefragt, die natürlich keine Ahnung hatte, war dann fast in das Gemälde hineingefallen, um die kleine Schrift unten zu identifizieren. 1880, Heinz hatte wie immer recht gehabt. Auch das spätere Schunkeln mit den Tischnachbarn und die kölschen Lieder hatten Leos gute Stimmung nicht ganz wiederhergestellt.

Bevor sie sich den trüben Gedanken über die langjährige Beziehungskonstellation mit ihrem Lover und Lebensgefährten völlig hingab, drückte sie schnell den rechten Flügel der schweren Holztür auf und trat in den Gastraum. Um diese Zeit war hier Hochbetrieb, und Leo wurde klar, dass sie die Freundinnen von Hedda Kernbach niemals auf Anhieb finden würde. Leute aller Altersstufen saßen hier zusammen, Jung und Alt. Keiner spielte Karten. Der Lärmpegel war gewaltig.

Leo quetschte sich durch eine Gruppe von japanischen Touristen, lehnte sich über die Theke und sprach einen sehr jungen Mann an, der Gläser polierte. »Entschuldigen Sie, ich suche eine Damenrunde.«

»Comment?«

»Zwei ältere Damen heute Abend, aber sonst zu dritt. Sie spielen immer Skat. SKAAAT!«

»Je ne parle pas du tout allemand, je ne suis arrivé que la semaine dernière, je suis un étudiant en échange de Marseille. Pardon, Madame! Mais SKAAAT est grand!«

Es dauerte, bis Leo schnallte, dass der junge Mann sie auf Französisch ansprach, wer hätte aber auch so was hier erwartet? Sie seufzte und kramte in ihrem Kopf nach den Vokabeln ihrer Schulzeit.

»Je suis … ähm … *je cherche* …«

Die Kellnerin, die neben Leo auftauchte und ein großes Tablett auf der Theke abstellte, wirkte verschwitzt und genervt. »Den Pierre brauchen Sie nix zu fragen, der kann grad mal polieren. Das reicht hier fürs Erste. Was wollen Sie denn?«

»Ich bin auf der Suche nach einer Damenrunde, die hier immer am Donnerstagabend Skat spielt.«

»Hier drinnen spielt heut Abend keiner Skat, liebe Frau. Hier wird getrunken und gegessen. Ein Kölsch?«

Leo seufzte. Wahrscheinlich hatte sich Britti geirrt. Leo wäre besser sofort nach Hause gefahren, hätte ein kleines Abendessen zubereitet und die Füße hochgelegt, bis ihre Töchter von einer Schulfreundin nach Hause kamen. Magister Heinz war seit heute Morgen auf einem Seminar in Frankfurt und würde erst am Wochenende wieder da sein.

Sie spürte einen Anflug der Erschöpfung vom Morgen. Die Kellnerin hatte Leos Seufzer als Zustimmung interpretiert und stellte ihr ein Kölsch vor die Nase. Nun gut, wenn sie schon mal hier war. Sie dankte der Frau und nahm es in die Hand. Schnell machte sie einen ersten Schluck. Die schaumige Kühle tat ihrer Kehle einfach nur gut.

Die Kellnerin kam ganz nahe und flüsterte jetzt. »Sind Sie von der Presse?«

Leo blickte erstaunt auf. »Ähh … nein!«

Die Kellnerin musterte sie von oben bis unten. Leo dachte, dass man in dem Beruf schnell lernte, Menschen nach ihrem Äußeren richtig einzuschätzen.

»Na dann! Die Damen sind in Trauer und wollen nicht gestört

werden. Aber wenn Sie kondolieren wollen, gehen Sie den Gang entlang, ins linke Hinterzimmer. Der Kernbach-Kessel ist auch schon da.«

Leos Müdigkeit war mit einem Mal wie weggepustet. Sie trank das Kölsch in einem weiteren tiefen Schluck aus. Als sie es zurückstellte, war die Kellnerin schon verschwunden, ein zweites volles Glas stand aber für Leo bereit, darunter der Bierdeckel mit zwei Strichen.

Leo nahm das neue samt dem Deckel und machte sich auf den Weg zu den hinteren Räumen. Dort im Gang war es dunkler, und die Gerüche aus der Großküche, die am Ende lag, stiegen wild und intensiv in ihre Nase. Ihr Magen meldete sich, und Leo versprach ihm, nach dem Kontakt mit Frau Kernbachs Skatrunde sicher noch einen großen Happen zu essen.

Als sie an der Damentoilette vorbeikam, meldete sich ihre Blase. Schon wieder. Doch kaum im Waschraum, war der Drang verschwunden. Es war nur ein Zeichen ihrer Nervosität. Leo wusch sich am Becken die Hände und sah im Spiegel, dass ihr Kajal unter den Augen verschmiert war, so als hätte sie geweint. Ihre Augenringe wirkten dadurch noch intensiver. Sie holte ein Taschentuch aus ihrer Handtasche, befeuchtete es und wischte das verlaufene Schwarz weg. Dann öffnete sie ihr kleines Kosmetiketui und versuchte, ihrem Gesicht wieder einen soliden Anstrich zu geben. Das Ergebnis war immer noch unzureichend, musste aber für ihren Auftritt jetzt genügen.

Leo verließ die Toilette, ihr Kölsch wieder in der Hand, der Schaum darauf verschwunden, und sofort reizten die Essensgerüche wieder ihren leeren Magen. Sie nahm sich vor, den beiden Zurückgebliebenen schnell und schnörkellos ihr Beileid auszusprechen. Ihnen zu versichern, dass die Freundin nicht gelitten hätte. Obwohl es nicht stimmte. Friedlich hatte Hedda da nicht auf dem Teppich gelegen.

Wie sollte sie erklären, warum sie hergekommen war? Ein guter Schlussstrich unter ihr traumatisches Erlebnis musste her. Das klang plausibel. Seit heute Nachmittag schon hatte sie ihre ungute Neugier mit diesem Argument entschuldigt.

Bevor sie links an eine dicke Glastür kam, fiel ihr die Bemerkung der Kellnerin ein, dass der Kernbach-Kessel schon da sei. War Hedda nicht seit vielen Jahren eine kinderlose Witwe gewesen? Oder gab es doch einen Sohn?

Leo klopfte und drückte zugleich die Tür zum Hinterzimmer auf, wie sie es aus ihrer Praxisarbeit gewohnt war. Die Patienten sollten wissen, dass sie kam, aber keine Möglichkeit mehr haben, Nein zu ihrem Eintreten zu sagen.

Die Tür schwang auf. Leo räusperte sich. Drei Köpfe drehten sich um und sahen Leo alles andere als trauernd an.

An einem der Köpfe, der einer älteren Frau gehörte, ungefähr in dem Alter, in dem auch die verstorbene Hedda gewesen war, war das halbe Gesicht mit Sahne beschmiert. Sie reichte bis über die Nase, und auch auf der Stirn kleckste das schaumigweiße Zeug. Der zweite Kopf, auch weiblich, aber jünger, trug ein Grinsen zur Schau, breiter und glücklicher, als Leo es jemals in ihrer täglichen Praxis zu sehen bekommen würde, außer vielleicht von einem Masochisten, wie ein gewisser Herr Mengenhaar es war, der die Besuche bei Frau Doktor und den Schmerz liebte.

Der dritte Kopf gehörte eindeutig einem Mann in Leos Alter. Er war klein und schmal und trug einen anmutig nach außen gedrehten Schnurrbart auf seiner Oberlippe. Auch seine Mundwinkel wölbten sich nach oben und gaben den Blick auf zwei große Vorderzähne frei, die ihn wie einen vermenschlichten Hasen aus einer Zeitungskarikatur aussehen ließen. Er kicherte sehr laut und sehr schrill, sodass Leos Räuspern ohnehin unterging.

»Ja, wer reitet da so spät durch Nacht und Wind?« Die ältere Dame mit der Sahne auf dem Gesicht sprach die poetische Frage so trocken aus, als wäre die Situation alles andere als absurd, worauf die beiden anderen diesmal in richtig lautes Gelächter ausbrachen.

Der Schnurrbart des Schmalen zwirbelte fröhlich im Kreis, und sein Gelächter war wie sein Kichern ein hoher, fast hysterischer Tenor. Die Lachsalven der zweiten Frau dagegen kamen in tiefen Wellen, ein Lachen, wie Leo es für eine Karnevalsveranstaltung und nicht für ein Trauertreffen passend gefunden hätte.

Leo fühlte sich wie im falschen Film, sie stand immer noch im Türrahmen, hinderte mit ihrer Schulter die Glastür daran, zuzufallen, und wusste spontan keine Antwort auf die absurde Frage der älteren Dame. Endlich ließ das Gelächter nach. Die Sahnegesichtfrau griff sich vom Tisch hinter ihr eine Serviette und begann, sich den weißen Schaum abzuwischen. Der kleine Mann mit Schnurrbart bewegte sich mit ebenso kleinen Schritten auf Leo zu.

»Entschuldigen Sie unseren kleinen Ulk, wir wollten Sie nicht erschrecken. Die Toiletten sind übrigens ein kleines Stück den Gang zurück.«

»Kein Thema.« Leo wischte ihr Unbehagen mit Freundlichkeit fort. »Spaß muss sein. Ich wollte aber direkt zu Ihnen.«

»Zu mir?«

»Nein, nicht zu Ihnen, Herr …?«

»Kernbach, Peter Kernbach-Kessel junior. Und da mein Vater nicht mehr lebt, wohl auch senior in ein und derselben Wohngemeinschaft.«

Die beiden Frauen im Hintergrund begannen wieder zu kichern. Immerhin hatte die ältere jetzt ein sahnefreies Gesicht. Doch zu Leos weiterem Erstaunen konnte sie sehen, dass die Lippe der hageren Frau ziemlich geschwollen war und sich ein frischer Bluterguss bis zum Kinn ausbreitete. Vielleicht spielten die drei manchmal härtere Spiele, als Gesichter in Torten zu vergraben. Oder Skat.

Leo nahm einen weiteren Anlauf. »Mein Name ist Dr. Leocardia Kardiff, und ich wollte zu den Skatdamen. Zu der Runde, die hier jeden Donnerstag spielt. Oder gespielt hat. Zu den Freundinnen von Hedda Kernbach.«

Plötzlich trat Stille ein, und keiner der drei sagte etwas. Leo merkte, dass es in ihren Ohren rauschte. Mehr fehl am Platz hätte sie sich nicht fühlen können.

Die jüngere der Frauen bewegte sich und war in vier langen Schritten bei Leo an der Tür. Sie wirkte ohne das Grinsen streng und stolz zugleich, sie hätte hübsch sein können, wenn ihre Haut nicht einen so blassen Teint gehabt hätte. In ihrem völlig ungeschminkten Gesicht strahlten nur ihre wasserblauen

Augen eine gewisse Wärme aus. Ihr Kleid war schlicht grau und bis ans Kinn geschlossen, ihr Haar zu einem Knoten gebunden. Sie hätte wunderbar das Fräulein Rottenmeier oder Prysselius spielen können.

Sie hielt Leo die Hand hin. »Liese Freihaus, ich bin eine dieser Skatdamen, die Sie suchen. Was können wir für Sie tun, Frau Doktor?«

Leo machte den Mund auf, um zu antworten, ihren peinlichen Auftritt zu überdecken. Sie wechselte ihr Kölschglas samt Bierdeckel von rechts nach links und streckte ihre Hand Liese Freihaus entgegen. Sie hörte, wie sich die Tür hinter ihr schloss, und im selben Moment sah sie die Fingernägel der Frau. Das brachte sie für einen Moment so aus dem Konzept, dass ihre Hand in der Luft stehen blieb und sie den Mund ohne ein Wort wieder schloss. Liese Freihaus, die von Kopf bis Fuß wie eine ältliche Jungfrau wirkte, die ihre besten Zeiten vielleicht nie gehabt hatte, trug an ihrer Hand Nägel wie aus dem Bilderbuch. Sie waren sehr lang und tiefrot lackiert, an den Enden jeweils mit einem glitzernden kleinen Stein besetzt. Schön, grazil und ja, sexy.

Leos Hand mit den kurz geschnittenen Nägeln, die oft absplitterten und matt wirkten, führte die Bewegung automatisch weiter, und als sie mit ihren Fingern die von Liese Freihaus umschloss, konnte sie die festen und akkurat gefeilten Nägel auch spüren. Leo wollte nicht glauben, dass sie echt sein konnten.

Nun hatte sich auch die Dritte im Bunde, die hagere ältere Dame mit vielen sympathischen Falten, zu ihnen gesellt. Sie wirkte etwas verloren zwischen dem Schnurrbartmann und der Nagelfrau, an ihr gab es nichts Auffälliges oder Außergewöhnliches.

Alle drei sahen Leo erwartungsvoll an. Sie war am Zug. Sie ließ Liese Freihaus' Hand mit den prachtvollen Fingernägeln los und schluckte ihre Überraschung hinunter. In ihrem Kopf suchte sie nach einem Anfang.

»Ich bin Zahnärztin am Nikolausplatz in Köln-Sülz, in der Gemeinschaftspraxis Lang/Kardiff, früher Hubertus/Lang.« Sie fragte sich, warum sie nach über zehn Jahren immer noch den

Namen ihres Vaters ins Spiel brachte, wenn es um die Praxis ging. Aber das war nicht das Thema des heutigen Abends.

»Hat einer von euch heute einen Zahnarzt bestellt?« Peter Kernbach-Kessel setzte wieder zu seinem hohen Gekicher an. »Oder sind Sie die fleischgewordene Zahnfee, die uns allen heute noch einen Wunsch erfüllen wird?«

Er beugte sich nach unten, nahm Leos Hand in seine beiden und unterbrach sein Gekicher, um ihr einen feuchten Kuss auf den Handrücken zu drücken. Leo erschrak und riss ihre Hand mit einem schnellen Ruck nach hinten. Sie beherrschte sich im letzten Moment – fast hätte sie die feuchte Nässe vom Schnurrbartmann an ihrer Jeans abgewischt.

»Ich bin hier, wie schon gesagt, wegen Frau Hedda Kernbach. Sie wissen ja sicher alle schon, dass sie –«

»Großer Gott!« Diesmal war es die ältere Frau, die sie unterbrach. »Sie sind die Zahnärztin, die Hedda gefunden hat. Wie jräulich!«

Die Stille nach dieser Erkenntnis war lang und dauerte in Leos Erinnerung ewig. Von draußen waren gedämpft die Geräusche aus der Küche des Brauhauses zu hören, Tellerklirren, Zurufe, Bestellungen. Jemand rannte wie in Panik vorbei. Von der anfänglichen Fröhlichkeit der drei hier drinnen war nichts mehr übrig.

Liese Freihaus brach den Bann. »Setzen Sie sich doch, Frau Doktor.« Ihre Hand mit den langen Nägeln packte Leos Schulter und schob sie Richtung Tisch.

Peter Kernbach-Kessel überholte sie und drehte einen der stabilen Holzstühle in Leos Richtung. Auf dem Tisch konnte sie eine angeschnittene Torte stehen sehen, eine Seite zusammengedrückt wie unter einem Faustschlag. Dorthinein hatte die Ältere ihr Gesicht gesteckt. Neben der Torte aufgestapelt kleine Teller, eine noch ungeöffnete Flasche Sekt und drei unbenutzte Gläser. Hatte es für die drei einen Grund gegeben zu feiern? Oder war Leo mitten in einen eigenartigen Leichenschmaus zu Ehren der toten Hedda reingeplatzt?

Kaum saß Leo, wurde sie von den dreien, auf deren Gesichtern sich nun endlich Trauer und Fassungslosigkeit zeigten, wie in einem Kreisspiel in die Mitte genommen. Liese Freihaus setzte sich links neben sie, die hagere Frau auf die andere Seite, und Peter Kernbach-Kessel täuschte Größe vor, indem er sich auf die Tischkante vor Leo setzte und seine Schuhspitzen seitlich auf Liese Freihaus' Stuhl stellte.

»Hat sie noch was gesagt, als Sie sie fanden?«

»Hat sie gelitten, das arme Heddalein?«

»Konnten Sie den Täter sehen, ein Phantombild von ihm zeichnen?«

»Ich hoffe, Sie können schlofe nach dem schrecklichen Geschehen, wann nit, empfehle ich Ihnen jään …«

»Heidi, die Frau ist doch ein Arzt, die kann sich alles selbst besorgen.«

»Oh, Exküs, Frau Doktor, wor nur joot gemeint.«

»Jetzt ist aber Schluss, ihr alten Hexen, lasst doch die Frau erzählen.« Peter Kernbach-Kessel beugte sich von der Tischkante zu Leo herunter, legte ihr seine Hand aufs Knie und tätschelte ihre Jeans.

Leo fühlte sich mit einem Mal schwindlig und todmüde. Hierherzukommen erschien ihr als die schlechteste Idee, die sie in den letzten Monaten gehabt hatte. Nein, das war nicht ganz richtig, in die Wohnung des Mordopfers zu gehen, war sicher die Nummer eins. Danach aber kam gleich das Treffen mit diesen drei seltsamen Figuren, die aber Hedda Kernbachs nächster Anhang gewesen waren; dann dieses Bombardement mit Fragen und dazu noch der Übergriff des kleinen Schnurrbartmannes. Wenn es sich die anderen beiden Frauen gefallen ließen, alte Hexen genannt zu werden … Leo selbst wollte dieses Getätschel keinesfalls dulden. Mit einer schnellen, aber eindeutigen Bewegung fegte sie die Hand des Mannes von ihrem Knie.

»Möchten Sie noch was bestellen?«

Die Kellnerin war unbemerkt in das Hinterzimmer gekommen, durchbrach den Kreis und ermöglichte es Leo, wieder aufzustehen und sich Luft zu verschaffen. »Ja, gern noch ein Kölsch!«

»Dann nehm ich auch eines, den Sekt können wir ja später

trinken. Wollt ihr nicht auch ein Glas, Heidi und Peter?« Liese Freihaus erhob sich ebenfalls.

Die beiden anderen nickten, und die Kellnerin verließ den Raum. Leo streckte sich, ihr Nacken fühlte sich völlig verspannt an. Sie hatte sich die Suppe eingebrockt, jetzt musste sie sie auch auslöffeln. So jedenfalls predigte sie es ihren Töchtern immer, wenn diese sich in eine schwierige Situation gebracht hatten.

Leo kehrte zum Tisch zurück, nahm ihrerseits einen Stuhl und stellte ihn so in Position, dass sie von den dreien, die ihr brav folgten, nicht mehr eingekesselt werden konnte. Dann setzte sie zu ihrer Schilderung an. In den Atempausen filterte sie ihre Erinnerung und ließ die grausigsten Stellen aus. Doch was übrig blieb, reichte immer noch für einen Alptraum.

Leo merkte, dass sie der Geschichte keinen friedlichen Anstrich geben konnte.

Die ältere Dame, die Liese Freihaus mit Heidi angesprochen hatte, begann zwischendurch schrecklich zu schluchzen und musste von den anderen getröstet werden, am Ende holte sie aus ihrer Handtasche ein Fläschchen und tropfte sich daraus etwas auf die Zunge.

»Nur homöopathisch. Fingerhut för mi Hätz«, schnaubte sie, und die beiden anderen nickten ihr aufmunternd zu.

Die Kellnerin tauchte wieder auf und stellte leise die Kölsch auf den Tisch. Leo redete. Viel länger, als sie es sich vorgenommen hatte. Sie redete sich das Geschehen von der Seele. Ganz anders als bei der ersten Befragung durch die Ermittler von der Polizei sprach sie von ihren Gefühlen und diesem Schock, den sie erlitten hatte, von der Angst und der Trauer danach, auch wenn sie die Verstorbene nicht wirklich gekannt hatte. Am Ende hatte Leo das Gefühl, dass die Stimmung kippte, es doch noch ein guter Abend würde, eine doch noch gute Entscheidung, hergekommen zu sein. Sie fühlte sich leicht beschwipst und wie von einer Last befreit.

Erst als ihr Handy klingelte – »Ebony And Ivory«, Nathalie und Luise waren dran, fragten empört nach dem Verbleib ihrer Mutter, sie hatten Hunger und fühlten sich vernachlässigt –, wurde Leo wieder in den Alltag zurückgeworfen. Sie versprach ihnen Pizza, obwohl es unter der Woche war, wo sie die beiden normalerweise zwang, frische und gesunde Sachen zu essen.

Als Leo auflegte, sah sie in drei Gesichter mit milden Augen. Selbst die strenge Liese Freihaus strahlte Milde aus. Sie nahm Leo sogar in den Arm; Leo konnte ihre perfekten Nägel in ihrem Rücken spüren. Vielleicht ergäbe sich noch eine passende Gelegenheit, nach ihrem Nagelstudio zu fragen.

»Ich muss mich leider jetzt schon wieder verabschieden. Meine Töchter … sie sind zu Hause und hungrig und müssen morgen zur Schule, und mein Lebensgefährte ist in Frankfurt und –«

Liese Freihaus gab Leo frei. »Um Gottes willen, reiten Sie durch Nacht und Wind nach Hause. Wenn Sie nächsten Donnerstag wiederkommen wollen, gern! Wir brauchen doch jetzt eine Dritte. Skat würde Ihnen sicher gefallen. Und der Peter kommt auch manchmal dazu und macht den Geber, wenn er nicht golft oder Ski fährt oder sonst so seinen Dummheiten nachgeht.«

Peter Kernbach-Kessel warf Liese Freihaus einen schnellen giftigen Blick zu. Sein Schnurrbart zwirbelte spitz nach oben.

Heidi kam ganz nahe und drückte Leos beide Hände. »Bevör Se mir durchbrenne. Ich hätt noch ein Froch …« Der hageren Frau liefen plötzlich wieder Tränen über die runzligen Wangen. Ihre geschwollene Lippe glitzerte im Licht.

Liese Freihaus sprang für sie ein. »Wissen Sie, Frau Doktor, die arme Heidi ist gestern auch noch überfallen worden. Es ist ihr Gott sei Dank nichts Schlimmeres passiert, aber heute hatte sie das Gefühl, ihre Vorderzähne wackeln, und da Sie ja Zahnärztin sind, denkt Heidi sicher, Sie könnten ihr helfen.«

Heidi nickte zu den Worten ihrer Freundin, die ihre Gedanken scheinbar Wort für Wort gelesen hatte.

Leo kannte das. Jeder im Bekanntenkreis, mit und ohne Zahnschmerzen, fragte sie um Hilfe. So wie ein Schauspieler immer nach bekannten Zitaten gefragt wurde oder ein Automechaniker nach stotternden Motoren.

»Wenn ich ehrlich bin, gebe ich nach Feierabend nie vorschnell Diagnosen ab. Aber wenn die Schwellung abgeklungen ist, kommen Sie doch, wann immer Sie können, in meine Praxis. Ich schiebe Sie gern ein, Frau …?«

Heidi wischte mit ihrem Ärmel die Tränen weg. »Mohn. Heidi Mohn. Und danke, Frau Doktor. Vielen Dank. Do wed ich doch Mitte der nächsten Woche kommen. Am Montag wird die Hedda bestattet. Um elf auf Melaten. Bitte kommen Sie doch auch, Frau Doktor.«

»Ich muss noch in meinen Terminkalender schauen, ob ich …«

»Bedräng doch unsere hübsche Zahnärztin nicht, Heidi-Hexe. Es kommt zu Tante Heddas Beerdigung ohnehin schon die halbe Stadt. Dazu noch die Presse. Das wird richtig ekelhaft.«

Plötzlich war der Schnurrbartmann wieder zu nahe. Sein Arm näherte sich Leos Schulter. Sie stand schnell auf und hob ihre Hand zu einem allgemeinen und kurzen Gruß.

Liese Freihaus streckte ihre Finger aus und deutete in Richtung Gang. Ihre Nägel waren wirklich unglaublich. »Der Peter bringt Sie noch vor die Tür, Frau Dr. Kardiff.«

Gern hätte Leo darauf verzichtet, aber sie nickte und rannte aus dem Nebenraum, den Gang entlang und weiter durch die Menschenmassen im großen Saal, die sich seit ihrem Eintreffen vervielfacht hatten. Der Lärmpegel war noch gewaltiger geworden. Leo stieß die schwere Holztür auf und ließ sie einfach wieder los, auch wenn sie diesem Schnurrbartmann auf den Kopf fallen würde.

Draußen atmete Leo befreit frische, kalte Frühlingsluft ein. Ihr fiel ein, dass sie vergessen hatte, ihre Kölsch zu bezahlen, doch wie ein schlechter Scherz tauchte schon Peter Kernbach-Kessel hinter ihr auf; er war ihr also durch all das Gedränge gefolgt, und die Flügeltür hatte ihn nicht erwischt. Schade.

»Frau Dr. Kardiff, ich darf doch Ihre Rechnung übernehmen?«

Leo merkte, dass er sich wieder über ihre Hand beugte, der nächste feuchte Handkuss stand unmittelbar bevor. Schnell ergriff sie ihrerseits Peter Kernbach-Kessels rechte Hand und drückte sie, so fest sie konnte.

Sein Kopf hob sich wieder, sein Schnurrbart zog sich enttäuscht nach unten. »Vielleicht sieht man sich ja unter angenehmeren Umständen wieder.«

»Ja, vielleicht, Herr Kernbach-Kessel. Ich habe wirklich viel zu tun, und mein Lebensgefährte ist –«

»Ich bin der einzige noch lebende Verwandte von Hedda Kernbach, wissen Sie? Ich bin der geliebte Neffe!«

»Oh.«

Mehr fiel Leo nicht dazu ein, sie hatte keine Ahnung, warum Peter Kernbach-Kessel solch einen Satz als Abschiedsgruß von sich gab. Im Augenblick war ihr das auch herzlich egal.

Sie wandte sich ab und ging die Straße hinunter in Richtung ihres Autos. Nach ein paar Metern hatte sie das Gefühl, Peter Kernbach-Kessel, der geliebte Neffe, würde ihr folgen, und sie drehte sich noch mal um. Doch die Tür zum Schwarzen Adler war zugefallen, und nur das Licht aus der Gaststube fiel auf den leeren Bürgersteig. Sie schalt sich paranoid und lief weiter.

Am Auto angekommen, zögerte sie kurz, kam aber schnell zu dem Schluss, dass sie fahrtüchtig sei. Sie stieg ein und simste eine kurze Nachricht an ihre Töchter: Mama unterwegs, macht schon mal den Backofen an.

Als sie von der Mommsenstraße rechts in die Dürener Straße einbog, sah sie sich selbst, wie sie Nathalie und Luise eine Predigt hielt, als die sie wiederholt wegen des Führerscheins mit sechzehn anbettelten, nie, absolut nie auch nur nach einem einzigen Glas noch Auto zu fahren. Wieder so eine Sache, die sie ihren Töchtern einbläute, ohne sich selbst immer daran zu halten.

VIER

Seine linke Hand war tief in der Tasche seiner Hose vergraben und fühlte dort das weiche wollene Material der Maske. Mit dem rechten Ellbogen stützte er sich nun an der Theke auf, in der Handfläche sein halbes Gesicht verborgen, den Blick nach vorn gerichtet. Er wirkte wie ein Mann, der sich den Kopf darüber zerbricht, welches der üppigen Gerichte der Abendkarte, mit Kreide auf eine über dem Tresen angebrachte Holztafel geschrieben, er denn nehmen sollte.

Der Lärmpegel im Schwarzen Adler war enorm, und mehr als einmal in den letzten Minuten war er von hinten angerempelt worden, von einem der Kellner oder einem der Gäste. Er hatte sich nicht umdrehen wollen und die Entschuldigungen mit einem starken Kopfnicken kommentiert.

»Vielleicht ein Kölsch?«, fragte eine rundliche Frau in einem roten Kleid hinter dem Tresen.

Das Kleid hatte weiße Ränder am Ausschnitt, wirkte dadurch ein wenig wie ein Dirndl und betonte die ausladende Oberweite umso mehr. Sie stand hinter einer Reihe von Zapfhähnen und bereitete endlos neue Kölsch vor. Er wusste, dass er etwas bestellen musste, um nicht aufzufallen, obwohl er lieber so schnell als möglich das Brauhaus verlassen würde.

Hätte er gewusst, dass Goldlöckchen heute Abend hier auftauchen würde, er hätte sich gehütet, ebenfalls zu kommen. Andererseits: Sie war gestern in Hedda Kernbachs Appartement sicher mehr erschrocken als er heute Abend. Als er sie auf ihren hohen Hacken durch den Flur kommen hörte, war er schleunigst in das angrenzende Schlafzimmer verschwunden und hatte sich hinter die Tür gequetscht. Er hatte flach geatmet und gehofft, dass der Schock, die alte Frau so am Boden ihres Wohnzimmers liegen zu sehen, der unerwarteten Besucherin so zusetzen würde, dass sie nicht auf die Idee kam, sich weiter in der Wohnung umzuschauen.

Dass er die Wohnungstür nicht hinter sich geschlossen hatte, empfand er als komplette Niederlage. Wie dumm war das denn?

War er in seinem Rausch so gefangen gewesen, hatte er sich so groß und allmächtig gefühlt, dass er es nicht für nötig befunden hatte, sich um die alberne Eingangstür zu kümmern? Doch dann schob er sein Fehlverhalten in seinem Kopf so weit nach hinten, dass es sein Tagesbewusstsein nicht mehr erreichte, und konzentrierte sich nur auf den Moment. Goldlöckchen war nicht hier, um ihn zu verfolgen, sie hatte keine Ahnung, wer heute Abend mit ihr im Schwarzen Adler war. Trotzdem gut, dass er sie sofort gesehen und sich schnell auf einen der Hocker an der Theke geflüchtet hatte. Er wollte ihr nicht begegnen. Vorsicht war immer noch die Mutter der Porzellankiste.

Sie war hier, weil sie ein neugieriges kleines Luder war, wie alle diese wissensdurstigen, schnüffelnden Weiber. Nein, nicht alle, korrigierte er sich, es gab Ausnahmen, oh ja.

Wieder streichelte er in seiner Hosentasche die Strickmaske.

Das Material war weich wie das Fell eines toten Kaninchens. Heiß war es darunter, das musste er zugeben, und wenn man sie aufsetzte, machte das fehlende Mundstück das Sprechen so gut wie unmöglich. Aber sie gab ihm mit ihrer Wärme Zuversicht und mit der weißen Farbe ein Gefühl der Unschuld.

Als er sie nach dem Klingeln an Hedda Kernbachs Wohnungstür schnell übergestülpt hatte, war er sich wie ein Ritter vorgekommen, ein Gralsritter, der, dem Ruf des heiligen Kelches folgend, seiner Bestimmung näher kam.

Der Schrecken im Gesicht seines ersten realen Opfers, die Macht, die ihn durchfahren hatte, und schließlich der Akt selbst. Wie warmer Sommerregen auf nackter Haut. Wenn die Alte nicht am Ende gelacht hätte, wäre er glücklich und selig wieder gegangen. Aber Hedda Kernbach erdreistete sich, in ihrem Todeskampf zu grinsen, wer hätte gedacht, dass so etwas möglich war? Er war ausgelacht worden von einer sterbenden alten Frau.

Seine ungeheure Wut hätte fast die Erhabenheit seiner Tat zunichtegemacht. Doch sie ein zweites Mal zu töten, wenn auch spontan und dadurch irgendwie profaner, hatte immerhin seine gute Stimmung über den Nachmittag aufrechterhalten können.

Jemanden mit einer Zeitschrift zu ersticken, hatte auch was. Obwohl nichts das Messer übertraf.

»Wenn Sie nichts bestellen, müssen Sie wieder gehen, wir sind hier keine Haltestelle!« Die Stimme der molligen Frau im roten Kleid kippte.

Im selben Moment sah er Goldlöckchen an die Theke kommen. Sie stand Luftlinie keine drei Gäste von ihm entfernt. Ein junger Bursche, der Gläser polierte, unterhielt sich mit ihr auf Französisch, was in dieser Lokalität etwas surreal wirkte. Eine Kellnerin mit einem leeren Tablett kam zu ihr, sprach sie an und lenkte sie ab. Wenn sie nur nicht nach rechts schaute, war alles gut.

»Einen Tee und eine Kartoffelsuppe, bitte.« Er gab seiner Stimme ein Krächzen und hielt sich weiter die Backe, ein wenig Theater konnte nicht schaden.

»Liebchen, haste einen wehen Zahn?« Der Unmut der üppig dekolletierten Frau schwand schneller, als er Hedda Kernbachs Kehle aufgeschlitzt hatte.

»Ja, ja, das ist es.«

Die Thekenkraft machte zwei Schritte Richtung polierendem Jungen hinüber, griff nach unten und holte einen schweren Keramikbecher hervor, auf dem der Kölner Dom abgebildet war. Dann bückte sie sich und kam mit einer Schachtel hoch, aus der sie einen Teebeutel holte.

Er ließ seine rechte Hand an der Backe und blickte über die Schulter seines Nebenmannes am Tresen entlang. Goldlöckchen war verschwunden. Schnell drehte er den Kopf und sah sie gerade noch um die Ecke in den hinteren Teil des Schwarzen Adlers stöckeln.

»Hier, dein Tee.« Die Frau mit dem roten Kleid duzte ihn wie selbstverständlich. Sein Leiden schien ihn ihr automatisch nähergebracht zu haben. »Die Suppe musst du leider bei meiner Kollegin bestellen, wir schenken hier nur aus.«

Er nickte und grinste mit der freien Gesichtshälfte der Frau schief und etwas hilflos zu. »Ich glaub, ich nehme doch keine Suppe, danke. Ich weiß gar nicht, ob ich überhaupt schon was essen darf.«

»Ja, diese Berserker von Zahnärzten, die können auch ein gestandenes Mannsbild umhauen, was?« Sie lachte laut und derb, ihr Busen hob und senkte sich.

Sein Nebenmann an der Theke hob sein Kölsch, sein Blick klebte am Ausschnitt der Frau. »Darauf noch einen Kurzen!«

Jetzt lachten auch andere am Tresen, und er lachte gackernd mit, dieser Witz im Zusammenhang mit Goldlöckchen war wirklich schreiend komisch. In seiner Hosentasche knetete er die weiße Strickmaske wie einen ergonomischen Anti-Stress-Ball.

»Ich zahle dann auch gleich.«

»Der Tee geht aufs Haus! Komm wieder, wenn der Schmerz nachlässt.«

Wieder lachten die anderen an der Theke.

Er setzte wieder sein schiefes Grinsen auf und bedankte sich. Was für eine Ironie! Da kam ihm die Zahnärztin nun schon zum zweiten Mal in die Quere, und doch waren Zahnschmerzen genau die richtige Strategie, um bei den Menschen unauffällig Mitleid zu erheischen. Er pustete in seinen Tee, nahm die Hand von der Backe und trank Schluck um Schluck.

Hinter ihm füllte sich das Brauhaus immer noch, er wunderte sich, dass so viele Menschen hier Platz finden konnten. Dazu kam Musik aus den Lautsprechern, die in den Ecken an der Decke befestigt waren. Natürlich kölsche Lieder, wer hätte das gedacht …

Die Fertigmischung brannte heiß in seinem Mund, und er begann zu schwitzen. Auch am Tresen drängten sich mehr und mehr Leute, er fühlte sich wie in einer Quetschkommode gefangen. Er musste raus hier. Als sich die Frau im roten Kleid das nächste Mal zu den Schnäpsen umdrehte, ließ er die Tasse halb voll stehen, rutschte vom Hocker und presste sich in die Menschenmasse Richtung Ausgang.

Draußen vor der Tür war es kühl und dunkel. Er schnappte nach frischer Luft und wischte sich über die Stirn. Hinter ihm ging die Tür auf. Ein Mann torkelte heraus und rempelte ihn heftig an.

Vor seinem inneren Auge sah er sich in die Hosentasche greifen und die weiße Strickmaske herausziehen. Er sah sich, wie er sie aufsetzte, über seine Ohren, seinen Kopf zog, die weiche Wolle fühlte und die Macht, die dieses banale Ding ihm gab. Er sah durch die Augenschlitze der Maske den anderen, den Rempler, wie er seine Augenbrauen hochhob und den Typen mit der weißen Maske ansah, erst erstaunt, dann amüsiert. Köln war voller schräger Typen, oder?

Der innere Film ging weiter.

Er sah sich das scharfe Messer hochreißen und dem Mann die Kehle aufschlitzen. Er sah, wie Blut aus dem Schnitt spritzte, ein Schwall von rotem Lebenssaft, sah die riesigen Augen, die der Mann machte, sah ihn auf die Knie stürzen, zu Boden sinken. Damit immer noch nicht genug, er sah sich, wie er sich über den Mann beugte, tellergroß dessen Augen jetzt, sah sich das Messer hoch- und mit Schwung nach unten ziehen, das Herz des Mannes treffend, durch seine Jacke, durch sein Hemd, durch Haut und Fleisch, direkt in den Muskel.

»'tschuldige!«, sagte der Mann. Dann lief er los und verschwand an der nächsten Ecke.

»Nichts passiert«, antwortete der Angerempelte.

Er griff wieder in seine Hosentasche und fühlte nach der Maske. Seine Finger spielten in den Maschen. Spontan beschloss er, in den Schwarzen Adler zurückzugehen, sich doch noch eine Suppe zu bestellen und das Schicksal ein wenig mehr herauszufordern.

FÜNF

Rot braucht es hier drinnen, Rot.

Ich sehe meine rote Couch vor mir, in meinem Büro, in meinem Refugium. Wünsche mir nichts mehr, als dort zu sein. Selbst eine Marathonbehandlung mit einer Handvoll Spritzen wäre mir jetzt lieber. Warum gibt es in diesem Raum keine Farben?

Ich sehe auf die Uhr, kurz vor vier. Erst Nachmittag. Meiner Empfindung nach ist es Stunden her, dass ich die Praxis verlassen habe und hierhergefahren bin. Hoffentlich dauert es nicht zu lange, sonst läuft mein Parkticket ab. Strafzettel von der Polizei bei der Polizei.

Lustig. Na ja, ein wenig.

Ich bin nicht freiwillig hier, sondern einbestellt. Nicht ganz ohne Neugier, schließlich ist es mein erstes Verhör in einem Polizeipräsidium.

»Falsch!«, hat der lange, dünne Ermittler gesagt, der mich am Empfang abgeholt hat, nachdem ich das Wort »Verhör« benutzt habe. Der junge Mann war so schmal, dass ich automatisch den Bauch eingezogen und mich trotzdem dick gefühlt habe. In seiner Hand hielt er ein Handy, wischte mit seinen ebenfalls langen, dünnen Fingern über das Display und schien etwas zu suchen. Dabei legte er den Kopf schief und kaute auf seiner Zunge, was ihn wie einen Schuljungen wirken ließ.

Er erinnerte mich an den letzten Freund von Luise, einer aus ihrer Klasse, mit dem sie drei Wochen lang ging. Sie hat mir hoch und heilig geschworen, keinen Sex mit ihm gehabt zu haben. Aber ob ich ihr da trauen kann? Nathalie interessiert sich noch wenig für Jungs. Selbst darin sind sich meine Zwillinge nicht ähnlich.

»Sie sind nicht zu einem Verhör hier, Frau Dr. Kardiff«, hat er gesagt. »Es ist eine Befragung. Eine Zeugenaussage, die wir mit Video dokumentieren. Wenn Sie uns das Einverständnis dafür geben, selbstverständlich. Natürlich nur für interne Zwecke.

Ihre Zeugenaussage wird nach Vorschrift auch schriftlich aufgezeichnet. Um spätere Missverständnisse zu vermeiden. Also, kein Verhör! Oder würde es Ihnen gefallen, in Handschellen abgeführt zu werden?«

Ich hab mich über diesen Witz des langen Beamten so erschreckt, dass ich vergessen habe zu atmen und mir schwindlig wurde. Erst als er lächelnd mit einem Auge zwinkerte, schnappte ich nach Luft und krächzte kurz auf.

Witze eines Bullen. Schräg.

Im Lift haben wir kein Wort geredet, er war wieder mit dem Handy beschäftigt. Und schon wieder kaute der junge Mann auf seiner Zunge. Ich hätte ihm sagen können, dass sich im Laufe der Zeit Narbengewebe auf der Zunge bilden kann, das später zu Entzündungen und sogar zu einem Gewebeknoten führen könnte. Ein nervöser Tick, ähnlich meinen kleinen Selbstohrfeigen.

Ich muss mir das abgewöhnen.

Der Lift hat sich schließlich zu einem kurzen, gelb gestrichenen, fensterlosen Korridor geöffnet. Ich bin hinter dem jungen Mann hergelaufen und hier gelandet.

Im Verhörraum.

Nein, Befragungszimmer. Oder wie heißt das?

»Bitte, nehmen Sie Platz, Frau Doktor. Hauptkommissar Zimmer kommt sofort. Einen Kaffee oder lieber Wasser und Brot?«

Wieder so ein Scherz, und diesmal lache ich laut darüber und schüttele den Kopf. Meine Kehle ist zwar trocken, aber ich habe Angst, nach Kaffee oder Wasser gleich auf die Toilette zu müssen.

Der junge Mann nickt, und weg ist er.

Ich bleibe allein zurück.

Der Raum ist bis auf drei Stühle und einen Tisch völlig leer. Nein, da an der Wand hängt ein Bild, auf dem rosa Rosen abgebildet sind. Rosen? Passt ja wie die Faust aufs Auge.

Ich weiß nicht mal mehr, ob wir in eines der oberen Stockwerke oder in den Keller gefahren sind. Liegt unten die Pathologie? Brrr! Was für ein Gedanke, dass vielleicht Hedda

Kernbach dort bearbeitet wird. Ich könnte fragen. Zu viele Fragen könnten verdächtig wirken. Oder? Ich merke, dass ich schwitze. Aufregung oder erste Anzeichen der Wechseljahre? Quatsch, ich könnte noch mal zwei Kinder kriegen.

Oh nein, das will ich nun auch wieder nicht!

Immerhin gibt es hier ein Fenster mit Tageslicht. Ach, Leo, du dummes Kindchen. Wir sind natürlich nicht nach unten in die Nähe der aufgebahrten Leichen gefahren.

Ja, Rot wäre hier drinnen ein Muss. Würde auch zu dem einsamen Bild mit den Rosen passen.

Hätte ich doch genickt bei Wasser, denn jetzt fühlen sich meine Lippen wie trockene Blätter an. Und aufs Klo muss ich sowieso schon längst.

Ich schaue wieder auf die Uhr. Zehn Minuten sind erst vergangen? Ich kann das kaum glauben. Es kommt mir vor wie zehn Stunden. Ich gähne, ohne mir die Hand vorzuhalten, und schaue aus dem Fenster. Draußen ist es immer noch genauso hell wie bei meinem Eintreten, also immer noch Freitagnachmittag.

Wenn es hier rote Kissen gäbe oder rote Vorhänge, wäre mir sicher wohler zumute. Das müsste doch bei all meinen Steuergeldern drin sein.

Mach dich nicht lächerlich und bleib realistisch, Leo, sagt Magister Heinz' internalisierte Stimme in meinem Kopf. Du hast recht, liebster Lover seit neun Jahren, hier wäre nicht der richtige Platz für rote Stores am Fenster, antworte ich dieser mahnenden inneren Präsenz. Bevor ich mit Magister Heinz Lerbaum zusammenkam, war diese Stimme natürlich die meines Vaters gewesen. Wieder ein Indiz dafür, dass ich meine Männer nach Papas Muster wähle.

Mein Hintern fängt an, einzuschlafen. Der Stuhl ist nicht nur schmucklos, sondern auch hart. Wenn in fünf Minuten keiner da ist, werde ich wieder gehen.

Die Drohung wirkt, die Tür geht auf. Mein Herz klopft schneller. Ich schwitze noch mehr.

Die Frau, die hereinkommt, ist die strenge Ermittlerin, die mir vorgestern das Gefühl gegeben hat, doch eine Mitschuld zu haben. Heute trägt sie über ihrer Jeans einen Blazer, das Haar ist offen, sie wirkt gnädiger als am Mittwoch. Vielleicht liegt es daran, dass es Freitag ist und sie nach meinem Verhör in den Feierabend kann.

Befragung! Verdammt, ich muss mich richtig ausdrücken, sonst geht das hier noch nach hinten los.

Der blonde Mann an ihrer Seite sieht heute anders aus.

Ja, es ist der Große mit den Grübchen auf den Wangen, nur ist er diesmal rasiert. Und seine Haare sind glatt nach hinten gekämmt. Hauptkommissar Jakob Zimmer, heute glatt wie ein Babypopo.

Was ich spontan jetzt doch schade finde. Der Dreitagebart hat ihm ganz besonders gut gestanden, er hat ihm einen Anstrich von Abenteuerlust gegeben. Rau und zärtlich.

Gott, was denke ich denn da?

Ich springe auf und strecke meine Hand aus, der große Blonde nimmt sie und lächelt. Dieses Lächeln nimmt mir zumindest in dieser Minute die Angst vor einer Verhaftung. Ich merke, dass meine Handfläche vom Schweiß feucht ist, und schäme mich. Doch da ist schon die Hand der strengen Frau Kommissarin, Birgit von Zeh, ja, dieser Name ist auch wieder in meinem Speicher aufgetaucht.

»Sie sind informiert worden, dass wir Ihre Befragung aufzeichnen?« Birgit von Zeh kommt gleich zur Sache.

Ich nicke und setze mich wieder. Sie legt mir ein Formular und einen Stift hin. Ich überfliege es. Ein Pilotprojekt, um die Effizienz von Zeugenaussagen zu optimieren, mit der Unterschrift nimmt man von späteren Beschwerden im Sinne von … und bla, bla, bla. Ich unterschreibe. Meine Hand zittert leicht.

Mir fällt mein Gähnen von vorhin ein. Wurde das schon aufgezeichnet? Ich sehe mich um. Wo …?

An der hinteren Wand steht ein Stativ. Darauf eine kleine Kamera. Habe ich vorhin nicht gesehen, unfassbar! Ich und meine Aufregung. Was für eine blinde und unzuverlässige Zeugin bin ich denn? Meine Blase meldet sich. Mein Stresslevel wird höher.

Atme langsam und tief, Dr. Leo, langsam und tief. Sharif El Bennas Stimme ist die neueste in meinem inneren Repertoire und, ich gebe es gern zu, bisher die netteste.

Jakob Zimmer setzt sich mir gegenüber, Birgit von Zeh macht sich an der Kamera zu schaffen. Ob es ein Guter-Bulle-böser-Bulle-Spiel gibt wie so oft in meinen banalen Krimibüchern? Quatsch, das ist sicher eine Erfindung der Krimiautoren, oder?

Vorn an der Kamera geht ein rotes Licht an. Hatte ich mir vorhin nicht gewünscht, dass es etwas Rotes in diesem Raum geben sollte?

Die Hauptkommissarin setzt sich ebenfalls mir gegenüber und nimmt sich den Stift zurück. Sie hat einen altmodischen Block vor sich liegen, das gefällt mir. Sie nennt Datum, Uhrzeit und den Grund, warum wir drei hier sitzen. Dann bittet sie mich, die Ereignisse von vorgestern Mittag noch mal in allen Details, an die ich mich erinnern kann, zu schildern.

»Sie haben dazu alle Zeit der Welt«, sagt Zimmer noch.

Meine Aufregung wird wieder so groß, dass ich meine Knie zittern spüre. Aber ich rede. Meine Stimme funktioniert erstaunlicherweise gut.

Ich rede langsam, aber bestimmt. Nach wenigen Sätzen schließe ich die Augen, lasse die Erinnerung an Hedda Kernbach und diese Mittagspause zu, versuche, nichts wegzulassen, aber auch, nichts hineinzulegen, was vielleicht nur meiner Vermutung oder meiner blühenden Phantasie entspringt.

Kurze Zwischenfragen kommen von der Hauptkommissarin. Ich lasse meine Lider geschlossen, ihre Stimme führt mich weiter. Jeder Satz, den ich ausspreche, ist wahr und doch unglaublich.

Ich, die blond gelockte Zahnärztin aus Sülz, habe eine Leiche gefunden, ich, Leocardia Huberta Kardiff, bin Teil eines realen Kriminalfalles geworden, bin Zeugin, Befragte, sitze in einem Raum mit zwei realen Ermittlern, die auf der Suche nach dem Mörder auf meine Erinnerung angewiesen sind.

Plötzlich muss ich so dringend auf Toilette, dass ich meine Augen aufreiße wie ein Kind, das endlich den Weihnachtsmann sehen will. Der rote Punkt an der Kamera starrt mich an wie das Auge eines Zyklopen. Meine Blase läuft Amok.

»Entschuldigen Sie bitte, aber ich muss …«

Die Kommissare verstehen nicht, und ich möchte nicht in

die laufende Kamera von meinem Toilettenbedürfnis reden. Ich wetze bewusst mit dem Hintern auf dem Sessel und ziehe die Mundwinkel bedauernd hoch. Das muss doch als Signal reichen.

Endlich geht Jakob Zimmer ein Licht auf.

»Frau Dr. Kardiff, wir können hier abbrechen. Ich denke, für heute haben wir genug. Wenn wir noch mehr Informationen von Ihnen brauchen, bestellen wir Sie noch mal her. Und …« Sein Mund dehnt sich zu einem breiten Grinsen, wie es nur bei Männern möglich ist, wenn sie sich über die Kleinmädchenblase ihrer Frauen lustig machen. »Die Toilette ist gleich zwei Türen weiter.«

Ich nicke wieder, schnelle vom Stuhl hoch, Zimmer springt ebenfalls auf und macht mir die Tür auf. Auf dem Gang renne ich zuerst nach links, was falsch ist, da kommt nur die Aufzugtür, dann zurück, rechts sehe ich endlich die Aufschrift für Damen. Auf dem Klo ist es wie im Himmel, ich spüre eine solche Erleichterung, dass ich heulen könnte.

Danach geht es mir einfach nur gut.

Als ich zurück in den Befragungsraum komme, ist Birgit von Zeh verschwunden und mit ihr die Kamera und das Rot in der kargen Einrichtung. Nur Hauptkommissar Zimmer ist noch da, hat sich lässig auf den Tisch gesetzt.

Mir geht es so gut, dass ich mutiger werde. »Bevor ich gehe, Herr Hauptkommissar Zimmer, wollte ich noch was mit Ihnen besprechen.«

»Aber gern, wollen Sie sich noch mal setzen? Einen Kaffee oder ein Wasser?«

»Nein, danke. Ich bin auch gleich weg, aber …« Ich überlege, wie ich es formulieren kann, ohne dass es als Einmischung rüberkommt. »Dieser Neffe von Hedda Kernbach, dieser Peter Kernbach-Kessel … nun, der kommt mir verdächtig vor. Wenn ich mal so sagen darf.«

»Wann haben Sie denn Herrn Kernbach-Kessel getroffen?«

»Gestern Abend war ich im Schwarzen Adler, wegen der Skatrunde, bei der Frau Kernbach dabei war.«

»Was?«

Jetzt erst fällt mir auf, dass sein Ton schärfer geworden ist. Ich verstehe noch nicht, warum. »Ich dachte, diese Damen, diese Freundinnen von Hedda, sollten mich kennenlernen. Und dann dachte ich, ich könnte doch –«

»Was könnten Sie?« Seine Augenbrauen ziehen sich zusammen, seine Lippen werden schmal.

Oh, oh! Ich könnte jetzt schweigen, spreche es aber aus. »Ich dachte, ich könnte ein wenig nachforschen.«

Jakob Zimmer steht auf und beginnt, vor mir auf und ab zu gehen. Er ist tatsächlich groß, auch mit meinen High Heels überragt er mich um einen Kopf.

»Frau Dr. Kardiff! Nachforschungen, Ermittlungen oder was der Geier sonst noch so alles nach einem Mordfall zu tun ist, macht ausschließlich die Polizei.«

Was der Geier?

»Ich habe in Ihrer Praxis, im Regal in Ihrem Büro, die Krimis gesehen. Sie fühlen sich als Teil davon. Meine Mutter tut das auch. Aber sie geht nicht los und versucht, da draußen auf der Straße Jerry Cotton oder Miss Marple zu spielen.«

Ich fühle mich gekränkt, dass mich der gut aussehende Hauptkommissar mit der alten Miss Marple vergleicht. Er kann nicht viel jünger als ich sein, wenn überhaupt. Ich verfluche mich und meine Neugier. Mehr noch, mich und mein Bedürfnis, zu plappern. Recht hat er, der glatt rasierte Ermittler.

Andererseits … kann ich hingehen, wohin ich will. Er sollte mir für den Tipp dankbar sein.

Jakob Zimmer ist stehen geblieben, stützt sich auf der Tischkante ab. »Haben wir uns verstanden, Frau Doktor?«

Er wartet auf ein zustimmendes Nicken von mir. Aber da ich mich schon so weit aus dem Fenster gelehnt habe, kann ich mich auch gleich fallen lassen. »Ja. Jetzt, wo Sie mich fragen, Herr Hauptkommissar. Die Goldbrücke …«

Jakob Zimmer stellt sich wieder zu seiner vollen Größe auf. Sein Haar hat sich zu lösen begonnen, vorn stehen schon einige Strähnen quer. »Was ist damit?«

»Sie wurde in der Presse nicht erwähnt. Auch nicht im Internet. Nirgends stand, dass diese Brücke der Toten aus dem

Kiefer gestemmt wurde. Und ich finde, ein so wichtiges, wie sagt man?, Indiz unerwähnt zu lassen, ist –«

»Sie als Krimiliebhaberin müssten doch wissen, was das bedeutet.«

»Äh, nein.«

»Frau Dr. Kardiff, es handelt sich hierbei um eine Information, die wir der Presse vorenthalten, damit wir im Falle mehrerer Verdächtiger die ausschließen können, die sich nur wichtigmachen wollen oder einen an der Klatsche haben.«

Er schaut mich dabei so intensiv an, dass ich mich automatisch angesprochen fühle. Ältlich wie Miss Marple, Wichtigtuerin und nicht ganz richtig im Kopf. Toll!

Der lange Dünne ist an der Tür aufgetaucht und steht etwas verlegen dort. Wie viel hat er mitbekommen?

Jakob Zimmer senkt den Kopf, er streckt die Hand aus und deutet auf den Beamten. »Komm bitte herein, Kollege. Frau Dr. Kardiff will noch eine zusätzliche Aussage zu gestern Abend machen. Sie hat Kontakt zu der Skatrunde von Hedda Kernbach aufgenommen. Wir brauchen die Namen dieser Personen. Und den Ort, an dem Sie sie getroffen haben.«

Der lange Dünne kaut auf seiner Zunge und setzt sich. Er nimmt den Kuli in die Hand, ich sehe, dass der Block auf dem Tisch fast vollgeschrieben ist.

Ich erzähle von gestern Abend, sogar die Namen der beiden Freundinnen von Hedda Kernbach fallen mir auf Anhieb ein. Erwähne noch mal den unsympathischen Neffen, lasse die Torte und den Sekt weg. Auch, dass ich den Tipp von meiner Zahnarzthelferin Britti bekommen habe, verschweige ich. Sonst hab ich die Horde noch mal in der Praxis.

Am Ende nickt der Hauptkommissar befriedigt und wieder freundlich. Na, geht doch!

»Ich bedanke mich, Frau Dr. Kardiff. Wir sind dann fertig. Wenn Ihnen zu Hause noch etwas einfällt, können Sie mich jederzeit anrufen. Hier meine Karte. Kommissar Kowalski wird Sie sicher wieder nach unten bringen.«

Ich nehme seine Karte. Freue mich, dass ich zum Schluss sogar den Namen des langen Dünnen erfahren habe. Kommissar

Kowalski hält mir die Tür auf. Ich mache vier Schritte nach draußen, drehe mich zu Hauptkommissar Zimmer um, muss trotz allem noch eine Frage stellen.

»Ist sie denn gefunden worden, die Brücke?«

Hauptkommissar Zimmer schüttelt den Kopf. »Wir ermitteln.«

Ich frage mich, ob der Mörder schon versucht hat, die Goldbrücke zu verkaufen. Das traue ich mich aber nicht mehr, laut zu sagen.

Im Lift drückt Kommissar Kowalski mit seinem langen Zeigefinger auf E. Erst jetzt nehme ich die breite Schalttafel wahr und das Licht, das auf vier leuchtet. Die Aufzugtür schließt sich, das Licht springt von Stockwerk zu Stockwerk. Ich kann es kaum fassen, dass ich vorhin durch meinen nervösen Tunnelblick die Anzeigetafel übersehen habe. Genauso wie die Kamera auf dem Stativ.

Was, wenn ich trotz meiner gut gemeinten Aussage auch wichtige Details zum Mordfall übersehen habe?

Unten am Empfang merke ich, dass meine Blase schon wieder voll ist. Ich benutze die Besuchertoilette, doch die Erleichterung ist diesmal nicht zu spüren.

SECHS

Am Samstag kommt das Sams und erfüllt Wünsche.

Leo musste gerade an den Lieblingsfilm ihrer Töchter in der Kindergartenzeit denken, als der dritte Patient in ihrem Notdienst auftauchte und sie komplett verwirrte.

Sie hatte eine weitere schlaflose, Gedanken wälzende Nacht hinter sich und fragte sich, wie lange sich eine halbe Woche hinziehen konnte. Nicht nur die Leiche von Hedda Kernbach tauchte in ihrem Kopf auf, auch der Abend im Schwarzen Adler und das Verhör, nein, die Befragung durch die Polizei. Dazu kam ein heftiger Streit mit Magister Heinz, der ihr nach seiner Rückkehr aus Frankfurt am Freitagabend unterstellte, sich einfach nur wichtigmachen zu wollen, als Leo ihm das Gespräch mit Hauptkommissar Zimmer geschildert hatte. Sie habe diese Damenrunde aus rein egomanischen Gründen besucht. Ohne Gespür für Maß und Anstand.

Leo war ausgeflippt wie tatsächlich nie zuvor.

Am Ende des Streites hatte sie nicht nur wie eine Furie geschrien und war vom Sofa hochgeschossen wie eine Rakete, sie schnappte sich auch den nächsten Nippes vom Bücherregal und warf ihn mit einem lauten Wutschrei an die Wand. Und gleich danach noch einen hinterher.

Heinz hatte zwar aufgeschreckt und unerhört geguckt, war aber standhaft auf dem Sofa sitzen geblieben. Leo fand weitere Gegenstände wie einen gläsernen Schwan und ein Porzellanglücksschwein und hatte direkt auf Heinz gezielt. Da endlich war er aufgesprungen, hatte sie an den Handgelenken gepackt und versucht, sie zur Vernunft zu bringen. Sie hatte sich losgerissen und für die nächste Stunde heulend ins Bad eingeschlossen.

Insgesamt hatte Leo beim Einsammeln der Scherben drei Figuren und eine Vase gezählt. Sie hatte sich überlegt, wie viel sie ihren Kindern erzählen sollte, die zum Glück erst nach dem Eklat von einer Party nach Hause kamen. Aber die beiden hatten eine Freundin aus der Schule dabei, die bei ihnen im Zimmer übernachten sollte, und weder Leo noch Heinz erwähnten den bösen Streit.

Magister Heinz hatte sich noch die Aufzeichnung eines Länderspiels im Fernsehen angeschaut. Leo hatte sich neben ihn gesetzt und von seinen Chips genascht. Beide hatten sich so benommen, als hätte Leos Ausraster niemals stattgefunden. Später im Bett war Magister Heinz noch richtig in Fahrt gekommen und hatte Leo gleich zweimal zu Sex überredet, der tatsächlich besser war als ihre gesamten gemeinsamen Bettaktionen in den letzten Monaten.

Dann war er sehr müde geworden und hatte keine zehn Sekunden nach seinem »Nacht, Schatz!« sägend und befriedigt wie ein Baby nach einer doppelten Ration Milch zu schnarchen begonnen. Entschuldigungen gab es weder von ihm noch von Leo.

Leo hatte sich zu wälzen begonnen, noch eine Nacht ohne wirklichen Schlaf. Dabei hatte der ärztliche Bereitschaftsdienst vor ihr gelegen, den sie in regelmäßigen Abständen übernahm. Um drei Uhr morgens, am Ende mit ihren Nerven, hatte sie im dunklen Schlafzimmer die Augen zusammengekniffen, bis sie Sterne sah, und sich einen neuen Mann gewünscht.

Gut aussehend, einfühlsam, knackig und, ja bitte, etwas geheimnisvoll.

Als Antonio Argus – allein schon der Name! – sich jetzt auf den Behandlungsstuhl setzte, knackte es in Leos Nacken, und sie zog die Luft schnell und hörbar ein. Britti Poster, immer an Leos Seite, sah ihre Chefin eindringlich an, sie vermutete die klassischen Symptome der Phobie, auch wenn die Behandlung noch nicht begonnen hatte. Leo schüttelte den Kopf in Richtung Britti und setzte sich auf den Drehstuhl neben ihren gut aussehenden Notfallpatienten. Sportlich, knackig, rötliches längeres Haar, dazu ein leicht gebräuntes markantes Gesicht und ein strahlendes Lächeln. Geschätzte dreißig. Seine grünen Augen strahlten sie ungeheuer intensiv an.

»Was kann ich für Sie tun, Herr Argus?«

»Beglücken Sie mich mit der Zusage einer Verabredung.«

»Bitte?«

»Entschuldigen Sie, Frau Dr. Kardiff, ich scherze nur. Aber ehrlich gesagt hätte ich keine so attraktive Ärztin beim Notdienst erwartet. Meine Zahnschmerzen sind bei Ihrem Anblick so gut wie verschwunden.«

Leo hörte Britti hinter ihrer linken Schulter kichern und lächelte verlegen. Doch nach diesen letzten drei Tagen kam Leo dieser Mann wie die Aussicht auf eine entspannende Fußmassage vor. Sie zwang sich, wieder professionell zu werden.

»Herr Argus –«

»Antonio, bitte!«

»Oh, ich pflege meine Patienten nie mit Vornamen anzureden.«

Antonio Argus lächelte etwas geheimnisvoll und zeigte seine weißen Zähne. Leo hörte Britti Luft holen.

»Toller Name. Antonio Argus. Italienisch?«

Antonio legte die Füße auf dem Behandlungsstuhl übereinander, was sehr lässig rüberkam.

»Nein, kein südländisches Blut in meinen Adern. Wenn ich ehrlich bin, hat meine Mutter einfach nur nach einem schwungvollen Vornamen gesucht, der zu Argus passt. Argus ist übrigens der Riese mit den hundert Augen.« Antonio Argus' zwei grüne Augen strahlten weiter mit den weißen Zähnen um die Wette.

Wozu, zum Teufel, brauchte der Mann einen Zahnarzt?

»Wo tut es denn nun weh, Herr Antonio Argus? Wir müssen weitermachen, es kommen sicher noch einige Schmerzgeplagte nach Ihnen.«

»Wenn Sie streng werden, sind Sie noch hübscher, Frau Dr. Leo.«

Wie kam der Mann darauf, sie beim Vornamen zu nennen? Noch dazu gleich bei der abgekürzten Form? Leo holte tief Luft. »Lieber Herr Argus, noch mal von vorn. Wo tut es weh?«

Antonio Argus wurde ernst. »Seit heute Nacht um drei Uhr früh habe ich Schmerzen im rechten Oberkiefer. Es klopft und sticht.«

Leo erinnerte sich, wie sie sich heute Nacht um drei schlaflos neben Magister Heinz im Bett gewälzt und an ihren Wunsch gedacht hatte. Sie zog sich ihre rosa Latexhandschuhe an, sah den schmunzelnden Mund des neuen Patienten und schob sich schnell den Mundschutz über. Er sollte nicht sehen, wie sie rot wurde. Gleichzeitig freute sie sich über seine Reaktion.

Britti, auf der gegenüberliegenden Seite des Behandlungsstuhls, hielt schon den Speichelsauger in der Hand. Die Zahnarzthelferin strahlte mit ihren rehbraunen großen Augen den Patienten an, als hätte sie im Lotto gewonnen und würde ihn gleich kaufen und mit nach Hause nehmen wollen.

Leo nahm Spiegel und Sonde und machte sich auf Spurensuche. In diesem Moment fiel ihr Hauptkommissar Zimmer ein, der sich mit seinen Kollegen ebenfalls auf Spurensuche nach dem Mörder von Hedda machte. Sie empfand auf einmal Sympathie für seine ungehaltene Reaktion auf ihren Besuch im Schwarzen Adler. Sie hätte ihm auch die Hölle heißgemacht, wenn er hier aufgetaucht wäre und versucht hätte, an einem ihrer Patienten herumzudoktern. Apropos, in Antonio Argus' Mund gab es nichts zu beanstanden. Rein gar nichts.

»Es tut mir leid, Herr Argus, aber auf die Schnelle kann ich weder Karies noch eine Entzündung sehen. Ich denke, wir machen eine Aufnahme und hoffen auf weitere Befunde.«

Antonio Argus' Zähne schienen perfekt wie der ganze Mann zu sein. Sie zog den Mundschutz über das Kinn nach unten und gab Britti ein Zeichen, das Röntgen vorzubereiten.

Antonio beugte sich über das Spuckbecken und wischte sich den Mund mit dem weißen Papiertuch ab. »Ich stand die Woche über unter ziemlichem Stress. Könnte es auch eine rein psychosomatische Schmerzreaktion gewesen sein, Frau Dr. Leo?«

Leo zögerte. Eigentlich mochte sie es nicht, dass ihre Patienten ihr eine Diagnose in den Mund legten. Warum musste der Mann aber auch so verdammt gut aussehen!

Antonio stellte schon einen Fuß vom Zahnarztstuhl hinunter auf den Boden. »Ich meine, ich könnte doch auch Montag wiederkommen und bis dahin abwarten. Entweder taucht der Schmerz nicht mehr auf, oder ich habe die wunderbare Gelegenheit, Sie wiederzusehen.«

Leo fühlte sich verwirrt. Sie fragte sich, wieso Antonio es plötzlich so eilig hatte, von hier wieder wegzukommen, wo er doch angeblich die halbe Nacht von schlimmen Schmerzen geplagt worden war. Sein Lächeln, seine Art waren so charmant, dass sie nicht ungehalten wurde. Trotzdem stimmte hier etwas nicht. Oder reagierte sie nach all den Erlebnissen paranoid?

Er strahlte sie an. »Machen wir einen Deal, Leo!«

Wann hatte sie ihm erlaubt, das Doktor wegzulassen?

Er stellte seinen zweiten Fuß auf den Boden und legte einen Arm lässig auf die Zahnarztstuhllehne. Leo sah eine dünne Goldkette um seinen Hals baumeln.

»Wenn ich bis Montag noch Schmerzen habe, komme ich wieder. Sie machen mich heil, und ich lade Sie dafür zum Brunch ein. Wenn ich keine Beschwerden habe, rufe ich Sie einfach so an und lade Sie zum Brunch ein. Sie sehen, es gibt kein Entkommen, bevor wir beide nicht ausgehen.«

Leo kam sich wie in einem Film vor. Wann aber hatte der Kinobesuch von einem Thriller zu einer leichten Liebeskomödie gewechselt?

Ein heißer Luftzug blies Leo von der Seite an. Britti pustete kokett ihren Pony nach oben und legte ihre rechte Hand auf Antonio Argus' Oberarm.

»Sie können auch morgen früh oder heute Abend wiederkommen, unser Notdienst dauert vierundzwanzig Stunden. Oder Sie adden mich bei Facebook, dann können wir Kontakt halten. Ich freue mich über jedes Like, wenn ich etwas poste. Britti Poster. Oh ja, das ist passenderweise tatsächlich mein Name.«

Leo durchwühlte ihr Hirn nach den Begriffen, die ihre Zahnarzthelferin verwendete, und wurde bei Nathalie und Luise fündig, die ihrer »alten« Mutter immer wieder mal durch die modernen Zeiten halfen. Wenn sie es richtig verstand, hatte Britti soeben einem Patienten angeboten, sich virtuell mit ihr zu verabreden. Moment mal, hatte Antonio Argus nicht eigentlich Leo zum Brunchen eingeladen?

Antonio Argus schob Britti sanft, aber bestimmt zur Seite. »Sie sind ja eine forsche kleine Zahnarztfee.«

Britti Poster kicherte mit so hoher Stimme, dass Leos Ohr klingelte.

»Aber«, Antonios Stimme wurde kühler, »ich bevorzuge das soziale Netzwerk der alten Schule, ich spreche lieber direkt mit den Menschen.«

Dann griff er nach vorn und fasste seinerseits Leos rechte Hand. Selbst durch das dünne Latex hindurch meinte sie eine prickelnde, leicht elektrisierende Berührung zu spüren. Was passierte hier bloß?

»Also dann Montag! Ich erscheine oder rufe an.«

Antonio Argus hätte gut auf eine tropische Insel gepasst. Leo stellte sich spontan vor, von ihm mit einem Blumenkranz begrüßt, umarmt und auf den Arm genommen, drei Stufen hoch in das einfache, aber komfortable Holzhaus am Strand getragen zu werden, dessen Fenster weit geöffnet waren und in dessen Mitte ein Bett mit seidigen Laken stand.

Leo blinzelte zweimal heftig. Sie schlug sich mit der freien Hand auf die Backe. Antonio zuckte zurück, sah sie verwundert an. Leo registrierte seine Irritation und hätte dem Mann am liebsten erklärt, dass sie dieses einfache Mittel schon seit Jahren anwendete, wenn die Phobie sich stark zeigte oder sie das Gefühl hatte, nicht mehr Herr der Lage zu sein. Die kleine Selbstohrfeige einer oft überforderten Mittvierzigerin. Nein, jetzt besser nicht ans Alter denken oder an den Altersunterschied zwischen ihr und Antonio Argus.

Ihr fiel ein, dass sie sich auch am Mittwoch, als die Ermittler in der Praxis aufgetaucht waren, mit einem Backenschlag beruhigt hatte, und in dem Moment kam ihr der Gedanke, dass sie Jakob Zimmer gestern nicht nach der Zeitschrift in Hedda Kernbachs Mund gefragt hatte. Welches Blatt war das gewesen?

Leo löste ihre Hand aus Antonios Griff. Es gab wichtigere Dinge als einen neuen Patienten, der ihr schöne Augen machte.

Antonio stand auf. Leo und Britti machten beide gleichzeitig einen Schritt nach hinten und rempelten sich gegenseitig an. Britti kicherte wieder unerhört laut. Diese Unprofessionalität musste aufhören.

Leo holte tief Luft und konzentrierte sich. »Ich würde Ihnen in jedem Fall jetzt gleich zu einem Röntgen raten. Aber natürlich können Sie auch einen Termin für Montag bekommen. Frau Poster, begleiten Sie Herrn Argus bitte hinaus. Sie entschuldigen, aber der nächste Patient wartet sicher schon.«

Damit schien die Sache erledigt.

Auch Antonio Argus machte keinen weiteren Versuch mehr, sie zu bezirzen, und ließ sich von der immer noch leise kichernden Britti aus dem Behandlungszimmer bringen.

Allein im Zimmer, nahm Leo auf ihrem Drehstuhl Platz und schloss die Augen. Sie dachte an das Sams mit seinen Wunschpunkten. Einer dieser Wunschpunkte könnte ihr helfen, in ihr altes Leben zurückzufinden.

Kaum zu fassen, dass sie erst letztes Wochenende mit Magister Heinz und den Mädchen eine Osterjause gemacht hatte. Sie hatten Eierkippen gespielt, und Nathi hatte gewonnen.

Britti kam zurück. »Zurzeit zwei Patienten im Wartezimmer. Soll ich beide aufrufen?«

»Ja, gern, Britti. Einen hierher, bitte, den anderen in die Eins. Ich warte.«

Die Zahnarzthelferin verließ den Behandlungsraum, und Leo holte ihr Smartphone aus der Hosentasche. Mit dem Ding konnte sie mehr als nur telefonieren, und das sollte sie langsam auch in Anspruch nehmen. Nathi und Lulu hatten ihr einen kleinen Einführungskurs gegeben, sie fanden es cool, dass ihre Mama endlich auch ein Smartphone besaß.

Leo wählte sich ins Internet ein und gab bei der Suchmaschine »Tod Kernbach« ein. Über zwei Millionen Ergebnisse. Unfassbar! Sie schrieb »Goldbrücke« dazu, und es erschienen nur mehr Anzeigen für Zahnersatz und Reisen nach Ungarn. Dieses Detail hatte die Polizei wirklich für sich behalten.

Am Ende googelte Leo den Namen Antonio Argus. Es gab viele Antonios, und selbst Argus schien ein Nachname zu sein, der mehr als einmal vorkam. Aber es zeigte sich kein Träger dieses Vor- samt Zunamens. Also war selbst im Internet nicht jeder zu finden. Draußen waren Schritte zu hören. Leo steckte ihr Smartphone schnell zurück in ihre Hosentasche unter dem Kittel.

Magister Heinz und der Sex gestern Nacht schienen Leo gerade weniger aufregend als diese eine Berührung von dem gut aussehenden, aber geheimnisvollen Patienten. Sie beschloss, keine weitere Detektivarbeit zu unternehmen und sich auf die Profession zu konzentrieren, mit der sie ihr Geld verdiente. Schluss mit Schnüffeln und Bohren. Außer an kariösen Zähnen.

Der nächste Patient machte die Tür auf, und das Sams, Antonio Argus und die Zeitschrift, die im aufgerissenen Mund einer Toten gesteckt hatte, zogen sich in Leos Unterbewusstsein zurück.

Vorerst.

SIEBEN

Am Samstag kommt das Sams und erfüllt Wünsche.

Auch Hauptkommissar Jakob Zimmer musste daran denken, als er durch den Einwegspiegel in den Vernehmungsraum blickte, in dem Heinrich Georg Walden mit verknoteten Fingern saß. Sein gerötetes Gesicht tauchte außerdem auf dem Bildschirm auf, der in dem engeren Nebenraum installiert war.

Am Rand des Übertragungsbildes erschien die Uhrzeit. Zehn Uhr vierundvierzig. Der vierte Tag nach Hedda Kernbachs gewaltsamem Tod. Heinrich Georg Walden, den man gestern Abend wegen Randale unter Alkoholeinfluss verhaftet hatte und der heute Morgen seit knapp einer Stunde dringend des Mordes an Hedda Kernbach verdächtig war, hustete heftig, und Speicheltropfen flogen über den glatten Tisch vor ihm. Jakob war froh, anders als Birgit von Zeh und Per Kowalski gerade hinter der Glasplatte zu sein.

Heute waren sie tatsächlich nicht in einem der Besucherräume oben, sondern im Untergeschoss, wo die Verhörräume eins bis fünf lagen. Was hier in Raum drei stattfand, war ein Verhör, keine Befragung wie gestern bei Dr. Leocardia Kardiff.

Jakob registrierte zwei Gefühle in seiner Brust aufsteigen, wenn er an die attraktive Zahnärztin dachte, die sich recht gegensätzlich gegenüberstanden. Einerseits war ihm die Frau auf Anhieb sympathisch gewesen, schon am Mittwoch in ihrer Praxis. Er mochte diese Mischung aus verschrobener Unsicherheit, die sie an den Tag legte, dieses offen zur Schau gestellte Durcheinander der Gefühle.

Wer konnte ihr ein wenig Verwirrtheit übel nehmen nach der schlimmen Sache, die ihr als unbescholtener Bürgerin zugestoßen war? Niemand findet eine Leiche und geht mit Lockerheit darüber hinweg, nicht mal ein altgedienter Polizeibeamter wie er.

Andererseits hasste Jakob es wirklich, wenn sich Privatpersonen in Ermittlungen einmischten, neugierige Fragen stellten oder eigenmächtig Spuren verfolgten. Das konnte schlimm enden, und er hatte keine Lust, die hübsche Frau mit durchtrennter Kehle als nächstes Mordopfer wiederzufinden.

Klar war ihr die fehlende Goldbrücke aufgefallen, es gehörte zu ihrer Profession. Unter anderen Umständen hätte er sie als neutrale Fachfrau auch hinzugezogen, aber ihr Kollege Dr. Lang war der behandelnde Arzt von Frau Kernbach gewesen und hatte den Ermittlern Auskunft über Datum und Machart der Brücke gegeben.

Lang hatte sich auch bereit erklärt, sich Fotos vom Mundinneren der Toten anzuschauen, hatte angesichts der Bilder Haltung bewahrt. Dr. Lang hatte der Polizei versichert, dass es viel Mühe und Kraft gekostet haben musste, den Zahnersatz aus dem Mund des Opfers zu entfernen. Als mögliche Werkzeuge kamen für ihn Zange, Messer oder auch eine Schere in Frage. Doch warum sich der Täter eine solche Mühe gemacht hatte, das stand auf einem ganz anderen Blatt.

Also, Dr. Kardiffs Frage nach der Goldbrücke hätte Jakob noch durchgehen lassen, aber ihr Besuch im Schwarzen Adler war unerhört.

Wenn er ehrlich war, lag das größte Ärgernis allerdings darin, erst durch die Frau Doktor etwas von diesem Lokal und der Skatrunde der älteren Damen erfahren zu haben. Heidi Mohn und Liese Freihaus hatten bis gestern noch gar nicht auf der Vernehmungsliste der Ermittler gestanden. Keine zwei Minuten nachdem die Zahnärztin das Präsidium verlassen hatte, hatte Jakob seine Pinguine samt Birgit zu einer Eilbesprechung zusammengetrommelt und ihnen den Marsch geblasen.

Die Vernehmungen von Sharif El Benna und Peter Kernbach-Kessel waren unbefriedigend verlaufen. Beide hatten ein Alibi, und beide konnten nicht viel zur Rekonstruktion von Heddas Leben beitragen. El Benna hatte sie nur als nette alte Dame von nebenan gekannt, die er manchmal am Lift oder im Eingangsbereich getroffen hatte. Er hatte am Mordtag seit sieben Uhr früh wechselnde Patienten bei sich gehabt, ab zwölf Uhr dann Dr. Kardiff, wie regelmäßig jeden Mittwoch.

Der Neffe war der Sohn von Max Kernbach, des ebenfalls

verstorbenen Bruders von Erich Kernbach. Peter Kernbach-Kessel, der zusätzlich den Mädchennamen seiner Mutter trug, führte ein unstetes Jetsetleben und hatte sich nach seinen Angaben selten um seine verwitwete Tante gekümmert. Wenn er in Köln war, hatten sie sich natürlich getroffen, aber sie hatte ihm immer den Eindruck vermittelt, ein selbstständiges und relativ glückliches Leben zu leben, das keiner Hilfe bedurfte.

Sein Aufenthalt auf Mallorca in einem der noblen Golfhotels war bestätigt worden, und bis jetzt hatten Luis Fahrenz und sein iPad noch keine Ungereimtheiten bei den Flugbuchungen zutage gebracht. Kernbach-Kessel mit seinem Schnurrbart und seiner arroganten Art war unsympathisch, ein Angeber, doch das durfte keine Rolle spielen. Die Skatrunde seiner Tante hatte der Neffe allerdings nicht erwähnt, mit Absicht oder einfach aus Ignoranz.

Das war keine Entschuldigung für Jakob und sein Ermittlerteam. Wenn eine außenstehende Person wie Dr. Kardiff schneller an solche Informationen kam als die Polizei, konnten sie gleich ihre Ausweise als Karnevalsverkleidung benutzen.

Inzwischen war alles in die Wege geleitet.

Die Damen Heidi Mohn und Liese Freihaus waren telefonisch kontaktiert worden und sollten am Dienstag, einen Tag nach der Beerdigung von Hedda Kernbach, aufs Revier kommen und ihre jeweilige telefonische Aussage zu ihrer verstorbenen Freundin bestätigen und, wenn nötig, weiter ausführen.

Heidi Mohn hatte sich etwas verwirrt angehört und die Tage zuerst verwechselt. Gegen Ende des Gesprächs hatte sie zu schluchzen begonnen und von ihrem so herzensguten, freigiebigen Heddalein erzählt. Liese Freihaus' strenge Stimme hatte Per Kowalski an seine Lehrerin in der Grundschule erinnert, die ihn mehr als einmal vor die Tür geschickt hatte. Jakob Zimmer selbst hatte die Alibis der beiden überprüft: Heidi Mohn hatte bei ihrer Schwägerin zu Mittag gegessen, Liese Freihaus im Schwarzen Adler, wie jeden Mittwoch. Luis und Birgit hatten alle Angestellten des Brauhauses gesondert vernommen und sich die regelmäßigen Treffen der drei Damen bestätigen lassen.

Ohnehin waren die beiden Frauen für Jakob nur bedingt verdächtig.

Der Rechtsmediziner Harro de Närtens war in seinem letzten Bericht auf die zweite Aktion des Täters eingegangen. Die Verletzungen im Mund- und Rachenbereich sprachen dafür, dass die zusammengerollte Zeitschrift mit einer derartigen Wucht in den Mund von Hedda Kernbach gedrückt worden war, dass es zu einem Bruch des Oberkiefers gekommen war. Unbändige Wut musste dahinterstecken, Kraft und der unbedingte Wille, die alte Dame auf der Stelle ins Jenseits zu befördern.

Heinrich Georg Walden hinter der Scheibe konnte über eine solche Körperkraft verfügen.

Der Mann war mittelgroß, untersetzt, seine Hände wirkten grob und stark, auch wenn er seine Schultern jetzt eingezogen hatte und die Finger ineinanderkrümmte. Er war dreiundfünfzig und arbeitete als Regalbetreuer bei einem Drogeriemarkt. Dazu war in den Akten noch ein Job als Hausmeister in Deutz angegeben, das Arbeitsverhältnis war aber vor einem Jahr wegen Trunkenheit bei der Arbeit aufgelöst worden. War er danach auf die schiefe Bahn geraten?

Auf Heinrich Waldens Kopf wuchs das Haar schütter und grau, unter seinen Augen zeigten sich dunkle Ringe, die Nase rötlich mit großen Poren, die Wangen aufgedunsen.

Ein Mann, der gern zu viel trinkt, Alkoholiker, so viel ist sicher, dachte Jakob. Schnell aufbrausend, oft wütend und sicher ein Mensch, der schon bessere Zeiten erlebt hatte. Wie konnte so einer in Kontakt mit der gut betuchten Pudding-Witwe gekommen sein? Vielleicht hatte er ihr bei einer schweren Arbeit geholfen, und die Fülle an wertvollem Nippes in der Luxuswohnung hatte ihn gierig gemacht? Warum sich dann aber die Umstände machen und nur die goldene Zahnbrücke der Frau aus dem Kiefer stemmen? Oder war der Spurensicherung entgangen, dass noch mehr Gegenstände fehlten?

Birgit von Zeh machte die Tür zum Nebenraum auf und stellte sich neben Jakob. Nach Heinrich Waldens Niesanfall hatten ihre verschränkten Finger auf der Tischplatte etwas abbekommen. Sie hatte den Raum schnell und mit einer versteinerten Miene verlassen. Per war mit dem Verdächtigen allein zurückgeblieben. Birgit hatte ein Taschentuch in der Hand und wischte sich die Hände damit trocken.

»Er will keinen Anwalt, er sei sowieso unschuldig. Ein Bier wäre ihm aber recht.«

Bier hatte Heinrich Georg Walden schon bei der Begrüßung erwähnt. Jakob stellte eine Dose Warsteiner neben Birgit hin, und sie schmunzelte.

Sie kannten sich seit achtzehn Jahren und arbeiteten seit zehn im selben Team. Birgit wusste, wie Hauptkommissar Zimmer seine Verhöre zu führen pflegte: lange Zeit eine gute Atmosphäre zwischen ihm und den Verdächtigen aufrechterhalten, Kameradschaft herstellen. Sie hatte es erlebt, dass die Beschuldigten schon deshalb gestanden hatten, weil sie erleichtert waren, ein interessiertes Gegenüber zu finden, das ihnen oft das erste Mal in ihrem Leben einfach nur zuhörte und an den richtigen Stellen nickte.

War eine verdächtige Nuss härter zu knacken, wechselte Zimmer seine Strategie blitzschnell, und aus dem freundlichen Zuhörer wurde der strenge und kalte Vernehmungsbeamte, der dem Täter immer einen Schritt voraus zu sein schien. Jakob Zimmer spielte das Guter-Bulle-böser-Bulle-Spiel im Alleingang.

Birgit klopfte Jakob auf die Schulter und setzte sich, als ihr Boss nun den Raum hinter dem Spiegel verließ und mit Bier und Beweisen zum möglichen Täter hineinging.

Die Hauptkommissarin wäre diesen Samstag lieber zu Hause bei ihrem Mann und ihren beiden Jungs geblieben. Felix war acht und sein Bruder Konstantin zwölf. Sie würden heute mit ihrem Vater Eis essen gehen, dann ins Kino und später noch auf eine Runde Tischfußball zu den Nachbarn. Birgit sehnte sich nach einem Wochenende der normalen kleinen Dinge, weit weg von den Bösartigkeiten und Perversionen, die ihr Alltag mit sich brachte. Als Jakob Zimmer sie heute Vormittag mit seinem Anruf vom Frühstückstisch weggeholt hatte, hätte sie heulen können.

Andererseits, wenn dieser Verdächtige sich als Täter erwies, war der Fall geklärt, und die große Aufmerksamkeit durch die Presse würde sich wieder auf einem erträglichen Level einpendeln. Keine großen Pressekonferenzen mehr mit ihr als Quotenermittlerfrau.

Als Jakob den Verhörraum betrat, setzte sie sich auf den einzigen Stuhl, den es in dem Nebenraum gab, verschränkte die Hände und bemühte sich um Konzentration.

»Guten Morgen, Herr Walden!«

Heinrich Georg Walden drehte sich von dem eintretenden Hauptkommissar weg zur Wand, seinen Blick in die Ecke gerichtet. Er trug einen grauen Overall, den man ihm bei der Polizei geliehen hatte, nachdem er sich heute nach dem Aufwachen von oben bis unten vollgekotzt hatte.

Zudem musste der Mann geduscht haben – oder war unter die Dusche gestellt worden –, es roch nach Seife hier drinnen, und die Haare des Verdächtigen waren feucht. Wenigstens das. Nichts Schlimmeres, als einen Samstagmorgen mit dem Geruch von Kotze zu beginnen.

»Ich bin Hauptkommissar Jakob Zimmer.«

»Wo is denn die Frau?« Heinrich Georg Waldens Stimme klang nach Reibeisen und unverdauter Kreide.

»Kommt vielleicht später wieder. Im Moment müssen Sie mit mir und Kommissar Kowalski vorliebnehmen.«

Zusammen mit Luis Fahrenz hatte Per den Verdächtigen aus der Ausnüchterungszelle im Revier in der Stolkgasse zum Verhör nach Kalk herübergebracht. Jakob hatte in der Zeit seine Mutter vom Krankenhaus abgeholt und in ihre Wohnung in Deutz gefahren. Sie hatte sich auf die Zehenspitzen gestellt und ihm einen ihrer seltenen Küsse auf die Backe gegeben, dann sein ohnehin verstrubbeltes Haar mit ihrer Hand durchwühlt. Zwar hatte Stefanie Zimmer beteuert, dass es ihr fabelhaft gehe und sie es nicht erwarten könne, hier in ihrem Zuhause allein, ohne Bettnachbarn, Schwestern und hochnäsige Ärzte, ihren Alltag wieder aufzunehmen, doch Jakob bereitete es immer noch Kopfschmerzen, dass er sie gleich wieder allein lassen musste.

Jakob setzte sich schräg gegenüber von Heinrich Georg Walden hin, sodass die Kamera freie Sicht auf den Mann hatte. Kaum hatte er sich gesetzt, verließ der Blick des Verdächtigen die Ecke und heftete sich an die Bierdose in Jakobs Hand.

Per Kowalski, der ein Shirt mit Längsstreifen trug und darin noch länger und dünner aussah, trommelte mit seinen Fingern leicht auf eine weiße Box, die am Rand des Tisches stand. Er würde zu einem späteren Zeitpunkt in der Vernehmung dem Hauptkommissar beispringen.

Jakob drehte die Dose wie nebenbei. »Herr Walden, gestern Abend kurz vor acht haben Sie versucht, eine goldene Zahnbrücke beim Goldankauf Schräcker in der Innenstadt zu verkaufen.«

»Ja, und? Ist das verboten?«

»Nein, keineswegs.«

»Steht doch an der Tafel, dass die auch Zahngold kaufen. Hab's ja keinem gestohlen.«

»Nein? Warum sind Sie dann so ausgeflippt, als der Käufer im Laden Ihren Namen und Ihren Ausweis sehen wollte?«

»Ich dachte, das kann man anonym machen. Das Zeug hinlegen, Cash kriegen und wieder gehen.«

Der Besitzer des Ladens hatte einen Knopf unter seinem Pult für Notfälle. Als Walden, der letzte Kunde vor Ladenschluss, nach Alkohol riechend und reichlich heruntergekommen aussehend, begann, ihn anzupöbeln, hatte er den Knopf gedrückt. Besser einmal zu viel als einmal zu wenig.

Die beiden Streifenpolizisten, die keine zehn Minuten später in den Laden kamen, hatten den Betrunkenen mit aufs Revier in der Innenstadt genommen. Es wurde beschlossen, den Mann über Nacht zu seiner eigenen Sicherheit in die Ausnüchterungszelle zu stecken. Ein Bericht wurde geschrieben, dabei protokolliert, dass der Festgenommene laut Ausweis Heinrich Georg Walden hieß und in der Düsseldorfer Straße in Mülheim lebte. Während des Versuches, eine Zahnbrücke aus Gold zu verkaufen, habe er im Goldankauf Schräcker zu randalieren begonnen und den Besitzer bedroht. Der Festgenommene habe unter schwerem Alkoholeinfluss gestanden.

Der Bericht über den scheinbar harmlosen Vorfall war in

den polizeiinternen Computer eingegeben worden und noch in der Nacht als Suchergebnis auf Kommissar Luis Fahrenz' iPad aufgetaucht. Luis hatte nach den ersten Ermittlungen einen Algorithmus geschrieben, mit dem ein Skript alle Berichte durchforstete, die seit der Ermordung von Hedda Kernbach aufgenommen wurden. Eines der Stichwörter war Zahnbrücke gewesen. Als Luis morgens die Ergebnisse checkte, genügte ein Anruf, und die Räder begannen, sich zu drehen.

Da Luis Trauzeuge bei einer Hochzeit war, konnte er dem Verhör nicht beiwohnen, wollte aber gleich nach dem Jawort des Paares von den Feierlichkeiten verschwinden und herkommen.

»Kann ich was von dem Bier haben?«

»Gern, Herr Walden.«

Jakob stellte die Dose in die Mitte des Tisches. Jetzt kam Bewegung in den Verdächtigen. Seine linke Hand streckte sich aus, griff nach der Dose, seine rechte machte den Verschluss auf, und sein Mund stülpte sich schon über das Getränk, bevor sein Arm sich gehoben hatte. Er sah wie eine Boa aus, die ein Kaninchen verschlingt. Jakob und Per hörten drei schwere Schluckgeräusche, dann zogen sich die Lippen des Mannes zurück, und sein Gesicht bekam einen freundlicheren Ausdruck.

Jakob ließ Heinrich Georg Walden Zeit, bis er sich mit dem rechten Handrücken über die schaumigen Lippen gewischt hatte.

»Nun, Herr Walden, kommen wir zur Sache. Sie sind also gestern –«

»Hören Sie! Ich kann mich ehrlich an nix mehr erinnern, was gestern mit dem Kerl im Laden war. Ein Filmriss, verstehen Sie.«

»Passiert Ihnen das öfter?«

»Ich bin nicht so einer, Herr Kommissar.«

»Was für einer?«

»Na, so ein Penner. Bin ich nicht. Ich arbeite hart, räume beim dm auf der Dürener Straße die Regale ein. Hab ehrliche Arbeit, brauch kein Sozialamt oder Hartz IV. Klar mach ich keine große Kohle. Bin aber bescheiden, und Frau hab ich auch keine mehr zu versorgen. Nur nach Feierabend, da feier ich eben gern. Und das billige Zeug macht einen Wusch im Hirn.«

»Gestern Abend hatten Sie so einen ›Wusch‹ im Hirn?«

»Ja, tut mir echt leid. Ich weiß nur noch, dass ich das goldene Ding da verkaufen wollte. Bin extra vom Stadtwald, da wo ich's gefunden hab, in die Innenstadt gefahren, damit mich da nur ja keiner kennt, is ja peinlich, mit n' paar Zähnen aufzutauchen, oder?«

Jakob Zimmer gab Per Kowalski einen kleinen Wink. Per erhob sich und schob die weiße Box in die Tischmitte. Er holte eine durchsichtige Plastiktüte heraus, in der die Goldbrücke der verstorbenen Hedda Kernbach als Beweisstück Nummer dreizehn lag.

Ein Grinsen lief über Heinrich Waldens aufgedunsenes Gesicht. »Hey, da sind ja meine Zähne. Hab heute früh schon gedacht, der Kerl aus dem Laden hätte sie eingesackt. Bei denen weiß man ja nie.«

Walden streckte seine linke Hand aus. Jakob Zimmer hob seine Rechte. »Stopp, Herr Walden!«

»Gehört mir!«

»Herr Walden, ist das eine Goldbrücke aus Ihrem Mund?«

»Nee, meine Beißerchen sind alle noch da. Putz sie auch immer.«

Der Verdächtige zeigte seine Zähne, die zwar einen gelben Stich hatten, aber augenscheinlich seine eigenen waren. Dann zog er seine Finger von der Box zurück und popelte stattdessen in der Nase.

Jakob beugte sich trotzdem näher zu dem Mann rüber. »Wo genau haben Sie diese Brücke gefunden?«

»War spazieren. Hab Zeit totgeschlagen, so über den Tag. Nach dem Einräumen, da hat man immer so viel. Zeit, mein ich. Hatte was zu trinken dabei. Hab nach Pfandflaschen gesucht für Nachschub, und da glitzert es. In einem Mülleimer. Unten. In einer halben Flasche, verstehen Sie. Wie Flaschenpost ausm Meer. Hab mich gewundert, wer wirft denn bitte seine Zähne weg? Aber dass es Gold war, hab ich gewusst. Nee! Hab ich gehofft. Die Flasche selbst war ja hin, da hätte ich nix mehr für gekriegt. Gehört also mir, ganz legal, Herr Kommissar.«

»Herr Walden, diese Goldbrücke stammt aus dem Mund einer ermordeten alten Dame. Sie sind hier, weil sich dieses Beweisstück in Ihrem Besitz befindet. Sie werden des Mordes verdächtigt.«

Das Grinsen des Verdächtigen zerschmolz wie unter Hitze, und seine Mundwinkel zogen sich nach unten. Er nahm sein Bier wieder in die Hand, umklammerte das Alu der Dose wie einen Rettungsanker und nahm einen weiteren tiefen Schluck.

»So 'ne Scheiße!«

Der Wutausbruch kam so schnell, dass Jakob und Per überrascht zurückzuckten. Heinrich Georg Walden sprang in die Höhe und warf die inzwischen fast leere Dose in Richtung der Ermittler. Sie flog zwischen den beiden durch und knallte gegen die Scheibe, prallte ab und schlug auf dem Boden auf.

Jakob fing sich schneller als Per. Er schnellte hoch, warf sich über den Tisch nach vorn und packte den Verdächtigen am Kragen. »Du setzt dich jetzt wieder hin, mein Freund, oder ich bringe dich von hier direkt in die Beugehaft, wo es Wasser statt Bierchen gibt, kapiert?«

Genauso schnell, wie der Ausbruch gekommen war, verrauchte die Attacke des Verdächtigen. Stattdessen füllten sich seine Augen mit Tränen. Jakob Zimmer ließ ihn los, und Heinrich Georg Walden plumpste wie ein nasser Sack zurück auf seinen Stuhl.

»Tut mir leid, ehrlich!«

»Ihnen scheint ständig etwas leidzutun, Herr Walden.« Diese Bemerkung kam von Per, dem der Schreck noch in den Augen stand. Mit einem Griff beförderte er das Beweisstück zurück in die Box.

Jakob drehte sich nach hinten und hob einen Arm, als Zeichen für Birgit, dass alles mit ihnen beiden in Ordnung war.

Auf der anderen Seite des Spiegels atmete Birgit von Zeh tief durch, auch sie hatte die plötzliche Attacke des Verdächtigen kalt erwischt, und ihr Herz klopfte laut und schnell.

Als sich die Tür öffnete, entfuhr ihr ein kleiner Schrei, und sie hielt sich die Hand vor den Mund. Luis Fahrenz schaute sie mit großen Augen an. Er trug einen schicken hellen Anzug und eine gelbe Fliege, sah ungewohnt erwachsen aus. Unter seiner Achsel sein Lieblingsaccessoire, das iPad.

»So schreckhaft, Frau Kollegin?«

»Keine blöden Scherze, Luis. Unser Hauptverdächtiger hat gerade eine Bierdose auf unsere Jungs dadrinnen geknallt.«

»Sind sie okay?«

»Er hat nur den Spiegel getroffen.«

»Also ist der Mann zu Gewaltausbrüchen fähig, demzufolge auch zu einem Mord?«

Birgit fuhr sich durch die Haare. Das Verhör hatte sie bis jetzt in keiner Weise überzeugt. »Ich denke nicht. Der Typ ist ein Trinker und eine verlorene Seele, aber Mörder ist der keiner. Außerdem hätte eine Dame der gehobenen Gesellschaft nie so einem Typen die Tür geöffnet.«

»Und wenn er an der Tür gebettelt hat? Oder gesagt hat, dass er ihr zum Beispiel beim Entrümpeln helfen will?«

»So einem wird in Lindenthal die Tür nicht aufgemacht, glaub mir. Er sagt, er hätte die Zahnbrücke im Müll gefunden, im Stadtwald. Das könnte sogar wahr sein. Ich hoffe, dass er uns wenigstens zu dem Mülleimer führen kann, damit wir dort die Spuren untersuchen können. Mehr ist mit dem nicht drin.«

»Oh, das ist aber blöd.«

»Warum denn? Ist doch schon oft da gewesen, dass unser erster Verdächtiger eine Niete ist.«

»Ja, schon, aber die Verhaftung ist schon auf Twitter.«

»Bitte was?«

»Birgit, ruf deinen ältesten Sohn an und lass es dir von ihm erklären. Twitter heißt, einer hat es ins Netz gestellt. Heißt weiter, es ist im Internet und verbreitet sich wie ein Lauffeuer.«

»Scheiße! Wer war der Idiot?«

»Das finde ich sicher schnell heraus, und in der Zwischenzeit können wir den beiden weiter beim Verhör zusehen. Du gibst mir doch recht, dass wir es dem Boss erst später erzählen sollten?«

Birgit von Zeh nickte heftig. Wenn Jakob davon erfuhr, würde er schäumen wie Heinrich Georg Waldens Bier.

In dem Moment summte in Hauptkommissar Jakob Zimmers Hosentasche das Handy. Er entschuldigte sich, verließ den Verhörraum und hob ab.

Oberstaatsanwalt Theo Prunk gratulierte ihm zur Ergreifung des Mörders von Hedda Kernbach und fragte ihn, ob er in einer Stunde für einen Pressetermin Zeit hätte.

Jakob Zimmer schäumte.

ACHT

Weil aller guten wie schlechten Dinge drei sind und das Sams bei der Wunscherfüllung neutral ist, kam es an diesem Samstag auch zu einem, der in seiner Sockenschublade eine weiße Strickmaske hatte.

Er hatte vom Sams noch nie gehört und interessierte sich sowieso nicht für Kinderkram. Süßes fand er ekelhaft, Nettes störend, süße und nette Phantasiefiguren hatte er schon als Kind nie gemocht. Überhaupt hatte die herkömmliche gemischte Palette an Gefühlen eines Individuums in ihm keinen Raum, alles war von seinen Phantasien über das Töten besetzt.

Das Töten löste Emotionen aus. Das Töten erregte und erfreute ihn in gleichem Maße. Das Töten war Teil seiner Seele geworden und hatte sich endlich einen Weg in die reale Welt außerhalb seiner Phantasie gesucht.

Er war unruhig, sehnte sich schon nach einem nächsten Mal, würde aber geduldig warten, bis die Zeit wieder reif war. Keine übereilten Schritte. Erst mal dieses erste Mal auskosten und hoffen, unentdeckt zu bleiben.

In seiner Seele, ganz tief unten, dort, wo kein Licht mehr hinfällt und die Erinnerungen nur noch in winzigen Traumflocken aufsteigen, fragte er sich manchmal nach seinem ureigenen Warum. Warum bin ich so geworden? Was treibt mich an? In seiner Kindheit fand er nur Bagatellen, und auch später war ihm immer ein unauffälliges Leben beschert geblieben. Was machte also den Unterschied aus zwischen ihm und anderen Menschen, die sich an Lebendigem und Schönem ergötzten?

Doch an diesem Samstag wich die Unruhe einer diebischen Freude, als er in seinem Wohnzimmer saß, die Füße hochgelegt, ein Buch auf den Knien, und das Radio anstellte. Es war vier Uhr nachmittags, und die Nachrichten liefen. Als er von der Verhaftung eines dreiundfünfzigjährigen Mannes hörte, der dringend tatverdächtig war, grinste er breit und rieb sich die Hände.

Draußen vor dem Fenster zeigte sich eine matte Aprilsonne, und er beschloss, die gute Nachricht mit einem Stück Kuchen zu feiern. Er schloss das Buch, eine wunderbare Geschichte über drei Generationen von mutigen Frauen, stand auf, streckte sich und begann, sich fertig zu machen.

Er schlüpfte in seine Sportschuhe, setzte sich eine Schirmmütze auf und fand, als er beim Hinausgehen in den Vorzimmerspiegel blickte, dass er wie der normalste Mensch auf Erden aussah. Herr Durchschnitt in Jeans und Freizeitparka. Niemand da draußen würde auf die Idee kommen, in ihm den Mörder der Pudding-Witwe zu sehen.

Draußen schnupperte er, um die würzigen Frühlingsgerüche aufzunehmen, die von überallher zu kommen schienen. Bald würde er seine große Terrasse neu bepflanzen und die Nachbarn zu Pfingsten zu einem Umtrunk einladen, diese Tradition hatte sich in den letzten neun Jahren verfestigt. Noch standen die großen blauen Töpfe draußen leer, er hatte vergessen, rechtzeitig Knollen für Narzissen und Krokusse zu setzen, nur das Mandelbäumchen in der Ecke zeigte sich schon in voller Blüte.

In leichtem Laufschritt ging er von seiner Wohnung aus durch die Gassen Richtung Landhaus Schlösser, mit etwas Glück hatten die schon auf der Terrasse gedeckt, und er konnte seinen Kuchen im Freien genießen. Ein kurzer Weg dorthin, so tief in seinem Bewusstsein verankert, dass er weder links noch rechts gucken brauchte, um die Route zu finden. Stattdessen spulte sich in seinem Kopf der Film wieder zurück bis an den Anfang, zur Ankunft an Heddas Haus.

Heddas Ermordung.

Der Schnitt. Das Blut. Der Tod.

Er merkte kaum, dass er seine Füße in einem Dreiertakt bewegte. Der Film ließ sich immer und immer wieder vor- und zurückspulen, eine endlose Schleife der Erbauung, ein vollendeter Tanz.

Der Schnitt. Das Blut. Der Tod.

Es war sicher der Höhepunkt seines bisherigen Lebens gewesen und, ein paar kleine Pannen hin oder her, einen großen

Applaus wert. In frischer Frühlingsluft deutete er eine kleine Verbeugung zu den sprießenden Pflanzen hin an.

Er erreichte das Schlösser Landhaus, und zu seiner Freude hatten die Betreiber tatsächlich schon Tische draußen stehen. Drinnen suchte er sich ein großes Stück Apfelkuchen aus. Der war sicher der beste, den es in der ganzen Umgebung gab. Draußen wählte er unter den freien Plätzen einen Ecktisch, schloss die Augen und wanderte in Gedanken zurück zu Mittwochmittag nach dem Mord.

Für eine Sekunde hatte er Goldlöckchen zu seinem zweiten Opfer machen wollen. Zwei auf einen Streich. Doch dann hatte seine Vernunft eingesetzt, und er hatte sich schnell hinter der Schlafzimmertür versteckt.

Nachdem sie sich von ihrem ersten Schreck erholt hatte und schluchzend in der Nachbarwohnung verschwunden war, hatte er schnellstmöglich die Flucht übers Treppenhaus angetreten. Keine Sekunde zu früh, denn oben waren der Nachbar und Goldlöckchen wieder zurück in Hedda Kernbachs Wohnung.

Maske und Goldbrücke hatte er rechts und links in seine Taschen gestopft, das Messer ließ er im Inneren seines Mantels verschwinden. Das Seidenfutteral bekam von der Messerschneide Blutflecke ab, doch der Mantel hatte ohnehin ausgedient.

Er hatte das Haus seines Opfers schwungvoll verlassen, niemand war auf der Straße gewesen, erst zwei Häuser weiter war ein kleines Kind mit einer hübschen Mutter um die Ecke gekommen. Er hatte seine Hände mit den Handschuhen in seinen Taschen vergraben und fühlte links die harte Zahnbrücke.

Ein ironischer Vergleich, eine Gegenüberstellung von Pudding und falschen Zähnen war ihm eingefallen. Komisch, richtig satirisch sogar. Ohne Zähne konnte man doch nur noch Pudding löffeln, und wenn man zu viel Pudding aß, das ganze süße Zeug, verlor man früh seine Beißerchen. Eine perfekte Analogie in jeder Richtung, wie er fand.

Als er die Brahmsstraße hinter sich gelassen hatte und die Sirenen der Polizei und Rettung näher kamen, hatte ihn diese Zahnbrücke in Gedanken zu zwicken begonnen. Ein schlechter Einfall, sie aus dem Mund seines Opfers zu stemmen. Er hatte sich zu einer unsinnigen Aktion verleiten lassen. Ein Beweisstück, das ihm vielleicht noch Kummer bereiten konnte. Schwierigkeiten brauchte er nicht, stand er doch erst am Anfang seiner Karriere als mordendes Individuum.

Sein Weg hatte ihn in den Stadtwald geführt, seine Unruhe war auf Höchstmaß gewachsen. Er war durch den Tierpark gewandert, hatte auf der Fußgängerbrücke den Militärring überquert. Es war Mittagszeit, und viele andere suchten hier Entspannung. Er selbst hatte nach den kleinen Wegen gesucht, nach einsamen Ecken hinter Büschen, immer fieberhafter, immer mehr getrieben von dem Wunsch, dieses Ding in seiner linken Manteltasche wieder loszuwerden.

Sollte er die blöde Brücke einfach vergraben?

Zu schmutzig, entschied sein Hirn, unangenehm, sich hinzuknien und wie ein Maulwurf zu wühlen. Außerdem konnte ihn dabei jemand beobachten. Noch dazu die vielen Hunde hier, wie leicht konnte einer davon das Ding wieder ausbuddeln. Er hatte auf die Uhr gesehen, die Zeit lief. Er musste baldmöglichst eine Lösung finden.

Hinter drei wuchtigen Bäumen, neben einer kleinen Wiese, hatte eine grün bemalte Bank gestanden. Angelehnt an die Bank war ein plastikgrüner Mülleimer, völlig überfüllt mit Dosen und leeren Flaschen. Er hatte ihn an das vollgestopfte Maul eines Drachen erinnert. Der unbefestigte Boden vor der Bank war mit Zigarettenkippen und Papier übersät, hier war sicher des Nachts ausgiebig gefeiert worden.

Ein Mann in einer abgewetzten Jacke war wie zufällig an der Bank vorbeigeschlendert, hatte einen Blick in den Mülleimer geworfen, schnell zwei Flaschen angehoben und sich von unten eine dritte geschnappt. Ein Pfandsucher mit gierigem Blick, möglicherweise ein Arbeitsloser, der sich ein paar Cent dazu verschaffte. Als der Mann ihn gesehen hatte, war eine Röte über seine Wangen gehuscht, und er war schnell seines Weges gegangen. Sicher würde er später wiederkommen.

Da war ihm diese kleine Idee gekommen, diese Möglichkeit, mit etwas Glück eine falsche Spur zu legen.

Er hatte sich wie der Pfandsucher vorhin neben den Papierkorb gestellt und sich vergewissert, dass sich kein Spaziergänger näherte. Schnell hatte er seine Hände aus den Taschen genommen, auf einem der Handschuhe war noch ein Spritzer Blut zu sehen, und hatte im Abfalleimer zu wühlen begonnen. Unter einem angebissenen Pausenbrot hatte er eine leere Sektflasche gefunden, das gefiel ihm, er trank gern mal einen prickelnden Schluck. Er hatte den Flaschenhals an die Kante der Sitzbank geschlagen und abgetrennt, mit einer schnellen Bewegung die Zahnbrücke herausgeholt und in den Bauch der Flasche versenkt. Bevor er sie zurückgelegt hatte, war er in Gedanken die letzten Minuten nach dem Mord durchgegangen. Nein, er hatte die Brücke nie mit seinen bloßen Fingern, nur mit den Handschuhen berührt.

Wieder hatte er sich vergewissert, unbeobachtet zu sein, und sein Kunstwerk tief nach unten zurück unter all die Flaschen in den Müll gestopft. Sollte keiner diesen Schatz entdecken, war ihm das letztendlich auch recht. Die Müllabfuhr würde spätestens am Montag die Mülleimer im Stadtwald leeren. Er war auf jeden Fall sein Souvenir losgeworden.

Danach hatte er Befriedigung gespürt, es hatte sich richtig angefühlt, richtig und gut. Er hatte sich nicht mehr umgedreht, kein Blick zurück, war bis an den Militärring zurückgewandert und hatte sich ein Taxi gerufen.

Während er wartete, hatte er aus seiner Hosentasche ein kleines Päckchen herausgeholt und zu einer Tragetüte entfaltet. Er hatte seinen Mantel ausgezogen und ihn zusammengelegt. Mitsamt den Handschuhen landete alles in der Tüte. Die beiden Trageriemen verknotete er oben, und fertig war sein kleines Mördersäckchen. Im Taxi begutachtete er seine restliche Kleidung, konnte aber keinen einzigen Tropfen Blut darauf finden, was ihm wie ein Wunder vorkam.

Den Rest seines ersten »Mordstags« hatte er innerlich beschwingt und heiter verbracht. Abends dann seinen Mantel und die Handschuhe zuerst in der Waschmaschine bei Kochwäsche ausgewaschen und danach den eingelaufenen verfilzten Stoff in der Tüte im Kellerabteil untergebracht. Das Messer gut abgespült und sich damit Wurstscheiben fürs Abendbrot geschnitten.

Die Tage danach hatte er auf eine Meldung gehofft und musste enttäuscht feststellen, dass in der Zeitung nicht einmal das Verschwinden der goldenen Zahnbrücke aus Hedda Kernbachs Mund Erwähnung fand. Waren die Ermittler zu doof, um darauf zu kommen? In dem Fall hätte es ihm doch leidgetan, sich seines Souvenirs entledigt zu haben. Was für ein schöner Anblick wäre es gewesen, die Brücke in ein edles Glas zu legen, auf ein Regal zu stellen und jeden Tag begutachten zu können. Doch wieder zurück zu dem Mülleimer zu gehen und nachzusehen, ob sie noch dort in ihrer Flasche lag, hatte er doch nicht gewagt.

Umso erfreulicher diese Meldung im Radio heute. Die Polizei hatte also doch nach der Goldbrücke gesucht. Hinterlistig, diesen Hinweis nicht zu veröffentlichen. Und jemand hatte sie gefunden, noch vor der Müllabfuhr. Der dreiundfünfzigjährige Heinrich Georg W.

»Kaffee und Apfelkuchen für Sie?«

Er öffnete die Augen und nickte. Der Kellner stellte die Bestellung mit einem charmanten Lächeln vor ihm auf den Tisch. Er hatte sich ein gutes Trinkgeld verdient.

Beim ersten Schluck aus der hübschen blauen Tasse kam in ihm der Wunsch hoch, den Mann zu sehen, der in Polizeigewahrsam in einer Zelle schmorte. Dreiundfünfzig. Vielleicht ein Familienvater, dessen Frau und Kinder sich jetzt die Seele aus dem Leib heulten, weil Papa im Knast saß? Wahrscheinlich nicht, denn Familienväter wühlten selten im Müll nach Pfandflaschen. Aber was wusste er schon von Familie und anderen Konstrukten.

Er aß seinen Apfelkuchen mit Hingabe, zahlte und machte sich auf den Rückweg. Besser konnte man einen Samstag nicht ausklingen lassen.

Vielleicht noch mit den Fernsehnachrichten, in denen die Verhaftung dieses Heinrich Georg W. an erster Stelle stand.

Als er von seiner Couch aus Claus Kleber zuhörte, erfuhr er das Beste an dieser Geschichte überhaupt. Nämlich, dass es bei den Ermittlungen anscheinend zu einer Panne gekommen war. Die Verhaftung war schneller an die Öffentlichkeit gelangt, als von der Polizei geplant. Der Mann war in den Augen der

Presse schon schuldig, ohne handfeste Beweise. Oberstaatsanwalt Theo Prunk war zu keiner Stellungnahme bereit, nur der Erste Hauptkommissar Zimmer gab ein etwas wackliges, unsicheres Statement ab, mit unvollendeten Sätzen und oftmaligem Räuspern.

Es gäbe nur einen Verdacht, keine Anklage. Und man wisse nicht, wer hinter der Twittermeldung stecke, würde aber daran arbeiten, das Informationsleck zu finden. Es könne zum derzeitigen Zeitpunkt weder Schuld noch Unschuld des Verhafteten ausgeschlossen werden.

Was für ein Spaß, diesen Hauptkommissar so stottern zu hören. Dafür hatte sich die ganze Aktion doch gelohnt.

In dieser Nacht schlief er ganz besonders gut und träumte von herrlichem Apfelkuchen.

NEUN

Warum geht man immer davon aus, dass am Tag einer Beerdigung Regen vom Himmel fällt?

Während ich mir diese Frage stelle und mich in den Strom der Kondolierenden einreihe, schwitze ich unter einer fast schon sommerlichen Aprilsonne. Der dunkle Hosenanzug ist eindeutig zu warm. Hoffentlich ist es in der Trauerhalle kühler. Das Aprilwetter macht dieses Jahr seinem Namen Ehre und wechselt ständig sein Gesicht.

Neben mir hat Britti den Kopf gesenkt, und mir fällt die Stille auf, die in meinen Ohren herrscht, wenn sie eine Zeit lang schweigt. Ich frage mich, ob sie so traurig über den Tod der Patientin ist und ihr tatsächlich die Worte fehlen. Ich glaube, sie hat Hedda gemocht. Trotzdem bin ich mir sicher, dass sie ihre Eindrücke von der Beerdigung posten oder in ihrem Blog beschreiben wird. Vor uns in der Schlange der Trauernden steht Frederic; es war seine Idee, die Praxis heute Vormittag geschlossen zu halten.

So viele Menschen nehmen Abschied von Hedda Kernbach, die hier auf dem Melaten-Friedhof bestattet wird.

Ich mag diesen Friedhof, er ist wie ein Museum alter bombastischer Grabsteine und eine lebendige Auseinandersetzung mit dem Tod in der heutigen Zeit. Dazu die alten Bäume und die Stille in den verwunschenen Wegen, die zu den Gräbern führen. In der Zeit meiner Scheidung bin ich hier oft spazieren gegangen, hätte am liebsten einen Grabstein für das Ende meiner Liebe bestellt. Lang ist's her. Mein Gott, die Zeit rennt. Ich hechte immer nur hinterher.

Gott, ist mir heiß!

Die dunkel gekleideten Trauergäste erinnern mich an einen Schwarm Krähen, der über ein Feld herfällt. Haben all diese Leute die alte Dame wirklich gekannt? Oder ist es bei den meisten nur die Neugier, wie denn solch eine reiche Witwe unter die Erde gebracht wird? Wobei ich mich dann auch fragen muss, warum ich hier bin. Ich kannte Hedda Kernbach definitiv nicht, als sie noch lebte, und stehe dazu. Habe sie nicht mal als Patientin wahrgenommen, weil sie zu Frederics Stammkunden gehörte. Also, Leo, warum dann?

Der Trauergästestrom bewegt sich weiter und erspart mir, darüber genauer nachzudenken.

Am Eingang zur Trauerhalle steht Presse, doch es sind nur zwei Männer mit Fotoapparaten und einer mit einer Kamera. In den Nachrichten wurde von einem Presseausschluss während der Zeremonie gesprochen. Also dürften doch auch diese drei gar nicht hier sein. Vielleicht sind das extra engagierte Begräbnisfilmer. Gibt es so was?

Ich sehe einen Polizeibeamten in Uniform auf die drei zugehen. Er hebt den Arm und zeigt zum seitlichen Ausgang, wo sich hinter einem Mauerbogen mit Gitter weitere Vertreter der Medien zu einem Haufen gesammelt haben. Aha, dorthin hat sich die Meute verzogen. Dort sind so viele, dass ich sie gar nicht auf Anhieb zählen kann. Also hat sich doch keiner an das Verbot gehalten. Schäbig!

Als sich der mit der Kamera weigert zu gehen, kommt noch ein blonder Mann in Zivil dazu, und der Fall scheint sich zu klären. Ich erkenne den Großen, Hauptkommissar Jakob Zimmer ist also auch hier. Er trägt ein dunkles Jackett, aber seine Haare stehen wieder kreuz und quer.

Gefällt mir.

Nein, nein, ich mag ihn doch nicht mehr, seit er mich so angeblafft hat wegen meines Besuchs im Schwarzen Adler.

Das Wochenende über konnte ich ihn in verschiedenen Sendern im Fernsehen sehen, wie er etwas zerknirscht ein Dementi abgab. Der gefasste Verdächtige sei nicht der Mörder von Hedda Kernbach, und man wisse noch nicht, von welcher Stelle aus eine solche Fehlinformation durchgesickert sei, man sei aber weiter mit voller Intensität dabei und zuversichtlich, den Fall schnellstmöglich zu klären.

Ich erinnere mich auch an die Übertragung der Pressekonferenz letzten Donnerstag, wo nicht nur Jakob Zimmer, sondern auch einige hohe Tiere aus der Politik und Polizeiverwaltung dabei waren. Am Wochenende, wo es um die Beseitigung eines Fahndungsscherbenhaufens ging, hat man den Mann allein vor die Pressemeute geworfen.

Fast tut er mir leid.

Aus der Trauerhalle kommt ein kleiner Typ mit Schnurrbart auf Hauptkommissar Zimmer zu. Ein leichtes Ekelgefühl erfasst mich, ich erkenne den schmierigen Neffen der Toten. Ungern erinnere ich mich an seinen feuchten Handkuss, ungern möchte ich heute wieder direkt auf ihn treffen.

Hoffe, er übersieht mich.

Jakob Zimmer und der Neffe beginnen ein Gespräch. Sie sehen wie ein Paar aus einer Comedyserie aus, der große Blonde und sein kleiner, schmieriger Widerpart.

Die Kondolenzschlange bewegt sich weiter, wir kommen in die Nähe der beiden. Gern würde ich hören, worüber sie reden, aber dazu müsste ich dem Neffen die Hand geben – igitt!

»Hatte ich dir schon Peter Kernbach-Kessel vorgestellt, Leocardia?« Frederic dreht sich zu mir um und macht zugleich einen weiten Schritt aus der Menschenreihe hinaus, um auf uns aufmerksam zu machen. In dem Moment sieht der Neffe zu uns herüber, und sein Schnurrbart geht in die Höhe wie ein Deckenventilator.

Verdammt!

Woher kennt denn mein Partner den Neffen einer verstorbenen Patientin? Ist das Schnurrbartmännchen auch in unserer Kartei?

Oh Himmel, bitte nicht!

Schon ist er da, meine Hand ist schneller in seiner, als ich es bedauern kann, meine Latexhandschuhe nicht überziehen zu können. Immerhin küsst er sie nicht, eine Erleichterung.

»Peter, darf ich dir meine Kollegin Dr. Kardiff vorstellen?« Frederic ist etwas überrascht, dass sich der Neffe so direkt auf mich gestürzt hat. Er legt seine Hand auf die Schulter von Peter Kernbach-Kessel. Der zwirbelt seinen Schnurrbart wie ein rolliger Kater.

»Oh, ich kenne die liebe Frau Doktor schon.«

Frederic zieht eine Augenbraue hoch. Jetzt ist auch Britti

neben mir aus ihrer Lethargie erwacht. Ich höre sie schneller atmen.

Die Stimme des Neffen hat einen Klang, als ob wir uns nicht nur kennen würden, sondern bereits viel mehr zwischen uns gelaufen ist. Eine Gänsehaut läuft über meinen Rücken.

»Frau Doktor war Donnerstag bei Liese und Heidi im Adler, um zu erzählen, was passiert ist. Ich hatte die Ehre, mit dabei zu sein. Es war ein berauschend netter Abend, ganz im Sinne von Tante Hedda, nicht wahr?«

Ich spüre das dringende Bedürfnis, mich zu erklären. »Na ja, weil ich sie doch gefunden habe, dachte ich …«

Hinter mir drückt jemand in meinen unteren Rücken. Vor mir ist die Schlange weitergerückt, und es gibt eine Lücke. Peter Kernbach-Kessel hält immer noch meine Hand. Mir ist heiß und kalt zugleich. Vielleicht sind das die ersten Anzeichen einer Frühlingsgrippe.

»Frau Dr. Kardiff, kann ich Sie einen Moment unter vier Augen sprechen?«

Hauptkommissar Zimmer ist mein Retter.

Ich sehe, dass er wieder unrasiert ist, tatsächlich passt es zu ihm. Wenn er noch einen Hut aufhätte, würde ich mich trauen, ihn mit Indiana Jones zu vergleichen. Statt einer Peitsche streckt er mir seine Hand entgegen. Ich reiße meine fast aus dem Griff des Neffen und bin schneller an seiner Seite, als Britti blinzeln kann. Mein Hintermann murrt. Ich sehe, dass es ein älterer Herr ist, der es sehr eilig zu haben scheint, vielleicht ist ihm der Tod ja auch auf den Fersen … gemein, Leo, gemein!

Frederic tritt mit Peter Kernbach-Kessel plaudernd seitlich aus der Menge raus. Nur Britti steht noch Schlange. Sie wirft mir einen flehentlichen Blick zu, den ich ignoriere. Ich bin schließlich auch hier ihr Boss – noch mal: gemein, gemein!

Jakob Zimmer führt mich ein paar Schritte in Richtung Trauerhalle. Weg von dem Neffen, weg von den anderen Trauernden.

»Ich möchte mit Ihnen über die Goldbrücke sprechen.«

Aha! Also doch. Etwas Genugtuung verspüre ich schon, nachdem mich der Herr Hauptkommissar auf dem Revier so harsch angegangen ist.

»Bitte, Herr Zimmer, fragen Sie.« Ich nenne ihn bewusst ohne seinen Titel, weil ich mich immer noch wie ein kleines Mädchen beleidigt fühle.

Doch was ist das denn? Verdammt!

Da, direkt am Eingangstor der Trauerhalle! Ich traue meinen Augen nicht. Da steht der Patient vom Samstag. Antonio Argus. Keine Verwechslung möglich. Seine roten Haare leuchten in der Aprilsonne, sein weißes Lächeln schenkt er soeben einer älteren Dame, die mir auch bekannt vorkommt.

Klar, das ist die ältere der beiden Freundinnen von Hedda Kernbach, das ist diese hagere kölsche Frohnatur, die ihr Gesicht in der Torte vergraben hatte, als die Skatrunde Heddas Tod im Schwarzen Adler zu feiern schien. Die mit der geschwollenen Lippe. Was zum Teufel …?

»… schnell das möglich ist?« Jakob Zimmer klopft mir auf die Schulter.

Ich habe keine Silbe seiner Frage gehört. Ich merke, dass mein Mund offen steht. Ich schlucke und zwinge mich, den Ermittler anzuschauen. »Was? Was, bitte?«

In meinem Kopf rennen mal wieder die Gedanken wie Pferde in einem Stall, den soeben der Tierarzt betreten hat.

»Ich habe Sie gefragt, wie schnell man eine goldene Zahnbrücke im Mund erkennen kann, auch ohne fachliche Kenntnisse?«

»Nun, das kann jeder, da das Material sofort in die Augen sticht. Das ist bei Goldzähnen oder Kronen so gewollt. Und sie zu entfernen ist leichter, als man glaubt. Man braucht nur Kraft in den Armen und ein entsprechendes Werkzeug. Erinnern Sie sich an die Raubüberfälle auf deutsche Touristen in Spanien im letzten Sommer, als die Diebe nicht nur die Geldbörsen und den Schmuck einsackten, sondern ihren Opfern auch die Goldkronen aus dem Mund gestemmt haben? Unschön, schmerzhaft, aber leicht zu machen.«

»Ja, Dr. Lang hat uns das schon erklärt. Also theoretisch könnte es auch eine Frau?«

Ich muss grinsen. Gleichzeitig bin ich leicht beleidigt, weil er sich die Infos von meinem Kollegen geholt hat. Wozu noch ich?

»Was glauben Sie, wie viele Brücken und Kronen ich schon entfernt habe. Ganz zu schweigen von all den Zähnen, die ich gezogen habe. Und ich sehe doch nicht wie ein grobschlächtiger Kerl aus. Was meinen Sie?«

Jakob Zimmer schluckt. Sehe ich richtig? Seine Wangen färben sich rötlich.

Ich drehe meinen Kopf, sehe den Samstagspatienten wieder. Was zum Teufel macht Antonio Argus auf der Beerdigung von Hedda Kernbach? Kannte er sie? Hat sie ihm unsere Praxis empfohlen? Ist er zufällig zu mir in die Praxis und heute auf das Begräbnis gekommen? Oder – meine Gänsehaut ist wieder da – ist er der Mörder? Ist er beim Notdienst aufgetaucht, weil er wissen wollte, was ich weiß?

»Haben Sie einen Geist gesehen?« Hauptkommissar Zimmer stupst mich am Ellbogen. Ich schüttle den Kopf, tätschle meine Wange. Ein Schritt nach dem anderen. Augen schließen, einatmen und …

»Hilfe, schnell, wir brauchen hier Hilfe!«

Tumult am Eingang lässt uns beide alles vergessen. Was …? Jakob Zimmer und ich machen zugleich einen Schritt in die Richtung des Hilferufs. Ich aber renne als Erste los, gut, dass ich heute flache Schuhe angezogen habe.

Ah, ich sehe es.

Die Freundin von Hedda Kernbach ist zusammengebrochen. Sie liegt in den Armen von Antonio Argus, den ich noch vor wenigen Sekunden für einen potenziellen Mörder gehalten habe. Ich überhole Frederic und den unsympathischen Neffen.

Ich selbst werde von Jakob Zimmer überholt. Kein Wunder, bei den langen Beinen! Schon ist er vorn und weist mit ausgebreiteten Armen ein paar Schaulustige in die Schlange zurück. Etwas blitzt auf. Einer von der Presse vor dem Friedhofseingang hat die Mauer erklommen und macht ein Bild. Die anderen fotografieren durch das Gitter hindurch.

Schneller, Leo. Da vorn braucht jemand einen Arzt.

Ich erreiche keuchend die erste Stufe der Trauerhalle. Es wird Zeit, mehr Sport zu treiben.

Heidi heißt sie, fällt mir ein. Heidi Mohn.

Heidi hat sich aufgesetzt. Ein gutes Zeichen. Frederic ist jetzt neben mir. Jakob Zimmer steht wie eine Wand vor ihr und schützt sie vor der Presse. Antonio Argus stützt ihren Rücken. Der Neffe schnippt mit den Fingern vor ihren Augen.

Voller Überraschung sehe ich, dass auch unsere Britti die Menschenschlange verlassen hat. Nicht nur das. Sie hat ihr Smartphone aus der Tasche geholt und versucht unbemerkt, ein Foto zu schießen.

Mit einem großen Schritt bin ich bei ihr und halte meine Handfläche vor die Linse. Sie sieht mich an wie aus einem Traum erwacht. Sie versucht, den Kamerawinkel wieder freizubekommen, meine Handfläche folgt ihr gnadenlos.

Das hat ein Nachspiel, meine Kleine!

Inzwischen sind auch andere aus der Menschenschlange auf dieselbe Idee wie Britti gekommen, und zwei jüngere Frauen nähern sich unserer Gruppe mit gezückten Handys.

Jakob Zimmer hebt seinen Zeigefinger. »Hier gibt es nichts zu sehen und schon gar nichts abzulichten. Dem Ersten, der abdrückt, werde ich das Handy als Beweismittel konfiszieren.«

Das wirkt, die beiden Frauen reihen sich wieder ein, und Britti lässt, bevor einer der anderen es merkt, ihr Smartphone in ihrer Jackentasche verschwinden. Meine Augen funkeln empört.

Brittis Stimme ist nur ein Flüstern, sie weiß, dass sie zu weit gegangen ist. »Frau Dr. Leo, ich wollte doch nur einen Bericht von der Beerdigung posten. Mit einem spannenden Foto, das außer mir keiner hat.« Sie hebt entschuldigend die Schultern.

Peter Kernbach-Kessel und Antonio Argus helfen Heidi aufzustehen und begleiten sie in das Innere der Trauerhalle. Frederic und Jakob Zimmer folgen den dreien, ich schließe mich an. Als Britti sich an meine Fersen heftet, spiele ich die strenge Mama.

»Britti, gehen Sie zurück in die Warteschlange und kondolieren Sie, wenn Sie an der Reihe sind. Ansonsten möchte ich Sie heute erst wieder in der Praxis sehen, klar?«

Meine Töchter kennen diesen Ton, da fährt die Eisenbahn drüber, würde Luise jetzt sagen. Er wirkt auch bei Britti, artig senkt sie den Kopf und geht zurück in die Reihe. Der ältere

Herr sagt etwas zu ihr, wahrscheinlich will er wissen, was hier los ist.

Ich gehe den anderen hinterher in die Halle hinein.

Im ersten Moment kann ich nichts sehen, es ist dunkel drinnen. Merke nur, dass es hier tatsächlich kühler ist. Dann aber gewöhnen sich meine Augen an das schwache Licht.

Neben dem Eingangsbereich geht die Menschenschlange weiter bis zu einer Flügeltür, die weit offen steht und in den Abschiedsraum führt. Eine weiche Orgelmusik spielt, und ein Geruch nach Weihrauch und Lavendel dringt in meine Nase. Im Abschiedsraum kann ich den Sarg der Verstorbenen auf einem Podest sehen, Sonnenblumen und Lavendelsträuße darauf. Zwei Schritte nebenan ein Pult mit dem Kondolenzbuch. Gerade trägt sich eine Frau ein. Eine letzte Mitteilung. Ein letzter Gruß.

Keiner von denen hat sie mit durchtrennter Kehle gesehen.

Mir schwindelt.

»Die sind alle wegen meines Onkels hier, er war die Berühmtheit. Der Chef vom Pudding-Clan. Aber natürlich war Heddas Ende spektakulär.« Peter Kernbach-Kessel ist viel zu nah an mich herangetreten.

Diesmal rettet mich keiner. Jakob Zimmer und die anderen sind nicht zu sehen. Ich frage mich, ob jedes Mal, wenn der Neffe seinen Mund aufmacht, eine Beleidigung für seine verstorbene Tante dabei herauskommt. Er muss einfach der Mörder sein. Das bringt mich zurück zu Antonio Argus, der hier so überraschend aufgetaucht ist. Ich hebe den Kopf, suche nach Heidi und den Männern.

»Kommen Sie, Frau Doktor, die anderen haben sich in den Waschraum zurückgezogen.« Peter Kernbach-Kessel fasst mich am Oberarm, drückt zugleich seine zweite Hand auf meinen unteren Rücken und schiebt mich in Richtung der Toiletten. Wenn ich könnte, würde ich ihm gern eine …

Der Waschraum für Damen ist groß, und an einem der Becken lehnt Heidi. Frederic hält ihr ein wasserdurchtränktes Papierhandtuch an die Stirn. Jakob Zimmer steht in dieser Frauendomäne etwas unsicher neben Frederic. Von Antonio Argus fehlt jede Spur.

Eine Frau betritt hinter uns die Damentoilette. »Huch!«, sagt sie und verschwindet wieder.

Frederic erlöst mich endlich aus dem Griff des Neffen. »Gut, dass du da bist, Leo. Ich denke, Frau Mohn hatte einen kleinen Schwächeanfall und wird bald wieder auf den Beinen sein. Übernimm du sie, bitte, wir Männer ziehen uns besser von diesem Ort zurück.«

Peter Kernbach-Kessel lacht unpassend. Ich gehe zu Heidi hin. Frederic drückt mir das nasse Papiertuch in die Hand. Es tropft. Alle drei Männer verschwinden so schnell aus der Damentoilette wie Silberfische, wenn man nachts im Bad das Licht anmacht. Dieser Vergleich amüsiert mich. Mein Kreislauf stabilisiert sich.

Heidi Mohn wischt sich über den Mund. Ihr Bluterguss an der Lippe hat einen lila Ton angenommen. Die Schwellung ist zurückgegangen.

»Danke! Vielen lieben Dank! Es war … einfach zu viel, das mit Heddalein und …« Die hagere alte Frau legt ihren Arm um meine Schulter und beginnt, leise zu weinen. Eine Weile sagen wir beide nichts.

Hier ist die Trauer, die ich draußen in der Menschenmenge vermisst habe. Nicht da draußen unter den Bäumen der Allee, nicht neben dem Lavendel-Sonnenblumen-Gesteck am Sarg, nicht zwischen den Menschen, die vielleicht nur aus Neugier, vielleicht auch aus echtem Mitgefühl hier erschienen sind. Hier in diesem weiß gekachelten Raum, in dem es nach Chlor und Urin riecht, hat die Traurigkeit mich gefunden.

Ich denke an Hedda und ihren gewaltsamen Tod, an meine Töchter und mein eigenes Leben, das mir so oft viel zu chaotisch und schnell erscheint. Plötzlich fließen auch meine Tränen, ich trauere um die vielen kleinen Momente, die ich im alltäglichen Stress nicht genießen, nicht wahrnehmen kann.

Dann schnäuzt sich Heidi, und der Moment der Andacht entgleitet mir.

»Geht es wieder, Frau Mohn?«

»Wo ist denn die Liese?«

Die zweite Freundin muss gemeint sein. Die mit den langen Fingernägeln.

»Ähm … ich weiß nicht. Soll ich sie draußen suchen?«

»Die Hedda hat mal gesagt, dass sie und ich die Muttis von dem Lieschen sind. Und dat dat Lies e unartig Ditz es. Verstehste?«

Ich verstehe nichts, nicke aber.

»Der Martin und ich haben es so oft probiert. Hät Feez jemaht. Aber hat nie geklappt. Kinderlos, trauriges Wort. Wie bei der Hedda. Dafür haben wir später die Liese bekommen. Glich sich all us.« Heidi Mohn kichert. Aber es erreicht ihre Augen nicht. Für einen Moment scheint sie den Faden zur Realität verloren zu haben.

»Hast du gewusst, Mädche, dass die in der Steiermark dort im Hasenthal Baba statt Tschüss sagen? Klingt löstig. Baba, Hedda. Baba …« Sie tätschelt meine Wange.

Ich lasse es zu und versuche ein Lächeln.

Von einer Sekunde zur anderen klärt sich Heidis Blick. »Liebchen, kannst du mir die Tropfen aus meiner Tasche geben?«

Ihr Schwächeanfall ist vorbei. Ich muss ihr unbedingt raten, nach der Beerdigung einen Arzt aufzusuchen und sich durchchecken zu lassen. Zuerst aber die Tropfen. Da kann ich gleich sehen, was die alte Dame so schluckt.

Ich schaue mich nach einer Handtasche um. Hier drinnen ist keine. »Tut mir leid, Frau Mohn. Ihre Handtasche muss einer der Herren mit hinausgenommen haben.«

»Es ald joot! Es geht auch ohne.« Heidi Mohn seufzt tief. Sie löst sich vom Waschbeckenrand.

Die Tür geht auf, und die Frau von vorhin kommt herein. »Na, Gott sei Dank ist das Klo jetzt frei.« Sie steuert eine der Kabinen an. »Aber eine schöne Beerdigung. Wirklich!«

ZEHN

Auch wenn in der EU inzwischen ein Handy die am weitesten verbreitete Form der Telekommunikation ist, bleiben die Deutschen doch dem Festnetz treu. Die folgenden drei Gespräche wurden über Festnetzanschlüsse geführt.

EINS

de Närtens: Tut mir leid, Jakob, dass ich so spät anrufe, aber ...
Zimmer: Kein Thema, Harro, ich lese noch.
de Närtens: Einen Krimi?
Zimmer: Hast du angerufen, um mich auf den Arm zu nehmen?
de Närtens: Ist nur der Neid. Hier gibt es nur trockene Abhandlungen.
Zimmer: Du bist jetzt noch im Institut?
de Närtens: In meinem Büro.
Zimmer: Hast du kein Pri... Vergiss die blöde Frage. Schieß los.
de Närtens: Dein Kollege Kowalski hat mir die Zahnbrücke vorbeigebracht.
Zimmer: Und?
de Närtens: Ein teurer Zahnersatz. Eine sehr gute und solide Arbeit. Ziemlich stabil.
Zimmer: Leider haben wir außer den Abdrücken von Heinrich Walden und DNA-Spuren des Opfers nichts darauf gefunden. Aber deswegen rufst du nicht an, oder?
de Närtens: Nein. Aber ich hab mir die Leiche noch mal vorgenommen. Hab die Brücke auf den Kiefer aufgesetzt ...
Zimmer: Sag mir, was du herausgefunden hast. Ich brenne.
de Närtens: Gefunden ist das richtige Wort.
Zimmer: Schieß los.
de Närtens: An der Stelle, wo der Zahnersatz auf den Stumpen aufgesetzt wird, war eine winzige Faser im Zahnfleisch eingegraben, die man dort sonst nicht findet.

Zimmer: Faser?
de Närtens: Ich habe sie mir unter dem Elektronenmikroskop angesehen. Es ist eine Faser, die zu einem Wollfaden gehört.
Zimmer: Wolle?
de Närtens: Es ist eine Wollfaser, ja.
Zimmer: Weiß?
de Närtens: Ja. Woher …?
Zimmer: Wir haben einen weißen Wollfaden auf der Fußmatte vor dem Eingang gefunden.
de Närtens: Wir vergleichen die zwei.
Zimmer: Die Spurensicherung wird sich freuen. Klasse, Harro.
de Närtens: Nun ja. Weiße Wollsachen tragen wohl Tausende.
Zimmer: Jemand kommt mit einem weißen Kuschelpulli zu seinem Opfer? Oder meinst du, der Täter trug weiße Wollhandschuhe?
de Närtens: Wenn er oder sie Wollhandschuhe getragen hätte, müsste der Mund des Opfers voll davon sein. Auch bei einem Pullover hättet ihr am Tatort eine Menge Fäden finden müssen.
Zimmer: Außer auf der Fußmatte nichts. Auch nichts an der Zeitschrift, die ihr der Mörder in den Rachen gestoßen hat.
de Närtens: Wenn ich ein wenig psychologisch sein darf? Ich glaube, die Zeitschrift war für ihn so eine Art Übersprungshandlung.
Zimmer: Übersprung für was?
de Närtens: Vielleicht starb sie ihm zu langsam. Oder sie hat ihn während des Tathergangs wütend gemacht.
Zimmer: Er nimmt das Nächste, was er kriegen kann. Auf dem Couchtisch, die Zeitschrift. Rollt sie zusammen und –
de Närtens: Und stopft ihr im wahrsten Sinn das Maul …
Zimmer: Weil sie noch was zu ihm gesagt hat?
de Närtens: Nö. Keine Chance. Mit der Verletzung an der Kehle konnte sie nicht mehr sprechen.
Zimmer: Hm. Der Faden im Heuhaufen also?
de Närtens: Du klingst etwas frustriert, Jakob.
Zimmer: Heinrich Georg Walden wurde wieder auf freien Fuß gesetzt. Ich denke nicht, dass er der Täter war. Ich hoffe, die Medienmeute lässt ihn in Ruhe.

de Närtens: Ich hab gelesen, dass ihm ein Privatsender ein Interview angeboten hat.

Zimmer: *(stößt einen Fluch aus)*

de Närtens: Du hast dich gut geschlagen bei deinem Statement vor der Presse.

Zimmer: Verarsch mich nicht.

de Närtens: Doch, wirklich. So, dann mach ich mal Schluss. Weißt du, was ich auf dem Tisch vor mir habe?

Zimmer: Innereien?

de Närtens: Mit solchen Witzen schockt mich keiner, Jakob. Nö, einen Schokopudding mit einem Hamster drauf. »Kernbach, der schmeckt!«

Zimmer: Du bist 'ne Marke.

de Närtens: Seit dem Tod der Pudding-Witwe hat sich der Umsatz sicher verdoppelt.

Zimmer: Die Kernbach hatte mit dem Geschäft schon lange nichts mehr zu tun. Das ist noch zu Lebzeiten ihres Mannes von Müllermilch übernommen worden. Die haben nur den Namen beibehalten. Und viel dafür bezahlt.

de Närtens: Es geht sicher wieder ums große Geld. Ist doch meistens so. Und morgen?

Zimmer: Suchen, bohren, warten.

de Närtens: Hände weg von Twitter!

Zimmer: Haha! Iss deinen Pudding und schweig.

de Närtens: Ciao.

Zimmer: Ja, du mich auch. Und danke!

ZWEI

Leo: Ja, hallo?

Argus: Hallo zurück! Antonio Argus hier.

Leo: *(stößt einen undefinierbaren Laut aus)*

Argus: Frau Doktor? Alles okay?

Leo: Woher haben Sie meine Festnetznummer?

Argus: Sie stehen im Telefonbuch. Die Gelben Seiten. Was glauben Sie denn?

Leo: Ich weiß wirklich nicht, was ich glauben soll. Was hatten Sie auf der Beerdigung zu suchen?

Argus: Ist das unser Spiel? Fragen mit Fragen beantworten?

Leo: Ich lege wieder auf.

Argus: Nein, bitte! Warten Sie! Ich … ich kenne Hedda Kernbach … Wir hatten früher miteinander zu tun. Ich meine, ich kannte sie …

Leo: So gut, dass Sie dort auftauchen mussten?

Argus: Kannten Sie sie denn so gut?

Leo: *(kurze Pause)* Touché!

Argus: Nein, bitte kein Fechtkampf zwischen uns. Ich hatte vor Jahren mit ihrem Mann zu tun. Über meinen Job.

Leo: Sind Sie Milchmann, oder was?

Argus: Sehr humorig. Das mag ich an Ihnen. So ähnlich. Erich und Hedda Kernbach haben viel Gutes getan mit ihren Stiftungen.

Leo: Ich kannte sie gar nicht. Na ja, jedenfalls nicht lebendig. Ich …

Argus: Ich hab's gelesen. Sie waren die, die sie gefunden hat. Stimmt's?

Leo: Und deswegen sind Sie in meine Praxis gekommen?

Argus: Quatsch. Ich hatte Zahnschmerzen. Sind Sie immer so misstrauisch Ihren Patienten gegenüber?

Leo: Ich … nein, aber Sie … ich meine …

Argus: Wollen Sie denn nun kommendes Wochenende mit mir brunchen?

Leo: Was?

Argus: Na, ein Frühstück zu zweit. Ich würde Sie gern einladen. In die Boulangerie Epi im Agnesviertel. Da gibt es ein himmlisches Petit Déjeuner. Sagen wir elf?

Leo: Also ehrlich, ich weiß nicht …

Argus: Wissen Sie was, Dr. Leo? Ich bin auf jeden Fall da. Und ich würde mich sehr freuen, wenn Sie auch da wären.

Leo: Ich …

Argus: Süße Träume.

DREI

A: Hast du schon geschlafen?
B: Ohne dich fällt es mir schwer.
A: Ja. Mir auch. Mehr, als du ahnst.
B: Deine Stimme trägt den Klang der Trauer.
A: Schön formuliert. Ich vermisse dich.
B: Du weißt, dass wir kein Risiko eingehen sollten.
A: Ja.
B: Ich vermisse dich auch. Was machst du?
A: Stricken, mein Prinz. Mit weißer Wolle, so weiß wie die Wolken, die über mein Herz ziehen.
B: Es hält übrigens an. Meine Tage laufen gut.
A: Hab ich es dir nicht gesagt?
B: Ich liebe dich für deine Weisheit.
A: Und ich liebe dich für deine wundersamen Bilder im Kopf.
B: Was ist mit der anderen?
A: Morgen weiß ich mehr.
B: Ich würde gern wieder –
A: Nicht! Zu gefährlich. Zeit ist wichtig. Ich melde mich wieder.
B: Könntest du noch …
A: Aber ja doch, mein Liebling!
(singt) Schlafe, mein Prinzchen, schlaf ein,
Es ruh'n Schäfchen und Vögelein,
Garten und Wiese verstummt,
Auch nicht ein Bienchen mehr summt.
Luna mit silbernem Schein
Gucket zum Fenster herein.
Schlafe beim silbernen Schein.
Schlafe, mein Prinzchen, schlaf ein.
Schlaf ein, schlaf ein …

TEIL 3

LANGSAM BIS FÜNF ZÄHLEN

EINS

Zuerst ist da nur Freude.

Adelheid, von allen Heidi genannt, ist zu Besuch in der Flora, rennt einen Weg entlang, der zu einem ihrer Lieblingsbäume, einer Trauerweide, führt, deren ausufernde kahle Zweige wie ein schwebender Tausendfüßler aussehen. Sie ist noch ein Kind, die junge Heidi, 1943 hat eben erst begonnen, noch stehen die Gewächshäuser, der schreckliche Bombenangriff im Rheinland liegt noch vor ihnen allen.

Es ist Winter, und trotzdem trägt sie nur ein leichtes Hemd über ihrem mageren Kinderkörper. Sie friert nicht. Eine Aufregung, eine Vorfreude lässt sie schwitzen. Sie ist barfuß, und als sie nach unten sieht, verdampft unter ihren Sohlen der Schnee. Es zischt, und sie stößt ein Tuten aus, einer kleinen, lebenden Dampflok gleich.

Tutuuuut, da komme ich, tutuuut, die Adelheid, die Heidi, das kleine Mädchen unterwegs in Schnee und Eis.

Sie hebt den Blick, und da vorn kommt der Baum, die Weide, die auch eine Haltestelle ist, da stehen Leute, große Leute, kleine Leute, Leute in Uniform, Leute nur in Säcke gehüllt. Heidi, die kleine Dampflok, rennt weiter, fährt weiter, stößt ihr Tutuut aus und macht sich Gedanken, wie sie denn alle diese Leute mitnehmen soll.

Da ist der Baum, der zugleich Haltestelle und Leuteansammlung ist, und sie sieht die Hedda dort stehen. Die Hedda, ihre Spielkameradin, ihre Freundin, die so schöne österreichische Kuchen backen kann und mit der sie ein Geheimnis teilt.

Pscht, Leute! Davon darf keiner wissen. Pscht!

Die Zeit muss gelaufen sein wie die Adelheid, denn da kommen schon die Flieger mit den Bomben. Was soll sie nur tun? Wie sich entscheiden, wen sie mitnimmt?

Dann weiß sie es.

»Nur das Omablatt darf aufsitzen!«

Sie schreit es in die Menge. Sie weiß, dass die Hedda so

ein Blatt hat und alle Gegenspieler davor kapitulieren müssen. Tatsächlich weichen die Leute zurück, nur die Hedda kommt näher. Doch je näher die Hedda kommt, desto schneller altert sie, und am Ende ist sie so alt wie ein Omablatt, obwohl sie niemals Oma geworden ist, denn wie die Heidi selbst hat sie nie ein Kind gekriegt. Weiter kann Adelheid nicht denken, denn jetzt sind die Flieger da, die Sirenen ertönen, und die Leute beginnen über die Wiese zu rennen wie die Hasen, wenn der Jäger mit dem Schießgewehr kommt.

Sie schaut nach oben, durch die dürren Zweige der Trauerweide, und da sind die Schneeflocken grün geworden, giftig neongrün. Ihr wird kalt, sie hat ja nur ein Hemdchen an, ist keine Dampflok, nur ein kleines Mädche im Naachshemb mit bläcke Fööss.

Die Hedda jung und die Hedda alt sind beide verschwunden. Die Kälte steigt von den Füßen hoch, höher und höher, klumpt sich in der Mitte ihrer Brust zusammen wie ein Knäuel Eiswolle und drückt ihr die Luft ab. Etwas klopft ihr auf die Schulter, der Eismann ist da, komm, alte Heidi, komm!

»Frau Mohn, ist alles mit Ihnen in Ordnung?«

Heidi Mohn machte die Augen auf, und im ersten Moment hatte sie keine Ahnung, wo sie war. Gesichter über ihr, zwei oder mehr, eines ganz nah, ein rotbrauner Pagenkopf mit erschreckten braunen Kulleraugen.

Sie blinzelte mehrmals, statt zu antworten. Der kalte Klumpen in ihrem Herzen drückte auch ihre Kehle zu. Atme, aal Mädche, sonst wor et dat wohl. Heidi wollte um ihre Tropfen bitten, wenn sie die nur nehmen könnte, wäre alles wieder gut. Aber aus ihrer Kehle kam nur ein einzelnes Röcheln.

»Frau Dr. Kardiff, schnell, ich glaube, Frau Mohn stirbt!«

Der Pagenkopf verschwand aus ihrem Blickfeld, vertrieb zugleich die anderen Gesichter, wurde ersetzt durch ein Meer aus blonden Locken, die über sie fielen und sie auf Stirn und Nase kitzelten.

Dann ein Druck auf ihrer Brust. Nicht noch mehr Luft wegnehmen, wollte sie sagen, ich han ja schon keine mehr, aber sie konnte nicht reden.

Der Druck ging weg, kam wieder, schmerzhaft, brutal, sie war sich sicher, dass ihre alten Rippen gebrochen wurden. Schon knackte es, krachte es, aber den blonden Locken schien es egal zu sein. Sie machten weiter. Wogten wie Wellen im Sturm.

»Holen Sie den Defibrillator aus Behandlungsraum eins, Britti!«

Der Lockenkopf schrie laut und spuckte dabei in Heidis Gesicht.

Druck weg, wieder da.

Endlich auch Heidis Stimme. Mehr ein Krächzen als ein Ton. »Hör auf, du brichst mir ja alle Rippen, Hätzekühlche.«

Der Druck setzte aus. Zwei Hände wischten die Locken nach hinten, ein hübsches, aber totenblasses Gesicht kam darunter zum Vorschein.

»Gott sei Dank, Frau Mohn, ich dachte schon …«

»Keine Zeit! Wenn ich et net üvverlevve, dann geh zu mir, hol die Zeitschrift und –« Der kalte Schmerz kam unvermittelt zurück. Heidi keuchte. Der Lockenkopf fing wieder an zu drücken.

»… nohkicke wegen der Hedda … du musst … versprich et!«

Der Lockenkopf nickte heftig.

»… em Wonnzemmer ungerm Radio … do litt dat Hedda un …«

Langsam senkte sich eine Dunkelheit über Heidis Blick, die blonden Locken verschwanden hinter einem dichten Nebel. Dahinter gab es weder Träume noch Bilder.

Als Heidi Mohn das nächste Mal die Augen aufschlug war, lag sie in einem Krankenbett auf der Intensivstation.

Da ihr das sofort bewusst war, musste sie überlebt haben. Sie fühlte sich tatsächlich ganz gut, in ihrem Kopf herrschte eine Klarheit, die sie in den letzten Monaten oft sehr vermisst hatte.

Über Nase und Mund trug sie eine Maske. Ihr Blick wanderte. Ein Schlauch führte von ihrem rechten Arm zu einem Tropf samt Gestell neben dem Bett. Ihr Körper steckte in einem weißen Nachthemd, auf ihrer Brust klebten Elektroden, die zu einem großen blinkenden Kasten auf der anderen Seite führten. Ein stetiges Piepen ging von ihm aus, Heidi vermutete, dass es ihr Herzschlag war, den sie hörte.

Ihr gegenüber gab es noch zwei Betten, eines leer, das andere bewohnt, auch wenn sie kein Gesicht hinter Bandagen erkennen konnte. Da teil ich mir das Zimmer mit einer Mumie, dachte sie. Dieser heitere Gedanke samt ihrem klaren Kopf machte sie wieder mutig. Jawohl, sie hatte überlebt.

Sie überlegte, dass ihr Leben in den letzten Tagen nur noch aus Umfallen und Grade-mal-Davonkommen zu bestehen schien.

Erst der Überfall von diesem Rüpel aus der Straßenbahn, dann der Zusammenbruch auf Heddas Beerdigung und jetzt ihr – was genau? – wahrscheinlich Herzinfarkt. So was hatte sie schon länger vermutet. Herzrasen vor dem Einschlafen und Luftnot beim Aufstehen, dazu immer häufiger ein Schmerz in der Brust, waren seit Tagen schon Warnzeichen gewesen. Hatte sie sich nicht deshalb ihre Tropfen geben lassen? Die hatten ihr früher immer geholfen.

Besser, sie hätte eingesehen, dass etwas nicht stimmte, und wäre zu einem Spezialisten gegangen. Aber et hätt noch immer jot jejange, wie es so schön im Kölschen Grundgesetz hieß, oder?

Die Tür ging auf, und eine Schwester kam herein. Sie überprüfte die Daten am blinkenden Kasten, und als sie sah, dass die Patientin die Augen offen hatte, zwinkerte sie Heidi Mohn zu. »Ich hole gleich Dr. Karypidis.«

Heidi Mohn spitzte die Ohren. Charybdis? Hieß der Arzt wirklich so? Passend zu ihrem Zustand, war sie nicht tatsächlich zwischen Skylla und Charybdis geraten? Meeresungeheuer hatten sie verschlungen und wieder ausgespuckt, zu alt und zu zäh war sie ihnen gewesen.

Sie nahm ihren Gedankenstrang wieder auf. Zusammenhänge, Kette von üblen Ereignissen. Obwohl man auch etwas Positives daraus lesen konnte.

Wenn der Rüpel aus der Straßenbahn sie nicht überfallen und k. o. geschlagen hätte, wäre sie nicht in die Praxis von Dr. Lang und Dr. Kardiff gekommen, um ihre Zähne checken zu lassen.

Zwei hatten sich seit dem Schlag mehr und mehr gelockert. Wäre sie nicht dort im Wartezimmer umgefallen, sondern allein zu Hause gewesen, hätte sie wahrscheinlich nicht überlebt.

Hätte sie nicht überlebt, wären mit ihr auch die Recherchen begraben worden, die sie zusammen mit Hedda begonnen hatte. Hedda war nun tot, und sie schuldete es ihrer besten Freundin, weiterzumachen. Schwaches Herz hin oder her.

Wieder ging die Tür auf, und Dr. Charybdis kam, diesmal mit zwei Schwestern im Schlepptau, wobei die neue noch so jung wirkte, als gehöre sie eigentlich auf die Schulbank. Der Arzt ähnelte in nichts einem Meeresungeheuer, sondern war ein Mann mittleren Alters mit schwarzem, immer noch vollem Haar. Sein Gesicht drückte eine angestrengte Ernsthaftigkeit aus. Bevor er Heidi direkt ansprach, beschäftigte auch er sich mit dem Kasten neben ihr, ließ sich Heidis Krankenblatt geben und studierte es eine Weile. Dann wechselte er ein paar für Heidi unverständliche Sätze mit einer der Schwestern, die sich daraufhin über Heidi beugte und ihr die Sauerstoffmaske abnahm.

Der Arzt zwinkerte Heidi zu. »Schön, dass Sie wieder bei uns sind, Frau Mohn.«

Heidi glaubte, eine kleine Erleichterung in seinem Ton wahrzunehmen.

»Wie fühlen Sie sich?«

»Das müssen Sie mir doch sagen, Sie sind doch der Aaz von uns beiden, Dr. Charybdis.«

»Karypidis, liebe Frau Mohn, Holger Karypidis.«

Heidi musste plötzlich laut auflachen. Dr. Karypidis zog seine linke Augenbraue nach oben. »Ich freue mich zwar sehr, dass Sie schon wieder so guter Laune sind, Frau Mohn, aber mit dem Herzen ist nicht zu spaßen.«

»War es ein Herzanfall, Herr Doktor?«

»Wir gehen davon aus, dass es ein leichter Infarkt war, ja. Natürlich fehlen noch die Tests. Aber ich denke, wir können Sie bald von der Intensiv auf die normale Station verlegen. Wie mir Schwester Engel berichtet hat, haben sich schon mehrere Personen nach Ihnen erkundigt.«

Dr. Holger Karypidis lächelte ein professionelles Ärztelächeln und wendete sich dann dem zweiten Kranken auf der Intensivstation zu. Die Mumie bewegte sich immer noch nicht.

Heidi Mohn dachte an ihre Freundinnen. Seit Martins Tod waren sie ihre Familie. Und Hedda war eben erst verstorben. Ihr Traum fiel ihr ein. Der Krieg, der Tod ihrer Eltern, Martins Tod, Heddas Ermordung. Kam am Ende jeder Geschichte immer der Sensenmann und machte die besten Dinge kaputt? Ihr kamen die Tränen genauso schnell wie vorhin das Lachen.

»Sie sind doch jetzt überm Berg, Frau Mohn, kein Grund zu weinen.« Schwester Engel strich Heidi vorsichtig über den Arm, in dem der Infusionsschlauch steckte. Der Name passte wohl zu ihr.

»Ich musste nur an meine Freundin denken, sie ist letzte Woche gestorben.«

»Ermordet worden« brachte Heidi nicht über die Lippen.

»Kein Wunder, dass einem so was fast das Herz bricht.« Schwester Engel drückte Heidis rechten Daumen.

Heidi schluckte weitere Tränen hinunter. »Ja, dat dät et.«

Dr. Karypidis tauchte wieder vor ihrem Bett auf. »Wenn Sie noch Fragen haben …«

»Ich han Hunger!«

Die Schwestern und der Arzt lächelten gleichzeitig.

»Na, der Frau kann geholfen werden!« Dr. Karypidis gab der jungen Krankenschwester einen Wink und verließ mit ihr das Intensivzimmer. Schwester Engel trat an Heidis Bett, richtete ihren Oberkörper auf und schüttelte die Kissen.

»Ich lass Ihnen gleich was zu essen bringen. Ein Brot mit Käse vielleicht und einen Tee?«

Heidi hörte ihren Magen knurren. Sie zeigte auf ihren Arm, in dem die Infusionsnadel steckte. »Ävver domet kann ich schlecht sitzen.«

»Ich werde Dr. Karypidis fragen, ob wir die Infusion beenden können. Dann kann ich Sie schnell befreien. Ja?«

Plötzlich bekam Heidi einen Schreck. Waren alle ihre Wertsachen samt Hausschlüssel verloren gegangen? »Entschuldigen Sie, Schwester Engel. Wo ist denn meine Handtasche?«

Schwester Engel war mit dem Ausschütteln der Kissen fertig und tätschelte Heidis Hand. »Der Rettungsdienst hatte Ihre Tasche dabei. Hier auf der Intensiv dürfen Sie sie nicht aufbewahren. Aber ich bringe Sie Ihnen kurz. Dann können Sie nachsehen, ob etwas fehlt.«

Heidi überlegte. »Meine Geldbörse ist dadrin. Und Taschentücher. Und mein Handy. Hab ich extra aufgeladen. Ein Lippenstift. Und ein Bild von meinem verstorbenen Mann. Und ein Spiegel. Und meine Schlüssel. Meine Tropfen und –«

»Ist gut, Frau Mohn. Ich lasse Ihnen die Tasche bringen und kümmere mich um Ihr Essen.«

Heidi legte ihren Kopf auf das Kissen zurück. Gern hätte sie sich jetzt weiter mit jemandem unterhalten, nach all dem Schrecken tat Reden gut. Aber die Mumie gegenüber bewegte sich nicht. Das stetige Piepen begann sie zu nerven. Ihr Magen knurrte lauter. Wenn es jetzt ein Brot mit Käse, quasi einen Krankenhaus-Halve-Hahn, gäbe, würde sie das hoffentlich gleich versöhnlicher stimmen.

Alles andere konnte warten.

ZWEI

Der Schauspieler im Eisbärenkostüm rennt über die Bühne, und das Publikum klatscht.

Ich klatsche mit, auch wenn mir heute Abend einfach nicht zum Lachen zumute ist. Doch auffallen möchte ich nicht, noch dazu, wo Magister Heinz gefühlt alle zehn Sekunden seinen Kopf in meine Richtung dreht, um zu gucken, wie ich denn gucke.

Verdammt nervig!

Heinz' Idee, Heinz' Geschenk an mich, zum Stressabbau. Die Millowitsch-Bühne ist ja so was wie eine Institution in Köln, mit Amüsiergarantie. Ich gehe mal davon aus, dass mein Lover es gut mit mir gemeint hat.

Mein Lover!

Je öfter ich in letzter Zeit gedanklich diese Bezeichnung für Magister Heinz Lerbaum verwende, desto fremder wird mir der Mann. Bin ich wirklich so ein schwaches Weib, dass ich mir gleich nach der Trennung von Johannes einen Neuen ins Haus holen musste?

Doch, ja! Damals war ich so.

Ohne Kerl fühlte ich mich verloren. Ohne Liebhaber als Frau wertlos. Und ohne Mann im Haus gesellschaftlich ausgegrenzt. Obwohl das Letzte auf keinen Fall gestimmt hat. Ich hatte in der ersten Zeit mit Heinz eher das Gefühl, dass meine Freunde nach Johannes, dem legeren und unkonventionellen Künstler, hinter meinem Rücken den Kopf über den etwas muffigen Steuerberater, der immer noch verheiratet war, schüttelten.

Ich fand Heinz solide.

Einer, der sein eigenes Geld verdient und sich nicht von seiner Frau aushalten lässt, der seinen Kopf auf den Schultern trägt und nicht im Wolkenkuckucksheim, der eben lieber ins Millowitsch-Theater geht als zu einer Performance mit echtem Blut und nackten Körpern. Dass Magister Heinz Lerbaum offiziell bis heute der Gatte von Martha Lerbaum ist, stört mich gerade in letzter Zeit weniger, als die meisten in meinem Umfeld annehmen. Sollte er sich eines Tages doch noch trennen, müsste ich meinerseits eine endgültige Entscheidung für oder gegen eine Ehe mit ihm treffen.

Lieber nicht zu viel darüber nachdenken.

Schon wieder Applaus. Ich hebe brav meine Hände, patsche sie zusammen. Ich weiß nicht mal, warum.

Auf der Bühne läuft eine ältere Frau im Badeanzug und mit Badekappe nach hinten, ein junger Mann mit Schnorchel rennt ihr hinterher.

Ja, lustig.

Ältere Frau, mein Gott, Leo, die Schauspielerin da oben ist höchstens in deinem Alter, wenn überhaupt.

»Schwad dir nit de Muul in Franse!«, ruft der Hauptdarsteller seiner falschen Ehefrau zu, und ich brauche einen Moment, um es in meinem Hirn zu übersetzen. Komisch, dass ich die meiste Zeit meines Lebens in dieser Stadt verbracht habe und doch nicht wirklich Kölsch rede.

Verstehen ja, redde nä. Oder kaum.

Meine Mama Agathe stammt aus dem Norden, aus Neßmersiel. Sie lebt seit Jahren wieder in der Nähe, auf der Insel Baltrum, mit ihren Hunden und einem ehemaligen Pastor, der aber nicht ihretwegen seine Berufung widerrufen hat.

Als Nathalie und Luise noch klein waren, haben wir zu viert fast jeden Sommer zwei oder drei Wochen bei ihr im Haus verbracht. Ich weiß noch, dass ich lieber in den Süden geflogen wäre, aber der Rest meiner Familie hat mich gnadenlos niedergestimmt. Johannes fand das Licht dort oben wunderbar, sein Baltrumer Sommer-Zyklus waren die Bilder, die er tatsächlich mal gewinnbringend verkaufen konnte. Und die Mädchen wollten zur Oma und den Hunden.

Kann es sein, dass es schon vier Sommer her ist, dass wir Mama besucht haben? Ich zähle es mir an den Fingern ab.

Ja, stimmt.

Im Haushalt von Dr. Gerwald Hubertus hat man natürlich nur gepflegtes Hochdeutsch geredet. Vaters Haushälterin, ich weiß den Namen nicht mehr, die sprach Kölsch, sie war eine echte Ehrenfelderin. Die einzige. Alle Besucher in Papas Haus liebten Kölsch als Getränk, nicht als Umgangssprache.

»Pass op, wenn ich dich en de Finger krije!«, schreit die Frau im Badeanzug auf der Szene, sie muss wohl mit dem Schwimmen fertig sein.

Ich werde mal lachen. Heinz sieht schon wieder zu mir rüber.

Heidi Mohn hätte dieser Abend gefallen, weiß Gott.

Mir läuft gleich eine Gänsehaut über den Rücken, wenn ich daran denke, dass sie heute Vormittag fast in der Praxis gestorben wäre. Britti meinte, ich hätte der Frau mit meiner schnellen Reaktion und der Herzmassage das Leben gerettet.

Vielleicht ist das wahr.

Noch einen Menschen, der mir vor der Nase wegstirbt, hätte ich nicht verkraftet. Da hätte mich der Rettungswagen gleich mitnehmen können. Doch der Notarzt hat mir versichert, dass sie überleben wird. Ich werde sie im Krankenhaus besuchen gehen, vielleicht in einer meiner Mittagspausen.

Ja, das mach ich.

Ob es morgen schon möglich wäre?

Wenn ich ehrlich bin, will ich auch wissen, was sie mit ihren Sätzen an mich gemeint hat. Wahrscheinlich hat sie nicht mich persönlich gemeint, aber es war doch eine Aufforderung.

Ich habe es in meinem Kopf übersetzt: »Hol die Zeitschrift und schau wegen der Hedda nach.«

Hat das was mit der Zeitschrift zu tun, die der ermordeten Hedda Kernbach im Mund steckte? Eine Spur, ein Beweis oder nur sinnlose Sätze kurz vor ihrer Ohnmacht? »Im Wohnzimmer unter dem Radio, dort liegt die Hedda.«

Was sollte das heißen?

Ich muss zu Heidi Mohn und Näheres erfahren. Schließlich ist es … was? Meine Leiche? Mein Mord? Meine Zuständigkeit?

Da fällt mir doch wieder dieser Hauptkommissar ein. Ermittlungen sind ausschließlich eine Sache der Polizei, ja schon … Aber …

Oh, ich muss kurz klatschen.

… er war nicht vor Ort, als Hedda Kernbach in ihrem Wohnzimmer verblutet ist! Und überhaupt kann ich recherchieren, wie ich will, das ist ein freies Land.

Stopp, Leo!

In keinem gut geschriebenen Krimi überleben die Neugierigen, die unbedingt in den Keller gehen müssen, um nach einem dumpfen Geräusch zu gucken, das ist doch ganz klar.

Der Applaus schwillt an, länger jetzt. Ich habe den Faden völlig verloren.

»Schönes Stück, klasse gespielt!« Ich klatsche und lächle Magister Heinz zu, nehme meinen Mantel und meine Tasche.

»Es ist erst Pause, Leo.« Er sagt es ganz ruhig, doch sein Blick ist die Beleidigung in Person. Ich habe seine Aufmerksamkeit, seinen Liebesbeweis mit Füßen getreten, sagt sein Blick.

»Frau Dr. Kardiff, was für eine schöne Überraschung!«

Wer …? Die Frau, die mich anspricht, erkenne ich nicht sofort. Sie trägt ein graues Kostüm und hat ihr Haar zu einem Knoten nach hinten gebunden. Ihr Gesicht ist blass, ihr Teint teigig.

Ich gehe im Kopf die Karteikarten meiner Bekannten durch und hoffe, dass es klick macht, während ich ihr die Hand schüttle. Der Händedruck ist weich, ihre langen Nägel kratzen an meiner Handfläche.

Jetzt hab ich es.

Die Dritte im Bunde, die Skatdame mit den unglaublich gestylten Nägeln, die im Schwarzen Adler mit Heidi Mohn und dem ekligen Neffen zusammen war. Wie hieß die noch mal?

»Die Hedda im Himmel will, dass wir uns heute an einem so schönen Ort treffen, liebe Frau Dr. Kardiff.«

Oh Gott, der Name, der verdammte Name … Ich schlage mir schnell mit meiner freien Hand auf die Backe, grinse dabei so charmant wie möglich. Magister Heinz hat sich umgedreht, er erwartet, dass ich die beiden einander vorstelle, und ich weiß einfach im Moment nicht, wie die blasse Fingernagelfrau heißt.

»Ich hätte mich ohnehin spätestens morgen bei Ihnen gemeldet. Der Peter hat mir erzählt, dass Sie unserer Heidi quasi das Leben gerettet haben.«

Jetzt ist Magister Heinz neben mir, das peinliche Spiel kann beginnen.

Die Frau sieht Heinz an, und das Lächeln, das sie ihm schenkt, lässt sie für einen kurzen Moment aus ihrer blassen Rolle fallen. Ihr Lächeln wirkt tatsächlich etwas anzüglich, ein Pendant zu ihren Nägeln.

»Oh, entschuldigen Sie, Frau Doktor, Sie sind ja in Begleitung hier.« Ihre Finger lassen meine Hand los, drehen sich in Richtung meines Lovers. »Liese Freihaus, ich freue mich.«

»Magister Heinz Lerbaum, Steuerberater.«

Noch mal gut gegangen …

Zugleich frage ich mich, warum Magister Heinz seinen Beruf erwähnt wie ein Schüler seine Zeugnisnoten.

Endlich kann ich meinen Mund aufmachen. »Frau Freihaus, was meinen Sie, könnte ich denn Frau Mohn morgen schon im Krankenhaus besuchen? Ich hätte ein paar Fragen an sie.«

Beide sehen mich in diesem Moment mit demselben Ausdruck an, so als wären sie Zwillingskinder aus zwei Eiern wie meine zwei zu Hause. In ihren Augen kann ich eine Mischung aus Überraschung und Irritation herauslesen. War meine Frage denn so unhöflich?

Liese Freihaus räuspert sich. »Wir sollten sie nicht überfordern. Vielleicht ist es am besten, ich frage Heidi morgen und rufe Sie dann in Ihrer Praxis an.«

Die Antwort von Liese Freihaus gefällt mir nicht wirklich. Außerdem ist sie merklich kühler geworden.

»Was für Fragen haben Sie denn, Frau Doktor?«

»Bitte?«

Ich bin plötzlich irritiert, denn Magister Heinz hat mich soeben in den Oberarm gezwickt. Träume ich das, oder will er mir damit Benehmen beibringen?

Liese Freihaus zwingt sich zu einem schmalen Lächeln. »Sie können mir gern die Fragen sagen, und ich gebe es an die Heidi weiter.«

In mir taucht plötzlich eine wilde Idee auf. Vielleicht sollte ich … »Es hat keine Eile, Frau Freihaus. Bitte grüßen Sie mir Frau Mohn lieb und sagen Sie ihr, dass ich unendlich froh darüber bin, dass es ihr schon wieder besser geht.«

Jetzt bin ich es, die die Hand von Liese Freihaus ergreift. Mit einem schnellen Blick nach unten sehe ich, dass sie ihre Nägel heute lila gefärbt hat. Es ist das einzig Farbige an ihrem Outfit. Ich setze mein Es-tut-auch-gar-nicht-weh-versprochen-Lächeln auf, mit dem ich ängstliche Patienten begrüße. Auch hier wirkt es. Liese Freihaus entspannt sich deutlich, und ihre Gesichtszüge werden wieder offener.

»Das mache ich gern, Frau Doktor. Und nochmals tausend Dank. Einen lustigen Abend Ihnen beiden noch.«

Dann verschwindet sie in der Menge, die ins Foyer strömt. Ich bin mit meinem Lover wieder allein.

Magister Heinz zieht eine Augenbraue hoch. »Sag mal, Leo, das war aber ganz schön –«

Bevor er seinen Satz zu Ende schwafeln kann, ist dieser wilde Gedanke wieder da und treibt mich voran wie ein Jockey sein Rennpferd.

Scheiße! Ich glaub, ich tu's!

»Heinz, Schatz, ich bin am Ende. Kopfschmerzen, Bauchschmerzen, und mein Hals tut auch weh. Ich danke dir für diesen halben Abend, aber, Schatz, ich muss einfach …«

Spontan strecke ich mich nach oben und drücke ihm einen heftigen Kuss auf den Mund. Seine Lippen fühlen sich spröde an. Während ich meine Lippen auf seine gepresst lasse, hebe ich meinen Mantel über die Schultern und schlüpfe hinein. Ich löse mich von ihm und sehe, dass er sprachlos ist. Jetzt schnell, das wird nicht lange anhalten.

»Heinz, bitte bleib du hier und amüsier dich, geh hinterher ruhig noch was trinken. Ich fahre mit dem Taxi schon mal nach Hause. Tschüss, mein Süßer!«

Dann renne ich einfach los, verlasse meinen Lover, dränge mich, ohne mich umzudrehen, durch die Zuschauermenge, durch das Foyer und weiter nach draußen. Kurz vor der Ausgangstür summt mein Smartphone in meiner Tasche, ich sehe nach, es ist tatsächlich schon Magister Heinz, der mich sicher fragen will, ob ich den Verstand verloren habe. Ich drücke den Anruf weg, renne weiter.

Es regnet, und die Temperatur ist merklich nach unten gegangen. Meine hohen Schuhe klackern auf dem Asphalt.

Vorn stehen drei Taxis. Ich schnappe mir eines und gebe dem Fahrer die Adresse meiner Praxis an. Dort werde ich mir Heidi Mohns Adresse holen.

Tue ich das Richtige?

Oh ja! Und noch dreimal ja dazu!

Trotz Regen und Kälte fühlt sich die frische Luft phantastisch an, dieser Frühlingsabend riecht plötzlich nach einem unerhörten Abenteuer.

DREI

Es war kurz vor halb neun Uhr abends, als Hauptkommissar Zimmer per Skype sein Glück bei dem steirischen Stiftungsbeamten August M. Wirzenshuber versuchte.

Durch die Glasscheibe konnte Jakob in das Großraumbüro seiner Teamkollegen sehen. Per und Luis waren noch unterwegs, Birgit von Zeh stellte ihnen gerade eine Schachtel mit Schokomuffins auf den breiten Schreibtisch. Ihr kleiner Sohn hatte heute ein Schulfest gehabt und Birgit gestern dafür gebacken. Ein Anteil davon war für ihre Kollegen. Birgit erwähnte oft, wie sehr Luis und Per sie an ihre Jungs erinnerten.

Am anderen Computer im anderen Land nahm jemand den Videoanruf an. Jakob Zimmer schaute wieder auf den Bildschirm. August M. Wirzenshuber trug ein kariertes Hemd und erinnerte ihn an einen kanadischen Holzfäller. Sein Haar war kurz geschnitten, dafür sein Bart umso länger.

»Herr Wirzenshuber, danke, dass Sie Zeit für mich haben.«

Das Team war dem Weg des Geldes gefolgt. Wie Harro de Närtens, so glaubte auch Jakob Zimmer, dass viele Verbrechen aus reiner Habgier begangen wurden. Und bei den Kernbachs sollte es viel Geld zu holen geben.

Kernbach-Pudding selbst war schon vor zehn Jahren an Müllermilch verkauft worden. Der leidenschaftliche Firmenchef Erich Kernbach hatte sein Lebenswerk abgetreten, nachdem bei ihm Darmkrebs diagnostiziert worden war. Er wollte seine verbleibende Zeit lieber mit seiner Frau Hedda verbringen, seine letzten Jahre auch mal leben statt nur schuften, wie ihnen sein Neffe Peter Kernbach-Kessel erzählt hatte. Das Ehepaar war in der ersten Zeit nach dem Verkauf viel gereist, später, als Erich schwächer wurde, hatte es zurückgezogen in der Brahmsstraße gelebt.

Nachdem er seinen Bruder und seinen Neffen abgefunden hatte, hatte Erich Kernbach mit der beträchtlichen Restsumme aus dem Verkauf viel Gutes getan. In NRW gab es vier Stiftungen auf seinen Namen. Die Überprüfungen liefen gerade.

In Österreich, genauer in der Steiermark, in Hasenthal an der Mur, gab es noch eine Stiftung, die Hedda Kernbach selbst gegründet hatte. Sie war dort als kleines Kind im Rahmen der Verschickungen in den letzten Kriegsjahren bei Pflegeeltern untergebracht gewesen und wollte sich auf diese Weise für die guten Zeiten bedanken.

Mit diesem Ort war der Hauptkommissar jetzt verbunden.

»Schönen guaten Abend. Was kann ich für Sie tuan, Herr Inspektor?«

Ein Inspektor war das österreichische Pendant zu einem Kommissar. Wegen des Dialekts des Stiftungsbeamten musste Jakob sich konzentrieren. »Ich bin der leitende Ermittlungsbeamte im Fall Hedda Kernbach. Hauptkommissar Zimmer.«

»Jo! Ganz schrecklich, das mit der Frau Kernbach. Echt schiach. Mia habn hier alle g'weint.«

August M. Wirzenshuber senkte den Kopf. Jakob konnte auf der Mitte seines Schädels eine beginnende Glatze sehen. Was er oben am Kopf verlor, wuchs ihm umso üppiger um das Kinn.

»Ja, das ist tatsächlich eine grausame Tat. Aber wir arbeiten hier rund um die Uhr, um den Täter zu finden.«

August M. Wirzenshuber hob den Kopf wieder. Er strich sich über seinen Bart. Das Bild fror kurz ein; der Mann darauf sah aus wie Rübezahl. Oder Rasputin. Während Jakob Zimmer den Mitarbeiter der Hedda-Kernbach-Stiftung in Hasenthal an der Mur um Einsicht in die Stiftungsakte bat, blieb sein Gegenüber erstarrt. Erst als der Mann wieder zu sprechen anfing, kam das Livebild zurück. August M. Wirzenshuber hatte sich in der Zwischenzeit auf seinem Sessel zurückgelehnt und die Arme verschränkt. Seine ganze Körpersprache drückte Ablehnung aus.

»Lieber Herr Hauptkommissar. Da werd'n wir nicht weiter zusammenkommen. Ich bin net befugt, was herzugeben oder was dazu zu sagen. Das österreichische Stiftungsgesetz erlaubt den Gründern einen hohen Steuerfreibetrag mit wenig staatlichen Eingriffen und macht es mia im Moment unmöglich, genauere Informationen über Höhe und Wert herauszugeben. Wenn Sie einen klaren Verdacht haben, der zu uns in die grüne

Steiermark führt, dann müssten S' zuerst eine Verfügung duarch einen Grazer Richter beantragen.«

Einen Versuch war es wert gewesen. Jakob hatte mit dieser Antwort schon gerechnet.

Er schob die Sache auf. Es gab hier in Nordrhein-Westfalen bei all den Mitarbeitern der drei großen Molkereien und Lebensmittelfirmen von Kernbach-Pudding samt Leitung und Vertrieb an allen Standorten noch genug zu tun.

Auch wenn die Firma inzwischen übernommen war, konnte es von früher noch einen unzufriedenen Angestellten geben oder einen Betriebsleiter, der eine offene Rechnung mit den Kernbachs hatte. Zwar hatte das Land Erich Kernbach viele Arbeitsplätze zu verdanken – und bis zu seinem Rückzug hatte er immer als fairer, hart arbeitender Chef gegolten –, aber solch ein Mann mochte auch Feinde gehabt haben, die ihre Rache vielleicht an seiner Witwe ausgelassen hatten. Das Team würde die lange Liste mit all den Namen nach und nach abfragen.

Jakob verabschiedete sich aus Skype.

August M. Wirzenshuber hob seine Hand. Seine Finger waren dick und fleischig. »Wiederschaun. Und wenn Sie mal Urlaub haben, kommen Sie doch in das schöne Hasenthal!«

Rübezahl oder Rasputin war vom Bildschirm verschwunden.

Jakob rieb sich die Augen und erhob sich. Er schnappte sich seine Windjacke und zog sie über. Es war kalt, die Heizung war seit dem 1. April abgestellt, und draußen waren die Temperaturen wieder gesunken. Nach einem kurzen sonnigen Wärmeeinbruch am Montag trommelte heute der gefühlt tausendste Regen dieses Frühlings gegen die dunklen Scheiben.

Wenn Luis und Per zurückkamen, würde Jakob die letzte Teambesprechung des heutigen Abends einläuten. Er verließ sein Büro und schloss zu seiner Kollegin auf. Auch Birgit hatte ihre Lederjacke anbehalten.

Nachdem Jakob ihr sein Gespräch mit dem bärtigen Steirer geschildert hatte, erzählte Birgit, dass Luis Fahrenz schon angeboten hatte, das interne Netz der Stiftung zu knacken und die Daten zu hacken. Für ihn wäre das eine Kleinigkeit. Jakob meinte, dass sich Luis lieber um einen Job beim BND bewerben und dort die Sicherheitslücken schließen sollte.

Birgit von Zeh knabberte an ihrem rechten Zeigefingernagel. Ihr war die Ungeduld anzusehen. Gerade heute hatte sie vorgehabt, früher zu Hause zu sein, um sich wenigstens die Fotos vom Schulfest ihres Jüngsten anzusehen. Sie verpasste ohnehin die meisten Schulereignisse, aber Volker machte immer seine professionellen Fotos, und nach den Schilderungen ihrer Söhne Felix und Konstantin war es fast, als wäre sie doch dabei gewesen. Doch wenn sie in den nächsten zehn Minuten nicht von hier wegkam, würden beide Kinder schon schlafen und Volker vor dem Fernseher hocken. Immerhin hatte er ihr am Handy versprochen, dass die Jungs bis zehn aufbleiben durften, also bitte keine Komplikationen jetzt.

Nach der Schlappe mit Heinrich Georg Walden und der Goldbrücke hatten sie keinen einzigen konkreten Verdacht. Der Neffe und die beiden Skatfreundinnen hatten ihnen alle Alibis präsentiert. Peter Kernbach-Kessel hatte auf Mallorca eingelocht, Liese Freihaus im Schwarzen Adler zu Mittag gegessen, und Heidi Mohn war mit ihrer Schwägerin zusammen gewesen.

Vor Jahren hatte es einmal einen Stalker gegeben, der das Ehepaar Kernbach verfolgt hatte, weil er den Pudding-Hamster als Bedrohung empfand und das Tier aus der Werbung verschwinden sollte. Doch der Mann war zurzeit in einer psychiatrischen Anstalt.

Also konnte Birgit eigentlich ihren Autoschlüssel nehmen und losfahren, mit überhöhter Geschwindigkeit, um noch vor zehn bei Mann und Kindern in Höhenhaus zu sein.

Jakob Zimmer stellte den Kragen seiner Windjacke auf und fuhr sich durchs Haar. Eine vordere Strähne blieb kerzengerade stehen, fiel dann seitlich auf die Stirn. Er sah auf die Uhr und wandte sich an Birgit. »Wenn die Jungs da sind, sage ich noch zwei Sätze, dann kannst du los.«

Birgit zwinkerte ihm zu, sie mochte es, wenn ihr Boss ihre Gedanken las.

Wie aufs Stichwort kamen zuerst Luis Fahrenz, dann Per Kowalski durch die Tür. Luis wie immer mit seinem iPad unterm Arm, als wäre es ein Körperteil von ihm. Per, mit einem breiten Grinsen auf den Lippen, wickelte im Gehen einen roten Schal von seinem Hals, schob seinen Kollegen zur Seite und baute sich am Tisch auf. Dieses Grinsen kannte Birgit, und ihre Hoffnung auf einen baldigen Abflug schwand von einer Sekunde auf die andere.

Per rieb sich die Hände. »Schlechte Neuigkeiten können auch eine neue Spur ergeben.«

Jakob Zimmer war sofort ganz Ohr. »Was habt ihr?«

»Ihr wisst doch, diese beiden Freundinnen von der Kernbach, diese Skatjungfrauen.«

Birgit rollte die Augen. »Bitte keine schlechten Scherze, sondern direkt die Fakten, Per!«

Per zog die Nase kraus, seine Kollegin hatte ihm den Spannungsbogen in der Mitte zerhackt. »Nun ja, dann in medias res.« Wenigstens diesen lateinischen Einwurf ließ er sich nicht nehmen. »Eine von denen, Heidi Mohn, liegt seit heute Morgen im Krankenhaus.«

Per machte eine Pause. Birgit wurde mit jeder Zehntelsekunde ungeduldiger. »Du weißt schon, dass ein Krankheitsfall bei einer Frau über siebzig nicht unbedingt eine Spur ist.«

Luis übernahm. Er scrollte mit seinem Zeigefinger über seine Notizen am iPad. »Unsere Kollegin vom biomedizinischen Labor, Else Fröhlich, zu der Per ›einen guten Kontakt‹ hat, wie er sagt – und wir alle wissen, was das in Wahrheit heißt –, hat ihn vorhin angefunkt.«

Per runzelte die Stirn, holte Luft, aber Luis ließ ihm keine Zeit für eine Erwiderung und fuhr ungerührt fort.

»Heidi Mohn wurde heute Morgen eingeliefert, zuerst mit Verdacht auf Herzinfarkt. Die Ärzte gaben Entwarnung, sie sollte in ein normales Krankenzimmer verlegt werden. Dann am Nachmittag ein zweiter Anfall. Hätte sie nicht noch an den Geräten auf der Intensiv gehangen, wäre es das für die Dame gewesen. Immer noch kein Fall für uns. Aber jetzt, liebe Birgit, lieber Jakob, wird es spannend. Die Krankenschwester hat auf dem Nachttisch ein Fläschchen mit homöopathischen Tropfen stehen sehen. Heidi Mohn muss es in ihrer Handtasche mitgebracht haben. Digitalis D4, in jeder Apotheke zu bekommen und im Normalfall harmlos.«

Per konnte sich nicht länger zurückhalten. »Jetzt kommt es aber!« Schließlich hatte er den Anruf von Else Fröhlich, die eigentlich in der DNA-Abteilung arbeitete, aber immer wieder mal im Biolabor mit anpackte, entgegengenommen, und keinen ging es etwas an, dass er die Mitarbeiterin aus der Forensik seit einigen Wochen datete.

»Einer Eingebung folgend hat der behandelnde Arzt eine Untersuchung des Fläschchens mit den Tropfen angeordnet, und bingo! Da war was drin, was dir sicher kein Apotheker zusammenmischt, außer in einem schlechten Horrorstreifen. In diese Flasche hat jemand ein Blatt des Roten Fingerhutes quasi eingelegt wie Pflaumen in einer Schnapsflasche. Hochgiftig! Davon ist die alte Dame umgekippt. Deshalb hat der Arzt auch sofort die Polizei verständigt. Die Kollegen sind ins Krankenhaus und haben das Fläschchen ins Labor geschickt. Dort ist man heute Abend noch mit der Auswertung beschäftigt, aber Kollegin Fröhlich hat mir trotzdem Bescheid gegeben. Sie kennt mich von einem früheren Fall, der … aber egal. Jakob, wir sollten diesen Vorfall mit unserem Mord in Verbindung bringen.«

Jakob Zimmers Laune hellte sich auf, was aber nichts mit Else Fröhlich zu tun hatte, die er flüchtig zu kennen glaubte. Per und die kleine, mollige Else, was für ein schräges Pärchen, würde Birgit von Zeh sagen.

»Gute Idee. Nachbarin, Euer Fläschchen!«

Luis und Per sahen ihren Boss nur verständnislos an.

»Das ist aus Faust. Bildung, Kinder! Johann Wolfgang von Goethe.«

»Fack ju Göhte«, erwiderte Luis, und Per kicherte.

Birgit nahm ihren Finger aus dem Mund, der Nagel war bis an die Haut abgebissen. »Konzentration, Jungs! Wer macht denn so was? Wollte Heidi Mohn vielleicht Selbstmord begehen und hat ihre Dosis selbst quasi hinaufpotenziert?«

»Du nervst!« Luis klang ein wenig beleidigt. »Sie war heute Morgen noch beim Zahnarzt, Birgit. Warum sollte sich jemand, der sich umbringen will, als letzte Handlung dort einen Termin geben lassen?«

»Warum nicht?«

Jakob schaltete sich ein. »Beim Zahnarzt? War sie etwa bei Dr. Kardiff? Ist sie dort umgefallen?«

Per nickte. »Meinst du, das hat was zu bedeuten?«

»Kann ich nicht sagen, morgen bestellen wir die Ärtzin noch mal ein. Oder ich geh direkt zu ihr, mein Backenzahn tut weh. Zwei Fliegen mit einer Klappe.«

»Überleg dir das mit dieser Frau Doktor. Die scheint ja das Verbrechen anzuziehen.« Birgit rümpfte die Nase.

»Oder wir haben es hier mit einer teuflischen Zahnärztin zu tun, und sie ist die wahre Täterin.« Per zwinkerte verschwörerisch, keiner der anderen ging darauf ein.

»Also, weiter im Text.« Luis stand auf und bewegte sich im Raum, sein iPad auf dem Handrücken balancierend.

»Auf dem Weg hierher hab ich noch eine interessante Sache entdeckt. In der Woche, als Hedda Kernbach starb, ist Heidi Mohn auf dem Weg nach Hause von einem Unbekannten überfallen worden. Sie hat Anzeige erstattet, aber konnte keine Beschreibung des Täters abgeben. Ihre Nachbarn, ein Ehepaar Sievers, hat die Polizei verständigt.«

Birgit von Zehs Söhne rutschten in ihrer Aufmerksamkeit ein paar Stufen nach unten. Die Mutter machte der Hauptkommissarin Platz. »Davon hat sie mir bei ihrer Befragung hier nichts erzählt. Auch die Nachbarn nicht. Mist! Vielleicht hat es da jemand auf diese Frauenrunde abgesehen. Vielleicht ist die Dritte, diese Freihaus, auch in Gefahr?«

»Wie geht es Heidi Mohn jetzt?«

»Der Arzt kann noch keine Prognose abgeben. Im Moment ist sie nicht ansprechbar.«

»Es sollte trotzdem einer von uns sofort noch ins Krankenhaus.«

Luis und Per hoben gleichzeitig ihre Hände.

Jakob nahm beide ins Visier. »Dann haut mal gleich ab, ihr zwei. Je schneller ihr vor Ort seid, umso besser. Gebt mir übers Handy Bericht.«

»Und ich?« Birgit hatte die Autoschlüssel aus der Jackentasche geholt, draußen im Wagen würde sie ihrem Mann absagen und ihren Söhnen übers Handy Gute-Nacht-Küsse geben, wie so oft.

Jakob sah wieder auf seine Uhr. »Würde es dich stören, Birgit, wenn du hier für heute Abend Schluss machst und dafür später von zu Hause aus einen Bericht für den prunkvollen Theo schreibst?«

Theo Prunk, der Oberstaatsanwalt, hatte in diesem besonderen Fall Hauptkommissar Zimmer darum gebeten, ihn über E-Mail ständig auf dem Laufenden zu halten. Die Presse machte Druck, und bei einem entscheidenden Durchbruch wollte er sicherstellen, der Erste zu sein, der an die Öffentlichkeit gehen konnte. Jakob hatte sich seit zwei Tagen nicht mehr bei ihm gemeldet, wie ihm erst jetzt einfiel.

Birgit warf Jakob eine schnelle Kusshand zu. »Mutti von Zeh dankt dir.« Dann drehte sie sich zu Luis und Per um. »Jungs, bevor ihr wieder loszieht: Ich hab Schokomuffins mitgebracht. Extra für euch mit Liebe gebacken. Und ruft nach Jakob auch mich an und gebt mir Bescheid. Ich hab mein Telefon immer auf dem Nachtkästchen.«

Luis schnappte sich zum iPad die Schachtel und warf nun Birgit einen Kuss zu, bevor sie aus dem Büro verschwunden war.

Per begann sich seinen Schal um den Hals zu wickeln. »Verdammt kalter Regen. Was machst du noch, Jakob?«

»Habt ihr die Nummer von den Nachbarn von Heidi Mohn? Ich ruf da jetzt gleich an.«

Wenn Heidi Mohn nicht vernehmungsfähig war, konnte er sich vielleicht bei ihr zu Hause umsehen und über die Nachbarn mehr über den Überfall erfahren. Ein Zusammenhang zwischen dem Tod von Hedda Kernbach und dem Mordanschlag auf Heidi Mohn lag auf der Hand. Herauszufinden, in welcher Beziehung diese beiden Ereignisse zueinander standen, war ein verschwommenes Ziel am Ende einer langen Straße.

Am anderen Ende der Leitung klingelte es. Nach zweimaligem Läuten schon hob jemand ab.

»Sievers?«

»Frau Sievers?«

»Ja?«

»Mein Name ist Zimmer, Hauptkommissar Zimmer, Kripo Köln. Ich hoffe, ich habe Sie nicht geweckt?«

»Oh mein Gott, nein, wir sind eben erst nach Haus gekommen, mein Mann holt Tim gerade von der Tagesmutter ab. Oh Gott, ist etwas …?«

»Frau Sievers, es geht um Frau Mohn.«

»Schon wieder ein Überfall? Oder was? Ich habe vorhin zu meinem Mann gesagt, schau, bei der Frau Mohn ist alles dunkel, ob die schon schläft?«

»Frau Sievers, Frau Mohn ist nicht zu Hause, sondern hatte einen Zusammenbruch, könnte man sagen.«

»Oh Gott!«

»Ich möchte nicht am Telefon darüber sprechen. Dürfte ich so spät noch bei Ihnen vorbeikommen?«

»Ich muss meinen Kleinen ins Bett bringen und … aber ja doch, kommen Sie! Frau Mohn ist eine so liebe alte Dame und Nachbarin und … Ist sie tot? Wie die andere?«

»Frau Sievers, Frau Mohn ist am Leben und gut versorgt im Krankenhaus. Ich bin in zwanzig Minuten bei Ihnen. In Ordnung?«

»Ja.«

Jakob Zimmer legte auf. »Ich brauch noch die Adresse von dir, Luis.«

»Lieber Herr Hauptkommissar, die ist bereits von meinem iPad auf dein Handy gewandert, fast wie Zauberei.«

»Wenn du mit deinem Ding unseren Täter herzaubern kannst, dann, aber erst dann, bin ich beeindruckt. Klar?«

Luis schob sein Smart Cover so sanft nach unten, als wollte er ein Baby zudecken. »Wart's ab, Boss, das kommt noch.«

VIER

Einen Wurzelheber, auch Desmotom genannt, benutzt ein Zahnarzt im Normalfall für die schonende Extraktion einer Wurzel. Es gibt sie gerade oder abgewinkelt.

Als Leo am Nikolausplatz 7 in Sülz wieder zurück ins Taxi stieg, hatte sie zwei dieser Wurzelheber, einer gerade, einer winkelförmig, in ihrer Handtasche. Samt einer fingerkleinen Taschenlampe und einem ihrer Mundspiegel mit Vergrößerung.

Schon an der Tür war sie noch einmal durch den dunklen Flur ihrer Praxis zurückgerannt und hatte sich auch ein Paar ihrer rosa Latexhandschuhe geschnappt, wobei ihr ein Schauer über Rücken und Hintern gelaufen war. Teils aus Spannung, teils aber auch, weil ihr durchaus klar war, dass sie dabei war, eine Straftat zu begehen.

Den Zettel, auf dem sie die Adresse von Heidi Mohn – Arndtstraße 13 in Weiden – hingekritzelt hatte, knüllte sie während der Fahrt immer wieder zu einem kleinen Klumpen, um ihn danach auf ihrem Knie wieder zu entfalten und glatt zu streichen.

Auf der Aachener Straße in Höhe des Rhein-Centers ließ sie den Taxifahrer anhalten. Auch wenn alle Läden seit acht geschlossen hatten, hoffte sie, dass der Mann an eine Shoppingtour glaubte und sie bereits nach wenigen Minuten vergessen haben würde. Sie gab ein anständiges Trinkgeld, nicht zu wenig, nicht zu viel, um nur nicht aufzufallen, und stieg mit einem netten Lächeln und einem Guten-Abend-Gruß aus.

Nachdem das Taxi gewendet und auf der Aachener Straße zurück Richtung Innenstadt verschwunden war, stand Leo noch eine Weile unschlüssig da. In ihrem Inneren tobte ein Kampf zwischen Vernunft und, wie sie es inzwischen nannte, ihrem persönlichen Irrwitz.

Seit dem Auffinden der Toten waren ihre ohnehin schon leicht überreizten Alltagsemotionen noch chaotischer geworden. Wahrscheinlich wäre es besser gewesen, mit ihren Gedanken und Gefühlen zu einem Gesprächstherapeuten zu gehen. Die Ermittlerin hatte ihr sogar einen Namen genannt, einen Seelsorger, der Opfer und auch Zeugen betreute, aber sie hatte dankend abgelehnt. Sie wollte kein Opfer sein, und wenn, dann würde sie lieber zu Sharif El Benna gehen. Im Moment schien er der einzige Mann in ihrem Leben zu sein, der sie nicht nervte und enttäuschte.

Ihr persönlicher Irrwitz hatte aber auch eine zweite Komponente, die mehr und mehr die Führung übernahm. Eine ungestillte Neugierde. Warum war diese Tat begangen worden? Wer war der Unhold? Oder die Unholdin, wenn es so ein Wort geben sollte. Sie wollte nicht ausschließen, dass auch eine Mörderin in Frage kam.

Leo zückte ihr Smartphone. Darauf noch ein weiterer Versuch von Magister Heinz, sie zu erreichen, dann nichts mehr, die Pause im Millowitsch-Theater war sicher inzwischen zu Ende, und er amüsierte sich im zweiten Akt. Das gab Leo ein Zeitpolster von mindestens einer Stunde. Wenn alles so lief, wie sie es sich in ihrem Köpfchen voller persönlichem Irrwitz ausgemalt hatte, konnte sie bis dahin zu Hause sein, und niemand würde von ihrem Ausflug ins Halunken-Milieu erfahren. Sollte sie wichtige Hinweise entdecken, würde sie diese brav an Hauptkommissar Zimmer weitergeben. Ihm erzählen, was Heidi Mohn ihr vor ihrem Zusammenbruch erzählt hatte.

Wenn alles gut ging, würde sie morgen in der Mittagspause Heidi Mohn in der Uniklinik besuchen und ihr alles beichten. Leo war sich sicher, Heidi würde es mit kölschem Humor nehmen, dass sich die Frau Dr. Kardiff Zutritt zu Heidis Haus verschafft hatte; weil sie nicht warten konnte, weil der Irrwitz sie gepackt hatte.

Leo holte tief Luft, kontrollierte, ob ihr Handy immer noch auf stumm geschaltet war. Nach dem peinlichen Zwischenfall mit Frederic in der Praxis hatte sie als Laienschnüfflerin schon dazugelernt. Sie ging die Aachener Straße zurück, dann weiter rechts in die Arndtstraße hinein. Dort war die Beleuchtung wesentlich spärlicher, es war eine reine Wohngegend, in der sich zu beiden Seiten Doppelhaushälften und frei stehende Häuschen aneinanderreihten. Autos parkten an den Bordsteinen, nur in zwei Häusern brannte noch Licht, man ging hier anscheinend früh zu Bett.

Bei der Nummer 13 blieb sie stehen.

Aus den Fenstern des kleinen Hauses von Heidi Mohn quoll die Dunkelheit, es wirkte traurig und verlassen, so als wäre seine Besitzerin schon lange tot und begraben. Immerhin hatte der Regen aufgehört, nur von den Bäumen und Dächern tropfte es immer noch lautstark. Wieder fühlte Leo Gänsehaut, diesmal lief sie weiter ihren Körper nach unten, schien über ihre Zehen in den Boden hineinzurennen und sich dort zu vergraben.

Leo machte zwei Schritte auf einem schmalen Kiesweg in den Vorgarten hinein und wartete auf ein Licht. An ihrem eigenen Haus in Junkersdorf gab es einen Bewegungsmelder, der Besucher bei Dunkelheit mit Licht überflutete, doch hier passierte nichts. Sie drehte sich nach links, auch im Nebenhaus schien kein Licht zu brennen. Leo konnte von ihrem Standort aus nur die obere Hausseite sehen, davor eine Garage und ein hölzerner Überbau mit Efeu. Weiter entfernt bellte ein Hund.

Je weiter Leo auf das Haus und die Vordertür von Heidis Haus zuging, desto dunkler wurde es. Die letzten Meter legte sie in Zeitlupe zurück, schleifte mit den Füßen über den Boden, streckte die Hände nach vorn aus, sie wollte weder stolpern noch gegen irgendetwas rennen, das in der Dunkelheit verborgen lag.

In ihren Ohren rauschte es, die Nervosität setzte ein. Ihr Herz klopfte so laut, dass Leo befürchtete, die Nachbarn würden davon aufgeschreckt und die Polizei alarmieren. Als sie die Mauer und die Vordertür erreichte, ging es ihr schlagartig besser. Ihre Aufregung wich einer Euphorie und Abenteuerlust. Vielleicht hatte sie ihre Berufung verfehlt und wäre als Meisterdiebin glücklich geworden.

Leo kniete sich hin und begann, in ihrer Handtasche zu wühlen.

Zuerst fühlte sie die harte Form der Taschenlampe. Sie holte sie heraus und drückte auf den Knopf am Ende des schmalen Griffs. Der kleine, aber sehr helle Strahl stach ihr in die Augen und machte sie für Momente blind.

Sie schaltete sie kurz wieder aus und wartete, bis die explodierenden Sterne vor ihren Augen langsam verschwanden. Sie wühlte im Dunklen weiter, ertastete aber sonst nur Taschentücher, einen Lippenstift, das Programmheft, Bonbons und irgendwelchen undefinierbaren Krimskrams. Sie hätte am liebsten laut geflucht, wegen ihrer Unordnung in der Tasche und all dem unnötigen Zeug, das sie ständig mit sich herumschleppte, da fühlte sie den abgewinkelten Wurzelheber, der sich in die Latexhandschuhe verwickelt hatte.

Leo beschloss, es zuerst mit diesem zu versuchen. Wenn der erste Versuch fehlschlug, würde sie weitersehen. Sie streifte sich die Handschuhe über, nahm den Heber in die rechte Hand. Ein Vorgang, der nur Sekunden brauchte, es war fast wie bei der Behandlung eines Patienten. Sie knipste die Lampe wieder an, diesmal mit dem Lichtstrahl Richtung Tür, und quetschte sie zwischen ihre Lippen. Sie brauchte beide Hände für den ersten Versuch.

Leo begutachtete das Türschloss und grunzte befriedigt. Es war eines der altmodischen Schlösser, mit Türfalle und Riegel, so eines, wie sie es früher auch bei sich zu Hause gehabt hatten.

Als ihre Töchter klein waren und Leo noch verheiratet mit dem Künstler Johannes Belmont, hatte sie mehrmals in Folge ihren Schlüssel in der Praxis vergessen. Ein anderes Mal hatte sie ihn dabei, konnte ihn aber nicht finden, schon damals herrschte Chaos in ihrem Leben und ihrer Handtasche. Nachdem sie beim ersten Mal teuer für einen Schlüsseldienst bezahlt und den Mann dabei beobachtet hatte, wie er mit einem gebogenen Instrument einfach und schnell den Riegel hochhob und die Tür aufsprang, hatte sie es danach aus Spaß mit einem ihrer Wurzelheber versucht. Sie war im Nullkommanichts drinnen gewesen.

Sie konnte sich noch gut erinnern, wie sie mit Johannes darüber Tränen gelacht hatte, weil sie tatsächlich einen Heber aus ihrer Handtasche zaubern konnte, aber ihren eigenen Hausschlüssel vergaß oder verlegte. Kurze Zeit später war Johannes aus dem gemeinsamen Haus ausgezogen, und Leo hatte an beiden Türen neue und bessere Schlösser einbauen lassen. Da hätte ihr der Heber nicht mehr helfen können.

Leo kniete sich hin, quetschte ihr Kinn an den Hals, damit der Strahl der Taschenlampe ihr genau auf Höhe des Schlüssellochs leuchten konnte, fuhr mit dem Heber in das Schloss und erspürte vorsichtig den Riegel. Sie schob den Heber darunter und begann, ihn sanft nach oben zu drücken. Mit einem kleinen Klick löste sich der Riegel aus der Falle, und die Tür sprang auf.

So einfach.

Ein Kichern löste sich aus Leos Brust, schwoll an.

Sie legte den Wurzelheber auf den Boden und hielt sich den Mund zu, damit sie mit diesem hysterischen Prusten nicht die Nachbarschaft aufweckte. Sie spürte, wie Spucke unter ihrer Handfläche auf den Boden tropfte, und dachte an ihre DNA, die sie damit hinterließ. Sie sog den Speichel wieder auf. Das veranlasste sie, noch mehr zu kichern, bis ihr Bauch wehtat und sie einen Schluckauf bekam. Schnell gab sie sich ihre altbewährte kleine Ohrfeige, das Latex des Handschuhs verursachte einen gedämpften Knall wie unter Wasser.

Seit sie vor gerade mal acht Tagen die Leiche von Hedda Kernbach gefunden hatte, waren ihre Ohrfeigen so zahlreich geworden wie zur Zeit ihres Studiums vor den Abschlussprüfungen, als sie kurz vor einem Nervenzusammenbruch stand und ihre Spritzenphobie sie fast den Doktortitel gekostet hätte.

Die Zahnärztin auf Mörderjagd. *The Dentist Woman* anstatt *The Black Widow.*

Diesmal überfiel sie ein so großes Lachen, es stieg auf und drückte sich von ihrer Brust hoch, dass sie schnell den Heber packte, aufsprang und durch die offene Tür hinein in das Haus von Heidi Mohn huschte, um es dort herauszulassen. Leo ließ im dunklen Flur alles zu Boden fallen und presste beide Fäuste gegen ihren Mund. Sie lachte und lachte, bis ihr tatsächlich der gesamte Bauchraum wehtat und die Tränen über die Wangen kullerten.

Schließlich ging dieser Ausbruch vorbei, und Leo fasste sich wieder. Am Boden strahlte die Taschenlampe Hausschuhe an. Aus Leos Handtasche waren ein paar Bonbons herausgerollt. Sie nahm die Lampe, suchte den Boden ab, fand drei Bonbons und verstaute alles wieder. Ihr wurde klar, dass sie schon mehr Spuren hinterlassen hatte, als sie je wieder verschwinden lassen konnte. Also brauchte sie damit keine Zeit mehr zu verlieren.

»Hallo? Hallo!«

Leo rief leise in das dunkle Haus hinein. Vielleicht lebte Heidi Mohn nicht allein hier. Dass sie sich darüber erst jetzt Gedanken machte, führte ihr klar vor Augen, welche erbärmliche Einbrecherin sie war.

Es kam keine Antwort, niemand schien hier zu sein. Glück gehabt! Sie hob die Lampe an und begann, sich zu orientieren.

Der Flur war eher ein Vorraum mit einer Garderobe, an der ein Regenmantel und ein Schal hingen. Dann kam eine Glastür, die zu einem weiteren Vorraum führte. Links eine Tür zur Küche hinein, rechts eine Treppe, die nach oben führte, hinten eine offene Schiebetür. Hier kam schon das Wohnzimmer.

Im Wohnzimmer unter dem Radio, hatte Heidi gesagt.

Leo ließ die Lampe kreisen. Sie sah eine lange Couch mit immens vielen Kissen, einen schmalen Holztisch davor, auf dem noch eine unfertige Stickarbeit lag. Eine Kommode mit Fotos darauf, daneben zwei Topfpflanzen. Auf der gegenüberliegenden Seite der Couch ein großer, aber alter Fernseher, noch ein Röhrengerät, die schienen ewig zu halten. Daneben auf einem Regal zuoberst eindeutig ein Radio.

»Do litt dat Hedda« – Dort liegt die Hedda. Was hatte das zu bedeuten?

Das Licht wurde von der Aluminiumoberfläche des Radios reflektiert und stach ihr in die Augen. Leo schwenkte noch mal weiter. Ein Gläserschrank neben der Couch, darauf wieder eine Pflanze mit unnatürlich gerade hochstehenden Blättern. Leo war sich sicher, dass sie aus Plastik war. Sie merkte, dass ihr das Atmen schwerfiel, es war stickig hier drinnen. Sie meinte, Schweiß, gepaart mit Möbelpolitur, zu riechen. Das Zimmer passte so gar nicht zu der Heidi Mohn, die Leo bis jetzt meinte kennengelernt zu haben. Es strahlte Verlorenheit und die Verwirrtheit einer alten Frau aus.

Leo kam mit der Lampe zurück zum Radio, schirmte ihre Augen etwas ab. Im Regal darunter häuften sich angebrochene

Keksschachteln, eine Schale mit zwei kleinen Äpfeln stand dort. Eine Reihe tiefer dann mehrere Zeitschriften übereinandergestapelt. Das musste es sein.

Leo trat näher, ging wieder in die Knie und schaute sich die erste Zeitschrift an. Eine ältere Ausgabe der Bunten, darunter ein Heft mit Stickanleitungen. Hatte Heidi sich geirrt, einfach nur verwirrtes Zeug geplappert, und Leo hatte in ihrer Anmaßung sofort eine Spur gewittert? Hatte Leo umsonst diesen Einbruch begangen, mit dem Risiko, strafrechtlich belangt zu werden? Oder vielleicht lag der Hinweis in einer der Zeitschriften, war versteckt unter den Blättern, von Heidi Mohn getarnt, weil es … was? Zu gefährlich war, ihn offen hinzulegen?

Leo nahm zuerst die Bunte in die Hand, schüttelte sie durch, nichts fiel heraus, dann das Handarbeitsheft, das ebenfalls kein verstecktes Geheimnis enthielt. Zuunterst lag eine Ausgabe der Zeitschrift »NWB Erben und Vermögen«, ein Blatt, das so gar nicht zu einer durchschnittlichen Rentnerin passte.

Leo packte das Heft und spürte sofort eine Unebenheit. In der Mitte war eine Seite mehrmals umgeknickt worden. Sie hielt die Luft an.

Schnell schlug sie die umgeknickte Seite auf. Im Licht der Taschenlampe sah sie eine Anzeige, einen Abschnitt, der dick mit Filzer umrandet war. Daneben hatte jemand etwas notiert. Das konnte nur Heidi selbst gewesen sein. Die Schrift war klein und krakelig, kaum zu entziffern.

Leo stieß die Luft heftig aus und steckte sich die Lampe wieder zwischen die Lippen. Sie riss die Seite aus der Zeitschrift. Dann verstaute sie das Papier in ihrer Handtasche. Zu Hause würde sie den Text genauer unter die Lupe nehmen.

Morgen, wenn sie Heidi Mohn im Krankenhaus besuchte, würde sie die Seite mitnehmen. Dann konnte Heidi ihr erzählen, wie ihre Bemerkung mit der Hedda gemeint gewesen war. Nach Heidis Entlassung aus der Klinik konnten sie immer noch gemeinsam damit zur Polizei gehen. Besser, ohne Leos Abzweigung in die Welt der Einbrecher zu erwähnen.

Im Flur wurde die Tür geöffnet.

Schritte waren zu hören.

Oh, du großer und lieber Gott, du, jetzt dampft die Scheiße aber!, dachte Leo.

In ihrem Kopf ging ein hellerer Strahl als der ihrer Taschenlampe an. Sie legte alle drei Zeitschriften hastig zurück ins Regal, packte ihre Handtasche, drehte sich in der Hocke herum.

Und sah in den Lauf einer Waffe.

FÜNF

Viel später, als aus dem kleinen Tim Sievers schon ein stattlicher und großer Kerl geworden war, erzählte er immer noch gern von dem Abend, an dem er half, eine echte Einbrecherin zu fangen. Zwar eine mit schicken Klamotten und hohen Schuhen, mit einer aufgedrehten, blond gelockten Frisur, ganz anders also, als man sich eine Räuberin so vorstellte, aber es konnten eben nicht alle Räuber wie der Hotzenplotz aussehen.

Die Familie Sievers war kurz nach Tims viertem Geburtstag in die Arndtstraße 11 gezogen. Ein Onkel, zwar nicht nach Amerika, sondern nach Chile ausgewandert, hatte dort das Zeitliche gesegnet und seine drei Neffen mit jeweils einer sechsstelligen Summe als Erben glücklich gemacht. Frank Sievers, einer dieser drei Neffen, hatte damit die Anzahlung für ein eigenes Häuschen in der Tasche, und mit einem günstigen Kredit konnten er und seine Frau Miriam sich den Hauskauf in einem guten Kölner Veedel leisten. Sie lebten sich schnell ein und waren eine recht glückliche kleine Familie mit gutem Kontakt zu den Nachbarn.

Der Überfall auf Frau Mohn, die das Haus links von ihnen bewohnte, hatte alle in der Siedlung aufgeschreckt, und die Hudermanns weiter die Straße lang hatten sich bereits zwei Tage später einen ausgewachsenen Schäferhund aus dem Tierheim geholt, der aber leider immer bellte, ob nun einer vorbeiging oder nicht.

Klein Tim mochte das Haus, die Straße, den Garten und sein Kinderzimmer. Als er mit seinen Eltern zum ersten Besichtigungsbesuch gekommen war, hatte ihm sein Papa die freie Auswahl gelassen. Tim war von unten nach oben gesaust, war drei mögliche Zimmer mehrfach abgelaufen, hatte aus den jeweiligen Fenstern geschaut und sich am Ende für das kleine ganz oben entschieden, weil es schräge Wände hatte und so hoch oben lag wie eine Ritterburg. Außerdem waren die beiden Fenster »oval«. Schon allein das Wort hatte einen geheimnisvollen Klang, und wer von Tims Kumpeln im Kindergarten konnte von sich schon behaupten, dass er in einem spitzen Ritterzimmer mit zwei ovalen Fenstern wohnte?

Manchmal, wenn er nicht einschlafen konnte, stieg er aus seinem Bett, stellte sich mit einem Schemel zuerst an das Frontfenster und guckte in die Nachbarschaft hinein.

Im Haus gegenüber, im Zimmer auf seiner Blickhöhe, war meistens ein Fernseher an, und Tim konnte sich immer die bunten Bilder ansehen. Auch wenn der Ton dazu fehlte und ihn manche der Bilder erschreckten, kam er sich wie einer der Großen vor und erzählte im Kindergarten gern von seiner Burg mit Kabelanschluss. Wenn seine Augen vom vielen Bildergucken tränten, packte er seinen Schemel und trug ihn auf die rechte Seite zum zweiten ovalen Fenster hin. Dort gab es auch Interessantes zu sehen, zwar keine Bilder, aber dafür eine Livedarbietung.

Über die Garage und eine hölzerne Abdeckung hinweg konnte er den linken Teil von Oma Heidis Wohnzimmer einsehen. Oma Heidi war nicht seine richtige Oma, aber er hatte sie lieb gewonnen in der Zeit, seit er hier wohnte, weil sie ihm oft Süßigkeiten zusteckte und zu jedem Anlass mit einem Geschenk bei ihnen vorbeikam.

Oma Heidi hatte ihre Vorhänge immer offen, auch abends, wenn sie Licht machte, und Klein Tim konnte beobachten, wie sie manchmal auf und ab lief, manchmal merkwürdige Turnübungen machte und manchmal auch tanzte. Einmal hatte sie nur ein Nachthemd angehabt und sich wild gedreht. Danach war sie umgefallen, und Tim hatte schon Angst bekommen, weil er dachte, sie wäre tot. Doch dann war sie wieder aufgestanden, und er hatte sehen können, wie sie sich den Bauch hielt und lachte.

Klein Tim hatte das am nächsten Morgen seiner Mama in der Küche vorgespielt, und seine Mama hatte auch gelacht, ihn aber ermahnt, nicht fremden Leuten ungefragt einfach zuzusehen. Tim hatte genickt, sich aber gedacht, dass Oma Heidi nur die Vorhänge zuzuziehen brauchte, wenn sie nicht wollte, dass man ihr zusah.

An diesem besagten Abend konnte der kleine Tim Sievers nun überhaupt nicht einschlafen.

Erstens hatte er schon bei seiner Tagesmutter Sonja gepennt, bis ihn Papa abholen gekommen war, und war im Moment einfach nicht mehr müde. Zweitens war noch Besuch gekommen, und was für einer! Mama hatte gesagt, dass es ein echter Polizist ist, der wegen der armen Oma Heidi kommt.

Oma Heidi hatte aber auch Pech. Zuerst war sie von jemand Schlimmem verhauen worden. Ganz ohne Grund. Oma Heidi tat Tim wirklich sehr leid, und er hatte ihr schon eine Karte mit Katzen und Herzen gemalt, damit sie bald wieder gesund würde. Jetzt war ihr wieder was passiert, und seine Mama war sehr besorgt um seine Wahloma.

Einen echten Polizisten wollte Tim unbedingt sehen. Seine Mama und schließlich auch sein Papa, der sonst Tim wenig abschlagen konnte, hatten ihn aber letztendlich ins Bett verfrachtet und seine Proteste ignoriert. Tim hatte sich überlegt, mit Heulen anzufangen, sodass sich seine Eltern um ihn kümmern mussten, aber mit roten Augen und Rotz unter der Nase wollte er sich dem echten Polizisten nicht zeigen.

Bis der endlich geklingelt hatte, hatte Tim hellwach in seinem Bett gesessen. Jetzt war er aufgestanden und hatte seine Zimmertür aufgemacht. Von unten hörte er eine Männerstimme, konnte aber nicht verstehen, was sie sagte. Er war an den Rand der Treppe geschlichen, doch dann war der Besucher mit seinen Eltern schon im Wohnzimmer, und die Tür wurde zugemacht. Tim hörte außer Gemurmel gar nichts mehr. Frustriert war er zurück ins Zimmer gegangen, hatte seinen Schemel gepackt und sich ans vordere Fenster gestellt. Kein Fernseher heute. Dann war Tim weitergewandert, an das rechte Fenster, und auch bei Oma Heidi war natürlich alles dunkel.

Dann sah er den Lichtstrahl.

Zuerst war sich Klein Tim nicht sicher, ob er sich nicht geirrt hatte. Seine Phantasie hatte ihm vielleicht ein Licht vorgegaukelt, damit die Langeweile nicht so groß war. Doch dann kam der Lichtstrahl wieder. Er bewegte sich auf und ab und verschwand in der anderen Hälfte von Oma Heidis Wohnzimmer, das Tim nicht sehen konnte.

Was war da unten los?

War Oma Heidi doch zu Hause und zu krank, um richtig Licht zu machen? Oder gab es die Kölner Heinzelmännchen doch, und sie machten in der Nacht bei Oma Heidi sauber, weil sie krank war? Oder ... und das war das Aufregendste, was Tim sich vorstellen konnte, es war ein Einbrecher, ein Dieb, ein echter Räuber drüben bei Oma Heidi. Er hatte von den bösen Buben in vielen Geschichten gehört, und der Räuber Hotzenplotz fiel ihm ein, der die Großmutter immer wieder bestohlen hatte und dafür ins Gefängnis gewandert war.

Tims Herz begann, schneller zu schlagen. Aber er wartete noch. Wenn er nach unten zu dem echten Polizisten rannte und sich irrte, würden Mama und Papa ganz schön sauer auf ihn sein. Das wollte Tim auf keinen Fall. Er kniff die Augen zusammen und wünschte sich, dass es wahr sein sollte. Da drüben bei Oma Heidi sollte ein echter Räuber sein, und er, Tim Sievers, sollte dem echten Polizisten dabei helfen, den Schurken zu fangen.

Bitte, lieber Gott, das wäre toll!

Klein Tim machte seine Augen wieder auf und starrte nach unten in die dunkle linke Seite von Oma Heidis Wohnzimmer. Er hielt den Atem an.

Da, der Lichtstrahl kam zurück. Tanzte auf und ab.

Nichts konnte Tim mehr auf seinem Schemel halten. Er rannte barfuß im Schlafanzug aus seinem Zimmer, die Treppe hinunter und weiter Richtung Wohnzimmer. Er hatte vergessen, dass die Tür dort geschlossen war, und sein Kopf stieß schmerzhaft dagegen. Es gab einen Knall, und drinnen hörten die Erwachsenen mit Reden auf. Seine Mama machte die Tür auf.

»Timmi, um Gottes willen, was machst du denn?«

Im ersten Moment konnte Tim nicht sagen, was er hier machte. Er sah kleine schwarze Punkte vor seinen Augen und hinter den Punkten einen Mann mit blonden Haaren auf der Couch seiner Eltern sitzen. Das musste der echte Polizist sein. Wo aber war nur seine Uniform?

Tims Papa kam jetzt ebenfalls und kniete sich zu ihm hinunter. »Was ist los, mein Schatz, ein Alptraum?«

Klein Tim rieb sich Stirn und Augen, holte tief Luft und

ließ die abenteuerliche Bombe platzen. »Da ist ein Räuber bei Oma Heidi im Wohnzimmer, ich hab's gesehen!« Tim sah zu seinen Eltern auf.

Er kannte diesen ungläubigen Blick, und seine Zuversicht schwand. Wenn sie ihm nicht glaubten und ihn wieder auf sein Zimmer schickten, würde der Räuber doch entkommen. Am Ende würde ihn der echte Polizist vielleicht sogar noch auslachen, wenn der überhaupt echt war, so ohne Mütze und Stock.

»Da ist ein Licht, ich meine, ein Strahl, ein Lichtstrahl, der bewegt sich in Oma Heidis Wohnzimmer. Echt und ehrlich! Ich hab's gesehen, vom Fenster aus.«

Sein Papa machte den Mund auf.

Der blonde Mann kam ihm zuvor. »Weißt du was, da geh ich doch gleich mal nachschauen. Frau Sievers, haben Sie denn einen Schlüssel für Frau Mohns Haus?«

Timmis Mutter atmete schneller. »Ja, den kann ich Ihnen geben. Glauben Sie wirklich …?«

»Nachschauen kostet nichts. Oder?«

Der große blonde Mann, der statt einer Uniform eine Windjacke trug, beugte sich über Tim und strich ihm schnell übers Haar. »Gut gemacht, Großer!«

Klein Tim platzte fast vor Stolz und Aufregung.

SECHS

Als Hauptkommissar Jakob Zimmer mit Dr. Leocardia Kardiff im Schlepptau zurück ins Polizeipräsidium kam, war es kurz vor dreiundzwanzig Uhr. Der Regen hatte nachgelassen, und stattdessen war Nebel aufgekommen, der der Stadt einen verschwommenen Mantel um ihre bildlichen Schultern legte.

Leo fror, obwohl in Jakob Zimmers Wagen die Heizung gelaufen war. Eigentlich fror sie schon seit ihrer sogenannten Verhaftung.

Zuerst der Schreck, als während ihrer Suche in Heidi Mohns Haus jemand die Tür öffnete. Dann der Schock, als ihr dieser Jemand eine Waffe vor die Nase hielt.

Zum Glück hatte sich der Besitzer der Waffe ziemlich schnell als »Polizei, nehmen Sie die Hände hoch« geoutet, aber allein diese paar Sekunden, in denen Leo dachte, der Mörder von Hedda Kernbach wäre ihr bis in dieses Haus gefolgt, hatten ihren ohnehin schon strapazierten Nerven gereicht, um in ein Dauerzittern zu verfallen.

Der Polizist mit der Waffe hatte mit seiner freien Hand nach dem Lichtschalter gesucht, es hatte geklickt, und die Helligkeit hatte sie im ersten Moment geblendet; nichts hatte sie gesehen außer den dunklen Punkt im Lauf des Revolvers. Leo hatte ihre Augen mehrfach auf- und zugemacht, dann endlich war auch der Mann hinter der Waffe zu erkennen gewesen, und fast hätte sie »Ach, Sie schon wieder« gesagt.

So ähnlich hatte sich auch der große blonde Ermittler geäußert, als er Leo erkannt hatte, nur dass dabei noch ein unflätiges Wort schnell und unaufhaltsam aus seinem Mund geschossen war. Er hatte seine Dienstwaffe wieder gesenkt und ihr dann sogar auf die Beine geholfen, denn Leo war vor dem Regal mit dem Radio auf ihren Hintern zurückgefallen.

Bevor Hauptkommissar Jakob Zimmer sie aus dem Wohnzimmer hinauskomplimentierte, hatte sich Leo noch schnell umgesehen. Das Zimmer sah bei Licht noch kleiner und vollgestopfter aus, als es in der Dunkelheit gewirkt hatte. Die Zeitschrift lag wieder im Regalfach unter dem Radio, und Leo machte sich bewusst, dass der Hauptkommissar nichts von ihrem Fund mitbekommen hatte. Sie musste sich entscheiden, ob sie ihm davon erzählte oder nicht.

Drüben bei den Nachbarn, einem Ehepaar Sievers mit kleinem Sohn, war sie nur kurz gewesen, der Ermittler drängte auf einen raschen Aufbruch. Zimmer hatte den Sievers mit drei Sätzen zu erklären versucht, dass er die Einbrecherin kenne, die eigentlich Zahnärztin sei, was sie aber nicht von dem Tatbestand des unerlaubten Eindringens befreien würde. Das junge Paar hatte genickt, der kleine Sohn hatte Leo mit offenem Mund angestarrt. Der Junge in seinem Schlafanzug schien es kaum fassen zu können, einer leibhaftigen Kriminellen gegenüberzustehen.

»Am liebsten würde ich Ihnen Handschellen anlegen.« Das waren draußen vor dem Haus die letzten Worte Jakob Zimmers an Leo gewesen, bis sie im Präsidium ankamen. Die ganze Fahrt über hatte er geschwiegen, und die Stille zwischen ihnen ließ Leo noch mehr frieren.

Leos Smartphone hatte einmal vibriert, es war Magister Heinz gewesen, der nun schon längst zu Hause sein musste. Sie hatte den Anruf wieder weggedrückt. Um diese Baustelle würde sie sich später kümmern.

Im Großraumbüro auf dem Polizeipräsidium sahen Per Kowalski und Luis Fahrenz Leo mit großen Augen an. Per machte kurz den Mund auf, schloss ihn aber schnell wieder, als er in Jakobs Gesicht sah.

Jakob Zimmer fuhr sich ein paarmal durch sein Haar. »Ich … äh … ja … ich habe noch ein paar Sätze mit Frau Dr. Kardiff zu wechseln. Zehn Minuten. Dann will ich euren Bericht aus dem Krankenhaus hören. Holt euch doch aus dem Automaten einen Kaffee oder irgendwas anderes. Geht auf mich.«

Jakob Zimmer kramte in seiner Windjacke, holte ein paar Münzen heraus und drückte sie Per Kowalski in die Hand. Der lange Ermittler tippte sich an eine imaginäre Polizeikappe. Luis Fahrenz klemmte sich sein iPad unter die Achsel. Die beiden verließen das Büro, ohne sich noch mal nach der Frau Doktor umzudrehen. Dass Luis grinste und Per erstaunt seine Brauen hochzog, konnte man von hinten nicht erkennen.

Leo setzte sich auf einen der frei gewordenen Stühle, klemmte ihre Füße hinter die Sesselbeine und schlang ihre Arme um ihre Brust. Wenn sie weiter so fror, würde sie bald mit den Zähnen klappern müssen.

Jakob Zimmer kam zu ihr an den Tisch und ließ sich auf der Kante nieder. »Soll ich Sie über Nacht hierbehalten, Frau Doktor? Untersuchungshaft nach einer Straftat?«

Leo sah zu ihm auf. »Mir wäre lieber, Sie hätten auch für mich einen heißen Kaffee aus diesem Automaten.«

»Den gibt's nicht. Koffein ist so spät ohnehin nicht gesund.«

Leo musste kurz lächeln. Von der Androhung einer Untersuchungshaft samt einer Anklage zu einem gesundheitlichen Ratschlag. Jakob Zimmer war ein Mann voller Überraschungen.

»Es tut mir leid, Herr Hauptkommissar.«

»Es tut Ihnen leid?« Sein Ton wurde schärfer, Leos Lächeln verschwand. Jakob stand schnell auf, packte sich einen Drehsessel, setzte sich mit Schwung darauf und war nun auf Augenhöhe mit Leo.

»Wissen Sie eigentlich, was es bedeutet, in das Haus einer fremden Person einzudringen? Straftat nennt man das. Dafür sitzen Leute im Knast! Gefängnis, Frau Doktor, verstehen Sie mich?«

»Ich wollte doch nicht einbrechen!«

»Ach, und wie nennen Sie dann das, was Sie heute Abend gemacht haben?«

»Ich wollte … ich wollte nur helfen.«

»Helfen?«

»Wegen Frau Mohn, weil sie doch in meiner Praxis zusammengebrochen ist. Und weil ich es doch war, die ihre Freundin Hedda gefunden hat.«

»Deshalb haben Sie jetzt die Lizenz zum Ermitteln?«

»Nein, ich … natürlich nicht. Ich wollte einen Hinweis finden, ein Indiz. So nennt man das doch, oder?«

»In Heidi Mohns Haus?«

»Ich … ich dachte, vielleicht finde ich bei Heidi Unterlagen oder Fotos von weiteren Personen, mit denen diese alten Damen zu tun hatten. Irgend so was in der Art.«

»Und haben Sie …?«

»Was?«

»Irgend so was in der Art gefunden? Ein Indiz, einen Hinweis, etwas, das auf jeden Fall der Polizei ausgehändigt werden sollte?«

Leo biss sich auf die kalten Lippen. Sie fühlte sich an einem Scheideweg stehend. Wenn sie Hauptkommissar Zimmer jetzt die herausgerissene Seite aus der Zeitschrift gab, würde er den umrandeten Abschnitt prüfen. Er würde das Gekritzel entziffern. Und dann? Vielleicht eine Spur darin erkennen. Vielleicht ermitteln.

Oder er tat ihren Fund als wertlos ab, zerknüllte und entsorgte den Zettel. Für ihn war Hedda Kernbach nur ein weiterer Fall. Eine weitere zu lösende Aufgabe. Eine weitere Stufe auf seiner Karriereleiter. Er würde völlig emotionslos urteilen. Weil er Hedda nicht gefunden hatte. Weil er Heidi nicht mit einer Herzmassage am Leben erhalten hatte. Und weil er in Dr. Leocardia Huberta Kardiff nur eine hysterische Frau mit den Ambitionen einer Wichtigtuerin sah. So war es doch.

Leo sah Jakob Zimmer direkt an, las in seinem Blick Genervtheit, ein wenig Aggression ihr gegenüber, vielleicht ein klein wenig Besorgnis. Sie schloss die Augen. Die Silhouette seines Kopfes blieb hinter ihren Lidern stehen.

»Sie haben mich entdeckt, bevor ich überhaupt suchen konnte, Herr Hauptkommissar. Sorry.«

Ein weiterer Moment der Stille entstand.

Jakob Zimmer fixierte Leos Gesicht. Er versuchte, hinter diesen Satz, hinter diese Behauptung zu blicken, Wahrheit oder Lüge darin zu erkennen. Darin war er eigentlich ziemlich gut. Bevor es ihm gelang, die blonde Zahnärztin zu durchschauen, machte Leo ihre blauen Augen auf und löste das Schweigen.

»Haben Sie Angst vorm Zahnarzt, Herr Zimmer?«

Die unerwartete Frage unterbrach seine Konzentration. »Was?«

»Das ist mir gerade durch den Kopf geschossen. Oh, ein

blödes Wort im Zusammenhang mit einem Polizisten. Spontan durch den Kopf gegangen. Ihre Zähne könnten nämlich eine Reinigung vertragen. Sie wirken zu gelblich. Nur ein Tipp vom Profi.«

Jakob Zimmer blinzelte. Diese Frau brachte ihn aus dem Konzept. Er fuhr mit der Zunge zu seinem hinteren Backenzahn, der ihn inzwischen fast andauernd schmerzte. Bis heute hatte er einen Besuch beim Zahnarzt immer verschoben, wegen seiner vielen Arbeit, aber, wenn er ehrlich war, auch wegen eines gewissen Respekts vor dem Stuhl, den Geräuschen und den möglichen Schmerzen. Aber Angst?

»Ich jage böse Buben, schon vergessen, Frau Doktor?«

»Auf einem meiner Stühle ist einmal ein Profiboxer ohnmächtig geworden.«

Jetzt musste Jakob schmunzeln. Er spürte die Müdigkeit in seinen Knochen. Für heute sollte man es vielleicht gut sein lassen.

»Frau Dr. Kardiff, wenn ich Sie jetzt nicht verhafte und diesen, sagen wir mal, Vorfall ruhen lasse, heißt das nur, dass ich Ihre Befindlichkeit verstehe. Es ist nicht leicht, mit dem Auffinden einer Leiche fertigzuwerden.«

»Danke, Herr …«

»Kein Danke, sondern lieber das Versprechen, es sein zu lassen. Keine Miss-Marple-Spiele mehr. Klar?«

Dieser Mann verglich sie schon wieder mit der älteren Hobbydetektivin. Aber immerhin kam sie um eine Anzeige herum.

»Klar und verstanden.« Aber nicht versprochen, dachte Leo und senkte schnell ihren Blick, damit der Ermittler nicht die Lüge in ihren Augen sehen konnte. Sie zitterte jetzt am ganzen Körper. Wie Espenlaub.

Hauptkommissar Zimmer legte ihr seine Hand auf die Schulter. Es fühlte sich so tröstlich an, dass Leo sich am liebsten an seine Schulter gelehnt hätte. Dabei fiel ihr Magister Heinz ein.

»Soll ich Ihnen ein Taxi rufen, Frau Doktor?«

»Ja, das wäre toll. Danke, Herr Zimmer.«

»Und …« Jakob legte nach. »Wenn Sie mir oder einem meiner

Kollegen doch noch etwas zu erzählen haben, wir sind hier. Wir, die ermittelnden Beamten. Darin sind wir die Profis.«

Leo stand schnell auf, und Jakobs Hand rutschte an ihrem feuchten Mantel nach unten auf ihre Hüfte. Leo ertappte sich bei der Frage, ob er wohl eine Frau hatte. Kein Ring am Finger, aber das bedeutete nichts. Dann war seine Hand fort, und er holte sein Handy aus der Hosentasche. Dabei schob er seine Windjacke zur Seite, und Leo konnte die Halterung mit der Dienstwaffe sehen. Eine Leiche, ein Blick in den Lauf einer Waffe, was kam wohl als Nächstes? Heute Nacht sicher nur noch ihr Bett.

»Es ist in fünf Minuten vor dem Haupteingang.« Jakob Zimmer gähnte. Er zwinkerte ihr entschuldigend zu und hielt sich die Hand vor den Mund.

»Wie sind Sie eigentlich hineingekommen in das Haus?«, fragte er.

Leo grinste. »Mit einem Heber.«

»Bitte was?«

»Das ist so ein Ding, mit dem man Kronen und Brücken aus dem Mund holt.« Hedda Kernbachs Mund tauchte in Leos Gedanken auf, verschwand wieder.

Jakob seufzte laut, schüttelte den Kopf und streckte Leo seine Hand hin. »Sie finden allein hinaus, oder?«

Als Luis Fahrenz und Per Kowalski ein paar Minuten später zurückkamen, saß ihr Boss wieder allein in seinem kleinen, abgetrennten Büro. Er hatte seinen Computer an und starrte auf den Bildschirm, man hätte nicht sagen können, mit welcher Laune oder Befindlichkeit.

Per klopfte trotzdem an die große Glasscheibe und machte zugleich die Tür auf. »Bereit für den gegenseitigen Bericht, Boss?«

Jakob sah auf. Nichts außer dieser gewissen Müdigkeit, die sie alle immer in den Augenwinkeln hatten, wenn eine Ermittlung lief, konnte man aus seinen Zügen lesen.

»Klar, Jungs, legt los. Wollt ihr Birgit anrufen und sie auf Lautsprecher legen, dann müsst ihr nicht zweimal …?«

Luis drückte sich neben Per in den Türrahmen. »Kann es losgehen? Ich hab Birgit über FaceTime auf meinem iPad.«

Jakob seufzte wieder, erhob sich aus seinem Sessel und stellte sich neben Luis. Das Licht im Großraumbüro ließ die Gesichter der drei Ermittler wie bleiche Pfannkuchen wirken.

»Hey, Boss!« Birgit von Zehs Stimme kam körperlos aus Luis' iPad. Jakob musste an den Trick eines Magiers denken. Birgits Gesicht erschien Sekunden später auf dem Bildschirm und glänzte unter einer Schicht fetter Nachtcreme.

Luis rieb sich die Hände. »Also: Heidi Mohn liegt immer noch im Koma. Ob und wann sie daraus wieder erwachen wird, kann man noch nicht sagen. Das ominöse Fläschchen ist bereits im Labor der Spurensicherung. Der Bereitschaftsdienst macht sich dran. Die haben aber wenig Hoffnung, dass es was bringen wird, zu viele hatten das Ding schon in den Fingern. Wer es in diesen homöopathischen Horrorcocktail verwandelt hat, könnte uns wohl nur Heidi Mohn sagen.«

Auf halber Strecke übernahm Per die Berichterstattung. »Auf der Rückfahrt hat Luis den tätlichen Angriff auf die alte Dame vor acht Tagen aufgerufen. Sie war an dem Abend mit ihrer Schwägerin in der Philharmonie gewesen, und auf dem Heimweg geschah der Überfall. Wir haben den Namen des Polizisten, der den Bericht geschrieben hat. Morgen suche ich ihn auf. Wenn Heidi Mohn unserer Birgit schon bei der Befragung etwas von dem Überfall erzählt hätte, hätten wir die beiden Fälle schon längst in einen Zusammenhang bringen können.«

Birgit von Zeh kam so nah an den Bildschirm heran, dass sich Per und Luis unwillkürlich zurücklehnten. »War auch mein Fehler. Die alte Lady hatte einen mordsmäßigen Bluterguss auf ihrer Lippe. Ich hätte sie nur danach fragen müssen. Was hast du von den Nachbarn mitgebracht, Jakob?«

Jakob musste wieder gähnen. »Sorry, Leute!«

»Keine Ursache.« Luis, Per und Birgit sagten es wie verabredet im Gleichtakt.

Da das Ehepaar Sievers Heidi Mohn erst nach dem Überfall versorgt hatte, waren sie als direkte Zeugen unbrauchbar. Jakob gab ein kurzes Statement ab. Während er redete, beschloss er, Leocardia Kardiff aus seinem Bericht völlig rauszulassen.

»Morgen früh versuche ich gleich, einen Durchsuchungsbeschluss für Heidi Mohns Haus von Theo Prunk zu kriegen. Ich war zwar heute Nacht kurz drin, wollte aber nicht ohne Genehmigung rumstöbern. Da ist vielleicht noch was zu finden. Eine weitere, wenn auch vage Idee hat mein Hirn noch ausgespuckt. Es gibt vielleicht die Chance, auf dem Mantel von Heidi Mohn, den sie am Abend des Überfalls getragen hat, noch fremde DNA zu finden. Die Sievers haben mir erzählt, dass der Typ sie so fest am Oberarm gepackt hat, dass sie dort auch einen Bluterguss bekommen hat. Daraufhin hat Frau Mohn ihren Mantel in den Schrank verbannt und nicht mehr angerührt. Wir nehmen Vergleichsproben von der Schwägerin, den Sievers und dem Polizisten, und dann werden wir ja sehen, ob für uns was übrig bleibt. Aber alles morgen, ausgeruht und wieder on Tour. Für heute, gute Nacht, Birgit.«

»Gute Nacht, Boss. Und zu euch, Jungs …« Birgit hob ihren Zeige- und Mittelfinger, deutete auf Per und Luis, dann drehte sie die Finger auf Augenhöhe. »Ich hab euch im Auge!« Die beiden grinsten.

Birgits Gesicht verschwand. Jakob streckte sich mit einem weiteren Gähnen und verschränkte die Hände hinter seinem Nacken. »Feierabend für alle. Und morgen in alter Frische!«

Luis nahm sein iPad, verschwand mit einem »Tschö, Pinguine!« aus dem Zimmer. Per zog sich seinen roten Schal bis über die Ohren hoch, wirkte in seiner Länge und Hagerkeit damit wie ein auf den Kopf gestellter Storch.

Jakob stand auf und ging zurück in sein Büro.

»Du machst noch weiter?«

»Höchstens fünf Minuten.«

»Tschüss dann, Boss!«

Gern hätte Per seinen Boss nach Dr. Kardiff gefragt, aber morgen war tatsächlich auch noch ein Tag.

SIEBEN

Ich laufe …

Keine Kondition …

Ich laufe, nein, ich renne, ich will es noch in die Straßenbahn schaffen.

Mein Herz rast … Luft, bitte, Luft …

Wann werde ich endlich mal mehr Sport …

An mir rennt ein Pärchen vorbei, springt in die Bahn und hält mir die Tür auf.

Geschafft! Leo, durchatmen …

Drinnen ist es brechend voll, ich kämpfe mich zur Mitte durch, und mir wird klar, dass ich noch nie in meinem beruflichen Leben so früh mit der Bahn gefahren bin. Sonst nehme ich morgens immer das Auto, aber heute Morgen sprang es nicht an. Passend zu diesem Freitag.

Ich dränge mich zwischen den anderen hindurch, da ist der Fahrkartenautomat. Natürlich habe ich kein Kleingeld in meinem Portemonnaie.

»Vergessen Sie's«, sagt eine mollige Frau mit hellroten Locken zu mir, »bei dem Gedränge am Morgen kontrolliert nie einer.«

Ich nicke ihr zu, suche aber in meiner Manteltasche weiter nach Münzen. Der Schweiß strömt mir über den Nacken, ich kann spüren, wie er meinen Rücken hinunterläuft. Gestern Nacht im Polizeipräsidium hätte ich mich über ein wenig Wärme gefreut. Aber bekommt man nicht immer alles dann, wenn man es nicht mehr braucht?

Ich bleibe neben dem Automaten stehen. Die Mollige niest, und ein feiner Sprühregen aus Speichel und Bazillen verteilt sich auf meinem Jackenkragen und meinem Haar. Super!

Ich frage mich, wo Magister Heinz abgeblieben ist.

Normalerweise hätte er mich gefahren. Normalerweise hätte er gestern, als ich nach Hause kam, im Wohnzimmersessel gesessen, hätte in einem Magazin geblättert oder die Fernbedienung malträtiert, um endlos durch die Programme zu zappen. Er hätte mich prüfend mit einem Schuss von Verachtung angeschaut, sich vergewissert, dass ich meinen Ja-ich-bin-schuld-Blick aufsetze, dann hätte er mich bis heute Morgen ignoriert.

Ich hätte mich auf der Fahrt in meine Praxis entschuldigt, und unsere Liaison wäre weitergegangen.

Wie schon so oft.

Doch Heinz war nicht zu Hause, als ich gestern Nacht vom Polizeipräsidium zurückkam.

Das Wohnzimmer war dunkel. Nathalie und Luise waren schon in ihren Betten, fast hätte ich sie geweckt und gefragt, ob sie ihren Stiefvater, oder besser: den Dauerfreund ihrer Mutter, vor dem Zubettgehen noch gesehen haben. Ich hätte auch bei seiner Nochfrau anrufen und nachfragen können, ob er zu ihr zurückgekehrt ist. Ich hätte ihn auch einfach auf seinem Handy zurückrufen können.

Warum habe ich es nicht getan?

Weil ich weiß, dass es vorbei ist.

So sicher wie das Amen im Gebet. Als ich gestern in der Pause aus dem Theater verschwunden bin, war die Sache gelaufen. Nein, nicht gestern, die Sache ist seit Wochen, wenn nicht schon Monaten vorbei. Doch seit letzter Woche, als die Ereignisse begonnen haben, sich zu überstürzen, ist es nicht mehr zu verleugnen.

Gestern Nacht, im Badezimmer, hat seine elektrische Zahnbürste gefehlt, mehr Platz für meine Kosmetiksachen. Als ich mich in unser Bett gelegt habe, konnte ich mich in die Mitte rollen. Und heute früh haben Nathi und Lulu nicht ein einziges Mal nach Magister Heinz gefragt. Wenn das nicht die magischen drei Zeichen für das Ende einer Ära sind.

Vorbei! Noch hält sich meine Trauer darüber sehr in Grenzen.

Ich muss die Straßenbahn wechseln, quetsche mich hinaus auf den Bahnsteig.

Werde ich Heinz vermissen?

Die nächste Bahn kommt, ich steige wieder ein, versinke in Gedanken an früher.

Ich sehe Johannes vor mir, wie er mir mit einem seiner Bilder einen Heiratsantrag gemacht hat. Er wollte ein Porträt von mir malen, und als es fertig war, rief er mich zu sich, damit ich es ansehen konnte, aber da war nur ein Herz drauf und ein Ring darin und darunter ein schwarzes Fragezeichen. Ich glaube bis heute, dass er auch auf die Knie fallen wollte, da war so ein Vornüberkippen in seinem Körper, aber da hatte ich schon Ja gesagt und war ihm um den Hals gefallen.

Leider erinnere ich mich jetzt auch wieder daran, dass ich schon damals für uns beide Geld verdiente, natürlich nur so lange, bis er seinen Durchbruch haben würde.

Mir fällt ein, dass ich den Dauerauftrag für seinen Unterhalt noch erhöhen muss, er meint, dass die Wochenendbesuche der Mädchen bei ihrem Vater toll sein sollten, aber dafür brauche er mehr Kohle. Natürlich wieder nur bis zu seinem Durchbruch. Ich mache es, schon allein für Nathalie und Luise, sie sollen ihren Papa toll finden, das ist okay. Außerdem läuft es in der Praxis richtig gut. Frederic hat erst vor drei Wochen die Idee gehabt, die Wohnung im oberen Stock dazuzumieten, umzubauen und einen dritten Kompagnon mit ins Gemeinschaftspraxis-Boot zu holen.

Ich bin angekommen, steige aus, gehe die Straße bis zum Nikolausplatz zu Fuß weiter. Die Sonne kommt heraus, ich knöpfe meine Jacke auf, atme tief durch.

Vor der Tür meiner Praxis muss ich dreimal kräftig niesen.

Ich weiß, dass Viren ihre Wirkkraft niemals so schnell entfalten können, habe aber das Gefühl, dass mich die rothaarige Mollige in der Bahn angesteckt hat. Eine Frühlingserkältung würde zum heutigen Tag gut passen. Ich krame in meiner Handtasche nach einem Taschentuch. Finde eine Damenbinde, dann meinen braunen Lippenstift, den ich schon verloren glaubte, dann die herausgerissene Seite von gestern.

Was? Leo????

Ich kann es kaum fassen.

Gestern bin ich wegen eines Hinweises von Heidi Mohn noch zur Einbrecherin geworden, und jetzt muss ich entsetzt feststellen, dass ich tatsächlich nicht mehr an diese Seite aus der Zeitschrift gedacht habe.

Gibt es das?

Unmöglich, Leo!

Die ersten Anzeichen von was …? Irrwitz wird zu Irrsinn?

Scheiße!

Quatsch, mach dich nicht verrückter, als du eh schon bist, Leo.

Der Einbruch, die Verhaftung und dann der fehlende Magister Heinz. Kein Wunder, dass mein Hirn überlastet ist. Dieser Jakob Zimmer hat schon recht, ich tauge wirklich überhaupt nicht zur Hobbydetektivin.

Und bin auf der Stelle total Feuer und Flamme.

Klar!

Jetzt kann ich natürlich überhaupt nicht mehr warten. Ich gehe zwei Schritte weiter, lehne mich an die Hauswand und wische mir mit dem Ärmel meiner Jacke über die Nase. Dann falte ich die Seite auseinander.

Im oberen Drittel der Seite gibt es eine Werbung für ein Fünf-Sterne-Kurhotel im Allgäu, darunter beginnt ein Artikel über eine Geldanlage, die auf die Riester-Rente gutgeschrieben werden kann.

Auf der rechten Seite wieder ein Werbebanner. Dick umrandet mit Filzstift:

Gebranntes Kind, gehörnter Ehepartner, betrogener Investor? – Sie fühlen sich hintergangen oder bestohlen? – Warten Sie nicht länger! – Lassen Sie die Profis ran. – »Offenes Ohr«, die Detektei mit Erfolgsgarantie! – Diskret, schnell, zuverlässig. – »Offenes Ohr« – Vertrauen Sie uns!

Daneben eine Handynummer.

Mein Magen macht einen deutlichen Dreher. Warum hat Heidi Mohn einen Detektiv gebraucht?

Jetzt im Tageslicht kann ich auch das Handgeschriebene am Rand besser erkennen. Die Buchstaben sind zwar immer noch schwer zu entziffern, aber …

»Hedda!« steht da. Mit einem Ausrufezeichen.

Darunter …?

Ich halte das Papier weiter von mir weg. Ich brauche doch bald eine Lesebrille.

»Gerborg Jahnke – die weiß es!!!« steht da. Mit drei Ausrufezeichen.

Wer verdammt ist denn Gerborg Jahnke?

Und was noch?

»Polizei? Welche Abteilung?« Unterstrichen.

Was? Polizei?

Also hat sich Heidi Mohn an die Polizei wenden wollen, nachdem diese Detektei etwas herausgefunden hat über Hedda Kernbach. Oder?

Mein Smartphone singt. Ich erschrecke kurz. Diesmal erklingt »Happy« von Pharell Williams. Der Song ist für all die anderen Anrufe neben Heinz und den Mädels zuständig, macht fröhlich, damit ich gute Laune beim Abheben habe.

»Ja?«

»Frau Doktor, Gerda Horst hier, wollten Sie denn heute später kommen?«

Ich schaue auf die Zeit, mein Gott, ich bin schon mehr als eine halbe Stunde über meinen ersten Patiententermin. Die Fahrt mit der Straßenbahn hat doch viel länger gedauert, als ich dachte. Trotzdem, jetzt ist es auch schon egal. »Liebe Frau Horst, ich brauche noch eine Viertelstunde.«

»Und, Frau Doktor, die Frau Unterer hat angerufen wegen angeblich höllischer Schmerzen, soll ich sie einschieben?«

Berta Unterer ist eine jener Patientinnen, die immer höllische Schmerzen haben, damit sie ohne Termin einfach so kommen können. Ich überlege mir, ob ich sie einfach mal ohne Schmerzmittel behandeln sollte. Dann wüsste sie, was höllische Schmerzen sind. Doch heute bin ich gnädig.

»Ja, Frau Horst, schieben Sie Frau Unterer ein, aber erst am Nachmittag, ich arbeite die Pause dann durch. Bis gleich.«

Ich lege auf, will mein Smartphone schon wieder einstecken, da habe ich eine Idee.

Ich gehe ins Internet und gebe den Suchbegriff »Frau Jahnke« ein. Vierundfünfzigtausend, vorwiegend bezüglich einer Kabarettistin namens Gerburg Jahnke.

Also noch mal, anders formuliert. Ich gebe den Namen der Detektei ein: »Offenes Ohr«. Und dazu »Gerborg Jahnke«.

Jetzt wird es spannend.

Gleich auf der ersten Suchseite habe ich es. Offenes Ohr – Detektei Jahnke. Vor zehn Jahren gegründet. Geschäftsstelle in Köln-Neuehrenfeld, in der Fridolinstraße. Diskrete Nachforschungen mit Erfolgsgarantie.

Wieder singt Pharell Williams »Happy«. Fast fällt mir mein Smartphone aus der Hand.

»Ja?«

»Leocardia?«

Es ist mein Vater. Nicht jetzt, bitte. »Papa! Ich … ähm … kann gerade nicht. Ich bin mitten in einer Behandlung …«

»Du hast dein Handy an, während du einen Patienten …«

Verdammt, ganz schlechte Lüge! »Papa, ja, mein Fehler. Hab vergessen, es auszuschalten. Du, ich melde mich später … okay?«

Ich drücke auf den roten Knopf. Habe jetzt einfach keine Nerven für meinen Erzeuger.

Zurück zu … Diese Frau Jahnke ist die Gründerin und Chefin des Detektivbüros.

Es folgt ein ziemlich kurzer Lebenslauf von Gerborg Jahnke. Geboren in Dresden. Abgeschlossenes Studium. Kein Foto von ihr, nur eines von einem eleganten Büro. Keine weiteren Mitarbeiter werden aufgeführt. Macht sie alles allein?

Also wollte Heidi Mohn diese Frau Jahnke anrufen wegen einer Sache, in die Hedda verwickelt war. Oder hat schon längst dort angerufen. Warum hat Heidi Mohn nicht direkt mit Hedda Kernbach gesprochen? Sie waren befreundet, spielten doch jede Woche Skat im Schwarzen Adler?

Zu viele Fragezeichen!

Zuerst lieber doch Kontakt zu Heidi Mohn aufnehmen. Ich suche erneut und wähle die Nummer der Uniklinik, in der Heidi Mohn liegt. Ich werde mich zu ihr durchstellen lassen und sie um einen Besuch morgen früh bitten. Ihr dann reinen Wein einschenken. Alles mit ihr besprechen.

Und wenn ihr der Hauptkommissar schon von meinem

Einbruch in ihr Haus erzählt hat und sie nichts mehr von mir wissen will …?

»Uniklinik Köln, Herzzentrum, was kann ich für Sie tun?«

»Hier spricht Dr. Leocardia Kardiff, könnten Sie mich bitte mit der Patientin Heidi Mohn verbinden? Sie wurde gestern eingeliefert.«

»Einen Moment bitte, Frau Doktor.«

Klaviermusik erklingt. Ich warte. Ich hebe meinen Kopf und kann das Fenster im ersten Stock sehen, dort warten meine Patienten ohne musikalische Begleitung auf mich.

»Frau Dr. Karliss.«

»Kardiff, Dr. Kardiff, ich hatte Frau Mohn gestern …« Ich stocke. Was? Das Leben gerettet? So was kann ich nicht sagen, oder?

»Ich verbinde Sie mit der Intensivpflege.«

Mir wird schlagartig wieder kalt. Wieso immer noch Intensiv? Hat sie sich doch nicht so gut erholt wie gedacht?

»Intensivstation Herzzentrum, Oberschwester Engel, was kann ich für Sie tun?«

Ich schnattere meinen Namen, meinen Wunsch, Heidi Mohn zu sprechen, hoffentlich geben die mir übers Telefon auf der Intensivstation Auskunft. Schließlich könnte sich jeder als Doktor ausgeben.

»Sind Sie eine Verwandte?« Oberschwester Engel wartet. Ich zögere.

»Ja, sozusagen, ich bin eine entfernte …« Was bloß? »… äh … Nichte.« Entfernte Nichte, doofer geht es wirklich nicht mehr.

»Frau Mohn hatte einen Rückfall. Wenn Sie mehr wissen möchten, würde ich Sie bitten, persönlich zu kommen. Danke!«

»Ja, danke auch und –«

Oberschwester Engel hat aufgelegt.

Rückfall? Ich muss wieder niesen. Vergesse, mir die Hand vorzuhalten. Suche wieder nach einem Taschentuch, finde den Heber, mit dem ich gestern …

Warum zum Teufel ist Heidi Mohn wieder auf der Intensivstation? Und warum hat mir Hauptkommissar Zimmer davon nichts gesagt? Weiß er es nicht? Quatsch, der wusste doch schon Bescheid. Aber einer durchgeknallten Hobbyermittlerin teilt man solche Kleinigkeiten nicht mit.

Was ist da bloß los?

Ich bin plötzlich froh, dass ich diesem Hauptkommissar die Seite nicht gegeben habe. Die richtige Entscheidung. Aber was soll ich jetzt …?

Später werde ich ihn anrufen und einfach nach Heidi fragen. Oder ich fahre direkt ins Krankenhaus. Jetzt aber wähle ich die Nummer, die im Inserat in der Zeitschrift »NWB Erben und Vermögen« angegeben ist. Die Leitung ist frei.

»Gerborg Jahnke, Detektei ›Offenes Ohr‹.«

»Guten Tag, Frau Jahnke, mein Name ist …«

»Leider bin ich zurzeit zu beschäftigt, um Ihren Anruf entgegenzunehmen, aber ich rufe Sie gern und sicher zurück. Hinterlassen Sie eine Nachricht.«

Ein Anrufbeantworter. Scheiße! Es piepst in meinem Ohr. Was soll ich tun?

»Äh … ich bin Leocardia Kardiff, ich bin … äh … eine Bekannte von Frau Heidi Mohn. Es geht um Hedda Kernbach und … Vielleicht könnten Sie mich zurückrufen, meine Nummer ist …«

Ich lege auf.

Ich stecke mein Smartphone in meine Tasche und gratuliere mir zu meiner etwas unkonventionellen Recherche. Lief doch ganz gut, oder?

Die Sonne kitzelt meine Nase, wieder muss ich niesen.

ACHT

Sie hatten sich doch getroffen.

Die Sehnsucht oder auch das Triebhafte in ihrer Beziehung hatte die Oberhand gewonnen.

Trotz der gegenseitigen Beschwörungen, zu warten, bis die Ermittlungen zu Hedda Kernbachs Ermordung im Sande verliefen oder praktischerweise ein weiterer neuer Hauptverdächtiger gefunden wurde, war er bei Einbruch der Dunkelheit bei ihr aufgetaucht.

Er war über das freie Feld gelaufen, über den kleinen Jägerzaun gestiegen und hatte sich durch die Thujenhecke gequetscht. Sein Wagen parkte vier Querstraßen weiter weg, er war das letzte Stück zu Fuß gegangen. Weder beim Einparken noch auf dem schmalen Feldweg oder an der Rückseite des Hauses war ihm ein anderer Fußgänger begegnet. Die abendlichen Spaziergänger und Hundeausführer konnte er von Weitem sehen, sie zogen lieber am Rand des Wäldchens ihre Kreise.

Als er in ihrem kleinen Gartenstück stand, ging hinter ihm die Sonne, die an diesem Freitagabend endlich, nach langen Regentagen, den Weg durch die Wolken gefunden hatte, gerade unter. Der Himmel zeigte einen letzten Streifen mattes Orange am Horizont.

Sie hatte es sich im Wohnzimmer gemütlich gemacht, in ihrem alten Lesesessel neben dem vollen Bücherregal, alle Lichter außer der Stehlampe gelöscht. Im Kreis dieses Lichthofes sah sie in der Parterrewohnung des Hochhauses von außen wie ein geisterhaftes Irrlicht in einem Sumpf aus.

Er wartete und beobachtete sie eine Weile. Wie sie dasaß und las, einem zweidimensionalen Bild, einem Gemälde gleich, die Gegenstände um sie herum wie dunkle Scherenschnitte. Schließlich zog er seine Wollmaske über den Kopf und klopfte leise an die gläserne Terrassentür.

Sie erschrak fast zu Tode.

Er klopfte schnell weiter, leise und eindringlich, nicht dass die Nachbarn sie noch hörten und sein Überraschungsbesuch damit endete, dass er fliehen musste und die Polizei kam. Sie nahm ihn endlich wahr, kam an die Tür und ließ ihn schnell herein.

Keinen Vorwurf, nur eine tiefe Freude las er in ihrem Gesicht, zumindest in seinem durch die Maske eingeschränkten Sichtfeld. Kaum war er im Wohnzimmer, warf sie die Terrassentür mit Schwung zu, dann drehte sie sich, um die Lampe bei ihrem Lesesessel zu löschen.

»KommpfherdugeilesMpftstück, du!«

Sie lachte, laut, schallend, nicht über seine Worte, die sich durch die Strickmaske wie das unverständliche Geschwätz einer Comicfigur anhörten, sondern über sein freudiges Verlangen nach ihr. Sie half ihm, ihre Kleider in der Dunkelheit von ihrem Körper zu bekommen, dann seine zu verlieren. Sie zogen sich gegenseitig auf den Boden, auf den Teppich.

Zu seiner Freude reagierte seine Männlichkeit heute ohne Hilfsmittel. Die Wolle rieb an seinen Backen und juckte ihn in der Nase, doch das störte ihn in dem Treiben nur momentweise. Sie schrie erschreckend laut, als er in ihr kam, und er bedeckte ihren Mund mit seinen Händen, drückte fest zu, die Nachbarn, Liebste, denk an die Nachbarn.

Danach lagen sie am Boden nebeneinander.

Sie nahm ihm im Dunkeln die Maske ab, zog sie vorsichtig von seinem Gesicht, sie klebte wie Haut auf gekochter Milch. Sein Atem ging immer noch stoßweise, keuchend.

»Es ist lange her, dass ich es ohne Viagra geschafft habe, was?«

Seine Stimme wirkte angestrengt, wie nach einer langen Wanderung oder einem Vortrag vor großem Publikum.

Sie spielte mit der Strickmaske in ihren Händen, die Wolle feucht von seinem Schwitzen. In der Dunkelheit des Wohnzimmers stellte sie sich vor, es wäre gesponnenes Gold, und ihre Finger wühlten in unermesslichem Reichtum. Die Phantasie zerplatzte, als sie sich in den eng gestrickten Maschen verhakte. »Au!«

»Was, meine Liebste?«

»Ich bin in der Maske hängen geblieben, aua. Mach bitte Licht.«

»Zuerst die Jalousie!« Sie hörte ihn aufstehen und gegen den Lesesessel stoßen. »Ahhhh! Sch…« Danach fiel die Lampe um. Die Fassung plumpste mit Wucht neben ihrem Kopf auf den Teppich.

»Willst du mich umbringen?« Ihr Ton wurde schnell scharf. Wieder einmal zeigte sich, dass sie es war, die letztlich alles in die Hand nehmen musste.

Sie drehte sich auf alle viere, tastete mit der freien Hand nach der umgestürzten Lampe. Sie fühlte unter ihrem nackten Bauch ihre Pantoffeln, dann stieß ihr rechtes Knie gegen die Stange der Stehlampe. Ihre freie Hand glitt daran entlang, bis sie den kleinen Schalter fühlen konnte.

»Achtung, mein gefallener Prinz, das Licht kommt.«

Das Licht der umgefallenen Stehlampe kam von unten und verlieh dem Zimmer eine schiefe Perspektive. Das Szenario erinnerte an einen Einbruch. Seine Kleider, ihr Hausanzug, alles lag verteilt am Boden, aus dem Regal waren Bücher gefallen, die Topfpflanze vor dem Terrassenfenster war umgekippt, sie mussten sie während des Aktes unbemerkt umgetreten haben.

Er hockte direkt vor ihrem Lesesessel und hatte sich zusammengerollt wie ein Igel. Sie konnte nicht sagen, ob er sich verletzt hatte oder nach dem exzessiven Liebesspiel einfach völlig erledigt war.

Auf allen vieren krabbelte sie weiter Richtung Terrassentür. Sie richtete sich schnell auf und drückte auf den Schaltknopf, der die Jalousie in Bewegung brachte. Das Geräusch trieb eine Gänsehaut über ihren entblößten Körper.

Während die Jalousie nach unten rollte und sie beide mehr und mehr vor möglichen neugierigen Blicken schützte, konnte sie endlich ihre Hand aus den Maschen der Maske befreien. Im Licht war es lächerlich einfach, die Finger rauszuziehen. Mit beiden freien Händen packte sie ihre Unterwäsche und zog sie über, darüber ihre warme Hausjacke, sie fror danach immer, dann erst kletterte sie über die Lampe und kam neben ihm auf dem Boden zu sitzen.

Die Jalousie war an ihrem untersten Punkt angelangt, und mit einem letzten Schnauben rastete die Kante ein. In der Stille konnte sie ihn schluchzen hören.

»Hast du dir wehgetan, Liebster?«

»Kann denn nichts …« Er zog Rotz durch die Nase auf. »Kann denn kein schöner Moment ewig dauern, ohne Schmerz?«

Seine Frage überraschte sie. Er, der den Tod so liebte und sich in Gedanken über das Sterben anderer verlieren konnte, wollte etwas festhalten? Schmerzfrei? Das passte nicht.

Sie zog ihn zu sich, sein Kopf kam in ihrem Schoß zu liegen. Ihre Finger strichen über seinen Rücken. Seine Haut runzelte sich an der Schulter. Eine kleine Hautkruste saß oben auf der Wölbung wie eine Krähe auf einem Erdhügel. Sie kratzte sie zärtlich weg.

Langsam entspannte sich sein Körper.

»Liebste?«

»Ja, mein Prinz?«

»Kannst du meine Strickmaske waschen? Sie stinkt.«

Wieder lachte sie, noch lauter und noch schallender als vor ihrem Zusammensein.

NEUN

Ich heule, ich flenne, da rinnen Rotz und Wasser.

Es ist Samstag, zehn Uhr morgens. Ich liege im Bett und sehe mir »Jenseits von Afrika« an. Meryl Streep als Karen Blixen hat gerade erfahren, dass sie niemals Kinder bekommen wird. Die Vorhänge sind zugezogen, und der Frühlingstag da draußen kann mich mal.

Vor einer Stunde noch war ich auf den Beinen und in der Küche und habe mir und meinen Töchtern Frühstück zubereitet.

»Mama, ist Magister Heinz endgültig weg?« Nathalie hat es nebenbei gefragt, mit einem Bissen Marmeladenbrötchen im Mund kauend.

»Mit vollem Mund spricht man nicht!«

Ich kam mir blöd und alt vor. Eine blöde und verdammt alte Mama.

»Lass Mama in Ruhe, Nath.« Luise schlürfte ihr Müsli, und auch hier schienen meine Ermahnungen wie immer ins Leere zu laufen. »Es war doch eh schon höchste Zeit.«

»'tschuldige, Mama. Aber wir finden es gut, dass der Kerl endlich out of our house ist.«

Das war der Kommentar meiner Süßen!

Out of our house. Perfekt!

So habe ich die Sache noch nicht betrachtet.

Und ich habe mir über lange Zeit eingebildet, die Mädchen hätten gern einen Ersatzvater im Haus. Nun ja, ich habe mir auch eingebildet, Johannes retten zu können, meinen Vater einmal zufriedenstellen zu können und Magister Heinz dazu überreden zu können, die Scheidung von seiner Frau einzureichen.

»Mama?« Luise hatte mit Schlürfen aufgehört.

»Dürfen wir ›Just Dance‹ zu Papa mitnehmen? Du wirst doch die Xbox eh nicht benutzen, wenn wir nicht da sind.«

Da ist es mir wie Schuppen von den Augen gefallen. Heute war Johannes' Wochenende. Ich würde im Haus mein erstes

Weekend ohne Mann und ohne Kinder verbringen. Am liebsten hätte ich da schon geweint. Oder mir spontan einen Hund aus dem Tierheim geholt, den ich dann Magic-Wuffi nennen würde. Genau, Magic-Wuffi!

Mann, bin ich verkorkst!

»Klar doch.«

Einzig der Gedanke, dass Johannes über die laute Musik von »Just Dance« empört sein würde, hatte meine Fassung noch aufrechterhalten, als die beiden ihre Übernachtungsrucksäcke aus ihren Zimmern schnappten und sich für ihre Abholung bereitmachten. Als Johannes klingelte, bin ich nicht raus vor die Tür, habe Nathi und Lulu nur einen feuchten Kuss auf die jeweilige Backe gedrückt, den sie schnell und bedeutungslos erwiderten.

Dann habe ich das dreckige Frühstücksgeschirr in den Geschirrspüler gepackt, das Wohnzimmer durchgesaugt, alle Zimmer gelüftet und versucht, mich auf der Terrasse in die lauen Sonnenstrahlen zu setzen, bis mich ein böiger Wind wieder hineintrieb.

Ich habe überlegt, was ich mit dieser neu gewonnenen Zeit tun könnte, einmal Magister Heinz' Nummer gewählt, schnell wieder aufgelegt, obwohl ich wusste, er würde sie auf seinem Display sehen, bin dann nach oben gegangen, habe in der DVD-Box gekramt und »Jenseits von Afrika« gefunden.

Der beste Film für einen alleinstehenden Samstagvormittag.

Hier bin ich nun. Hurra, Neusingle!

Warum denn dann die Tränen, Leo?

Vor mir verschwimmen Meryl Streep und die afrikanische Landschaft, und ich drücke auf den Pausenknopf. Ich schwinge mich aus dem Bett, gehe ins Bad und hole mir eine Rolle Klopapier. Für meine vielen Tränen, die ich heute noch erwarte, habe ich zu wenige Taschentücher im Haus.

Mein Smartphone fängt unpassenderweise an, »Happy« zu singen.

Ich hechte aufs Bett zurück, schnappe mir das Telefon vom Nachttisch. Bevor ich über den Bildschirm wische, sehe ich eine unbekannte Nummer. Wer könnte …? »Ja, hallo?«

»Ja, hallo zurück, ist dort eine Frau Leocardia Kardiff?« Es ist eine Frauenstimme, schnell und kantig.

In einer kurzen Schrecksekunde stelle ich mir vor, Magister Heinz ist zu seiner Frau zurück, und die habe ich jetzt an der Strippe. Verdammt!

»Ja, das bin ich. Was kann ich für Sie tun?«

»Das wollte ich eigentlich Sie fragen. Hier spricht Gerborg Jahnke, Detektei ›Offenes Ohr‹. Sie hatten mir gestern auf den AB gesprochen.«

Ich atme erleichtert aus.

Nur, um wieder angespannt einzuatmen.

Was soll ich der Frau bloß erzählen? Dass ich bei einem Einbruch in Heidi Mohns Haus in einer Zeitschrift auf sie gestoßen bin? Dass ich mich in die Ermittlungen um Hedda Kernbachs Tod einmische? Oder dass Heidi Mohn mir, bevor sie ins Krankenhaus kam, kryptische Worte zugeflüstert hat? Am besten wäre es, ich würde damit anfangen, in meiner Mittagspause keine Krimis oder Thriller mehr zu lesen.

»Hallo, sind Sie noch dran?« Gerborg Jahnke klingt eilig.

»Ja, entschuldigen Sie, ich … also … es geht um Heidi Mohn.«

»Das sagten Sie schon auf dem AB. Und weiter?«

»Frau Mohn hat Ihren Namen … äh … quasi genannt im Zusammenhang mit … äh … na ja, eigentlich geht es um den Mord an Hedda Kernbach …«

»Die Pudding-Witwe?«

»Ja, sozusagen. Ich –«

Am anderen Ende höre ich ein Schnauben. »Hören Sie! Was auch immer ich dieser Frau Mohn gesagt haben soll, ich denke, es handelt sich um ein pures Missverständnis. Natürlich hätte ich nach einer gründlichen Prüfung die Eckdaten weitergegeben. Kein Grund für eine Anzeige oder so was.«

Ich verstehe nur Bahnhof. Bin aber zugleich aufgeregt. Da scheine ich ja in ein mögliches Wespennest gestochen zu haben.

»Frau Jahnke, ich –«

»Können wir uns treffen?«

Das überrascht mich völlig. »Ja, gern.«

»Wo sind Sie denn gerade? Zu Hause?«

Eine kleine Alarmglocke bimmelt in meinem Kopf, nein, keine Glocke, eine Art Alarmklopfen …

Nein, da klopft tatsächlich etwas in meinem Ohr. Es kommt aus meinem Smartphone. »Warten Sie. Da klopft jemand an.«

Ich hole mein Smartphone vor mein Gesicht und versuche, mich daran zu erinnern, wie ich es anstellen muss, einen weiteren Anruf anzunehmen. Ach ja, einfach noch mal über das Display wischen.

»Ja! Hallo?«

»Hallo, liebe und schöne Frau Doktor.«

Zum Teufel, wer ist da denn dran? »Wer …?«

»Antonio Argus hier. Ihre Verabredung zum Brunch ist in genau, warten Sie, fünfundvierzig Minuten. Nein, vierundvierzig.«

Jetzt klopft es tatsächlich in meinem Kopf. Das war heute, klar. Aber ich hatte ihm doch gar nicht zugesagt, er hatte mich überrumpelt und … Eins nach dem anderen.

Er redet schon weiter. »Sollten Sie sich jetzt wieder wundern, wie ich zu Ihrer Handynummer gekommen bin, liebe Leo, sage ich es geradeheraus, ich habe Ihre Sprechstundenhilfe getroffen.«

»Britti Poster?«

»Ich habe Britti zufällig gestern Abend bei einem Krimidinner getroffen und die Arme quasi genötigt, mir Ihre Nummer zu geben.«

Viel an Nötigung war bei Britti sicher nicht nötig gewesen. Sie hatte sich höchstwahrscheinlich diebisch gefreut, die Kupplerin zu spielen. Am Ende wieder eine Geschichte für ihren Blog. Ich muss am Montag wirklich ein ernstes Wörtchen mit ihr reden.

»Hören Sie, Herr Argus –«

»Antonio, bitte! Werden Sie kommen?«

»Was?«

»Warten Sie. Zeitvergleich. Noch einundvierzig Minuten bis zu unserer Verabredung. Ich bin quasi schon da. Sie erinnern sich? Agnesviertel, Neusser Straße, Boulangerie Épi. Der Milchkaffee ist umwerfend.«

Ich habe doch schon gefrühstückt, und was wird Heinz dazu … Oh, Magister Heinz ist ja schon – bleiben wir dabei! – *out of our house*. Außerdem hat mich mein Weinen dauerhungrig gemacht, scheiß auf die Figur! Also werde ich …

»Warten Sie einen Moment, Antonio, ich habe noch einen Anruf dran.«

Ich wische mit dem Finger wieder über das Display. Irgendwie macht mir das Spaß.

»Hallo, Frau Jahnke?«

»Frau Kardiff, ich habe ehrlich gesagt nicht das ganze Wochenende Zeit.«

»Ich mache Ihnen einen Vorschlag. Kommen Sie doch in meine Praxis am Nikolausplatz 7 in Sülz. Im ersten Stock. Dort habe ich mein Büro, und wir können uns unterhalten. Praxis Lang/Kardiff. Sagen wir, heute um fünf?«

Ich höre die Frau ihren Atem anhalten, während sie überlegt. Meine Neugierde ist wieder da und macht mich unruhig.

»Ich bin da.« Sie legt auf.

Jetzt muss ich mich noch für oder gegen den jungen Mann entscheiden. Ach, was soll's?

»Antonio?«

»Ja, Leo?«

»Es wird wohl halb zwölf werden. Ich muss mich erst frisch machen.«

»Liebe Frau Doktor, ich warte, darauf können Sie Gift nehmen.«

Lieber nicht!

Lieber aus dem Bett raus und den freien Samstag mit einem Flirt und einem spannenden Treffen füllen. Lieber das Gesicht mit kaltem Wasser gewaschen und die roten Augen mit Tropfen behandelt. Kaum zu glauben, dass ich mich vor nicht mal zehn Minuten noch so schlecht gefühlt habe.

So, fertig machen.

Spieglein, Spieglein über der Kommode – ist die Leo noch in Mode?

Was mag ich an mir?

Meine Haare sind schön, obwohl die blonden Locken gleichmäßiger sein könnten. Auf meiner linken Wange ist ein roter Fleck, der muss vom Weinen kommen. Hochgeschlossene Bluse und Jeans, streng und locker. Ist das passend?

Ja, ich bin hübsch.

Und ja, es ist völlig in Ordnung, sich mit einem jüngeren Mann zum Brunch zu treffen. Ich hätte im Computer in der Praxis noch nach seinem Alter gucken sollen. Zu spät. Nach den letzten Tagen wird mir ein kleiner Flirt sicher guttun.

Als Neu-Singlefrau.

Ja, klingt gut.

Out of my house – haha!

Ich stoppe die DVD und mache mich jenseits von Afrika auf den Weg.

ZEHN

Da es sein erster freier Samstag seit mehreren Wochen war, hatte Hauptkommissar Jakob Zimmer seine Mutter zu einem Frühstück einladen wollen.

»Tut mir leid. Ich bin auf dem Sprung, Jakob, Schatz.«

Sie hatte gehetzt gewirkt, was ihm nicht gefallen hatte, denn Stress war für ihr Herz sicher nicht gut.

»Am Samstag um halb zehn, Mama?«

Jakob fragte sich, warum anscheinend alle Senioren in Eile waren. Sie liefen mit keuchendem Atem Bussen hinterher, fragten an Supermarktkassen, ob sie vorgehen könnten, und er hatte es schon erlebt, dass ihm ein Rentner mit den Worten »Der Tod wartet nicht, Junge!« dreist einen Parkplatz geklaut hatte. Stefanie Zimmer war also keine Ausnahme.

»Heute ist doch in der Alten Feuerwache der Bücherflohmarkt, Jakob. Mit Glück finde ich Jerry-Cotton-Fälle für ein paar Cent. Bodo und ich sind um zehn verabredet. Ich bin ohnehin spät dran.«

Bodo Hammer war seit einigen Monaten ein Bekannter seiner Mutter. Vielleicht ein Freund. Vielleicht sogar in weiterer Folge ein potenzieller Stiefvater, nach so vielen Jahren zu zweit.

Jakob hatte gesehen, dass Bodo Hammer seine Mutter bei einem Besuch im Krankenhaus auf den Mund geküsst hatte. Aber auf Jakobs Nachfrage war Stefanie nicht eingegangen, hatte auf sein Nachbohren kühl und abwiegelnd reagiert, sich ein privates Verhör verbeten. Seit ihrer Entlassung war Jakob aber über diese Freundschaft mehr als dankbar, denn mit seiner wenigen Freizeit wäre er seiner Mutter in diesen Tagen ein höchst seltener Begleiter gewesen.

Also, gut, dass es Bodo Hammer gab. Trotzdem war Jakob Zimmer an diesem Samstag ein wenig beleidigt, als Stefanie ein Treffen mit ihrem einzigen Sohn ablehnte.

»Darf ich dir was vorschlagen, Jakob?«

Sie spürte seine Stimmung, ohne dass er auch nur ein einziges Wort gesagt hatte.

»Um zehn sind Bodo und ich an der Alten Feuerwache verabredet. Mehr als ein, eineinhalb Stunden stöbern wir sicher nicht. Wenn du magst, komm ins Agnesviertel und setz dich auf der Neusser Straße in dieses französisch aufgezogene Café. Épisse oder Épi heißt es. Ein paar Schritte die Agneskirche stadteinwärts. Außer es stört dich, dass ich Bodo mit im Schlepptau habe.«

Jakob sah aus dem Fenster. Die Sonne schien. Etwas windig, doch mit Glück konnte man schon draußen sitzen. Besser seine Mutter samt Bodo, als allein zu Hause zu bleiben.

Als er im Agnesviertel ankam, hatte sich der Wind zwar gelegt, aber die drei Tische draußen waren um diese Zeit schon längst belegt. Jakob ging nach drinnen. Hinten in der Ecke gab es noch einen langen freien Tisch. Jakob setzte sich und bestellte einen Café au Lait von der französisch angehauchten Karte. Der Kellner brachte ein riesiges henkelloses Gefäß, das mehr an eine Blumenschale als an eine Kaffeetasse erinnerte, mit einer Menge Schaum darauf.

Eine SMS kam auf sein Handy, von seiner Mutter, da wäre tatsächlich ein Stand mit Jerrys, es könne also noch dauern, bis sie da wären, der Kaffee ginge auf ihre Rechnung. Jakob lächelte, freute sich über ihre wiedererlangte Lebensfreude und leckte den Schaum von seinem Löffel.

Er holte einen kleinen Block aus seiner Jeansjacke und einen Stift. Auch wenn er sich und seinem Team ein freies Wochenende verordnet hatte, konnte er seine Gedanken doch sortieren, ein wenig auslüften und eine Reihenfolge erstellen, wie sie ab Montag weiter vorgehen sollten.

Jakob dachte an Luis, der hier sicher sein iPad vor sich liegen hätte, nicht einen Block, auf dem links oben das Logo eines schon längst pleitegegangenen Stromanbieters gedruckt war, und einen gelb-schwarzen BVB-Werbekuli, den er irgendwo hatte mitgehen lassen. Böser Bube.

Ob nun moderne Recherche oder altmodische, gekritzelte

Notizen, wichtig war am Ende das Ergebnis, damit sie alle samt Oberstaatsanwalt Theo Prunk die Lorbeeren ernteten und die Gerechtigkeit gesiegt hatte. Nach modernen oder antiquierten Methoden fragte dann keiner mehr.

Noch sah die Lage nicht nach Lorbeeren aus, aber sie kamen voran.

Heute war Samstag, Hedda Kernbach war seit zehn Tagen tot. Vor sieben Tagen erst war er um diese Zeit auf dem Revier gewesen und hatte einen Verdächtigen verhört, der sich als Niete entpuppt hatte. Der Flop schien dennoch eine Ewigkeit her zu sein.

Nach dem ersten Sturm der Presse und der blamablen Geschichte mit Heinrich Georg Walden lagen sie pressemäßig gerade im Auge des Hurrikans. Man gab ihnen vielleicht noch ein paar Tage, aber wenn auf der nächsten Pressekonferenz kein Ergebnis vorlag, würden sie in der Luft zerfetzt werden. Es konnte durchaus sein, dass der Polizeipräsident ihm und seinem Team den Fall entziehen würde. Oberstaatsanwalt Prunk würde dabei keinen Finger für Jakob Zimmer krümmen.

Also zur Liste der Spuren.

Da war die Spur des Geldes: Hasenthal an der Mur. Was für ein Name. Sollte er warten, ob und bis die Behörden ihm grünes Licht im Nachbarland gaben, oder das Budget schröpfen und Luis oder Per direkt in die grüne Steiermark schicken? Oder selbst einen Flug nach Graz buchen und von dort mit einem Mietwagen weiter? Jakob notierte Köln mit einem Pfeil zu Hasenthal, schrieb ein X mit sechs Nullen dahinter. Wie viele Millionen waren in die Stiftung geflossen? Wie viele Vereine und Projekte profitierten in dem kleinen Ort davon? Wer verfügte nach Heddas Tod über das Geld? Diesen »Rübezahl« August M. Wirzenshuber würde er sich gern persönlich vornehmen.

Apropos Geld: Den Neffen Peter Kernbach-Kessel würde er auch noch einmal vorladen, ihn in die Zange nehmen. Der einzige Verwandte von Hedda musste doch mehr über die Vermögensverhältnisse wissen, als er ihnen mitgeteilt hatte.

Jakob Zimmer machte einen Strich darunter.

Die Spur der Freundin: Heidi Mohn war am Todestag der Hedda Kernbach überfallen worden, und, noch nicht genug, jemand hatte ihre harmlosen Tropfen zu einem Gifttrank umgemixt. Zwei Angriffe auf ihr Leben binnen kürzester Zeit. Sie lag zurzeit immer noch ohne Bewusstsein im Krankenhaus. Heddas gewaltsamer Tod und Heidis Vergiftung konnten nicht nur zufällig zeitgleich geschehen sein. Wie hingen die Fälle zusammen? War die Dritte im Bunde, Liese Freihaus, auch in Gefahr?

Gestern waren Birgit von Zeh und er samt zwei Spurenexperten durch Heidi Mohns Wohnung gewandert. Zimmer für Zimmer hatten sie in dem kleinen verwinkelten Haus durchsucht. Nichts weiter Wichtiges entdeckt. Aber immerhin war Heidis Mantel vom Abend des Überfalls unterwegs ins Labor. Die Sievers hatten ihm bestätigt, dass Heidi den Mantel seither nicht mehr getragen hatte und ihres Wissens auch nicht hatte reinigen lassen. Von den Sievers selbst und auch von Heidis Schwägerin waren Vergleichsproben genommen worden. Es gab also noch die winzige Chance einer DNA-Spur des Schlägers.

Jakob hatte auch nach weißen Wollsachen Ausschau gehalten, obwohl er nicht an eine Täterin Heidi Mohn glaubte. Doch keines ihrer Kleidungsstücke war aus weißer Wolle, und auf dem Wohnzimmertisch lag eine Stickerei, kein Strickzeug.

Jakob Zimmer malte senkrechte Wellenlinien über den Querstrich. Sein Bauchgefühl bejahte Zusammenhänge, die an noch unsichtbaren Fäden hingen.

Er malte einen leeren Kreis an die Seite. Es gab die Möglichkeit eines Täters, den sie alle noch überhaupt nicht im Auge hatten. Was, wenn Hedda Kernbach das Zufallsopfer eines Psychopathen war?

Montag würde er sein Team weiter nach Brotkrumen suchen lassen, um das Knusperhäuschen der Hexe zu finden. Immerhin waren sie zu viert im dunklen Wald unterwegs.

Hauptkommissar Jakob Zimmer trank einen großen Schluck seines Kaffees und musste die Tasse mit beiden Händen anheben. Wenn seine Mutter und Bodo Hammer nicht bald kamen, würde er sich auch ein Croissant oder einen anderen französischen Leckerbissen bestellen, sein Magen knurrte, er war ohne Frühstück aus dem Haus gegangen.

Jakob stellte die Tasse wieder ab und machte einen zweiten Strich auf seine Notizseite. Darunter war nur mehr ein schmaler Streifen frei, auf den er den Namen Dr. Leocardia Kardiff kritzelte. Sie war ein Verbindungsglied zwischen Hedda Kernbach und Heidi Mohn, wenn auch, wie er es sah, ein ziemlich aufdringliches. Im Nachhinein dachte er, er hätte sie verhaften und über Nacht in Untersuchungshaft schmoren lassen sollen, damit sie lernte, sich nicht in polizeiliche Angelegenheiten einzumischen.

Doch er musste ihr zugutehalten, dass sie wahrscheinlich Heidi Mohns Leben gerettet hatte.

Andererseits wollte er sie auf seinem Block hypothetisch auch in den Täterkreis aufnehmen. Sie war als Erste am Tatort Hedda Kernbach gewesen und hatte als Ärztin sicher leichten Zugang zu Giften, wobei man fairerweise sagen musste, dass sich jeder mit einer gewissen Kenntnis in Kräuterkunde ein Blättchen vom Roten Fingerhut besorgen konnte.

Dass die homöopathischen Herztropfen aus der Ossendorfer Margareta-Apotheke stammten, hatte auf dem Fläschchen gestanden, aber die sieben Apothekerinnen samt dem einzigen Apotheker, die dort arbeiteten, konnten sich an den Kunden oder die Kundin einfach nicht mehr erinnern. Das Geschäft lief gut, und die Nachfrage nach Globuli und Tropfen boomte.

Jakob kreiste Leos Namen ein, setzte ein Fragezeichen dahinter, strich ihn dann mit mehreren Strichen wieder durch. Daneben malte er einen kleinen Zahn und musste lächeln.

»Darf ich Ihnen noch was bringen?«

Die Kellnerin stand seitlich an Jakobs Tisch, und als er seinen Blick von seinem Notizblock löste, sah er direkt auf die Eingangstür.

Die Zahnärztin trat ein und drehte ihren Kopf schnell von rechts nach links. Ihre blonden Locken folgten ihrer Bewegung, und ihr Blick war eine Mischung aus aufgeregt und ängstlich. Jakobs hinterer Backenzahn fing zu pochen an. Er riss die Seite seines Blocks herunter und steckte sie schnell in die Hosentasche.

Dr. Leocardia Kardiff sah den Hauptkommissar eine Sekunde später, aber ihr Hirn brauchte einen Moment länger, um ihn in die aktuelle Situation einzuordnen.

Leo war auf einen jungen attraktiven rothaarigen Mann mit einem umwerfenden Lächeln gepolt gewesen. Zwar sah Jakob Zimmer mit seinen blonden Haaren und seiner sportlichen Figur auch gut aus, aber ihn hier am Ort ihres Rendezvous zu sehen, brachte sie aus dem Konzept. Sie stolperte über ihre eigenen Füße, konnte sich aber im letzten Moment noch am vordersten Tisch festhalten.

»Was machen Sie denn hier?« Ihre Stimme hörte sich zu hoch an. Um nicht weiter aufzufallen, ging sie schnell an den hinteren Tisch zum Hauptkommissar und setzte sich ihm gegenüber.

»Das Gleiche könnte ich Sie auch fragen.« Jakobs Ton war erfreut, mehr, als er sich in diesem Moment eingestehen wollte.

»Soll ich noch mal die Karte bringen?« Die Kellnerin stand immer noch seitlich neben Jakob und lächelte die beiden professionell freundlich an.

»Nein, nein, auf keinen Fall, ich warte auf –« Leo stockte. Wollte sie, dass Jakob Zimmer wusste, dass sie sich mit einem wesentlich jüngeren Mann traf? Warum war er eigentlich hier? Beschattete er sie nach ihrem peinlichen Ausflug ins Einbrecherbusiness? Wo war überhaupt ihre Verabredung? Antonio Argus hatte am Telefon doch erklärt, er wäre bereits hier.

Leo musste einfach fragen. »Haben Sie mich verfolgt?«

Jakob Zimmer zog eine Augenbraue hoch und schüttelte den Kopf. »Quatsch. Aber, um es mit Hitchcock zu sagen: gestern ›Über den Dächern von Nizza‹ und heute ›Bei Anruf Mord‹. Sie sind fast so wandelbar wie Grace Kelly.«

Leo schmunzelte innerlich, immerhin verglich er sie nicht mehr mit Miss Marple.

Jakob musterte sie. Ihre Bluse war heute hochgeschlossen, sie hatte etwas von einer sexy Klosterschülerin an sich. Ihre leicht neurotische Art aber war dieselbe wie immer.

»Auch ein Mann der Polizei hat zwischendurch mal einen freien Tag. Glauben Sie mir, wenn ich gewusst hätte, dass Sie nach gestern Nacht heute gerade hier aufkreuzen, hätte ich mich woanders verabredet. Köln hat ja eigentlich eine riesige Auswahl an Frühstückscafés.«

»Trotzdem sind Sie auffallend oft an Orten, wo ich auch bin.«

Schon während sie den Satz zu Ende sprach, war Leo bewusst, wie doof er sich anhörte. Sie wollte schnell weiterreden, doch Jakob Zimmer kam ihr zuvor.

»Ich entschuldige mich dafür, dass ich Ihr Wochenende mit meiner Anwesenheit störe, Frau Dr. Kardiff. Wird nicht wieder vorkommen. Aber hübsch sehen Sie aus, so bei Tageslicht.«

Er lächelte, und Leo wurde es mit einem Mal heiß hier drinnen im Café.

»Wollen Sie mir Gesellschaft leisten, bis Ihre Verabredung kommt, oder hatten Sie vor, allein zu frühstücken?«

Leo drehte sich schnell um. Kein Antonio Argus. Wurde sie gerade versetzt und Jakob Zimmer Zeuge dessen? Das wäre ihr schrecklich peinlich. Vielleicht hatte sie in ihrer Aufregung das falsche Café erwischt.

Eine ältere große Frau betrat das Lokal. Jakob Zimmer hob seine Hand und winkte. Die Frau kam freudestrahlend zu ihnen an den Tisch. »Ah, da ist mein Meisterdetektiv ja.« Sie hatte in jeder Hand eine volle Tüte mit Heftromanen.

Jakob Zimmer lachte und erhob sich. Er umrundete den Tisch, nahm der Frau die Tüten ab und half ihr aus dem Mantel. »Da hast du ja fette Beute gemacht, Mama!«

Die Frau grinste breit, und Leo erkannte sofort die Ähnlichkeit mit dem Hauptkommissar.

»Habe ich dir nicht gesagt, du sollst an einem so schönen Samstagmorgen keine Frauen verhaften, Schatz?«

»Anders krieg ich keine ab, das weißt du doch. Und du? Hast du Bodo gegen deine Jerry-Cotton-Hefte eingetauscht?«

»Bodo hat Blut geleckt und wartet den nächsten Nachschub an Büchern noch ab, dann kommt er nach. Ich dachte, ich nutze die Zeit, um mich mit dir allein zu unterhalten, aber wie ich sehe …«

»Mutter, das ist Frau Dr. Kardiff, Zahnärztin in Sülz. Wir haben uns zufällig hier getroffen. Das ist meine Mutter, Stefanie Zimmer.«

Leo erhob sich ebenfalls, Stefanie Zimmer drückte ihr fest die Hand. »Es freut mich sehr, meinen Sohn mal wieder in Begleitung einer hübschen Frau zu sehen.«

»Mutter!«

»'tschuldige, Jakob, aber das muss doch mal gesagt werden. Außer der Verbrecherjagd hat mein Sohn wenig, was ihm Spaß macht.«

»Also, Spaß machen Ermittlungen nicht, Mutter.«

Leo freute sich insgeheim, dass es jetzt Jakob Zimmer war, der peinlich berührt war.

Stefanie Zimmer blieb davon völlig unbeeindruckt. »Trinken Sie noch einen Kaffee mit uns?«

Leo wollte schon »Gern!« sagen. Sie fand Stefanie Zimmer auf Anhieb sympathisch, und wenn Antonio Argus sie wirklich so gefoppt hatte, dann war es sicher eine gute Idee, den Vormittag mit den beiden zu verbringen. In dem Moment legte jemand die Hand auf ihre Schulter. Leo drehte sich und sah in einen Strauß weißer Tulpen.

»Leo, da sind Sie ja. Was mein Herz nicht sagen kann, sagen Tulpen aus Amsterdam …«

Antonio Argus' Lächeln war noch strahlender und weißer, als sie es in Erinnerung hatte. Trotzdem fühlte Leo sich gestört. Überrumpelt. »Äh … ja, danke. Wäre nicht nötig gewesen.«

Eine Pause entstand. Die Peinlichkeit sprang auf alle vier über.

Stefanie Zimmer lächelte dem Neuankömmling zu, wenn auch einen Hauch kühler als zuvor Leo. Jakob Zimmers Mundwinkel waren nach unten gesackt, der Auftritt des jungen Mannes bereitete ihm sichtlich keine Freude. Leo fühlte sich eingeklemmt zwischen Mutter und Sohn Zimmer und ihrer Verabredung, die sie am liebsten wieder losgeworden wäre.

Was hatte sie sich nur dabei gedacht, dem Drängen des jungen Mannes so schnell nachzugeben? Zu spät, jetzt musste sie da durch. Antonio strahlte weiterhin mit seinen Tulpen um die

Wette. Mit seinem hellen Jackett und den roten Haaren sah er fast noch wie ein Teenager aus.

Keiner der Vierergruppe sagte etwas, und die Sekunden begannen, sich zu dehnen.

»Möchten Sie schon was zu trinken bestellen?«

Es war die Kellnerin, die immer noch einfach nur dastand und die Peinlichkeit am hinteren Tisch verscheuchte.

ELF

Leo konnte sich nur schwer auf das Gespräch mit Antonio Argus konzentrieren. Immer wieder versuchte sie, in der Spiegelung der Eingangstür den Tisch hinter ihnen zu sehen, an dem Jakob Zimmer und seine Mutter saßen.

In der Zwischenzeit war noch ein älterer Herr mit einer Kiste zu den beiden gekommen, und die drei lachten und plauderten herzerfrischend munter. Vielleicht sein Vater oder ein Freund. Leo hätte es gern gewusst, gern danach gefragt, immer diese Neugier in ihr.

Aber auch wenn Stefanie Zimmer sie und Antonio zum Bleiben aufgefordert hatte, war es doch besser gewesen, einen anderen Tisch zu nehmen. Schließlich hatte sie mit dem jungen Mann heute ein Date, und dann noch die Blumen.

Die Kellnerin hatte eine Vase gebracht, und die weißen Tulpen standen neben ihrer beider großen Tassen Milchkaffee und einem Korb mit Croissants, verschiedenen Brioches und Schnitten dunklen Brots. Dazu in der Mitte ein Teller mit verschiedenen Sorten Käse, Marmelade, Honig und eine Creme, die nach Avocado roch. Alles hatte Antonio bestellt, und Leo hatte dazu nur genickt. Sie musste aufpassen, nicht vom Regen in die Traufe zu fallen, denn so hatte es auch zwischen ihr und Magister Heinz angefangen. Damals nach der Trennung von Johannes war sie dankbar über eine Person mit Führungsstärke gewesen, aber dann hatte es sich schnell zu einer unausgeglichenen Beziehung entwickelt. Antonio Argus war sicher ein völlig anderer Typ als Heinz, aber die Weichen wurden immer schon am Anfang gestellt.

Gleichzeitig war es fraglich, was der junge Mann überhaupt von ihr wollte. Jemand wie Britti Poster sollte hier sitzen, sie war im richtigen Alter für den Jungen mit dem weißen Lächeln. Nicht sie mit ihren bald fünfundvierzig Lenzen und zwei Töchtern im Teenageralter.

Eine tiefe Sehnsucht nach Nathalie und Luise überfiel Leo

plötzlich. Am liebsten hätte sie die beiden nach diesem Brunch wieder zurück nach Hause geholt. Hoffentlich ging es ihnen bei Johannes gut. Im Internet hatte sie gelesen, dass Hedda Kernbachs Ehe kinderlos geblieben war, und auch Heidi Mohn war alleinstehend. Würden sich Lulu und Nathi um ihre Mutter kümmern, wenn Leo später allein alt würde?

Kümmerte sich Leo selbst genug um ihre eigene Mutter? Aber Agathe hatte ja einen Mann gefunden und lebte mit ihm auf Baltrum. In den letzten Jahren hatte Leo ihre Mutter nie gefragt, ob sie glücklich war.

Leo fragte sich, ob Jakob Zimmer vielleicht Vater eines Kindes war. Vergeben schien er nicht zu sein, wäre sonst nicht seine Frau oder Freundin heute mitgekommen? War er vielleicht schwul? Nein, das schob sie beiseite, er hatte sie mit einem Blick angesehen, der eindeutig Interesse an ihr als Frau bekundete. Warum saß sie bloß mit Antonio an diesem Tisch?

»… eine schreckliche Tat, nicht?«

»Wie bitte?«

Wieder eine peinliche Situation, Leo hatte keinen Schimmer, worüber Antonio gerade redete.

»Ich sagte gerade, dass es schrecklich sein muss, eine Leiche zu finden, so wie es dir passiert ist.«

Antonio war schon nach der Begrüßung mit den Tulpen auf das Du umgestiegen, auch hier hatte Leo keinen Einspruch erhoben.

»Woher …? Ach, vergiss es. Ja, es war schrecklich.«

»Möchtest du darüber reden?«

Antonio Argus griff über den Tisch, über die Tassen, den Korb und die Teller und strich über Leos Hand. Erschrocken zog sie sie zurück. Erst in diesem Moment war ihr wirklich bewusst, dass sich der Mann mit ihr nicht nur zu einer lockeren Plauderei getroffen hatte, es sollte mehr folgen. Ein Date eben, kein Nachbarschaftstreffen oder Geschäftsmeeting.

Leo lächelte ihn an und überspielte ihre erste Reaktion damit. »Nein, Antonio, ich würde lieber in Ruhe brunchen.«

»Das dahinten ist doch der leitende Ermittlungsbeamte von der Kripo, oder?«

Leos Lächeln verschwand. »Woher weißt du das denn?«

»Der war doch im Fernsehen und im Internet und in der Zeitung.«

»Ja, natürlich, 'tschuldige.«

»Du bist echt ein klein wenig paranoid, Leo.«

»Ungefähr so, wie du ein bisschen aufdringlich bist.« Leo merkte, wie ihre Stimmung mehr und mehr in den Keller ging.

Ihr zweites Treffen heute Nachmittag fiel ihr ein, die Verabredung mit Gerborg Jahnke. Sie könnte aufstehen und die Seite aus Heidi Mohns Zeitschrift, die sie noch in ihrer Handtasche trug, direkt an den ermittelnden Beamten weitergeben, ihn zu dem Treffen heute Nachmittag mitnehmen. Hinter ihr, nur einen Tisch entfernt, saß Hauptkommissar Zimmer, er sollte das Blatt, diese Seite, bekommen, er sollte sich mit dieser Frau Jahnke beschäftigen. Was, wenn Leo auf direkter Spur zu einer Mörderin war?

»Als Zahnärztin hast du sicher öfter Patienten, die dich einfach so bezahlen, nicht?«

»Was?« Diesmal hatte Leo die Frage verstanden, aber der Inhalt sickerte erst langsam in ihren Kopf.

Antonio redete schon weiter. »Ich könnte mir gut vorstellen, dass du gern mal eine Abrechnung unter vier Augen regelst. Der Patient bekommt einen guten Rabatt, und du lässt die Rechnung weg. Spart Steuer.«

»Ich verstehe nicht, worauf du hinauswillst? Du brauchst doch an deinen Zähnen nichts zu machen.«

Antonio ließ sein Weiß aufblitzen. Leo war sich sicher, dass der junge Mann von Natur aus mit besten weißen Beißerchen gesegnet war. Ob er sein Glück zu schätzen wusste?

Er schmierte sich ein Croissant mit Butter und Honig und biss herzhaft hinein. Leo schnappte sich ein Brioche, das mit Blaubeergelee gefüllt war. Es schmeckte köstlich. Ihre Stimmung hob sich. Eine Weile plauderten sie angeregt über unverfängliche Themen, und Leo begann, sich wieder wohler zu fühlen.

Antonio Argus bestellte ihnen zwei Gläser frisch gepressten Orangensaft und zwinkerte Leo zu. »Fühlst du dich von den hohen Steuern nicht ausgepresst wie diese armen Orangen?«

»Nein, wieso?«

»Na, hör mal. Ich bin mir sicher, dass du gut und gern jeden, sagen wir mal, vierten Patienten schwarz versorgst. Bunkerst du den Gewinn in einem anderen Land? Da sag ich nur: Vorsicht, Steuer-CDs.«

In Leo begann eine Ahnung zu keimen; sie wuchs sich schnell und schneller zu einer großen fleischfressenden Pflanze aus. Konnte es sein, dass dieser junge Mann …?

»Antonio, wenn ich dir jetzt etwas im Vertrauen sagen darf …« Leo nahm einen Schluck aus ihrer Kaffeetasse und dehnte die Pause.

Antonio Argus zeigte seine weißen Zähne. Sein Lächeln wurde so breit, seine Augen strahlten so hell, dass Leo meinte, er würde sie vor lauter Begeisterung gleich hier an Ort und Stelle auf den Tisch werfen, um Sex mit ihr zu haben.

Sie schoss ihren Pfeil ab. »Antonio … ich glaube, du bist entweder ein irrer Stalker, der sich in mein Leben einklinken will, oder du bist von der Steuerfahndung.«

Antonio Argus zuckte mit keiner Wimper. Hatte sie ins Schwarze getroffen?

Die Kellnerin kam und stellte die zwei Gläser mit Orangensaft auf den Tisch. Das Fruchtfleisch schwamm obenauf. Antonio ließ eine seiner Hände unter den Tisch gleiten. Für Sekunden dachte Leo, er würde in aller Öffentlichkeit ein Messer ziehen. Dann sah sie, dass er nur in der Tasche seines Jacketts nach etwas suchte.

Antonio hob die Hand wieder und klappte ein schmales Portemonnaie auseinander. Er holte eine Visitenkarte heraus und legte sie in die Mitte der Frühstücksleckereien. »Antonio Argus, Steuerinspektor. Abteilung für Betriebsprüfungen« stand darauf.

»Leo! Du hast mich durchschaut. Wenn ich dir jetzt etwas beichte, dann musst du mir versprechen …«

Statt sauer zu werden, musste Leo plötzlich kichern. Das geschah ihr ganz recht. Warum musste sie sich auch mit einem Mann verabreden, der tatsächlich ihr Sohn hätte sein können. Sie gluckste. »Bitte, Antonio Argus, Steuerinspektor, beichte.«

»Ich bin zu dir gekommen, um eine unangekündigte betriebliche Prüfung in deiner Praxis zu machen. Aber als ich dich getroffen habe, da dachte ich, ich lerne dich zuerst einmal näher kennen. Dann sehen wir weiter.«

»Wir?«

»Die Finanzbehörde Nordrhein-Westfalen.«

»Ich hatte doch erst vor zwei Jahren eine Betriebsprüfung. Warum denn jetzt schon wieder?«

»Tja, ich überschreite jetzt meine Kompetenzen, aber damit du meinen guten Willen erkennst, sage ich mal einen Namen. Heinz Lerbaum.«

Leo war wie vom Donner gerührt. »Magister Heinz?«

»Er hat uns einen internen Tipp über seine Beratungsfirma zukommen lassen.«

»Scheiße!« Das Wort rutschte Leo so schnell und laut aus dem Mund, dass sich die drei am hinteren Tisch umdrehten und die Kellnerin zu ihnen herübersah. Leo setzte schnell ihr beschwichtigendes Lächeln für Patienten auf und dämpfte ihre Lautstärke.

»Aber ich verstehe nicht. Magister Heinz und ich sind seit vorgestern erst getrennt. Du bist schon letzte Woche zu mir in die Praxis gekommen.«

Antonio zuckte mit den Schultern. »Der vertrauliche Anruf von Herrn Lerbaum liegt schon über zwei Monate zurück. Meine Behörde hat alle Hände voll zu tun, deshalb kann es schon mal dauern, bis –«

»Dieser Arsch mit Ohren hat mich schon vor zwei Monaten angezeigt?« Leo war fassungslos. All ihre Muskeln fühlten sich wie Pudding an, auch ihr Gehirn. Eine Selbstohrfeige würde hier nicht reichen, sie biss sich innen auf die Backe, bis der helle Schmerz sie wieder klar denken ließ.

Antonio wirkte besorgt. »Das kommt öfter vor, als man glaubt, dass Geschäftspartner oder Ehegatten sich gegenseitig denunzieren.«

»Entschuldige mich kurz, Antonio.«

Leo stand auf und wankte auf die Toilette. Drinnen sah sie ihr weißes Gesicht im Spiegel. Sie drehte den Wasserhahn auf und spritzte sich kaltes Wasser auf Stirn und Nacken.

Magister Heinz hatte also schon zwei Monate oder länger vorgehabt, sie zu verlassen, und ihr als Dankeschön für die gemeinsamen Jahre die Steuer auf den Hals gehetzt. Leo wollte nicht nach dem Warum fragen, das würde nur für Bitterkeit sorgen. Was die Beziehung anging, hatte sich damit jedes Comeback erledigt.

Leo spülte ihren Mund aus und fühlte den Schmerz an ihrer Backe. Sie spürte in ihr Inneres hinein. Sie öffnete ihre Handtasche, und wie durch ein Wunder hatte sie ihr Smartphone sofort in der Hand. Sie wählte Magister Heinz' Nummer.

Die Mailbox. Klar.

»Heinz. Ich bin's. Ich sitze mit einem Steuerfahnder am Tisch, und wir unterhalten uns über dich. Wie würde es dein Chef aufnehmen, wenn er erfährt, dass einer seiner Mitarbeiter ein Denunziant ist? Hmm … ob du auf diese Frage bald eine Antwort bekommen wirst, hängt ganz von meiner Laune ab. Mach's gut! Ach ja, noch was: Wage es nie mehr, dich bei mir zu melden!«

Leo legte auf und atmete tief durch. Heinz erledigt, nächster Zug.

Antonio Argus versuchte sofort, nach Leos Hand zu greifen, als sie an den Tisch zurückkam. Leo legte ihre beiden Hände demonstrativ um die große Kaffeetasse.

»Leo! Ich –«

»Pass auf, Antonio, und hör mir gut zu. Wir beide frühstücken hier zusammen zu Ende.«

»Das wollte ich eben vorschlagen.«

»Dann, lieber Antonio, gehen wir aus diesem Café hinaus, reichen uns die Hände, und jeder geht wieder seines Weges. Okay?«

»Du hast das alles falsch verstanden, liebe Leo, schöne Frau Doktor!«

Leo suchte innerlich nach Wut oder Trauer, aber da war nur dieses Schmunzeln über den jungen Kerl, der sich hatte hinreißen lassen, Berufliches und Privates zu vermischen. Sie hätte sich ein Abenteuer mit ihm vorstellen können, er war wirklich ein Hübscher, aber das änderte nichts an ihrer Entscheidung.

»Noch mal, Antonio. Unsere Wege trennen sich hier und heute. Wenn du in den nächsten Tagen für eine Steuerprüfung in meine Praxis kommen willst, dann nur offiziell. Ich habe nichts zu verbergen.«

Zum ersten Mal wirkte Antonio Argus verunsichert.

Leo legte nach. »Und hinter mir sitzt, wie du offenbar weißt, Hauptkommissar Jakob Zimmer. Wenn du mir Schwierigkeiten machst, werde ich mich umdrehen und ihn um Hilfe bitten.«

Antonio Argus ließ die Schultern hängen. Ein enttäuschter Junge in einem hellen Jackett, der auf ein Abenteuer gehofft hatte, saß Leo gegenüber. Er sah sie mit einem Blick an, der immer noch einen Funken Hoffnung ausstrahlte, aber sich gleichzeitig schon von ihr entfernte, sicher gab es noch viele hübsche Frauen da draußen vor dem Café.

»Ich möchte, dass du die Tulpen behältst, schöne Leo.«

»Das mache ich gern, Antonio.«

Sie nahm einen großen Schluck vom Milchkaffee, dann schmierte sie auf eine Scheibe Brot die Avocadocreme und legte Camembert darauf. Mal was Neues probieren. In der spiegelnden Oberfläche der Tür sah sie die drei am hinteren Tisch mit Orangensaft anstoßen. Wie gern hätte sie jetzt dahinten gesessen.

Nach dem Brunch und dem letzten nüchternen Händeschütteln mit Antonio Argus – er hatte sich draußen nicht mehr getraut, sie zu umarmen oder etwas in der Art – wählte Leo vor dem Café die Privatnummer ihres Kollegen Frederic Lang. Nach dem dritten Klingeln ging er ran.

»Leo, meine Liebe.« Seine Stimme klang smart wie immer. »Habe ich einen Notdienst verpasst, oder brennt es in der Praxis?«

»Keins von beiden, Frederic.«

Leo stellte sich vor, ihr Geschäftspartner säße gerade in einem eleganten Morgenmantel mit einer Tasse Tee an seinem schweren Esstisch und hätte bis zu ihrem Anruf Mozart oder Chopin gehört, das würde zu ihm passen.

»Ich wollte dir nur sagen, dass ich heute Nachmittag um fünf in der Praxis bin. Ich treffe mich da mit einer Gerborg Jahnke.«

»Sollte mir der Name was sagen?«

Klar, dass Frederic keine Ahnung von Detektiven hatte. »Nein, ich will nur, dass du es weißt.«

»Liebe Leo, du kannst am Wochenende in der Praxis behandeln, wen du willst, auch ohne mein Einverständnis.«

»Nein, es geht nicht um eine Behandlung, ich wollte nur …«

Was wollte sie? Sich absichern für den Fall, dass auch ihr zweites Treffen heute eine andere Wendung nehmen würde, als sie gedacht hatte? Jemandem mitteilen, wo sie zuletzt gewesen war und mit wem, falls man sie auch mit durchtrennter Kehle finden würde?

»Nichts weiter, Frederic. Nur das. Ich wünsche dir ein schönes Wochenende.«

»Ja, dir auch.« Frederic Lang legte auf.

Leo wurde klar, dass sie auch diese Gelegenheit, Jakob Zimmer mit ins Boot zu holen, hatte verstreichen lassen. Sie verstaute ihr Handy wieder in ihrer Tasche und machte sich auf den Weg.

ZWÖLF

Das Leben wird oft mit einem Theaterstück verglichen …

3. Akt, Szene 29
Ort der Handlung: Zahnarztpraxis Dr. Lang/Dr. Kardiff.
Auftritt Gerborg Jahnke.
Frau Jahnke ist eine drahtige, kleine Person. Ihr Haar ist gekraust durch eine zu starke Dauerwelle. Ihr Gesicht ist kräftig geschminkt, ihr Lidschatten übertrieben farbig. Sie trägt ein lila Kostüm mit passenden spitzen Schuhen. Ihre überdimensional große Handtasche gibt sie nie aus der Hand.
Während ihres folgenden Monologs lässt sie ihr Gegenüber nicht zu Wort kommen. Gerborg Jahnke spricht zu Leocardia Kardiff, ohne sie direkt anzuschauen. Ihre Stimme ist erstaunlich angenehm, ihre Redegeschwindigkeit enorm schnell.
(Begleitet wird Gerborg Jahnke von einem untersetzten Typen mit einem auffallend grünen Halstuch, der aber den gesamten Monolog von Frau Jahnke über schweigt, auch wenn sie ihn direkt anspricht.)

»Wissen Sie, wie oft ich am Telefon gefragt werde, ob ich denn die Gerburg Jahnke, die Kabarettistin, wäre? Und wie oft, wie unfassbar oft, ich Gerborg, Gerb*o*rg mit Betonung auf dem o, sage? Das ist schon fast selbst eine Kabarettnummer.

Natürlich hätte ich mich umnennen können, schon längst, vielleicht Gerhild oder Geraldine, aber man möchte seinen Namen nicht so einfach aufgeben, oder?

Ich frage mich oft, was meine Eltern dazu bewegt hat, diesen Vornamen zu wählen, aber, verzeihen Sie, wenn ich es deutlich ausspreche, Ihr Name ist wohl auch kein Geniestreich gewesen. Frau Dr. Leocardia Kardiff. Ein Zungenbrecher. Ha. Ha.

Vielleicht, wenn wir uns früher getroffen hätten, wären wir Freundinnen geworden, Schwestern im Geiste, Leocardia und Gerborg, ein Frauenduo der Musik oder, warum nicht, ein Comedyduo, das der wahrlich wirklich phänomenal guten Gerb*u*rg

Jahnke Konkurrenz gemacht hätte. Sie sollten unbedingt mal ein Programm von Frau Jahnke besuchen. Ein Erlebnis.

Ich für meinen Teil sehe oft ein komisches Talent in mir, viele meiner Kunden sagen dann, wenn sie mich persönlich kennenlernen: Frau Jahnke, Sie könnten fast mit Frau Jahnke auftreten, so lustig!

Wirklich, das sagen die! Ha. Ha.

Aber wir schwafeln, verzeihen Sie!

Ich sage ›wir‹, meine aber mich. Ein klein wenig Majestätsplural für unser Selbstbewusstsein. Gleich noch mal! Ha. Ha.

Die Detektei ›Offenes Ohr‹ ist vor über zehn Jahren gegründet worden. Zehn Jahre sind in der Recherchebranche eine Ewigkeit. Meine bescheidene Wenigkeit ist also seit zehn Jahren, vier Monaten und drei, nein, jetzt haben Sie mich fast erwischt, fünf Tagen dabei.

Ich führe öffentlich den Titel ›ZAD geprüfter Privatermittler‹ mit IHK-Zertifikat. Das klingt famos, ich weiß, aber unter uns gesagt, ich bin praktisch wie eine Reinigungskraft fürs Grobe.

Haben Sie im Internet über unsere Spezialfachgebiete gelesen?

›Suche nach vermissten Menschen für die Klärung der Erbfolge‹.

Hört sich lukrativer an, als es ist. Die meisten müssen schnell erkennen, dass nach Abzug der Steuern, der Anwaltskosten und unserem Honorar gerade mal genug übrig bleibt, um sich einen mittleren Kleinwagen leisten zu können.

›Treueprüfung für Partner in privaten Beziehungen‹.

Hat sich als Verlustgeschäft erwiesen. Wir hängen tage- und wochenlang vor billigen Landgasthäusern und schmuddeligen Motels herum, und am Ende kommt nach Tränen, Geschrei und großen Worten eine Versöhnung, weil der eine dem anderen doch die haarsträubende Geschichte glaubt, dass alles nur ein Missverständnis war und sich die nackte Frau in der Zimmertür geirrt hat. Man könnte lachen, wenn man nicht weinen möchte. Ha. Ha.

Und schließlich die Sache mit den ›Veruntreuungen‹.

Mehr, als Sie ahnen. Jeder, der kann, betrügt. Eine Tatsache.

Eine Erfolgssparte für die Detektei. Ein steter Zulauf von Kunden! Wir könnten Zahlen nennen, machen wir hier aber nicht. Sie würden staunen, was schon allein bei kleinen Summen so hinterzogen, hintergangen und veruntreut wird.

Apropos allein. Sie wundern sich vielleicht, dass ich den Weg zu Ihnen nicht allein angetreten habe. Ich wundere mich, was Sie eigentlich von mir genau wissen wollen und wie Sie zu der Dame Kernbach, Gott hab sie selig, stehen.

Aber wie ich Ihnen schon am Telefon sagte, ich sperre mich nicht gegen die Weitergabe von Daten, Namen oder dahinterstehenden Personen, außer es könnten sich Komplikationen für eine unserer Kundinnen dadurch ergeben. Ich meine damit auch die Kunden männlicher Natur, aber man muss ganz klar festhalten, dass wir erstaunlicherweise hauptsächlich für Damen jenseits der fünfzig tätig sind, weshalb wir auch mit einem wirklich guten Internetauftritt noch hinterherhinken.

In medias res: Neben mir, das ist Herr C. Herr Bernd C.

Ach, lächerlich, ich kann seinen Namen gern auch vollständig aussprechen. Bernd Carlos. Ein einfacher Name, wenn Sie mich fragen, leicht zu merken, wenn Sie nur an Kater Carlo aus den Micky-Maus-Heften denken.

Er ist sozusagen mein Schutzbeauftragter, meine Absicherung. Ja, mein Bodyguard.

Denn als ich Ihren Anruf auf Band hatte, da war ich mir nicht ganz sicher, ob Sie nicht in Wahrheit zu meiner Zunft gehören und mich ausspionieren wollen oder gar, ich mag es gar nicht aussprechen, von Frau Mohn als Anwältin engagiert worden sind, die versucht, mich und mein Büro in Misskredit zu bringen. Die Konkurrenz ist so gewaltig. Kein geschützter Beruf.

Ohne jetzt ins Detail zu gehen, fühle ich mich mit Begleitung wohler, und – Bernd, kannst du mir mal ein Taschentuch geben, ich habe mal wieder keines dabei – Herr Carlos wird uns bei unserem Gespräch sicher nicht stören, nein, er wird als Zuhörer im Hintergrund bleiben.

Bernd, setz dich doch dahinten in den Wartebereich. Da kannst du eine Zeitschrift lesen. Los, Bernd, geh!

Also, wo war ich?

Ach ja. Doch jetzt, wo ich Ihre Profession kenne, liebe Frau Doktor, ist so weit alles offen zwischen uns. Ich danke Gott für die Zahnärzte, wer sonst könnte uns allen bis ins hohe Alter ein strahlendes Lächeln schenken. Aber machen Sie sich keine Hoffnung, ich putze meine Beißerchen viermal täglich, also kein Gewinn mit mir zu machen. Ha. Ha.

Heidi Mohn hat sich an mich gewandt. Ich bin meiner Kundin behilflich gewesen und habe für sie Fakten zusammengetragen. Alles, was ich recherchiert habe, ist wasserdicht belegt. Was dann passierte, kommt öfter vor, als man denkt. Also: dass sich die Gegenseite auch an mich wandte und das Blatt wenden wollte. So ist das Leben, so ticken Menschen. So läuft unser Business.

Ich darf nicht vergessen zu erwähnen, dass die Gegenseite in einen großen Honigtopf gegriffen hat, also mir eine Summe geboten hat, der – ich wage es zu sagen – kaum ein kleiner Mittelständler hätte widerstehen können. Es ist wie im Kalten Krieg, wie unter Spionen. Was kannst du mir bieten, was mich auf die andere Seite ziehen könnte, Spionage und Gegenspionage, wenn Sie verstehen?

Sie sehen mich zerknirscht. Ich weiß, es ist und war immer schon unethisch. Ich weiß, so etwas sollte nicht vorkommen, aber die Welt dreht sich, und die Sonne versinkt, und wenn es dunkel wird, wollen meine Kinder ein Abendessen. Bildlich gesprochen, ich habe nur einen Sohn aus erster Ehe, und der ist erwachsen und lebt in London. Wir sind sehr stolz auf ihn.

Weiter im Text.

Wir haben also die Seite gewechselt und Frau Mohn gebeten, Abstand von ihren Recherchen zu nehmen. Höflich. Damit hätte die Sache erledigt sein können. Ach, was sage ich? Vorbei war es. Aus meiner Sicht. Erledigt. Gegessen.

Aber die leider zugegeben nette Frau Mohn hat sich damit nicht abfinden wollen. Eine unfassbar schlechte Idee. Auf jeden Fall – wir mussten uns daraufhin mit Frau Mohn unterhalten und die Dinge klären.

So was kommt öfter vor, sicher!

Nicht jeder unserer Kunden ist kooperativ – verständlich.

Manche drohen uns mit … Ha, Sie würden sich wundern, mit was uns so gedroht wird. Das würde hier zu weit führen.

Was machen wir also?

Wir verteidigen uns. Verwandeln die Drohung in eine Gegendrohung. Danach lassen sie meistens ab von einer Anzeige, weiterer Nachforschung, einem Anruf bei einem Anwalt. Nur ganz selten müssen wir körperliche Gewalt anwenden, aber darüber spricht keiner gern.

Können Sie mir noch folgen? Nein? Lassen Sie es sacken, dann werden Sie schon noch verstehen.

Kann ich endlich mein Taschentuch haben, Bernd?

Verstehen Sie die Situation, Frau Doktor?

Deshalb sitzt dort in Ihrem Wartebereich Herr Bernd Carlos als kleine Hilfe, sollten wir beide keine Einigung erzielen. Ich fühle mich beschützt, und Sie werden beschützt sein, wenn Sie Ihre Ambitionen aufgeben. Sie sehen, ich denke mit und will nur das Beste für uns alle.

Sie brauchen nichts zu sagen, Frau Doktor, die Schweigepflicht ist für uns beide eine zweite Natur, oder?

Frau Mohn hätte sich immer noch direkt an diesen Wirzenshuber aus unserem schönen Nachbarland wenden können. Der Mann ist doch von ihrer Freundin Hedda Kernbach verpflichtet worden. Wobei ich mir aber sicher bin, dass dieser seltsame Bartträger keine wirkliche Ahnung hat, was dort so vor sich geht. Ein Naivling.

Aber ich sehe an Ihrem Gesicht, der Name sagt Ihnen nichts. Belassen wir es dabei.

Ach, Bernd, was ist denn jetzt mit dem Taschentuch? – Dieser Heuschnupfen quält mich jedes Frühjahr, grauenhaft!

Und diese Geschichte zwischen Heidi Mohn und Hedda Kernbach, ich weiß nicht, ob ich die glauben kann. Cousinen, die sich nach Jahrzehnten, nach einem halben Jahrhundert, wiederfinden in einer banalen Skatrunde. Das habe ich auch meinem Gegenkunden, dem mit dem Honigtopf, erzählt.

Das können Sie gern auch Frau Mohn ausrichten, wenn Sie sie sprechen. Sagen Sie Frau Mohn auch, meine angedeutete Summe, mit der ich und sie samt Frau Kernbach wieder ins

Geschäft gekommen wären, ist hiermit nichtig. War eine blöde Idee. Wir haben beschlossen, die Zusammenarbeit mit ihr zu beenden. Das ›Offene Ohr‹ würde ja sonst in einen Interessenskonflikt geraten. Verstehen Sie?

Frau Mohn hätte übrigens nur das tun sollen, was ich Ihnen jetzt auch rate zu tun: nichts.

Vergessen Sie es. Lassen Sie es so stehen. Machen Sie sich einen schönen Abend, gehen Sie ins Kabarett oder so was in der Art. Viel Spaß. Ha. Ha!«

Abgang von Frau Jahnke.
Bernd Carlos erhebt sich ebenfalls, folgt Gerborg Jahnke schweigend, in seiner Jacke nach einem Taschentuch wühlend.
Szenenwechsel.

DREIZEHN

Nach dem Besuch von Frau Jahnke zog sich Leo in ihr Büro zurück, machte die Tür zu. Die leere Praxis kam ihr zu groß vor.

Sie zog die Schuhe aus, ihre Zehen schmerzten von den hohen Absätzen, angelte sich unter ihrem Schreibtisch eine Mineralwasserflasche und ließ sich auf die rote Couch fallen.

Vor ihr auf dem Abstelltisch lagen immer noch die Zeitschriften gestapelt, obenauf der Krimi »Blutige Nächte«. Bei ihrem nächsten Besuch in der Buchhandlung sollte sie sich vielleicht besser einen historischen Roman kaufen oder eine seichte Liebesgeschichte, in der am Ende der Junge das Mädchen kriegt. Nur nicht mehr zu viel Realismus.

Sie kramte in ihrer Handtasche, fand die Seite aus der Zeitschrift. Entknitterte das Blatt und fuhr mit dem Zeigefinger über Heidi Mohns Notizen. Ließ den unendlich langen Monolog von Gerborg Jahnke Revue passieren.

Was für eine Person!

Klein und drahtig, mit dieser Krause im Haar und dem auffallend lila Lidschatten. Sie hatte ein Kostüm getragen und spitze Schuhe, dazu eine noch größere Handtasche, als Leo sie hatte, wahrscheinlich fand sie darin auch nie das, was sie gerade brauchte. Sie hatte ja nicht mal Taschentücher dabei. Wenn Leo zu Wort gekommen wäre, hätte sie ihr als Gesundheitstipp ein gutes Mittel gegen Heuschnupfen empfehlen können.

Aber hätte sie einer Erpresserin etwas Gutes tun wollen?

Um Erpressung ging es wohl. So viel hatte Leo aus all dem Gerede heraushören können.

Wer aber wen und warum, diese Rätsel würde sie nur gemeinsam mit Heidi Mohn lösen können.

War die Jahnke eine Detektivin, die ihre Kunden erpresste? Die ihre Informationen nur an den Meistbietenden abgab? Dazu dieser Kerl, dieser Bernd Carlos, der während des ganzen Treffens tatsächlich nichts von sich gegeben, nur finster seine Augenbrauen zusammengezogen hatte, bevor er sich im Warteraum auf einen Sessel hatte plumpsen lassen.

Er sollte sie wohl einschüchtern.

Muskeln hatte der Mann gehabt, aber auch Übergewicht, so ein bulliger Kerl mit dicken Backen und wulstigen Lippen. Leo hatte ihn in Gedanken mit einem Pitbull verglichen, der wegen zu vieler Leckerlis dringend auf Diät gesetzt werden sollte. Das Auffallendste an ihm war sein neongrüner Schal gewesen, den er ständig in seinen dicken Fingern gedreht hatte. Auf dem Stoff hatte Leo Flecken von Bier oder Fett sehen können.

Sie war den beiden noch auf den Gang hinaus zum Lift gefolgt, und da war Leo das erste Mal überhaupt zu Wort gekommen.

Auf ihre spontane Feststellung, dass es sich unter dem Strich also klar um Erpressung handelte, also eine Straftat, auf die Gefängnis stand, hatte Gerborg Jahnke extrem empört reagiert und sofort wegen Rufschädigung mit einem Anwalt gedroht. Dann hatte sie nach ihrem neongrünen Bodyguard gewunken, und die beiden waren im Lift verschwunden.

Karikaturen wie aus einer Krimikomödie.

Obwohl die Sache nicht komisch war. Leo war sich sicher, dass die Detektei-Chefin schon lange ihre krummen Geschäfte machte. Gerborg Jahnke schien ein ziemlich übles Früchtchen zu sein, das sich seine Einnahmen mit unlauteren Mitteln aufbesserte. Der sollte Leo ihrerseits den Steuerfahnder Antonio Argus auf den Hals hetzen.

Apropos auf den Hals hetzen. Ob Hauptkommissar Zimmer auch für Betrugsdelikte zuständig war? Auf alle Fälle musste Leo ihn darüber informieren. Schon, um sich und Heidi Mohn zu schützen. Wie sie das anstellen sollte, ohne ihren erneuten Alleingang preiszugeben, wusste sie noch nicht.

Doch die viel wichtigere Frage war, hatte der Tod von Hedda Kernbach etwas mit dem »Offenen Ohr« zu tun? War Frau Jahnke oder diesem Bernd Carlos ein Mord zuzutrauen? Sicher schien zu sein, dass beide Damen, Hedda und Heidi, durch Gerborg Jahnke an bestimmte Informationen gekommen waren. Hier kreuzten sich die Wege. Doch zu einer, wie Frau Jahnke das so schön umschrieben hatte, Spionage gehörte auch die andere Seite. Zu der man überlief. Die Gegenspionage. Wer kam dafür in Frage? Sie hätte sofort auf den schleimigen Zwirbelbart, den Neffen von Hedda, getippt.

Was für ein Tag!

Leo schloss ihre Augen, um besser nachdenken zu können. Doch eine Minute später war sie eingeschlafen.

VIERZEHN

Draußen gegenüber der Praxis am Nikolausplatz standen Gerborg Jahnke und Bernd Carlos.

Frau Jahnke hatte ein weiteres Taschentuch von ihrem Begleiter gefordert und sah mit so einem giftigen Blick nach oben zu den Fenstern, wo sie die Zahnarztpraxis vermutete, dass, wenn Blicke töten könnten, Leo in diesem Moment im Schlaf gestorben wäre.

»Eine Zahnärztin! Eine aufgebrezelte, arrogante Zahnarztschlampe! Was glaubt die denn, wer die ist? Hab ich dir nicht gesagt, Bernd, dass große Fische nur Unglück bringen? An den kleinen muss man dranbleiben. Von hundert Sardinen kannst du dich gut ernähren, aber ein weißer Hai kann dich umbringen. Wenn die da oben zur Polizei geht, können wir einpacken, verstehst du? Wobei ich mir sicher bin, dass die keine Beweise hat, die ist doch eine Dummschwätzerin, eine Wichtigtuerin, eine, die nichts anderes zu tun hat, als uns hart arbeitenden Menschen das Leben schwer zu machen. Hast du den Fußboden gesehen? Marmor, sag ich dir, Bernd, und die Schuhe von der, sicher Manolo Blahnik oder so! Ich laufe in Schuhen von Deichmann rum, verstehst du? Bah, was für eine arrogante Schnepfe! Aber jetzt mal im Ernst, Bernd. Ich bin der Meinung, wir sollten da einen kleinen Riegel vorschieben, verstehst du? Ein kleines Manöver inszenieren, damit die merkt, mit uns ist nicht zu spaßen. Hat doch bis jetzt immer ganz gut funktioniert. Nicht, Bernd? Gib mir noch ein Taschentuch, dieser Frühling bringt mich um!«

Bernd Carlos hörte kurz auf, seinen Schal mit den Fingern zu drehen, und holte sein letztes Tempo raus. Gerborg Jahnke schnäuzte sich laut, dann lief sie weiter schimpfend über den Nikolausplatz. Bernd Carlos zog die Augenbrauen zusammen und folgte ihr tatsächlich wie ein zu gut gefütterter Pitbull seinem Frauchen.

Die beiden kamen an einem jungen Mann vorbei, der die

ganze Zeit schon auf einer der Bänke des Kinderspielplatzes gesessen hatte, der in der Mitte des Platzes angelegt war. Jetzt am Abend waren alle Kinder fort, und nur eine kleine Gruppe Jugendlicher machte sich an den Schaukeln einen Spaß, ohne jedoch zu laut zu sein. Hier rief schnell ein Anwohner die Polizei an, und keiner von ihnen wollte damit zu tun haben.

Der junge Mann, der rotes Haar und ein umwerfendes Lächeln hatte und auf den seltenen Namen Antonio Argus hörte, spielte mit seinem Handy und sah von Zeit zu Zeit nach oben zu den Praxisfenstern. Dort war alles dunkel, aber er wusste, dass Leo noch oben sein musste.

Er war sich immer noch unschlüssig, ob er die Abfuhr, die er heute Vormittag von der Zahnärztin gekommen hatte, einfach wegstecken oder es mit ein wenig mehr Druck weiter versuchen sollte. Da war das letzte Wort noch nicht gesprochen. Er überlegte, ob er sie anrufen sollte oder einfach klingeln. Würde sie ihn endgültig zur Hölle schicken oder auf seine Schmeicheleien eingehen? Vielleicht fiel ihm noch ein gutes Argument ein.

Hinter ihm zogen die Jugendlichen davon, und auch er beschloss, es für heute sein zu lassen.

Er verließ die Bank und den Spielplatz, überquerte die Straße, blieb kurz vor dem Haus Nummer 7 stehen und sah nach oben. Aus keinem der Fenster fiel Licht, hatte sich die hübsche Frau Doktor etwa im Dunklen verkrochen?

Antonio Argus zog die Schultern hoch, vergrub seine Hände in den Hosentaschen und machte sich auf den Weg.

Dann blieb der Platz eine Zeit lang leer, nicht einmal einer der Frühlingsjogger, die sich Kondition und eine gute Figur für die Sommermode antrainieren wollten, kam über den Platz gelaufen.

In der Dämmerung wirkte alles fast magisch. Als die ersten Straßenlaternen angingen und die Bank samt dem Kinderspielplatz sanft beleuchteten, war es für einen Augenblick, als sei der Platz in eine kindliche Märchenwelt gefallen.

Der nächste Besucher des kleinen Nikolausplatzes durchbrach diese Stimmung und kam mit beschwingten Schritten bis an Haus und Tür Nummer 7, dort hielt er an und wippte eine Weile auf seinen Schuhsohlen vor und zurück. Inzwischen war die Dunkelheit so weit fortgeschritten, dass man den Mann unter dem Eingang kaum sehen konnte. Es hätte jedermann sein können. Er sah die Namen an den Klingeln der Reihe nach durch und blieb an dem Schild »Zahnarztpraxis Dr. Lang/ Dr. Kardiff« hängen.

In seinem Kopf sah er Leocardia Kardiff vor sich, blond, gut proportioniert, eine Frau in Saft und Kraft. Er stellte sich vor, wie er im Lift nach oben fuhr und vor der Tür stehen blieb. Aus Spaß besonders lange auf den Klingelknopf drückte. Vielleicht würde sie »Ja, bitte?« fragen, vielleicht auch direkt öffnen. Das wäre das Beste. Sie würde öffnen und ihn sehen, wie er dastand und grinste.

Vielleicht würde sie zuerst lachen und an einen Scherz glauben, aber er würde sie schnell eines Besseren belehren. Beim ersten Stich würde sie merken, dass die Sache nicht komisch war, bei Weitem nicht.

Der erste Stich würde ihren Bauch treffen.

Er stellte sich vor, wie sie nach unten sehen würde, mit einem dann bereits erfrorenen Lächeln, wie sie fassungslos auf ihren Unterleib blicken würde, wo er das Messer herauszog und langsam ein roter Blutfleck wuchs. Trug sie heute nicht eine helle Bluse? Wunderbar würde das Rot darauf zu sehen sein. Sanft würde sich der Fleck wie zu einer roten Schürze ausbreiten.

Und bevor sie ihren Blick wieder heben konnte, würde er mit dem Messer ein zweites Mal zustechen, in den Oberarm, dann wieder nach unten in einen der Schenkel. Er würde stechen und stechen, und die roten Stellen würden sich vermehren wie Krokusse im Frühling.

Würde sie schreien?

Der Mann legte den Kopf schief und überlegte. Eher wimmern, jammern, vielleicht flehen. Das klang gut.

Er summte und wippte vor der Tür des Hauses Nikolausplatz Nummer 7.

Drinnen im Flur ging das Licht an. Der Mann blinzelte, hielt in seiner Bewegung inne.

Schluss mit diesen Phantasien.

Als die Haustür geöffnet wurde und der Rentner, der über der Praxis Dr. Lang/Dr. Kardiff mit seiner Frau lebte, aus dem Haus trat, um noch mal seinen Hund, einen klassischen Pudel, Gassi zu führen, war niemand mehr vor der Haustür, niemand saß auf einer der Bänke am Spielplatz, und niemand stand mehr gegenüber auf der anderen Straßenseite.

Rentner und Pudel gingen ihres Weges und wussten nichts von der schlafenden Leo auf ihrer roten Couch und ihren Beobachtern.

TEIL 4

STOSSWEISE AUSATMEN

EINS

Halb neun.

Komme in der Praxis an.

Mein Wochenende war grauenhaft.

Nach Antonio Argus und Gerborg Jahnke begann das große Kotzen. Bin in meinem Büro eingeschlafen. Aufgewacht und zum ersten Mal aufs Klo. Dann nach Hause, und dort ging's richtig rund. War heilfroh, dass ich allein war. Wenn es vorn und hinten losgeht, wünscht man sich im Umkreis von zehn Kilometern keinen, der das mitkriegt.

Nur Tee getrunken. Fühle mich ein paar Kilo leichter. Als Nathalie und Luise Sonntagabend von ihrem Besuch bei Johannes nach Hause kamen, ging es mir Gott sei Dank besser, und ich war auch besser gelaunt. Abends haben wir noch Monopoly gespielt. Viel gelacht.

Liebe meine Mädels.

Heute Morgen ein gutes Gefühl. Ein Gefühl, als hätte ich den rothaarigen Steuerfahnder und die krause Schnüfflerin ausgekotzt …

Genau!

Ich bin voller Tatendrang.

Habe mir fest vorgenommen, heute bei Hauptkommissar Zimmer Abbitte zu leisten und ihn über Frau Jahnke zu informieren.

Aber zuerst meine Patienten.

Bin überpünktlich heute.

Zwei Dinge geschehen gleichzeitig.

Mein Kollege Frederic steht vorn am Empfang und winkt mir zu. »Weißt du, wer eben auf Besuch zu uns gekommen ist?«

Ich weiß es nicht, aber mein Magen verkrampft sich gleich wieder, und eine Ahnung steigt in mir hoch.

»Überraschung!« Ein älterer Herr mit dünnem weißem Haar und immer noch strahlenden Augen, die dasselbe Blau wie meine haben, springt vor Frederic in mein Sichtfeld und breitet seine Arme aus.

Dr. Gerwald Hubertus a. D. ist gekommen. Ohne Voranmeldung, ohne seiner Tochter seinen Besuch anzukündigen.

Wie immer!

Mir fällt sein Anruf von vorgestern ein. Ich habe ihn abgewimmelt und nicht zurückgerufen. Sorry, Papa. Meine Schuld!

Wie aufs Stichwort gibt mein Smartphone ein kurzes Klopfen von sich. Ich könnte die SMS ignorieren, doch ich merke, dass ich eine Übersprungshandlung brauche. Ich hebe das Smartphone hoch, zwischen uns, lese.

»Misch dich nicht weiter ein, Zahnarztschlamppe, sonst …!« Das Wort Schlampe ist mit zwei p geschrieben. Wie bitte?

Ich fasse nicht, was da steht.

In dem Moment ist mein Vater bei mir angekommen, nimmt mich in seine breiten Arme, und meine Hand mit dem Telefon wird von seinem Brustkorb an meinen Busen gequetscht. Die SMS verschwindet aus meinem Blickfeld.

Ich atme schwer, keuche ein wenig, mein Vater denkt, das hat mit seiner festen Umarmung zu tun, und lässt mich wieder los.

Ich möchte ihn gern locker begrüßen, möchte »Was machst du denn hier?« sagen oder wenigstens »Hallo, Papa!«, aber meine Kehle ist mit einem Mal so trocken wie eine Wüstenlandschaft.

Mein Blick geht automatisch zu meinem Smartphone zurück, ich will wissen, wer mir diesen ungeheuerlichen Satz gesendet hat.

»Leocardia, jetzt lass doch mal die Geschäfte ruhen und sag deinem alten, zittrigen Vater ordentlich Guten Tag.«

Dr. Gerwald Hubertus ist der Meinung, dass sein Besuch an diesem Montagmorgen das Wichtigste sein müsste, und seine Meinung ist immer schon die einzige am Horizont seiner Wahrnehmung gewesen.

In meinem Kopf rasen jetzt die Gedanken.

Was ist zu tun?

Ich muss den Absender der SMS checken, ich muss mich setzen, ich …

Oh du großer Gott!

… es kann doch nicht sein, dass es schon wieder von vorn

losgeht und das Chaos in meinem Leben den gleichen Wochenstart hinlegt wie in der vorherigen. Bitte jetzt keinen Druck mehr. Von niemandem.

Apropos.

»Papa!« Ich klopfe ihm mit meiner freien Hand auf die Schulter. Mehr fällt mir nicht ein … Doch! Ein rettender Gedanke ist unter den vielen. »Entschuldige, aber ich muss dringend Pipi.«

Ich merke, dass ich in die Kindersprache zurückgefallen bin. Nicht das erste Mal in Gegenwart meines Erzeugers, dem ich meinen zweiten Vornamen verdanke.

Frederic schließt zu uns auf.

»Die Frauen, was, Frederic? Sind wie Zitronen, wenn man sie drückt, kommt unten was raus.«

Papa Gerwald lacht, Frederic schließt sich an, hinten am Empfang lacht auch Gerda Horst, höher, als ich sie sonst erlebe. Aus der Bulldogge ist ein zahmes Schoßhündchen geworden. Vielleicht ist an den Gerüchten, dass sie und mein Vater früher eine Affäre hatten, doch was dran.

Der Scherz ermöglicht mir eine schnelle Flucht. Mit Jacke und Handtasche stürze ich um die Ecke gleich in die Besuchertoilette. Ich setze mich auf den Deckel, mein Herz klopft wie wild.

Sharif El Bennas Atemübung kommt mir in den Sinn, und sicher gibt es keine bessere Gelegenheit, sie auszuprobieren, als hier.

Augen schließen, tief einatmen, langsam bis fünf zählen, stoßweise ausatmen, die Übung wiederholen. Sharif schnippt am Ende immer mit den Fingern, und bei ihm bin ich, wunderbar erholt, sofort wieder da.

Also los!

Aug… Ich muss auf mein Smartphone schauen.

»Misch dich nicht weiter ein, Zahnarztschlamppe, sonst …!«

Was sonst? Sonst haue ich dir die Zähne aus oder schlag dich zusammen oder trenne deine Kehle mit einem Messer durch und stopfe dir eine Zeitschrift in den Mund?

Noch nie in meinem Leben bin ich bedroht worden. In all den Jahren, auch mit schwierigen Patienten, von denen mich insgesamt drei verklagt haben, viele beschimpft und einer mich sogar bespuckt hat. Was allerdings nach dem Aufwachen aus einer Vollnarkose passiert ist.

Aber eine Drohung? Nie.

Natürlich habe ich auch nie zuvor eine Leiche gefunden, mich nie vorher als Hobbydetektivin engagiert und bin erst vor vier Tagen das erste Mal in ein fremdes Haus eingebrochen.

Wenn ich es so betrachte, passt die Drohung gut dazu.

Ich schaue mir die SMS genauer an, Nummer unbekannt. Was hatte ich anderes erwartet?

Ich drücke erst mal die Spülung hinter mir herunter und wasche meine Hände. Ich kann nicht ewig hier sitzen.

Wenn mein Vater meine Praxis wieder verlassen hat, werde ich mich mit der SMS beschäftigen, werde dann endlich Hauptkommissar Zimmer anrufen und ihn über alles, wirklich alles informieren.

Geschworen!

Draußen, direkt vor der Toilettentür, steht Britti Poster, ein strahlendes Lächeln auf dem Gesicht. Ihr Pagenkopf ist frisch geschnitten, und sie hat sich zusätzlich eine Seitensträhne lila färben lassen.

»Frau Doktor, Ihr Vater ist da!«

»Schon gesehen, Britti, danke.«

Britti wippt mit ihren Füßen und steht mir im Weg. »Hatten Sie einen schönen Samstag?«

Ich weiß, worauf meine Zahnarzthelferin hinauswill. »Britti, darüber reden wir noch, okay?«

Sie macht den Mund auf, ich warte nicht auf ihre nächste neugierige Frage, sondern schiebe sie zur Seite.

Am Empfang ist niemand mehr, Gerda Horst hat sich meinem Kollegen und meinem Vater angeschlossen.

Was, wenn jetzt ein neuer Patient kommt?

Ich werfe einen schnellen Blick ins Wartezimmer, es ist auffallend leer, nur ein älterer Herr, der mich ängstlich grüßt, sitzt da. Ich drehe mich um, die Tür zu Frederics Büro ist nur angelehnt, also dort drinnen geht die Party vonstatten.

Ich drücke die Tür auf, und da sitzen sie schon. Die zwei

Herren, die Gründer der Gemeinschaftspraxis, und meine Empfangsdame, alle auf Frederics weißer Ledercouch. Jeder mit einem Glas Prosecco in der Hand.

Ich muss die Spielverderberin spielen. »Frau Horst, ist denn heute niemand gekommen, oder was ist da draußen los?«

Gerda Horst springt hoch, reicht mir von Frederics Schreibtisch ein leeres Sektglas. Ich frage mich, ob die Gläser extra neu angeschafft wurden.

»Oh, Frau Doktor!« Gerdas Blick geht schuldbewusst nach unten. »Als ihr Vater am Freitag in der Praxis angerufen hat, um sich anzukündigen, habe ich alle ersten Termine eine halbe Stunde nach hinten verschoben. Das war Ihnen doch recht? Nur Herr Zollitsch draußen ist trotzdem schon jetzt gekommen.«

»Ein Gläschen zu Ehren von Gerwald muss uns vergönnt sein. Nicht wahr?« Frederic hebt sein Glas hoch, und mir wird klar, dass auch er vom Besuch meines Vaters gewusst hat. Ich bin die Einzige, die man nicht informiert hat.

Obwohl, der weggedrückte Anruf … mea culpa – meine Schuld … und täglich grüßt das Murmeltier …

Ich lasse mir Prosecco einschenken. Aber nur einen winzigen Schluck, einmal anstoßen auf das Wohl von Dr. Hubertus genügt.

Nach dem Schluck beginnt die Konversation. Mein Vater erzählt von seinem beschaulichen Leben in Stommeln mit seiner Hilde, seiner Lebensabschnittsgefährtin, die so gut kocht, dass er schon fünf Pfund zugenommen hat. Er lädt uns alle ein, mal rauszukommen, spätestens im Sommer, da würde das Schwimmbad im Garten fertig sein. Von seiner Parkinsonerkrankung erzählt er nichts, ich glaube, die blendet er einfach so gut es geht aus. Aber ich kann sehen, dass seine Hand, die das Glas hält, leicht zittert.

Gleich bekomme ich Mitleid. Armer Papi.

Mein Papa dreht sich mit dem Glas in der Hand zu mir um. »Nun zu dir, Leocardia.«

Mir fällt auf, dass er mich nie einfach nur Leo nennt.

»Was habe ich hören müssen? Du hast dich in den letzten Wochen nicht gerade mit Ruhm bekleckert.«

Sofort mutiere ich zum Kleinkind.

Ich bin wieder sieben oder neun oder auch zwölf oder sechzehn. Vielleicht bin ich auch schon fünfundzwanzig, mit einem Doktortitel in der Tasche, aber das ändert nichts an der Tatsache, dass ich etwas falsch, wieder etwas falsch gemacht habe.

Klar, er hat von meinem Leichenfund gehört.

Klar, Frederic hat ihm erzählt, dass ich seine Akten durchsucht habe.

Klar, Hauptkommissar Zimmer steht seit Beginn seiner Ermittlungen mit meinem Vater in Kontakt und hat ihm alles brühwarm erzählt.

Verdammter Unsinn! Erst mal Papa zuhören, Leo!

»Also, Leocardia. Frau Reis hat mich kontaktiert und sich über ihre neue Krone beschwert. Sie hat nach jedem Essen Schmerzen. Leocardia, ich möchte nicht, dass meine Patienten bei dir nicht gut aufgehoben sind.«

Uff! Ich stoße einen Seufzer aus. Es geht nur um eine Patientin. Noch mal Glück gehabt.

Ich könnte ihm jetzt sagen, dass Frau Reis sich immer beschwert und nach jeder Behandlung über überdimensionale Schmerzen klagt. Sie kommt immer mindestens einmal mehr zur Nachkontrolle, das scheint bei ihr eine Art Ritual zu sein. Aber das war schon zu Zeiten meines Vaters so. Ich erinnere mich, dass er mal gesagt hat: Die Reis ist wie der Postmann, sie klingelt immer zweimal.

Ich könnte ihm erzählen, dass sie schon längst das zweite Mal auf meinem Stuhl gesessen hat und ich ihr sagen konnte, die Krone sitzt wie angegossen. Seither ist sie auch nicht wiedergekommen.

Zuletzt könnte ich ihm sagen, dass alle seine früheren Patienten jetzt schon längst meine sind.

Aber ich halte meinen Mund. Ich nicke nur und schaue auf mein Smartphone.

Meinem Gefühl nach müsste der Tag schon vorbei sein, aber in Wirklichkeit ist gerade mal eine halbe Stunde vergangen. Die Zeit kann manchmal wie ein Kaugummi sein, vor allem wenn Dr. Hubertus sie beansprucht.

Draußen klingelt es an der Eingangstür. Endlich die ersten Patienten.

Ich schieße in die Höhe. »Papa, ich muss. Herr Zollitsch wartet schon, und die nächsten –«

»Leocardia, so gefällt mir das. Mach mal, Mädel.«

Auch Gerda Horst steht auf. Sie wirkt wieder forsch wie immer, die Bulldogge ist zurück.

Ich habe schon die Türklinke in der Hand und bin dankbar über die Flucht in die Arbeit, da stellt Dr. Gerwald Hubertus die Frage, die ich am meisten hasse.

»Sag, Leocardia, wie geht es deiner Phobie?«

Er fragt nicht: Wie geht es dir?

Er fragt auch nicht nach meiner Mutter oder nach seinen Enkeltöchtern.

Er fragt nicht: Wie läuft die Praxis? Oder: Wie viele neue Patienten habt ihr dieses Jahr? Bist du gesund, könnte er noch fragen. Vielleicht auch: Was macht dein Liebesleben? Kann es sein, dass ihn an mir nur dieses Problem interessiert? Dass er nur an meinem wunden Punkt ansetzen will?

Ich hole tief Luft. »Gut, Papa, alles okay!«

Dann bin ich draußen. Ich stolpere am Türrahmen. Aua!

Gerda Horst fängt mich auf, sonst hätte ich mich noch auf die Nase gelegt. Ich renne weiter in mein eigenes Büro, ziehe mich um, weiße Hose, weißer Kittel.

Draußen klingelt es jetzt immer wieder, die Bude wird heute richtig voll werden.

Gott sei Dank.

Als ich schon in den Behandlungsraum eins will, bemerke ich, dass ich immer noch die hochhackigen Stiefeletten anhabe. Also wieder zurück und die flachen Arztschuhe angezogen. Keiner will an seiner Ärztin rote Stiefeletten mit hohen Absätzen sehen. Na ja, vielleicht Männer mit gewissen Vorlieben, dann aber nicht gerade auf einem Zahnarztstuhl.

Na ja, ganz wenige vielleicht auch das …

Schluss!

Im Behandlungszimmer sitzt Herr Zollitsch mit seinem Dental-Lätzchen um den Hals.

»Guten Morgen, Herr Zollitsch!«

Britti Poster drückt mir wortlos seine Karteikarte in die Hand. Ich glaube, sie schmollt, weil ich sie vorhin so abgewürgt habe.

Ich checke seine Zähne. Schnell ist klar, dass es ein Loch zu füllen gilt. Eine Kleinigkeit, Routine.

»Kann ich eine Spritze haben, Frau Doktor?« Herr Zollitschs Blick ist auf die Instrumentenreihe gerichtet. Seine Augen sind groß und lassen ihn jünger wirken.

»Natürlich, Herr Zollitsch, das machen wir doch.«

Er atmet geräuschvoll aus.

Britti bereitet die Injektion vor. Sobald er seine Injektion hat, werde ich gleich den nächsten Patienten ins Visier nehmen, bis die Betäubung zu wirken beginnt. Ich nehme Britti die Spritze ab.

Was dann passiert, kenne ich, aber trotzdem erschüttert es mich in meinen Grundfesten …

Diese wahnsinnige Angst vor Injektionen, entgegen jeder Vernunft, wird ganz prosaisch Spritzenangst genannt oder (wissenschaftlich) Trypanophobie. Diese spezifische Phobie gilt als relativ häufig und medizinisch relevant, wie Studien zeigen: Aus 400 untersuchten Personen (mittleres Alter) beispielsweise, davon 7 % medizinische Mitarbeiter oder Menschen, die bei ihrer Arbeit regelmäßig mit Spritzen zu tun hatten, gaben 21,7 % an, sich nur zu fürchten, während bei 8,2 % eine unverhältnismäßig große Angst festgestellt werden konnte. Zu Ohnmachtsanfällen kam es besonders bei Personen mit schlechten Vorerfahrungen und geringer Stressresistenz. Und denen man wenig Empathie entgegenbrachte.

… ich tauche schnell und schnörkellos ab …

ZWEI

Hauptkommissar Jakob Zimmer hielt bereits seinen vierten Becher Kaffee in der Hand.

Er hatte schlecht und wenig geschlafen, und seit dem Nachmittag machte ihm sein Backenzahn mehr und mehr zu schaffen. Er überlegte, ob er zu seinem alten Zahnarzt gehen sollte oder sich einen Termin bei seiner neuen »Lieblingszahnärztin« Dr. Kardiff machen sollte. Warum eigentlich nicht? Immerhin hatte er in der schlaflosen Zeit noch eine Entscheidung im Fall Hedda Kernbach getroffen.

Jakob, Birgit und Luis hatten bis zum Mittag Mitarbeiter der Kernbach-Betriebe vernommen, jeder hatte sich einen Betrieb im Umfeld von Köln ausgesucht. Schon auf dem Rückweg hatten sie eine kurze Telefonkonferenz gehalten – keiner hatte einen Erfolg zu vermelden. Das Team trudelte wieder im Präsidium ein. Nur Per Kowalski war noch dazu abgestellt, den Spurenermittlern in Heidi Mohns Haus unter die Arme zu greifen.

Jakob betrat das Großraumbüro. Luis und Birgit saßen an ihren Plätzen und waren in Schreibkram vertieft. Keiner der beiden sprach ein Wort.

Jakob musste sich zweimal räuspern, bis die beiden zu ihm aufsahen. »Luis, auf dich möchte ich die nächsten drei Tage verzichten.«

»Sonderurlaub, Boss?«

»Sonder ja, Urlaub sehr bedingt. Ich möchte, dass du nach Österreich fliegst. Genauer gesagt, du fliegst in die Steiermark, in die Hauptstadt Graz, von dort aus geht es weiter nach Hasenthal an der Mur.«

»Die Hedda-Kernbach-Stiftung?«

»Genau. Ich möchte, dass du dich dort persönlich mit diesem August M. Wirzenshuber triffst und dich nicht mit alpenländischen Sonderregelungen und Datenschutz zufriedengibst. Wenn nichts hilft, treib in Graz einen Richter auf und bring ihn dazu, dir einen Durchsuchungsbeschluss auszustellen. Wie auch immer. Bring uns Infos über diese Stiftungsgeschichte.«

»Wofür steht eigentlich das M. im Namen des Mannes?«

»Wenn ich es herausfinde, darf die Teammutti dann mit?« Birgit stand auf und stellte sich neben Jakob. Sie nahm ihm den Kaffeebecher aus der Hand und trank grinsend einen Schluck.

Im Gegensatz zu ihm sah sie erholt aus. Das freie Wochenende mit Familie hatte ihr gutgetan. Sie hatte ihr Haar zu einem Pferdeschwanz gebunden, und Jakob konnte sich gut vorstellen, dass früher, bevor sie ihren Volker geehelicht hatte, viele seiner Kollegen hinter ihr her gewesen waren.

Er erinnerte sich auch, dass damals ein neuer Staatsanwalt namens Theo Prunk ihr auf einer Weihnachtsfeier ein eindeutiges Angebot gemacht hatte, obwohl er schon verheiratet und Vater einer Tochter war. Wahrscheinlich hatte der Punsch aus ihm gesprochen, und auch Birgit war sicher nicht mehr ganz nüchtern gewesen. Sie hatte sich vorgebeugt, ihre enge Jeans halb heruntergezogen, ihren knackigen Hintern dem prunkvollen Theo entgegengestreckt und laut und deutlich gesagt: »Den wirst du nur lecken, wenn ich mich vorher in Brennnesseln gesetzt habe!« Der ganze Saal hatte gegrölt, und Theo war wenig prunkvoll und ziemlich ernüchtert von der Weihnachtsfeier geschlichen. Wenig später war er zum Oberstaatsanwalt ernannt worden, und seine Frau hatte ihr zweites Kind bekommen.

»Ich hab als Kind mal Urlaub in der grünen Steiermark gemacht, dort ist es wunderschön.«

Jakob schüttelte den Kopf. Seine Haare wackelten von links nach rechts. Wenn er eine freie Minute fand, würde er schnell in einen Friseurladen springen und sich eine stoppelkurze Frisur schneiden lassen. »Luis wird mit seinem Handy hübsche Fotos machen und sie dir schicken, Birgit. Für zwei reicht das Budget nicht. Sorry!«

Birgit seufzte. Luis ging zu seiner Kollegin hin und klopfte ihr versöhnlich auf die Schulter. »Ich werde dir nicht nur Fotos mailen, sondern versorge dich auch mit einem kleinen Video von meinem Heurigenbesuch dort. Den kannst du dir wieder und wieder ansehen.«

Er erntete dafür einen recht harten Schlag auf die Schulter.

Jakob machte sich auf den Weg zum Kaffeeautomaten auf dem Gang. Wenn es so weiterging, würde er bald mit Herzrhythmusstörungen zu kämpfen haben, zusätzlich zu seinen Zahnschmerzen. Als er auf den Cappuccino-Button drückte und der Automatenkaffee in den Becher rann, fiel ihm die kleine Kaffeemaschine in Dr. Kardiffs Büro ein. Der Kaffee hatte wirklich lecker geschmeckt. So ein Ding musste die nächste Anschaffung im Großraumbüro werden.

Beim ersten Schluck flammte der Schmerz in seinem Zahn wieder auf, und er kehrte mit einer Hand auf der Backe zu seinen Kollegen zurück. »Ach, und Luis, kannst du mir die Nummer der Praxis von dieser Kardiff heraussuchen?«

»Soll ich sie ›zum Verhör‹ einbestellen?«

Jakob ließ die Hand von seiner Wange in seine Hosentasche wandern, nahm einen weiteren Schluck, versuchte, den Schmerz zu ignorieren. »Nein, ich brauche nur eine Auskunft.«

»Die Nummer ist schon auf deinem Handy.«

Jakob zog sich in sein kleines Büro zurück, schloss die Tür.

»Praxis Dr. Lang, Dr. Kardiff, guten Tag. Gerda Horst am Apparat.«

Die Stimme am anderen Ende der Leitung klang voluminös und bestimmend. Er erinnerte sich an die ältere Frau am Empfang, die bei seinem ersten Besuch dort als Einzige die Nerven behalten hatte.

»Äh ja, hier ist Jakob Zimmer. Ich wollte nach einem Termin fragen.« Er ließ seinen Titel weg, wollte nicht die Ermittlungen mit einem Patiententermin verknüpfen.

»Bei Dr. Lang oder …?«

»Bei Frau Dr. Kardiff, bitte.«

»Ist es ein Notfall?«

»Nein, ganz und gar nicht, wahrscheinlich ist es überhaupt nichts. Nur zur Sicherheit und auch nur, wenn ein Termin überhaupt möglich ist.«

Oh Gott, er wand sich wie eine ängstliche Blindschleiche im Gebüsch. Aber wer ging schon gern zum Zahnarzt? Hübsche Zahnärztin hin oder her.

»Also, Herr Zimmer, diese Woche sieht es schlecht aus, aber Mitte nächster Woche könnte ich Sie eintragen. Das wäre dann Mittwoch, der 23., nach der Mittagspause um halb drei.«

»Ja. Danke. Das klingt gut. Ähm … könnten Sie mich auch noch kurz mit Frau Dr. Kardiff verbinden? Ich hätte gern …« Ein paar Worte mit ihr gewechselt? Sie auf einen Kaffee eingeladen?

Seine Mutter hatte schon recht, er war schon ziemlich lange nicht mit einer Frau aus gewesen. Aber Vorsicht. Besser keine Verknüpfung zwischen Arbeit und Privatleben. Die Zahnärztin hatte ihre Nase ohnehin schon viel zu tief in Sachen gesteckt, die nur die Polizei etwas angingen.

»Das tut mir leid, Herr Zimmer. Frau Dr. Kardiff ist zurzeit in einer Behandlung. Aber Ihr Termin steht. Möchten Sie eine Erinnerungsmail geschickt bekommen? Dann würde ich Sie noch um Ihre Mailadresse bitten.«

»Nein, danke, ich merke mir den Tag. Wiederhören!« Jakob legte auf.

Bevor er sich weitere Gedanken über Leocardia Kardiff machen konnte, sah er durch die Glasscheibe Per Kowalski ins vordere Büro kommen. Er hatte immer noch seinen roten Schal um den Hals hängen, obwohl die Temperaturen inzwischen merklich gestiegen waren und der Frühling sich von seiner blühenden Seite zeigte. Jakob machte seine Tür schnell wieder auf.

Per wirkte aufgeregt. »Leute, ich bin auf dem Herweg im Labor vorbeigefahren und habe mich höchstpersönlich nach dem Mantel von Heidi Mohn erkundigt.«

Luis grinste. »Du meinst, du hast das Fräulein Else Fröhlich an ihrem Arbeitsplatz besucht, du langer Verführer!«

Per warf Luis einen vernichtenden Blick zu.

Jakob Zimmer hob die Hand, ihm war nicht nach Scherzen zumute. »Schieß los, Per.«

»Also.« Per räusperte sich, und Luis hielt seinen Mund. »Heidi Mohn hat uns unbewusst einen großen Gefallen getan. Sie hat ihren Mantel nach dem Überfall nicht einfach nur in den Schrank gehängt und nicht mehr angezogen, sie hat ihn auch in einer Plastikhülle quasi eingetütet. Fast so, als hätten wir ihn verpackt. Mit Glück sind auf dem oberen Ärmel noch Hautzellen zu finden. Daraus kann DNA gewonnen werden, und wir hätten einen genetischen Fingerabdruck. Das Labor wird den Vergleich mit Proben von der Familie Sievers, der Schwägerin und Heidi Mohn abgleichen.«

»Es kommen aber auch noch andere Personen in Frage«, wandte Luis ein. »Die Garderobenleute in der Philharmonie zum Beispiel.«

»Ihre Schwägerin hat ausgesagt, dass Heidi Mohn ihren Mantel bei sich auf dem Schoß gelassen hat.«

»Dann vielleicht ihr Sitznachbar.«

Jakob mischte sich ein. »Einen Versuch ist es auf alle Fälle wert.«

Luis nickte zustimmend.

Per löste den Knoten um seinen Schal und setzte sich auf eine der Tischkanten. »Aber das ist noch nicht das Beste!«

Alle sahen Per an.

»Während drinnen die Spurenermittler Heidi Mohns Haus auf den Kopf gestellt haben, ist Miriam Sievers, die Nachbarin, mit einer jungen Frau im Schlepptau zu mir gekommen. Barbara Steiner, eine Studentin, die zwei Straßen weiter wohnt, hat die Mohn noch an der Haltestelle gesehen. Und auch einen untersetzten Typen, der ein paar Meter hinter ihr gewesen ist. Erst als sie von Miriam Sievers von dem Überfall erfahren hat, fiel es ihr wieder ein. Ich hab sie spontan mitgenommen. Barbara Steiner sitzt bei unserem Gesichtserkennungsspezialisten im zweiten Stock, um ein Phantombild zu erstellen. Damit können wir unsere Datenbanken durchforsten. Meiner Meinung nach ist ein Typ, der alte Frauen k. o. schlägt, mit hoher Wahrscheinlichkeit dort zu finden.«

Jakob Zimmer kam und klopfte ihm anerkennend auf die Schulter. »Gute Neuigkeiten, Per. Lasst uns den bösen Jung fangen.«

In seinem Büro klingelte das Telefon. Aus irgendeinem absurden Grund wünschte Jakob sich, es wäre Leocardia Kardiff. Er löste sich von der Gruppe seiner Kollegen und rannte hinein.

»Zimmer!«

»Herr Hauptkommissar Zimmer?«

»Ja.«

»Hier spricht Oberschwester Engel von der Intensivstation des Herzzentrums der Uniklinik. Ich sollte mich melden, wenn sich bei Frau Mohn etwas verändert hat, und wurde zu Ihnen durchgestellt. Sie sind für den Fall zuständig?«

»Vollkommen richtig, Frau Engel. Ist Frau Mohn verst…?«

»Oh nein, zum Glück nicht. Im Gegenteil, sie ist aus dem Koma aufgewacht. Sie ist schwach, und ich schätze, Sie werden nur kurz mit ihr reden können, aber … Wir fragen uns hier alle, wer in der Lage ist, eine alte Dame auf so hinterhältige Weise zu vergiften.«

»Ich bin in zwanzig Minuten bei Ihnen! Dann finden wir es vielleicht heraus.«

Jakob Zimmer legte auf, schnappte sich seine Windjacke und machte einen Schritt nach vorn. Es klingelte wieder, und er wollte verdammt sein, wenn er nicht schon wieder an die blonde Frau Doktor denken musste.

»Zimmer! Ja?«

Die Stimme war wieder weiblich, aber dunkler und kratziger. »Else Fröhlich vom Labor.«

Die dunkle Stimme wollte nicht zu der kleinen rundlichen Frau passen, die Jakob im Kopf hatte. »Frau Fröhlich, wir wurden schon von Per wegen des Mantels informiert.«

»Oh!« Else Fröhlich klang auf einmal peinlich berührt, sicher wollten die beiden ihre enge Bekanntschaft noch nicht offiziell machen. Aber sie hatte sich schnell wieder im Griff.

»Also, für den Mantel bin ich gar nicht zuständig. Da sitzt meine Kollegin noch dran. Aber ich habe das eingelegte Blatt und die Digitalistropfen im Fall Mohn analysiert.«

»Frau Fröhlich, bleiben Sie dran, ich will, dass mein Team mithört.«

Jakob überlegte kurz, drückte dann auf den Rauteknopf. Das Gespräch war beendet.

Er fluchte in das Tuten hinein, legte auf und stürzte in das Großraumbüro. »Per, ruf bitte deine Frau Fröhlich zurück! Ich hab ihren Anruf versehentlich weggedrückt. Und, Luis, stell den Anruf laut.«

Per wählte die Nummer mit rotem Kopf. Luis drückte grinsend die richtigen Knöpfe.

»Else Fröhlich, Labor für …«

»Elschen, ich bin es!«

»Per, mein –«

»Else, Hauptkommissar Zimmer hat dich versehentlich aus der Leitung gekickt. Wir haben dich jetzt auf laut!«

»Oh.«

Jakob Zimmer sah auf seine Uhr. Das Krankenhaus musste noch etwas warten. »Jetzt bitte, Frau Fröhlich.«

»Also. Es handelt sich um ein Blatt des in Europa häufig vorkommenden Roten Fingerhutes. Die in allen Teilen der Pflanze enthaltenen Digitalisglykoside werden therapeutisch zur symptomatischen Therapie der Herzinsuffizienz eingesetzt. In hohen Dosen sind sie hochgiftig. Isst man zwei Blätter, kann das zum Tod führen.«

»Muss man das extra züchten?«

»Nein, Roten Fingerhut findet man an Waldwegen und Waldlichtungen, er tritt verwildert in ganz Deutschland auf.«

»Wie kam er in Heidi Mohns Tropfen?«

»Was hier gemacht wurde, klingt etwas lächerlich, hat aber funktioniert. Jemand hat ein Blatt von der Pflanze abgeschnitten und es in die Digitalistropfen eingelegt. Nach einer gewissen Zeitspanne hat sich die Wirkung der Tropfen potenziert. Aber nicht auf die gute homöopathische Weise. Wenn also jemand diese Tropfen regelmäßig und häufig zu sich nimmt, ist ein Herzanfall vorprogrammiert.«

Die vier sahen sich an. So eine geplante langsame Vergiftung passte auf keinen Fall zu dem schnellen und grausamen Mord an Hedda Kernbach. Zwei so unterschiedliche Vorgehensweisen mussten zu zwei verschiedenen Tätern gehören.

Jakob fuhr sich durchs Haar. »Weiter, Frau Fröhlich.«

»Die zweite Sache betrifft den weißen Wollfaden, Beweismittel 18 zum Tötungsdelikt Hedda Kernbach, den wir vor zwölf Tagen bekommen haben. Sorry, hat etwas gedauert. Aber wir rotieren hier vor Arbeit. Es handelt sich um weiße Hatnut-Wolle. Das Material besteht zu fünfzig Prozent aus Schurwolle und fünfzig Prozent aus Polyacryl. Auf dem Faden konnten wir weder eine Hautschuppe noch ein Haar noch sonst ein Gewebeteilchen finden, aus dem sich ein genetischer Fingerabdruck hätte erstellen lassen.«

»Harro de Närtens wollte –«

»Das Fadenteilchen, das uns letzten Montag aus der Rechtsmedizin herübergebracht wurde, besteht aus dem gleichen Material. Selbe Wolle. Mehr haben wir dazu nicht.«

»Trotzdem danke! Jede Information bringt uns weiter.«

»Ich habe auch die gesamte Laborauswertung und die meiner Kollegin zu den Wollfäden als E-Mail-Anhang rausgeschickt. Das ist alles.«

»Danke, Elschen!« Per konnte sich nicht länger halten. »Du bist –«

Der Anruf war beendet. Else Fröhlich hatte sich eine weitere Peinlichkeit erspart.

Bevor Luis etwas zu Per sagen konnte, dessen Kopf wieder fast so rot wie sein Schal war, platzte Birgit dazwischen. »Glaubt ihr, dass der Mörder einen weißen Wollschal oder eine Mütze oder so getragen hat?«

Per war für Birgits schnelle Überleitung dankbar. Sein Teint regulierte sich. »Oder ganz banal. Hedda Kernbach selbst hat, bevor ihr Mörder kam, gestrickt.«

»Wir haben in der Wohnung nirgends sonst weiße Wolle entdeckt. Übrigens auch im Haus von Heidi Mohn nicht.«

»Wobei Kehleaufschlitzen und Vergiften ja auch wie Tag und Nacht sind.«

»Entweder haben diese beiden Fälle nichts miteinander zu tun, oder wir haben ein Mörderduo am Hals.«

»Es gibt Gott sei Dank noch keinen zweiten Mord, Leute.« Jakob Zimmer sah auf seine Uhr. Zwanzig Minuten waren längst vorbei. »Das Krankenhaus hat sich bei mir gemeldet. Heidi Mohn geht es besser. Ich fahre jetzt hin und hoffe, dass ich mit ihr sprechen kann. Vielleicht wissen wir hinterher mehr.«

»Noch kurz, Jakob.« Birgit sprach ihren Boss an, schenkte

aber Luis einen langen Blick. »Ich habe vorhin schon Luis' Reise im Internet gebucht und die Unterlagen ausgedruckt. Sein Flug geht heute um achtzehn Uhr zwanzig von Düsseldorf aus. Um neunzehn Uhr fünfundvierzig ist er am Grazer Flughafen Thalerhof, von dort kann er mit einem Mietwagen weiter.«

Luis war auf etwas anderes konzentriert, seine Finger rasten über das iPad. »Ich hab nach dieser Wolle gegoogelt. Hatnut-Wolle ist eine der bekanntesten Wollarten, die es gibt. Man kann sie in allen Farben in jedem Strickladen kaufen. Sie wird bevorzugt zum Stricken von Mützen verarbeitet.«

Per biss sich frustriert auf die Zunge. »Also ist die gemeinsame Komponente der beiden Fälle, dass die einzigen Beweisstücke, die wir finden und untersuchen, massenhaft da draußen zu kriegen sind. Fingerhut und Wolle. Toll!«

Jakob klopfte Per auf die Schulter, schlüpfte in seine Windjacke und eilte aus dem Büro hinaus. Bevor er um die Ecke bog, drehte er sich noch einmal um.

»Lacht mich aus, Leute, aber könnte es sein, dass unser Mörder eine weiße Hatnut-Strickmütze getragen hat, als er bei Hedda Kernbach vorbeikam?«

Keiner lachte Jakob Zimmer aus.

DREI

Viel später in diesem Jahr, als Leo sich eine Auszeit mit ihren Töchtern nahm und Ferien auf der Insel Baltrum machte, bezeichnete sie diesen Montag im April immer noch als kleines Wunder.

Nicht, weil ihre Töchter heil und gesund davonkamen und die zwei laut Psychologen nicht mal Schaden an ihrer Psyche genommen hatten, nein, vor allem, weil sie es tatsächlich mit Hilfe von Britti Poster schaffte, ihren Ohnmachtsanfall während der Behandlung von Herrn Zollitsch vor ihrem Vater geheim zu halten.

Leo hatte sich mit der Spritze in der Hand auf ihrem Zahnarztstuhl zur Seite gedreht und war langsam in sich zusammengesackt.

Britti Poster, die seitlich hinter Herrn Zollitsch gestanden hatte, ihrerseits mit dem Absauger in der Hand, sah die ungewöhnliche Bewegung ihrer Chefin, und zu ihrem eigenen Erstaunen machte sie zwar den Mund auf, sagte aber diesmal nichts. Sie ließ den Sauger fallen und vollführte eine Drehbewegung zu ihrer Chefin hin.

Ihr rechter Arm machte eine Kurve um den Rücken von Herrn Zollitsch, und ihre Hand konnte den Oberkörper ihrer Chefin so weit stabilisieren, dass sie fürs Erste nicht auf den Marmorboden knallte. Britti spürte einen heftigen Stich in ihrem Handgelenk, gab trotzdem noch Kraft hinein und drückte Leos Oberkörper nach vorn.

Die eigentliche Arbeit leistete aber Herr Zollitsch, der mit einer Schwester aufgewachsen war, die regelmäßig Ohnmachtsanfälle hatte, manchmal tatsächlich aufgrund ihrer diagnostizierten Eisenmangelanämie, viel öfter aber, wenn sie ihre Wünsche und Interessen durchsetzen wollte. Ungezählte Male hatte er seine Schwester aufgefangen, hatte ihren schweren Körper abgestützt, aufgerichtet oder ihn sich wie einen Kartoffelsack über die Schulter geworfen und sie aufs Sofa oder

Bett getragen. Er war es also gewohnt, mit einer fallenden Frau umzugehen.

Herr Zollitsch schwang, als seine Zahnärztin das Bewusstsein verlor, seine Beine von dem Behandlungsstuhl herunter, packte mit beiden Armen zu und hatte Dr. Kardiff schnell und sicher im Griff. Leo vor sich herschleifend, machte er zwei Schritte nach vorn und gab so Platz für Britti frei, die inzwischen um den Behandlungsstuhl herumgekommen war.

»Könnten Sie Frau Doktor bitte wenden, Herr Zollitsch?«

Herr Zollitsch nickte, drückte Leos Körper unter den Achseln nach oben und wendete ihren Körper in seinen Armen wie ein Filetstück auf dem Grill. Britti ihrerseits hob Leos Kopf an, befreite ihr völlig blasses Gesicht von ihren blonden Locken und gab ihr eine saftige Ohrfeige. Es hatte im Behandlungszimmer so laut geknallt, erzählte Britti Poster ihrer Chefin später, dass man meinte, jemand hätte einen Schuss abgefeuert. Ein rotes ovales Mal war auf Dr. Kardiffs Wange aufgetaucht, und ihre Augenlider hatten zu flackern begonnen.

»Gleich noch mal!«, hatte Herr Zollitsch ihr ermunternd zugerufen.

Wieder hatte Britti zugeschlagen, aber nur noch mit halber Kraft, denn langsam war ihr klar geworden, dass das vor ihr die Backe ihrer Arbeitgeberin war. Für ein drittes Mal hätte Britti der Mut gefehlt.

Mehr war aber auch nicht nötig gewesen, genauso schnell, wie sie abgesackt war, war Leo auch wieder zu sich gekommen. Ihre Füße hatten den Boden unter sich gefunden, ihr Körper hatte sich aufgerichtet. Herr Zollitsch hatte seinen Griff gelockert und Leo nur noch leichten Halt an seiner Schulter geboten.

Die ganze Sache war in weniger als drei Minuten vorbei gewesen, und keiner in der Praxis hatte davon Wind bekommen. Leo hatte sich gefangen, sich überschwänglich bei Herrn Zollitsch bedankt, ihn gebeten, sich einen neuen Termin geben zu lassen, und ihm eine feste Zusage für seine nächsten drei Kronen frei Haus gegeben.

Nachdem Herr Zollitsch aus dem Behandlungsraum verschwunden war, hatte Leo Britti kurz umarmt und sich dann von ihrer Zahnarzthelferin zusichern lassen, dass dieser Vorfall einer absoluten Schweigepflicht unterlag. Leo wollte sich auf keinen Fall in einer Geschichte im World Wide Web wiederfinden.

»Britti, wenn Sie das schaffen, gebe ich Ihnen eine Woche Extraurlaub.«

»Sie unterschätzen mich, Frau Doktor.« Britti hatte inzwischen selbst rote Punkte auf den Wangen, denn die Umarmung ihrer Chefin war ihr irgendwie schrecklich peinlich. »Wenn es drauf ankommt, kann ich schweigen wie ein Grab. Wenn ich Ihnen jetzt erzählen würde, was mir immer bei Dr. Lang in den Mittagsp–«

»Britti, ich glaube Ihnen und entschuldige mich für diesen kleinen Eklat. Aber jetzt würde ich gern schnell weitermachen. Da draußen ist nicht nur mein Vater immer noch in der Praxis, sondern sind auch jede Menge neuer Patienten. Holen Sie mir einfach den Nächsten rein.«

Und während Britti es ohne weiteren Kommentar schaffte, das Zimmer zu verlassen, hatte Leo es geschafft, ohne weitere Probleme über den Vormittag zu kommen.

In der Mittagspause hatte sie mit ihrem Vater eine Pizza gegessen, sie hatten über alte, angeblich so schöne Zeiten geplaudert. Dr. Hubertus hatte keinen Schimmer vom phobischen Ohnmachtsanfall seiner Tochter während einer Behandlung. Als er gegangen war, hatte Leo sogar noch die Zeit gehabt, sich in ihrem Büro auf der roten Couch hinzulegen und ein schnelles Nickerchen zu machen. Entspannter war sie in den Nachmittag gestartet.

Nach mehreren Füllungen und einer Wurzelbehandlung kamen hintereinander zwei Frauen an die Reihe, die beide einen entzündeten Weisheitszahn rechts oben hatten, der jeweils gezogen werden musste. Bei der ersten war es eine relativ leichte Angelegenheit, bei der zweiten lag die Wurzel des Weisheitszahns nach dem Röntgenbefund gebogen unter dem angrenzenden Backenzahn, da würde wohl ein neuer Termin für eine kleine Operation nötig sein.

Danach ging Leo auf die Toilette und schaute kurz bei ihrem

Kollegen vorbei, der sich nach seinem letzten Privatpatienten für diesen Tag in sein großes Büro zurückgezogen hatte. Sie klopfte höflich und wartete auf sein sonores »Bitte einzutreten!«.

»Frederic, hattest du einen guten Eindruck von meinem Vater?«

Frederic sah von seinen Notizen auf. Er hatte einen edel glänzenden Füllfederhalter in der Hand und die Papierseite vor sich fast voll geschrieben, das Blatt sah aus wie eine Seite voller ägyptischer Hieroglyphen. Der Eindruck wurde durch kleine Zeichnungen am Rand noch verstärkt. Leo überlegte, ob Frederic die Anmerkungen über seine Patienten wieder selbst eintrug und Britti Poster vielleicht aus seiner Gnade gefallen war, traute sich aber nicht zu fragen.

Kurz schoss es Leo durch den Kopf, dass sie vor knapp zwei Wochen doch gern seine Notizen zur Patientin Hedda Kernbach gelesen hätte, auch wenn ihr der Abend immer noch peinlich war. Frederic strich sich über sein volles, silbrig durchzogenes Haar und machte den obersten Knopf seines wie immer schwarzen Hemdes auf. Eine durch und durch elegante Bewegung.

»Gerwalds Hand hat nicht viel mehr gezittert als zu der Zeit, als er hier alles an dich, liebe Leo, übergeben hat, wenn du das meinst. Ich denke, er ist medikamentös gut eingestellt. Aber natürlich ist es eine Schande, dass ein so fähiger Zahnarzt wie er … Nichts gegen dich, natürlich!«

Leo winkte ab. »Kein Thema, lieber Frederic.«

Ihr Kollege sah sie mit einem langen und tiefen Blick an. In seinen Fingern wippte der Füllfederhalter auf und ab. Leo fühlte sich in ihrer Haut plötzlich nicht mehr wohl. Sie überstrapazierte sicher die Geduld des Mannes.

»Ich hatte den gleichen Eindruck wie du. Aber ich wollte dich trotzdem fragen, du kennst Papa ja schon ewig. Danke dir, Frederic, und noch einen schönen Feierabend.«

»Danke, Leo, das wünsche ich dir auch.«

Als sie die Tür zu Frederics Büro hinter sich geschlossen hatte, sah sie aus dem Fenster. Draußen schien eine weiche Frühlingssonne, die Tage wurden sichtlich länger. Aber nebenan im Wartebereich saßen immer noch eine Handvoll Kassenpatienten, vor Anbruch der Dunkelheit würde sie heute sicher nicht aus der Praxis kommen. Sie entschloss sich zu einer kleinen Verschnaufpause, drehte sich zu Gerda Horst um und signalisierte der Empfangsdame, dass sie sich kurz in ihr eigenes Büro zurückziehen würde. Drinnen stellte sie sich mit einer Tasse an ihre Kaffeemaschine und drückte auf Espresso. Während der Kaffee durchlief, schnappte sie sich eine angebrochene Schachtel mit Pralinen. Ja, so eine Mini-Auszeit würde ihr jetzt guttun.

Ihr Smartphone auf dem Couchtisch begann den wunderschönen Song »Ebony And Ivory« von Paul McCartney zu singen. Ihre Töchter wollten sicher wissen, wann Mama denn nach Hause kam. Das schlechte Gewissen stellte sich bei Leo ein, eigentlich hätte sie die Pizza, die sie heute Mittag mit ihrem Vater gegessen hatte, lieber heute Abend mit ihren Kindern verdrückt.

»Na, meine Schätze, was ist los?«

Es knackte in der Leitung. Waren Luise und Nathalie noch unterwegs? Leo holte Luft für eine kleine Standpauke, von Montag bis Donnerstag mochte sie es nicht, wenn ihre Töchter nach der Schule noch mit Freundinnen unterwegs waren, die Hausaufgaben machten sich nicht von allein. Freitagabend samt dem Wochenende gab es immer noch genug Zeit für Fun und Happy Things, wie Lulu ihre Freizeit umschrieb.

»Mama? Bist du da?«

Es war Nathalies Stimme. Sie klang aufgeregt. Leos Magen verkrampfte sich in einer Nanosekunde.

»Nathi, ist was?«

»Mama, Mama?«

Diesmal war die Stimme von Luise zu hören, weiter weg, im Hintergrund. Da stimmte etwas nicht.

Es knackte wieder in der Leitung.

»Nathalie, Luise, seid ihr zu Hause? Scheiße! Ist was passiert? Hallo?«

»Hallo? Hallo!« Jetzt eine Männerstimme.

Mit vierzehn war Leo das erste Mal von ihrem Vater mit in die Sauna genommen worden. Er war sofort zu den Herren abgetaucht und hatte Leo mit einer Damengruppe in der dampfigen Hitze allein gelassen. Die Frauen hatten gequasselt, dass Leo schon davon Kopfschmerzen bekam, und sie war schon zu Beginn des ersten Aufgusses nach draußen geflüchtet. Dort hatte am Rand des Kaltwasserbeckens ein dicker Mann gestanden. Leo war neben ihm auf die erste Stufe gestiegen, und das eiskalte Wasser hatte ihre Knöchel erstarren lassen. Sie hatte sich umgedreht, zurück in die Sauna gewollt, hatte sich nach ihrem Handtuch gesehnt und sich unter dem Blick des Dicken so unwohl gefühlt wie selten. Da hatte ihr der Mann aus rein sadistischen Gründen, wie Leo bis heute fand, einen Schubs gegeben, und sie war rückwärts in das eiskalte Wasser gefallen. Der Schwall, der über ihren erhitzten Körper und ihren hochroten Kopf hereingebrochen war, hatte ihr Herz einfach stillstehen lassen. So hatte es sich jedenfalls angefühlt. Für Sekunden war da nur diese Kälte gewesen, allumfassend, und dahinter nichts als eisige Leere.

Genauso traf es Leo in diesem Moment. Ihr Herz stand für Sekunden still. Eiseskälte schwappte über sie.

»Hallo, rede ich mit Dr. Leocardia Kardiff?«

Sie wusste plötzlich, dass ihre Töchter in Gefahr waren. Die Männerstimme kannte sie nicht. Ihr Herzschlag setzte wieder ein, ein schnelles und hektisches Getrommel. »Ja, hier ist Dr. Kardiff, wer sind Sie, und was kann ich für Sie tun?«

Leos Stimme klang professionell wie vor der Behandlung eines neuen Patienten. Die Kälte hielt sie fest im Griff, ließ ihr aber eine klare Stimme. »Ihr Name? Wer sind sie? Was wollen Sie?«

»Mein Name ist völlig egal. Wichtig ist nur, dass Ihre Mädels hier bei mir sind. Verstehen Sie?«

Der Mann am anderen Ende der Leitung sprach langsam, so als wäre er es nicht gewohnt, zu telefonieren oder überhaupt ganze Sätze zu sprechen.

»Wo sind Sie?«

»Oh, nicht, was Sie denken, keine Entführung oder so 'n Scheiß. Ich bin da, wo Sie wohnen. Direkt in Ihrer Küche. Da am Tisch sitzen die zwei Püppchen mit mir. Wir warten auf Sie.«

»Haben Sie mir heute Morgen die SMS geschrieben?«

»Haben Sie Bier im Kühlschrank?«

»Bier ist im zweiten Regal, Nathalie und Luise wissen, wo. Kann ich mit einer von ihnen sprechen?«

»Kommen Sie einfach, ja? Und ganz wichtig: Keine Polizei, sonst …«

»Ich kann in etwa einer halben Stunde zu Hause sein.«

Der Anruf wurde von der Gegenseite beendet.

Die Eiseskälte war noch tiefer eingedrungen. Durch Leos Körper hindurch hatte sie sich einen Weg in das Innere ihrer Seele gebohrt. Leo war kalt, und Kälte war Leo.

Sie steckte das Smartphone in ihre Handtasche. Sie ging an ihren Kleiderständer und begann, sich umzuziehen. Nur die hohen Stiefeletten ließ sie weg, behielt stattdessen die flachen Arbeitsschuhe an. Leo verließ ihr Büro und trat zu Gerda Horst an den Empfangstisch.

»Frau Horst, da ist eine dringende Familienangelegenheit, die ich ganz vergessen habe zu erwähnen. Die restlichen Termine fallen für heute aus. Sagen Sie bitte, ich wäre unpässlich. Danke!«

Leo sah erst jetzt, dass Bulldogge Horst heute extra Lippenstift für den Besuch ihres früheren Arbeitgebers Dr. Hubertus aufgetragen hatte.

»Aber, Frau Doktor …«

»Sie machen das schon, Frau Horst. Hübscher Lippenstift, übrigens, die Farbe steht Ihnen. Welcher Behandlungsraum ist gerade frei?«

»Die Drei.«

Leo ging in den Behandlungsraum drei. Sie sah sich um. Sie brauchte eine Waffe oder wenigstens etwas, womit sie sich verteidigen oder angreifen konnte, wenn es hart auf hart kam. Der Bohrer war fest am Instrumentenbord verankert und eine Kürette sicher nichts, was einem Kindesentführer Angst machte.

Sie nahm eine verpackte Injektionsnadel in die Hand. Davor hatte sie sich je gefürchtet? Vor einer winzigen Nadel und ein paar Tropfen medizinischer Flüssigkeit? Es gab tatsächlich Schlimmeres. Leo schüttelte den Kopf, ihre Locken flogen nach hinten.

Ihr Blick wanderte suchend weiter – bis sie nach der Zange griff, die auf dem Instrumentenbord lag. Sie packte sie in ihre Tasche.

Beim Hinausgehen rammte Leo den Türrahmen und schlug sich Schulter und Knie an. Ihre Handtasche fiel zu Boden. Als sie sich bückte, um sie aufzuheben, zuckte ein Bild, eine Idee, eine Strategie durch ihren Kopf. Den Schmerz in Knie und Schulter nahm sie nur nebenbei wahr.

Im Flur kam ihr Britti Poster zusammen mit Greta Lutzinger entgegen.

»Gerda sagt, es ist schon Feierabend, Frau Doktor.«

»Für mich ja. Familienangelegenheit. Viel Spaß noch, Britti und Greta!«

Leo ging an den beiden Zahnarzthelferinnen vorbei, winkte am Empfang noch Bulldogge Gerda zu und verließ ihre Praxis doch viel früher als gedacht.

VIER

Die Universitätsklinik in Köln-Lindenthal war ein monströses Ding aus mehreren Gebäuden und unendlich vielen Türen und Gängen. Obwohl er vor nicht einmal zwei Wochen seine Mutter dort besucht hatte, musste er zweimal nach dem Weg fragen. Bis sich Hauptkommissar Jakob Zimmer zum Herzzentrum samt Intensivstation durchgearbeitet hatte, begann es draußen bereits zu dämmern.

Aus der großen Kantine, an der Jakob vorbeimusste, um zu den Aufzügen zu gelangen, drangen verführerische Düfte. Ihm fiel ein, dass er außer einer Brezel unterwegs heute noch nichts gegessen hatte. Sodbrennen vom vielen Kaffee stieg von seinem Magen hoch, brannte in seiner Kehle. Sein Handy begann in seiner Jacke zu klingeln. Er holte es heraus und fing sich einen bösen Blick von einem Pfleger ein, der mit einem leeren Rollstuhl an ihm vorbeifuhr.

»Birgit hier. Das Phantombild ist fertig. Die Zeugin konnte ziemlich genaue Angaben machen. Luis hat es durch die Datenbanken gejagt und: Bingo!«

»Ich bin ganz Ohr.«

»Bernd Carlos, zweiunddreißig, zurzeit in Köln gemeldet, mehrfach vorbestraft wegen Nötigung, Diebstahl und räuberischer Erpressung. Hat insgesamt vier Jahre in verschiedenen Haftanstalten verbracht. Seit 2010 auf freiem Fuß. Das ist unser Mann, ich wette drauf. Das letzte Foto, das uns vorliegt, müsste schon auf deinem Handy sein.«

»Danke!« Jakob legte auf und rief die MMS ab.

Bernd Carlos, Jahrgang 1983, in Aachen geboren, seit 1995 in Köln gemeldet. Ein rundes Gesicht, das wie eine ungebackene Pizza aussah. Dicke, schwulstige Lippen. Sein Blick ging gelangweilt ins Leere. Das Datum der Aufnahme lag schon ein paar Jahre zurück.

Vor der Intensivstation stellte Jakob sein Handy lautlos, drinnen durfte es auf keinen Fall die Patienten stören. Es dauerte allerdings weitere zehn Minuten, bis Oberschwester Engel seine Person durch ein Telefonat mit dem Polizeipräsidium überprüft hatte. Der Ausweis allein hatte ihr nicht genügt.

Der zuständige Arzt traf ein, gab sein Okay, Frau Mohn durfte zehn Minuten lang Fragen beantworten. Keine Sekunde länger und bitte keine zusätzliche Aufregung. Oberschwester Engel wiederholte die Anweisungen des Arztes Wort für Wort noch einmal, während Jakob seine Windjacke aus- und einen Schutzkittel überzog.

Ihr Blick war streng. Er erinnerte den Hauptkommissar an seine Exfrau Claudia, wenn sie ihn wegen seiner Überstunden ermahnt hatte, dass zu Hause noch ein Weib auf ihn wartete und er gefälligst mal seine Ehe über seinen Beruf stellen sollte. Zurzeit wartete niemand auf ihn, und manchmal hätte er sich selbst über einen kleinen Streit beim Nachhausekommen schon gefreut.

Als Jakob mit dem türkisgrünen Schutzkittel über dem Hemd in Begleitung von Schwester Engel das Zimmer betrat, fühlte er sich etwas schwindlig. Der Hunger und die Erinnerung an seine Mutter, wie sie kürzlich in ihrem Krankenbett gelegen hatte, machten ihm zu schaffen.

Außer Heidi Mohn war noch eine weitere Patientin hier untergebracht. Das Summen und Pfeifen der Geräte und die geräuschvolle Atmung der Kranken wirkten auf Jakob wie von einem neu erschaffenen Wesen, ein schlafender Drache, der seinen Feueratem in weichen Stößen durch seine Nüstern ausstieß.

Heidi Mohn saß halb aufrecht, von mehreren Kissen gestützt. In ihre Nase führten Schläuche, ihr linker Arm war mit einer Infusionslösung verbunden, die an einem Ständer hing. An ihrem linken Mittelfinger war ein Fingerherzmonitor befestigt, der zu einem Gerät neben ihrem Bett führte. In konstanten Abständen gab es einen leisen Piepston von sich. Heidis ohnehin schon hagerer Körper war seit ihrem Zusammenbruch noch knochiger geworden, die Wangenknochen stachen aus ihrem Gesicht heraus, die Augen lagen tief in ihren Höhlen. Ihre schmalen Lippen verzogen sich zu einem matten Lächeln, als sie Oberschwester Engel sah.

»Liebe Frau Mohn, der Herr von der Kölner Kripo ist jetzt da. Erinnern Sie sich? Wir haben darüber gesprochen.«

Heidi nickte und hob ihren rechten Arm ein paar Zentimeter über die Bettdecke.

Jakob Zimmer holte sich einen Stuhl, der am Fenster stand, und setzte sich so nah wie möglich an die Seite der alten Frau.

Oberschwester Engel legte ihm kurz die Hand auf die Schulter, drückte sie, was wohl eine Ermahnung sein sollte, die Kranke nicht zu sehr zu strapazieren. Sie beugte sich an sein Ohr. »Frau Mohn hat nur kurze lichte Momente, denken Sie bitte daran.«

Ihre Lippen kitzelten Jakob am Ohrläppchen, was er unpassenderweise anziehend fand. Er brauchte wirklich so bald als möglich eine Verabredung.

Oberschwester Engel machte ein paar Schritte vom Krankenbett weg, setzte sich an die hintere Wand des Intensivzimmers.

Wenn es einen Zusammenhang zwischen Hedda Kernbachs Ermordung und Heidi Mohns Vergiftung gab, dann hatte Jakob Zimmer die vielleicht wichtigste Zeugin in diesem Fall vor sich. Er wandte sich ihr zu.

»Liebe Frau Mohn, mein Name ist Jakob. Jakob Zimmer. Ich komme von der Kölner Polizei.« Seine Stimme nahm den sanften Klang an. »Zuerst einmal möchte ich Ihnen sagen, wie froh wir alle sind, dass sie noch am Leben sind.«

Wieder nickte Heidi Mohn, und Jakob hatte das Gefühl, dass in ihren Augen der Lebenswille stärker wurde.

»Jetzt möchte ich Ihnen ein paar Fragen stellen, damit wir den finden, der Ihnen und auch Ihrer Freundin Hedda Kernbach das angetan hat.«

»Die Hedda es ming Cousine.«

»Was?« Darauf war Jakob Zimmer nicht vorbereitet. »Wie …«

»Dat Hedda ist als kleines Mädchen verschickt worden und nicht mehr wiedergekommen. Erst so viele Jahre später, hier in Kölle, han mir uns jefunge. Hat aber keiner jewusst, dass wir mehr als Freundinnen waren. Noh esu vill Johr …« Der Atem von Heidi Mohn ging schwerer, und sie musste unterbrechen, um überhaupt Luft zu bekommen.

Jakob hakte nach. »Wenn ich Sie jetzt richtig verstanden habe,

Frau Mohn, dann sind Sie und Hedda Kernbach miteinander verwandt? Richtig verwandt, nicht nur Skatfreundinnen, wenn ich das so sagen darf?«

»Zweihundert Jahre Skat … In Altenburg erfunden … Reizen, stechen, abwerfen … Dat muss gefiert wääde …« Heidis Blick ging nach innen.

Jakob Zimmer blieb nicht mehr viel Zeit. Er musste so viel wie möglich herausschlagen. »Ich zeige Ihnen jetzt ein Foto, liebe Frau Mohn. Bitte, sagen Sie mir, ob Sie den Mann darauf erkennen können.«

Jakob Zimmer holte sein Handy heraus und hielt Heidi die Aufnahme nahe ans Gesicht. Er hoffte, dass sich Bernd Carlos nicht zu sehr verändert hatte, seit das Foto bei einer Verhaftung gemacht worden war. »Ist das der Mann, der Sie am Abend des 3. April k. o. geschlagen hat?«

Ein Seufzen lief über die ausgetrockneten Lippen der alten Frau. Ihre Pupillen flackerten. »D'r jrasjröne Frosch! Do bliev mir doch direktemang dat Hätz stonn!« Ihre Stimme war lauter geworden, fast schrill.

»Herr Hauptkommissar, ich denke, es reicht. Frau Mohn kann jederzeit wieder einen Rückfall erleiden. Ihr Herz ist nach der Vergiftung in einem kritischen Zustand.« Oberschwester Engel griff vom anderen Ende des Krankenzimmers ein, ihre Stimme klang nervös und besorgt.

»Eine letzte Frage noch, Frau Mohn. Ihre Herztropfen. Das Digitalis D4. Wer hat es Ihnen besorgt?«

Heidi Mohns Augen flackerten, aus ihrer Kehle kam nur ein leises Stöhnen.

»Herr Hauptkommissar! Ich muss Sie jetzt bitten …« Oberschwester Engel stand auf und kam zum Bett von Heidi Mohn zurück.

Jakob Zimmer gab auf. Er wusste, dass er froh sein konnte, überhaupt diese bestätigende Reaktion auf das Foto bekommen zu haben. Er packte das Handy in seine Jacke und stellte den Stuhl ans Fenster. Heidi Mohn hatte Bernd Carlos so weit wiedererkannt, dass ein Haftbefehl gegen den Mann erlassen werden konnte. Dann würden sie weitersehen.

Noch interessanter aber war die Neuigkeit, dass eine familiäre Verbindung zwischen Heidi und Hedda bestand. Ging es doch nur ums Geld, um das Erbe? Hatte da jemand etwas dagegen gehabt, dass eine weitere Blutsverwandte aufgetaucht war, die Anspruch auf die Pudding-Million hätte? Zurück zu den Anfängen also.

»Ming Jung …«

Heidi Mohn sah den Hauptkommissar direkt an, für einen Moment war sie wieder voll da. Jakob hechtete förmlich zurück ans Krankenbett.

»In meinem Wohnzimmer, das Regal, wo das Radio draufsteht. Dort liegt eine Zeitschrift, darin finden Sie das ›Offene Ohr‹ mit der Nummer von der Gerborg Jahnke. Die gehört ins Gefängnis, ins Tipoo, verstehste?«

Gerburg Jahnke, die Kabarettistin? Die gehörte ins Gefängnis? Und war »Offenes Ohr« ihr neues Programm?

Das Gerät neben Heidi Mohns Bett begann, schneller zu piepsen. Jakob Zimmer strich mit seinem Zeigefinger über Heidis Handrücken, ihre Haut war kalt und trocken. »Liebe Frau Mohn, wenn wir den oder die Schuldigen finden, dann verspreche ich Ihnen, die kommen alle ins Tipoo. Mi Ehrenwort!«

Er glaubte ein kurzes Lächeln über das zerfurchte Gesicht huschen zu sehen, dann drehte er sich um und verließ, gefolgt von Oberschwester Engel, das Intensivzimmer.

Als sich Jakob in Eile den Schutzkittel abstreifte, verhedderte er sich mit den Ärmeln, und Schwester Engel musste ihm helfen. Das war ihm ungeheuer peinlich.

»Wissen Sie, liebe Schwester Engel, ich habe eine Erfolgsquote von über neunzig Prozent. Das ist sehr viel.«

»Bei den Frauen oder wo?«

Schon lange hatte ihn keine Frau mehr so auflaufen lassen wie diese Krankenschwester. Jakob fühlte förmlich, wie die Röte seine Backen hochstieg. »Bei den Ermittlungen. Ich und mein … ich meine, mein Team und ich, wir sind sehr erfolgreich, was die Jagd auf Verbrecher angeht.«

Oberschwester Engel drückte ihm seine Windjacke in die Hand und sah ihn mit großer Belustigung im Blick an.

In diesem Moment tippte ihm jemand mehrmals auf die Schulter. Es fühlte sich wie kleine Nadelstiche an. Jakob drehte sich um und sah die Freundin von Heidi Mohn, die dritte Skatdame, hinter sich stehen.

»Was bitte hat denn die Polizei hier auf der Intensiv zu suchen?«

In Liese Freihaus' Gesicht zeigten sich rote Punkte auf Stirn und Wangen. Ihr sonst so blasser Teint hatte eine rosa Färbung angenommen. Sie wedelte mit den Händen vor Jakobs Gesicht, und als er ihre langen Fingernägel sah, wusste er, was ihn vorher auf der Schulter gepikst hatte.

Jakob erinnerte sich noch an die Vernehmung der Frau, die so sachlich mit den Ermittlern gesprochen hatte, als würde sie ihnen ein Kochrezept vorlesen. Liese Freihaus hatte einen Zettel dabeigehabt, auf dem sie minutiös aufgelistet hatte, wo sie am Todestag von Hedda Kernbach wann und mit wem gewesen war. Birgit hatte die Liste behalten, und Jakob war sich sicher, dass seine Kollegin jede einzelne Angabe nachgeprüft hatte. Zur Mittagszeit, als Hedda Kernbach ihrem Mörder die Tür geöffnet hatte, war Liese Freihaus wie jeden Mittwoch und Freitag unter der Woche im Schwarzen Adler zum Mittagstisch gewesen. Jeder kannte sie dort.

»Frau Freihaus, guten Tag! Wissen Sie möglicherweise, wer Heidi Mohn ihre homöopathischen Tropfen besorgt hat?«

Liese Freihaus kratzte sich mit ihren Nägeln am Kinn. »Keine Ahnung. Sie selbst, nehme ich an. Heidi war in solchen Dingen immer sehr selbstständig und hat sich von keinem dreinreden lassen. Ich für meinen Teil glaube überhaupt nicht an so einen Humbug, und ich –«

»Für den Moment ist das alles, Frau Freihaus, danke.«

»Ich finde es eine Unverschämtheit, dass die Polizei hier einfach so auftaucht und die arme Heidi in ihrer Genesung stört. Sie hätten mich fragen können. Wir haben keine Geheimnisse voreinander.«

Jakob Zimmer räusperte sich. »Anscheinend doch, Frau Freihaus. Oder wussten Sie, dass Heidi Mohn und Hedda Kernbach Cousinen waren?«

Die Punkte auf Liese Freihaus' Gesicht vermehrten sich rasant, und sie begann, schneller zu atmen. Oberschwester Engel trat einen Schritt näher an die beiden heran, für den Fall, dass auch diese Frau medizinische Hilfe brauchte.

Trotzdem hakte Jakob nach. »Und sagen Ihnen die Namen Gerburg Jahnke und ›Offenes Ohr‹ etwas?«

Liese Freihaus atmete lange und geräuschvoll aus und sah den Hauptkommissar mit einem erzwungenen Lächeln an. Sie öffnete ihre Handtasche und holte mit ihren Nägeln ein Taschentuch heraus, das daran hing wie aufgespießt.

»Nein, ich habe keine Ahnung, wer oder was das sein soll. Und zu Ihrer ersten Frage, Herr Hauptkommissar. Nein, ich habe auch nichts von einer Verwandtschaft von Heidi und Hedda gewusst. Ehrlich gesagt, glaube ich nicht daran. Unsere Heidi hat in der letzten Zeit öfter mal kleine Spinnereien von sich gegeben. Sie wird langsam etwas dement.« Sie wischte sich die Augen und schnäuzte sich. »Ich entschuldige mich für meinen Ton vorhin. Da sind mir wohl die Nerven durchgegangen. Kein Wunder nach den letzten Tagen.«

»Wir werden alles überprüfen. Guten Abend, Frau Freihaus.«

Jakob Zimmer drückte Schwester Engel die Hand. Auf dem Rückweg verlief er sich wieder, erst als er die Kantine erreichte, erkannte er den Weg. Sein Magen meldete sich so heftig, dass er beschloss, sich ein schnelles Sandwich auf die Hand zu holen. Er entschied sich dann doch für eine heiße Suppe und zog sich an einen der hinteren Tische zurück. Nach den ersten drei Löffeln packte ihn die Ungeduld, er holte sein Handy hervor und rief direkt Luis Fahrenz an.

Luis war inzwischen Richtung Flughafen unterwegs und sein iPad mit ihm. Binnen einer Minute hatte der junge Ermittler alle Daten über diese Frau Jahnke und das »Offene Ohr« gefunden.

»Da hab ich es. Es handelt sich nicht um die bekannte Kabarettistin, sondern um eine Gerborg Jahnke. Mit o. Diese Gerborg Jahnke ist die Betreiberin einer kleinen Privatdetektei namens ›Offenes Ohr‹.«

»Ach, guck mal!« Jakob schlürfte weiter seine Suppe, das tat gut.

»Das wird immer spannender. Und verwirrender. Eine mögliche Verwandtschaft. Eine Privatdetektivin. Ein bekannter Schlägertyp. Klingt so, als hätten wir ein paar Puzzleteile gefunden, die ins Bild passen könnten.«

Luis' Stimme klang gedämpft. Im Hintergrund waren die Meldungen zu hören, die der Taxifahrer per Funk hereinbekam. Jakob schluckte den letzten Löffel voll Suppe hinunter und fühlte sich gestärkt.

»Ich fahre von hier aus direkt zum Haus von Heidi Mohn. Unter dem Radio im Wohnzimmer, hat sie gesagt.«

»Birgit hat, bevor ich ins Taxi gestiegen bin, die Meldeadresse von Bernd Carlos herausgefunden und wollte mit Per dorthin. Ich bin jetzt am Flughafen, muss rennen, sonst fliegen die ohne mich.«

»Alles klar, Luis.«

Als Jakob auflegte, fiel ihm Dr. Leocardia Kardiff und ihr unorthodoxer Einbruch ein. Hatte die Zahnärztin dieselbe Information von Heidi Mohn erhalten wie er? Und sie ihm diese wieder mal verschwiegen? War sie dieser Gerborg Jahnke auf der Spur? Wenn diese Detektei auch etwas mit Bernd Carlos zu tun hatte, konnte Dr. Kardiff tatsächlich in eine gefährliche Situation geraten.

Jakob sah auf die Uhr. Es war kurz vor sechs. Wenn er sich richtig erinnerte, hatte die Gemeinschaftspraxis bis neunzehn Uhr geöffnet.

Es war nur eine kurze Strecke von der Universitätsklinik zum Nikolausplatz. Er könnte auf dem Weg zu Heidi Mohns Haus einen Abstecher in die Praxis machen. Das nächste ernste Wort mit dieser blonden Mischung aus Miss Marple und Grace Kelly reden.

FÜNF

Hallo, Panik? Bist du da?

Wo ist bloß die Aufregung? Das Gefühl, zu fallen? Der Schwindel?

Seit dem Anruf von meinen Töchtern ist eine halbe Stunde vergangen, und immer noch bin ich innerlich klar wie ein Bergsee. Die tiefe Kälte in meinem Herzen ist geblieben, aber ich kann mich in ihr bewegen, sie zu meinen Gunsten nutzen.

Mein Auto hat Gott sei Dank wieder repariert und einsatzbereit vor der Praxis gestanden. Ich wage zu behaupten, dass ich selten so umsichtig und konzentriert gefahren bin wie eben.

Ich parke direkt vor meinem Haus. Der Mann, der meine Töchter in seiner Gewalt hat, soll mich ruhig sehen, schließlich ist er es ja, der hier den Ton angibt.

Oder?

Bevor ich aussteige, fällt mir auf, dass das Mansardenfenster ganz oben dringend geputzt gehört. Früher hatte Johannes dort sein Atelier, dann war es ein Spielzimmer für Lulu und Nathi, irgendwann ist es in Vergessenheit geraten. Ob ich mir da ein kleines Arbeitszimmer einrichten soll? Doch wozu? Ich nehme keine Arbeit mit nach Hause.

Vielleicht könnte ich da oben über mein Leben in den letzten zwei Wochen schreiben? Ach, was rede ich denn, es ist gerade mal zwölf Tage her, dass ich Hedda in ihrer Wohnung gefunden habe.

Nun aber volle Konzentration auf die nächsten Schritte. Ich glaube zu wissen, wer da bei meinen Mädels ist. In meinem Kopf taucht das Bild des bulligen Mannes mit den wulstigen Lippen auf, den diese lächerliche Detektivin am Samstag mitgebracht hat.

Ich stelle mir vor, wie der Bullige an Hedda Kernbachs Tür geklingelt und ein Messer aus seiner Hosentasche gezogen hat. Mir fällt ein, dass ich nie danach gefragt habe, mit welchem scharfen Gegenstand der armen Hedda die Kehle aufgeschlitzt wurde. Egal, das kann ich später noch im Internet googeln. Dort steht doch alles.

Ich öffne meine Handtasche.

Direkt obenauf sehe ich meine Hausschlüssel, es ist ein kleines Wunder. Ich nehme sie in die Hand, darunter liegt die Zange, ich brauche überhaupt nicht zu suchen.

Was habe ich damit vor?

Mal sehen. Ich denke, ich werde mich von meinem eisigen Herzen überraschen lassen.

Ich steige aus dem Wagen, hänge mir die Tasche lässig über die Schulter und öffne das Gartentor. Nie habe ich daran gedacht, schon hier vorn ein Schloss anzubringen. Das kann ich auf meine Liste der Dinge setzen, die später kommen werden.

Mein Vorgarten ist hübsch.

Im letzten Sommer habe ich einen kleinen Brunnen gekauft, eine kleine Nixe, aus deren Schwanzflosse Wasser fließt. Meine Töchter waren begeistert. Noch sind am Gartenjasmin und den Hortensien, die um den Brunnen gepflanzt sind, nur grüne Blätter zu sehen, aber in ein bis zwei Wochen wird die Kraft des Frühlings die Blüten sicher schon voll entfalten. Mir fällt ein, dass der Gartenjasmin auch Pfeifenstrauch genannt wird, und ich beginne zu pfeifen.

Pfeifen im Wald gegen die Angst.

Denn ... die pfeifende Eiskönigin Leo hat einen Plan.

Doch die eisige Pfeifkönigin Leo weiß nicht, ob er funktionieren wird.

Ich gehe schnell an der vorderen Eingangstür vorbei, so, als würde ich es immer so machen. So, als wäre es Gewohnheit, mein Haus durch die Hintertür zu betreten.

Ich gehe um mein Haus herum, fideldum!

Ich kann mich erinnern, dass Magister Heinz, als er mich zum ersten Mal besucht hat und ich ihm das Haus zeigte, scherzhaft meinte, eine zweite Haustür stelle immer auch eine gute Fluchtmöglichkeit dar, wenn er die Schnauze von mir vollhaben sollte. Wäre ich damals klüger oder einfach etwas selbstsicherer gewesen, hätte ich ihn da schon zum Teufel gejagt.

Sollte mich der Mann beobachten, wird er sich vielleicht

fragen, warum ich hinters Haus gehe, um die Ecke, in den Garten. Und er wird vielleicht unsicher werden, vielleicht meine Töchter bedrängen, ihnen Angst machen. Nathi, Lulu, haltet durch!

Mama eilt herbei, fideldei!

Oder, und das ist meine große Hoffnung, er wird mir genau dort an der hinteren Tür entgegenkommen.

Noch vor Magister Heinz habe ich hier in dem Haus mit Johannes Belmont gelebt, meinem ersten und bis jetzt einzigen Ehemann, dem Vater meiner Zwillinge. Da er als Künstler nicht sehr erfolgreich im Verkaufen war, hingen nicht nur eine Menge Bilder von ihm an unseren Wänden, es standen und hingen auch Skulpturen an allen möglichen und unmöglichen Orten. Fast jede Woche kam er mit einem neuen Werk, einer neuen Plastik oder Skulptur, aus seinem Atelier von oben nach unten und platzierte es mit stolzem Glanz in seinen Augen irgendwo im Haus.

Sein skurrilstes Werk war meiner Meinung nach ein Ding, das wie eine Mischung aus einem Helikopter und einem fliegenden Dinosaurier aussah. Er hat es »Apokalypse in Rosa« genannt und natürlich nie verkauft.

Nathalie und Luise aber, damals gerade fünf, fanden es grandios.

Johannes hatte ihre Begeisterung mit jovialer Freude entgegengenommen, ihnen aber verboten, damit zu spielen, schließlich war es Kunst. Er montierte es in ihrem ersten Kinderzimmer an der Decke, so hoch, dass sie es nicht erreichen konnten. »Apokalypse in Rosa« war für die Kleinen ein Traumfänger über ihren Köpfen.

Mir bereitete das schwere Ding ständige Alpträume, in denen ich es apokalyptisch auf den Kopf eines meiner Kinder fallen sah. Aber keiner der Männer in meinem Leben hat sich je um meine Ängste geschert.

Als Johannes dann auszog, hat er zwar alle seine Bilder mitgenommen – meine Wände sahen danach aus, als wären sie gehäutet worden – und alle seine Skulpturen von einem Kunsttransport abholen lassen, von dem ich später eine völlig überteuerte Rechnung bekam, aber die rosa Apokalypse vergaß er. Das Ungetüm wurde von mir in den unteren hinteren Flur verbannt, auf das oberste Brett des Regals, das neben der hinteren Eingangstür steht.

Apokalyptisch gut, Fidel-Mut!

Oder?

Und noch eine Erinnerung ist in meinem Kopf aufgetaucht. In meinen glasklaren kalten Gedanken.

Einmal bin ich mit einem großen Korb Äste vom Garten durch den hinteren Eingang hereingekommen. Ich musste die Tür weit aufstoßen, um Platz zu haben, und habe sie mit Wucht gegen das vordere Ende des Regals geknallt. Die Sachen darauf, der Nippes samt der rosa Apokalypse, haben geschwankt und gezittert. Ich hatte schon die Scherben der Kunst meines Ex am Flurboden vor Augen, aber sie blieb oben stehen oder liegen, wie auch immer man ihre Position beschreiben will, die sie seit Jahren dort einnimmt.

Damals hatte ich mir vorgenommen, das Regal abzuräumen und ein Stück von der Tür weg nach hinten zu schieben, damit nicht wirklich irgendwann mal ein kleines Unglück geschehen würde. Natürlich habe ich bis heute nie die Zeit dafür gefunden.

Jetzt könnte das mein großer Vorteil sein.

Da bin ich schon.

Die hintere Eingangstür.

Ich visualisiere.

Lacht mich mein Plan aus oder an?

Ich könnte aufschließen, aber ich möchte, ich will, ich muss erreichen, dass der Mann zu mir kommt, die paar Treppen von der Küche nach unten, am Hobbyraum und der Waschküche vorbei, immer weiter den Gang entlang bis zur Tür, neben der das Regal steht, auf dem wiederum die »Apokalypse in Rosa« thront.

Was, wenn die hintere Klingel gar nicht mehr funktioniert?

Eiskönigin, nicht denken!

Ich drücke auf den Knopf. Das Läuten ist schrill. Es zerrt an meinem Trommelfell.

Stille.

Noch mal.

Schrille.

Eine kleine Welle der Angst rollt über meinen inneren Bergsee. Wird er nicht nach unten kommen? Wird er argwöhnisch werden, weil ich nicht zur Vordertür hereingekommen bin? Was dann? Soll ich ihm mit der Zange ins Auge fahren? In irgendeiner der Küchenschubladen liegt noch ein Nudelholz. Das bräuchte ich jetzt.

Jetzt höre ich etwas.

Eine Männerstimme. Sie kommt der Tür entgegen. Sie ist ungeduldig. Gibt Anweisungen.

Ich höre eins der Mädchen weinen, ist es Nathalie oder Luise? Was, wenn er eines meiner Kinder vorschickt? Dann ist mein Plan dahin, bevor er begonnen hat.

Was …? Wenn …?

Bulliger Typ, ich werde dich töten! Dich in kleine Häppchen schneiden und an die Krähen verfüttern!

Kommt er jetzt, oder was?

Ich klopfe gegen die Tür.

»Was klopfen Sie denn? Haben Sie zu Ihrem eigenen Haus keine Schlüssel?«

Der Mann ist hörbar verärgert.

Los geht's.

Ich spiele das kleine unsichere Mädchen. Ist doch meine Paraderolle. »Ich wusste nicht, ob ich einfach hereinkommen darf.«

»Na, was denn sonst? Bin ich Ihr Scheiß-Türöffner?«

»Mama!«, ruft eines meiner Kinder.

Ich erkenne Nathalie.

Eiskönigin! Eiskönigin! Eiskönigin!

»Schnauze! Und du, Schlampen-Mama, sperr auf und rein mit dir.«

Ich hebe den Schlüsselbund hoch. Finde auf Anhieb den richtigen Schlüssel. Stecke ihn ins Schloss. Ich drehe ihn um und drücke dagegen.

Die Tür klemmt. Knarrt beim Öffnen.

Zuerst kann ich nur Schemen erkennen. Im unteren Flur ist es dunkler als draußen.

Keiner der drei hat das Licht angemacht, als sie von der Küche nach unten gekommen sind. Was ich zu meinem Vorteil nutzen kann. Ich blinzle mehrmals, zwinge meine Augen, sich schnell anzupassen.

Und ja!

Da kommt er.

Ich hatte recht.

Es ist tatsächlich der bullige Kerl, der am Samstag mit der Detektivin vom »Offenen Ohr« in meine Praxis gekommen ist. Ihr persönlicher Bodyguard oder Einschüchterer oder Saubermacher. Wie auch immer.

Weiter, fidelheiter!

Die Ausgangslage ist besser, als ich es gehofft habe. Aber es gibt noch keinen Grund, zu jubeln.

Und doch! Ja!

Der Bullige kommt mir entgegen, bleibt an der geöffneten Tür stehen. Neben dem Regal. Optimaler hätte ich ihn auch nicht dort hinstellen können.

In der Hand hat er so was wie einen Knüppel, keine richtige Waffe, sondern eher einen Stock oder Prügel. Etwas tief drinnen in mir atmet auf, weil er keinen Revolver in der Hand hält, vielleicht hätte mich dann mein eisiger Mut verlassen.

Hinter ihm kann ich Nathalie und Luise sehen, die sich an den Händen halten wie kleine Kinder. Sie stehen am oberen Treppenabsatz.

Er winkt mit dem Stock in der Hand und dreht sich eine halbe Drehung von mir weg. »Gehen wir zurück nach oben, Schlampen-Mama. Ich hab mit dir zu reden.«

Jetzt oder nie, fideldie!

Ich mache einen großen Schritt, der schon fast ein Sprung ist, hinein in den Flur. Ich beuge mich nach links, hole Schwung und werfe mich mit meiner ganzen Kraft nach rechts und gegen die geöffnete Haustür.

Es gibt einen Knall, als meine Knochen das Holz berühren. Ein heißer Schmerz schreit in meiner Schulter auf.

Die Zeit dehnt sich.

Zeitlupentempo, Schneckenfahrt.

Die Tür knallt gegen das vordere Ende des Regals.

Es beginnt zu schwanken.

Der Bullige dreht sich. Seine Augen verengen sich. *»Was?«*, schreit er und hebt die Hand mit dem Stock oder Prügel oder was auch immer.

Ich trete noch mal gegen die Tür. Die Tür donnert gegen das Regal.

Ich bete.

Ich bitte.

Ich winsle.

Ich schaue nach oben.

Er will den Kopf heben.

In dem Moment trifft ihn die Apokalypse.

Es kracht noch mal. Tiefer unten jetzt. Es ist eher ein Knirschen.

Das unverkaufte Kunstwerk »Apokalypse in Rosa« des Künstlers Johannes Belmont kracht dem Bulligen auf Nacken und Schulter. Sein Kopf bleibt verschont, was mir sicher eine Anklage wegen Totschlags erspart.

Die Wucht ist groß genug. Der Bullige samt der Skulptur gehen zu Boden.

Die »Apokalypse in Rosa« zerfällt in drei große Scherben.

Der Bullige verliert das Bewusstsein.

Über dem kalten Bergsee meiner Emotionen geht die Sonne auf. Ihre Strahlen lassen das Eis in meinem Herzen schmelzen.

Adieu, Eiskönigin.

Willkommen, Leocardia Huberta.

Ich könnte jetzt ohnmächtig werden, aber das hatten wir heute doch schon mal.

Nathi und Lulu sind da. Ihnen ist nichts geschehen.

DANKE, lieber Gott! Danke!

Meine Töchter umarmen mich. Ich drücke meine Kinder an mich. Gott, meine Süßen, Mama liebt euch!

Ich sehe mir meine Töchter an. Sie sind wohlauf.

Ich sehe mir den Typen am Boden an. Seine Lippe blutet. Er muss sie sich an der Treppe angeschlagen haben, als er k. o. ging.

Ich knie mich hin, fühle seinen Puls. Er lebt. Auch dafür, Gott sei Dank!

»Mama, klasse!«

Und: »Mama, ist der jetzt hin?«

Ich drehe mich zu Nathalie und Luise um. »Erstens, so was bitte nicht nachmachen. Zweitens heißt es nicht ›hin‹, sondern tot oder verstorben. Und nein, der Mann lebt, er ist nur … na, sagen wir benommen.«

Die beiden nicken.

»Und drittens. Ihr müsst mir jetzt mal helfen. Okay?«

Weiter geht's im Nu, fideldidu!

SECHS

Als Bernd Carlos seine Augen wieder aufschlug, glaubte er sich zuallererst im falschen Film.

Wenn sein Kurzzeitgedächtnis richtig funktionierte, war er vor seinem Blackout in einer machtvollen Position gewesen.

Darum drehte sich doch im Leben alles.

Wer das Sagen hatte.

Viel früher war es seine Mutter gewesen. Wenn sie in ihrer Souterrainwohnung in Aachen mit dem Besen oder Kochlöffel hinter ihm her war, hagelte es Prügel, dass er sich oft gewünscht hatte, tot zu sein. Mausetot und weg vom Fenster. Da er damals noch leicht und schnell gewesen war und oft entkommen konnte, war so eine Prügelattacke selten vorgekommen.

Später in der Grundschule und noch später in der Hauptschule war er wegen seiner Schmächtigkeit und seiner dicken Lippen nicht nur gehänselt, sondern regelmäßig mit harten Fäusten auf ebenjene Lippen geschlagen worden, was ihm zwei Stiftzähne und eine kleine Narbe unter dem Kinn eingebracht hatte.

Die Lage hatte sich erst auf der Realschule geändert, als seine Mutter einen neuen Stiefvater mit nach Hause gebracht und der ihn mit in seinen Boxclub genommen hatte.

Toni Carlos war ein wortkarger, aber gerechter Mann gewesen, der den Sohn seiner zweiten Frau weder geprügelt noch völlig ignoriert hatte. Seine Leidenschaft waren sein Sport und der Verein gewesen. Die Jungs dort waren dem angeheirateten kleinen Jungen vom Toni gegenüber fair gewesen, und sein Stiefvater hatte ihm ein Grundlagentraining spendiert. Bernd war mit wachsender Freude dreimal die Woche dorthin gegangen, hatte begonnen, mehr und mehr zu essen.

Über ein Jahr hatte es den Anschein gehabt, als würde aus dem kleinen mageren Bernd mit den meist blutig geschlagenen Lippen ein durchtrainierter Kerl mit Ambitionen für einen anständigen Job und ein hinreichend gutes Leben werden.

Er hatte sich in Angelina Jolie verliebt, wegen der tollen Lippen, und sein Zimmer mit Postern von ihr dekoriert. Ganz heimlich träumte er ein klein wenig von einer Karriere als Profiboxer. Doch dann war auch dieser Stiefvater aus seinem Leben verschwunden, hatte sich bis auf den Nachnamen Carlos, den seine Exfrau und ihr Sohn bis auf Weiteres behielten, aus dem Ring verabschiedet.

Frau Carlos bekam einen neuen Job und zog mit ihrem Sohn Bernd nach Köln. Dort war Bernd trotz Ausbildungsplatz bei einem Zulieferbetrieb in Neubrück schnell in sogenannte schlechte Gesellschaft geraten, und aus dem trainierten Teenager wurde ein Schlägertyp, der die anderen tyrannisierte, so wie er selbst früher tyrannisiert worden war. Er entdeckte Bier und die Kurzen samt Fast Food und setzte binnen kurzer Zeit ziemlich viel Fett an. Wenigstens trainierte er weiter, aber nur, um sich im wahrsten Sinne des Wortes gut durchzuschlagen.

Seine kleinen Pläne hin zu einer ordentlichen Existenz verschwanden tief in den Gräben seines Unterbewusstseins, und nach dem Tod seiner Mutter schmiss er die Lehre, lebte von Hartz IV und begann nebenbei eine Karriere als Kleinkrimineller.

Er bestahl alte Frauen, die mit Rollatoren unterwegs und leichte Beute waren, rannte mit ihren Handtaschen keuchend davon. Mit einem Kumpel versuchte er, einen kleinen Gemüseladenbesitzer zu erpressen. Immer wieder geriet er in Schlägereien, zoffte sich mit allen möglichen Leuten, trank zu viel. Auf ein paar Aufenthalte in der JVA in Köln-Ossendorf folgten endlose Zeiten als Hartz-IV-Empfänger mit null Ambitionen und einem Bewährungshelfer, der bald sein Engagement für Bernd aufgab.

Bis er 2010 auf eine Frau traf, die sein Leben und seine kriminelle Energie in eine geordnete Bahn lenkte.

Gerborg Jahnke war um einiges älter als er, hätte seine Mutter sein können und benahm sich auch meistens so. In der Bar, in der er sie kennenlernte, trieben sich öfter ältere weibliche Semester herum, die in ihrer Einsamkeit bereit waren, für einen jüngeren Lover Geld springen zu lassen. Bernd hatte bis dato nie Glück bei solchen Frauen gehabt, die suchten was Größeres und Hübscheres. Aber Gerborg war sofort an ihm interessiert gewesen.

Schön war sie nicht, weder sein Typ noch seine Phantasie. Aber wer fragt im Dunklen schon danach, und ein paar Scheine konnte er immer gebrauchen.

Der Sex spielte zwischen ihnen nur kurz eine Rolle. Nachdem er dreimal von ihr in ein kleines Hotelzimmer in Frechen mitgenommen worden war, hatte sie ihn beim vierten Treffen statt auf Sex auf ein Menü zu McDonald's eingeladen und sich nur mit ihm unterhalten. Das hatte ihm besser gefallen. Er erkannte, dass er ihre Stimme sexy fand.

Er hörte ihr gern zu.

Aus diesem Treffen war ein regelmäßiger Kontakt entstanden. Gerborg war gebildet, selbstständig, und wenn sie mit Bernd sprach, schwieg er meistens, hörte ihr zu und versuchte, aus dem Schwall ihrer Sätze das zu behalten, was wirklich wichtig für seinen jeweiligen Auftrag war.

Ziemlich schnell war sie auf den Punkt gekommen.

Gerborg hatte sich einen kleinen Nebenverdienst erschlossen, der mit ihrem Job zusammenhing. Bernd wusste, dass Gerborg ein Detektivbüro führte. Anfangs fand er das cool, aber Gerborgs Erzählungen von der langwierigen Observierungs- und Recherchearbeit ernüchterten ihn schnell. Es lief wohl ganz gut, wie sie ihm erzählte, ihre wirtschaftliche Situation war zufriedenstellend. Aber Gerborg Jahnke wollte mehr, wollte in den gehobenen Mittelstand aufsteigen, sich als Freiberuflerin vor allem eine hohe Altersvorsorge sichern. Irgendwo hatte sie auch noch einen Sohn, der sie angeblich Geld und Nerven kostete.

Also verkaufte sie Informationen an die jeweilige Gegenseite.

Wie diese Geschäfte im Einzelnen liefen und wer darin verwickelt war, wusste Bernd Carlos nicht. Er wollte es auch nicht wissen. Seiner richtigen Mutter hatte er auch nie in den Kochtopf geguckt, wenn sie ihr leckeres Gulasch zubereitet hatte, solche Sachen sollten das Geheimnis der Hausfrau bleiben.

Er war für das Schneiden des Fleisches zuständig gewesen, für das Kleinmachen der großen Klumpen.

So war es auch mit Gerborg.

Manchmal gab es bei Gerborgs kleinem Nebengeschäft Leute, die kein Geld gegen Infos rausrücken wollten oder sich betrogen fühlten und mit einer Anzeige drohten. Da kam Bernd Carlos ins Spiel. Er besuchte diese Leute oder traf sie wie zufällig an wenig beleuchteten Orten zu später Stunde oder bedrohte sie am Telefon oder tat anderes, was Gerborg sich so ausdachte.

Das gab den Leuten den nötigen Kick, sich doch noch finanziell zu öffnen. Eine schöne Formulierung, die Gerborg dazu eingefallen war.

Bernd musste selten zu harten körperlichen Mitteln greifen. Die meisten von Gerborgs Kunden waren Frauen in den mittleren Jahren, oft labil und selten stressresistent. Es waren gebildete Leute, denen Gewalt ein Gräuel war und die es zum ersten Mal in ihrem Leben mit Erpressung zu tun hatten. Eine Einschüchterung oder Androhung wirkte meistens. Spätestens nach einem kleinen Hieb knickten sie alle ein.

Noch dazu hatten sie alle ihre kleinen Geheimnisse, sonst wären sie nicht in Gerborgs Kundenkartei gelandet, und oft große Angst, sollten diese Dinge bei Nichtzahlung ans Tageslicht kommen.

Gerborg und Bernd trafen sich regelmäßig bei McDonald's. Er aß, und sie redete. Gegen Ende steckte sie Bernd die Adresse der Kunden zu oder gab ihm Fotos von den Leuten, die er einschüchtern sollte, samt Tipp, wo er sie finden würde.

Ein einziges Mal hatte sie ihn gebeten, bei ihr zu Hause in Frechen aufzukreuzen und vor ihrem Haus zu warten. Ein hübsches Haus mit Garten und einem BMW vor der Garage.

Wenn Gerborg drinnen geschrien hätte, hätte er hineinstürzen und ihren – diesmal männlichen – Besucher windelweich prügeln sollen. So weit war es nicht gekommen, der Typ war nach einer halben Stunde einfach wütend davongerannt. Gerborg war nach draußen gekommen und hatte Bernd für das Warten seinen ersten Fünfhundert-Euro-Schein in die Hand gedrückt. Das hatte ihn so gefreut, dass er vergessen hatte, sie zu fragen, ob er sich denn auch mal ihr Haus von innen ansehen dürfe.

Bisher hatte keiner der betroffenen Kunden Anzeige gegen Gerborg erstattet. Es lief. Bernd war offiziell nicht mehr straffällig geworden. Das Geld, das ihm Gerborg für seine Dienste zusteckte, reichte zusammen mit seinem Hartz-IV-Satz für genug Bier und Kurze und ein paar Sonderwünsche zwischendurch, wie seinen neuen Flatscreenfernseher, vierundfünfzig Zoll.

Auch wenn Gerborg redete und plante – bei seinen kleinen Aufträgen hatte doch er das Sagen. Er war der Machtvolle. So konnte das Leben weitergehen.

Umso erstaunlicher war es für Bernd Carlos, als er jetzt zu sich kam, sich nicht bewegen zu können. Bei diesem Auftrag hatte er anscheinend jegliche Kontrolle verloren.

Dabei hatte es so einfach sein sollen.

In dieser Zahnarztpraxis hatte Gerborg am Samstag lange mit einer Blondine gequasselt. Bernd hatte Zeit gehabt, im Warteraum die »Motorwelt« durchzublättern und einen Artikel über neue Motorräder zu lesen. Wenn die Geschäfte weiter gut liefen, wer weiß, vielleicht würde er sich eines zulegen.

Beim McDonald's-Treffen am Sonntag hatte Gerborg ihm einen Zettel zugesteckt: »Mach dieser Frau Doktor ein wenig Angst, Bernd. Ein wenig oder mehr. Besser mehr. Zahnarztschlampe!«

Gerborg bezeichnete selten jemanden als Idiot oder Schlampe, sie nahm nicht gern abfällige Wörter in den Mund, also musste sie sich über die Blondine ziemlich geärgert haben.

Am nächsten Morgen hatte er erst eines der belgischen Wegwerfhandys, die er zu Hause hortete, genommen und eine SMS an die Blondine geschrieben. Er übernahm Gerborgs Bezeichnung für sie, die ihm gefiel, und verbrachte dann ein paar Stunden in einer Kneipe, in der man den ganzen Tag Sport gucken konnte.

Später war er zu der Adresse gegangen, das hieß, er war mit der Bahn gefahren und hatte wieder von einem Motorrad geträumt. Von der Straße aus hatte er drinnen Licht gesehen und geklingelt.

Doch nicht die Zahnarztschlampe hatte geöffnet, sondern

zwei Teenagermädchen. Bernd hatte weder überlegt noch gezögert noch eine Ausrede in seinem Kopf zusammengesucht, das hätte zu lange gedauert.

Er hatte gegen die Tür getreten, die Mädchen waren zurückgesprungen, dann war er in das Vorzimmer gekommen und hatte sich das Erste gegriffen, was als bedrohliche Waffe herhalten konnte. Das war ein kurzer Stock gewesen, eine Art kurzer Besenstil, der an der Wand gelehnt hatte.

Er hatte die beiden Mädchen in die Küche gedrängt, ihnen befohlen, sich zu setzen. Er hatte sie gefragt, was sie hier machten, und als ihm klar wurde, dass es die Töchter der Zahnarztschlampe waren, hatte er einen einfachen neuen Plan entworfen, von dem er annahm, dass er auch Gerborg recht sein würde. Manchmal musste man eben improvisieren. Er ließ die Mädchen bei ihrer Mutter anrufen, schaltete sich dazwischen, beorderte die Blondine her.

Dann hatte er mit den eingeschüchterten Mädchen in der Küche gewartet. Wenn die Zahnarztschlampe käme, würde er ihr kurz und knapp jede weitere Einmischung verbieten, ihr und ihren Töchtern Schlimmes androhen und sich dann wieder davonmachen.

Keine Polizei, sonst …

Bernd schlug die Augen auf. Vor sich sah er weit und breit keine Polizei.

Da war die Zahnarztschlampe und weiter hinten ihre Töchter.

Das Letzte, woran er sich erinnerte, war das Klingeln, nicht an der vorderen Tür, wo er selbst geklingelt hatte, sondern hinten, im unteren Flur, der in den Garten führte, wie die Töchter ihm erklärt hatten. Er war mit beiden Mädchen nach hinten, hatte die Tür geöffnet, und da war die Zahnarztschlampe gewesen. Schick sah sie aus, knackig für ihr Alter, und dann?

Was war dann gewesen?

Ein Krachen, ein dumpfes Stöhnen, erinnerte er sich. Wieder klingelte es in seinen Ohren, und sein Nacken war bretthart. Wellen eines unbestimmten Schmerzes zogen von dort hoch und fraßen sich in seinem Kopf fest. Was war ihm hier bloß passiert?

Als er versuchen wollte, sich den Nacken zu massieren, merkte er, dass er seine Hände nicht bewegen konnte. Er sah an sich hinunter, sein Bauch war ihm im Weg, aber ganz klar, er saß wieder auf einem der Küchenstühle, wie vorhin, vor dem Klingeln. Nur dass jetzt seine beiden Arme nach hinten gezogen waren, auf seinem Rücken zusammengebunden. Bernd zog mit einem kräftigen Ruck an den Fesseln. Sofort spürte er, wie seine Handgelenke eingeschnürt wurden. Er tippte auf eine Wäscheleine, war sich aber nicht sicher.

Warum waren die Bullen noch nicht hier?

Die Zahnarztschlampe hatte sich einen zweiten Küchensessel genommen und saß schräg neben ihm. Sie beugte sich nah zu ihm, er konnte das Blau in ihren Augen sehen, ihre blonden Locken, die wütende Wirbel bildeten, und Schweiß auf ihrer Stirn. Sie hatte eine Hand um die Stuhllehne und seine Schultern gelegt, und ihr Mund war so nah, dass er für einen absurden Moment dachte, sie würde ihm einen Kuss geben.

Bernd fühlte einen harten Klumpen in seiner Hose und vergaß für einen Moment, dass er gefesselt und hilflos war.

Die Blondine deutete mit den Augen auf den Küchentisch. Ein Handy lag auf der Tischplatte. »Bevor ich Sie der Polizei übergebe, würde ich Ihnen gern noch die eine oder andere Frage stellen. Ihre Antworten nehme ich auf. Sie haben sich meinen Töchtern gar nicht vorgestellt. Wie ist denn Ihr Name? Sagen Sie ihn für die Aufnahme bitte laut.«

Bernd Carlos zwinkerte mit seinem rechten Auge.

Sagte nichts.

Die Zahnarztschlampe drückte sich höflich und gebildet aus, wie Gerborg meistens. Seine Erektion verschwand, und er fühlte sich erschöpft. Er hätte am liebsten nach einem starken Kaffee verlangt, sein Kopf brummte. Etwas musste ihn am Schädel getroffen haben.

Wartet nur, bis ich wieder hochkomme, dann kriegt ihr die Antworten mit meiner Faust, dachte Bernd. Statt seinen Mund aufzumachen, zog er noch mal an den Fesseln und spürte, wie sich die Schnur schmerzhaft noch tiefer in seine Handgelenke grub. Es musste eine Wäscheleine sein.

Die blonde Zahnärztin hob den anderen Arm und wedelte mit einem metallenen Gegenstand vor Bernds Augen. »Wissen Sie, was das ist?«

Bernd kniff beide Augen zu Schlitzen zusammen, um das Metallding besser sehen zu können. Er war seit Kindertagen leicht weitsichtig, hatte sich aber immer geweigert, eine Brille zu tragen, noch mehr Spott und Häme in der Schule hätte er nicht ausgehalten. Später hatte er es einmal mit Kontaktlinsen versucht, aber nach einer Woche mit roten Augen und einer Lidrandentzündung entnervt aufgegeben. Er las ohnehin keine Bücher, und für die großen Überschriften und die nackten Weiber in der Bild-Zeitung reichte es.

»Man nennt es Dentalzange, und ich ziehe in meiner Praxis damit schlechte Zähne, wie Sie sie zum Teil in Ihrem Gebiss haben.«

Bernd Carlos konnte das Ding immer noch nicht richtig sehen, aber die Zahnarztschlampe machte es mehrmals auf und zu. Es klackte, wenn Metall auf Metall traf.

Was zum Teufel hatte dieses Weib vor? Er merkte, dass ihm der Schweiß auf seiner Stirn ausbrach, und sein rechter Arm wurde langsam taub. Was passierte hier nur mit ihm?

Bernd dachte an seine Mutter und seinen ersten Besuch beim Zahnarzt. Sie hatte ihn dahin geschleift, ihm Schläge angedroht, wenn er sich nicht benehmen würde, und ihm hinterher einen Lolli versprochen. Er wusste nicht mehr, wie alt er gewesen war, nur dass ihm der Stuhl riesig und der Arzt in übler Laune erschienen waren. Licht hatte ihn geblendet, und dann war da ein tiefer stechender Schmerz gewesen. Und diese Geräusche. Er hatte versucht, den Mund zuzupressen, aber der Zahnarzt hatte ihm grob befohlen, ihn mal hopp wieder zu öffnen, und Klein Bernd hatte sich nicht getraut, sich noch einmal zu widersetzen. Hinterher hatte er seiner Mutter den Lolli aus der Hand geschlagen und bitterlich geweint.

Wann war er eigentlich als Erwachsener das letzte Mal bei einem Zahnarzt gewesen? Hatte er heute Morgen seine Zähne geputzt? Wollte ihm die Zahnarztschlampe hier in ihrer Küche einen Zahn ziehen? Einfach so, ohne Betäubung?

Bei Bernd Carlos stellten sich alle Haare samt den Poren auf. Wie hieß noch mal der Film, in dem der schmächtige Dustin Hoffman seine gesunden Zähne angebohrt bekam, damit er dem Bösen verriet, wo die Diamanten waren? »Der Marathonmann«, oder?

Bernds Augen wurden groß, der Schweiß rann über seine Schläfen herunter, sein Kopf dröhnte, und inzwischen waren beide Arme eingeschlafen. Er biss die Zähne aufeinander und presste die Lippen zusammen.

»Das wird Ihnen nicht helfen. Ich habe Ihren Namen leider immer noch nicht laut gehört.«

Die blonde Zahnärztin zog die Mundwinkel nach unten. Kam mit der Zange näher. Direkt vor seine Augen. Die Zange schnappte auf und zu. Klackte metallen hart.

Da machte Bernd Carlos seinen Mund aber hopp auf, stellte sich mit Vor- und Nachnamen vor und begann zu reden, so viel und so lange, dass er selbst seiner mütterlichen Freundin Gerborg Jahnke Konkurrenz gemacht hätte.

SIEBEN

Jakobs Handy klingelte, als er gerade einen Parkplatz in der Nähe des Nikolausplatzes suchte. Die einzige freie Stelle war eine minimale Lücke zwischen zwei mächtigen SUVs. Jakobs Mittelklassewagen würde dazwischen wie ein Kälbchen unter Mutterkühen wirken.

»Jakob, noch mal Luis hier.«

»Ich parke gerade ein. Hast du den Flieger verpasst?«

»Nee, ich bin im Shuttlebus. Ich wollte dich noch mit ein paar Infos versorgen, bis ich in der Maschine bin.«

Jakob klemmte sich das Handy unters Ohr und begann, sein Auto in die Lücke zu pressen. Er versuchte, sich zu erinnern, wie es früher ohne Servolenkung gewesen war, man vergaß solche Dinge so schnell.

Luis redete schnell, und der Geräuschpegel im Hintergrund war enorm. »Pass auf, Jakob! Gerborg Jahnke hat das ›Offene Ohr‹ vor zehn Jahren gegründet. Sie selbst ist ausgebildete Betriebswirtin, hat aber wohl eine Weiterbildung bei der ZAD gemacht.«

»SAT?«

»Z-A-D! Zentralstelle für die Ausbildung im Detektivgewerbe. Die bieten auch Fernstudien an. Aber im Prinzip kann jeder ein Gewerbe anmelden und sich Privatdetektiv nennen.«

Der Zubringerbus schien gehalten zu haben, Jakob konnte durch das Handy den Wind pfeifen hören.

»Bis 2009 hatte sie vier Mitarbeiter. Neben dem Üblichen hat sie sich auf die Suche vermisster Verwandter für die Klärung von Erbfolgen spezialisiert. Dann muss es einen geschäftlichen Einbruch oder so was gegeben haben. Keine Mitarbeiter werden mehr aufgeführt, und sie hat ihr Büro an ihre Privatadresse angebunden. Sie arbeitet seither solo. Ihre Internetseite ist echt popelig.«

»Hast du eine Verknüpfung mit Bernd Carlos gefunden?«

»Nein. Aber was anderes Interessantes.«

Es klackte mehrmals, während Luis die Stufen zum Eingang der Maschine hochstieg.

»Vor drei Wochen ist ein Strafantrag wegen Nötigung und Betrugs gegen die Detektei ›Offenes Ohr‹ eingegangen.«

Jakob Zimmer vergaß für einen Moment das Einparken und blieb halb in der Parklücke hängen. »Ich bin ganz Ohr!«

»Haha, sehr komisch. Und zwar von einer Adelheid Mohn.«

»Oha! Wie ging es weiter?«

»Herzlich willkommen an Bord! Wenn Sie bitte durchgehen würden.«

»Was?«

»'tschuldige! Das war die Stewardess. Ich quetsche mich mal schnell auf meinen Platz.«

Stimmengemurmel und Geklapper.

»So. Weiter im Text. Der Antrag wurde drei Tage später wieder zurückgezogen. Und es war nicht der Erste. Ich bin auf insgesamt vier Anträge in den letzten zwei Jahren gestoßen. Alle wurden wieder zurückgezogen. Ich wundere mich trotzdem, dass keiner bei der Polizei oder Staatsanwaltschaft die Sache weiterverfolgt hat.«

»Chronische Überbeschäftigung, nehme ich an.«

»Am besten, du bittest um Einsicht in die Akten. Oder lass unseren Oberstaatsanwalt das machen, damit er sich mal als nützlich erweist.«

»Der kann gleich einen Haftbefehl gegen diese Jahnke ausstellen.«

»Die Nummer und Adresse von Gerborg Jahnke hab ich dir geschickt. Meinst du, wir haben eine neue Hauptverdächtige, Boss?«

»Nicht zu voreilig, Luis. Denk an Heinrich Georg Walden.«

Es klopfte an Jakobs Autoscheibe. Im ersten Moment dachte er, Luis stünde schon da draußen und hätte sich selbst mitsamt der neuen Info teleportiert. Luis hielt so eine Entwicklung in den nächsten Jahrzehnten für durchaus möglich, Jakob war die ständige Erreichbarkeit schon jetzt zu viel.

Ein Streifenpolizist stand neben dem Wagen des Hauptkommissars.

»Luis, ich lege auf. Danke dir und guten Flug. Wir reden später weiter.«

Jakob Zimmer ließ das Fenster nach unten fahren.

»Handy beim Autofahren, Jung, das kostet was!«

»Ich parke doch nur ein.«

»Solange der Motor läuft, bleibt das Handy in der Hosentasche. Oder die Freisprechanlage wird benutzt. Kann ich bitte Ihren Führerschein sehen?«

Jakob seufzte und zückte seine Dienstmarke. »Erster Hauptkommissar Jakob Zimmer. Ich bin im Dienst und unterwegs zu einem Verdächtigen.«

Der Verkehrspolizist verzog keine Miene. »Gleiches Recht für alle, Kollege. Wenn Sie einen Unfall bauen, hat keiner was davon. Deshalb …«

Jakobs Handy gab seine Tonfolge von sich. »Entschuldigen Sie!« Er drückte den grünen Knopf. »Ja? Zimmer?«

»Else Fröhlich hier, Ihre Kollegin hat mir gesagt, dass ich Sie über Handy –«

»Es ist gerade etwas ungünstig. Zur Sache.« Fast hätte der Hauptkommissar noch »Schätzchen« hinzugefügt, biss sich aber schnell auf die Lippen.

»Also, wir haben DNA vom Mantel, den Sie uns geschickt haben, extrahieren können. Und keine Ihrer Vergleichsproben stimmt damit überein. Im Moment lassen wir das Profil durch unsere Datenbanken laufen. Wenn Sie mir aber eine Probe Ihres Verdächtigen –«

»Kommt! Ich danke Ihnen. Und bleiben Sie fröhlich.«

Jakob legte auf. Er schaute zu dem Streifenpolizisten hoch und zuckte entschuldigend mit den Achseln. So was Dämliches war ihm schon lange nicht mehr untergekommen. Noch dazu, wo er Strafzettel, auch solche, die er sich im Dienst einfing, aus der eigenen Tasche bezahlen musste. So was wäre Jerry Cotton niemals passiert, so viel war klar.

Jakobs Handy klingelte erneut. Aller mehr oder weniger guten Dinge sind tatsächlich immer drei. Die Nummer kannte er nicht.

»Ich muss auch da rangehen.«

»Bitte, Herr Hauptkommissar, ich habe Zeit.«

Obwohl sein Auto noch immer etwas schräg in der Parklücke stand, stellte Jakob den Motor demonstrativ aus und klemmte sich sein Handy wieder hinter sein Ohr.

»Ja, Zimmer hier.«

»Hallo? Ist da der Herr Hauptkommissar Zimmer?« Die Stimme am anderen Ende war die eines Mädchens.

»Der bin ich, ja, worum geht es?«

»Hier spricht Nathalie Kardiff.«

Jakob Zimmer suchte nach Zusammenhängen. Er stand keine paar Meter von der Praxis von Dr. Leo Kardiff entfernt. Wer aber war diese Nathalie?

»Ich bin die Tochter von Leocardia Kardiff.«

Es klickte in seinem Hirn. Gleichzeitig begann sein Bauch zu grummeln. Dieser Anruf verhieß nichts wirklich Gutes.

»Meine Mama hält gerade einen Einbrecher in Schach, der mich und meine Schwester bedroht hat. Ich soll Ihnen sagen, dass alles in Ordnung ist, aber es schön wäre, wenn Sie kommen könnten, um den Mann ordnungsgemäß zu verhaften.«

»Was?« Jakob wollte nicht glauben, was das Mädchen ihm sagte.

»Meine Mama hat gerade –«

»Wo seid ihr?«

»Zu Hause. Mohnweg 8. Das ist das Haus mit der Nixe im Vorgarten. Mama sagt, es wäre nett, wenn Sie sich beeilen würden.«

»Sag deiner Mutter, ich bin gleich da.«

Jakob legte auf, sah den Verkehrspolizisten an, der immer noch ungerührt neben seinem Wagenfenster stand. »Kollege, ich werde jetzt wieder ausparken, meine Sirene anstellen und losdüsen. Gefahr im Verzug – verstehen Sie? Sie können sich gern mein Nummernschild und meinen Namen notieren und Ihren Strafzettel ans Revier weiterleiten.«

Der Polizist runzelte die Stirn. »Gefahr im Verzug hat immer Vorrang. Geben Sie auf sich acht, Herr Hauptkommissar!« Dann trat er einen Schritt nach hinten und tippte mit dem Zeigefinger an seine Kappe.

Jakob Zimmer startete den Motor und fuhr auf die Straße zurück. Er aktivierte das Blaulicht und die Sirene und gab Gas. Der Mohnweg lag ein gutes Stück von seiner jetzigen Position entfernt. Was zum Teufel hatte die Frau Doktor sich jetzt wieder einfallen lassen?

Im Rückspiegel sah Jakob immer noch den Verkehrspolizisten aufrecht stehen und ihm hinterherschauen.

Immerhin passte diese Wendung gut zu Jerry Cotton.

ACHT

Hallllooooo, liebe Zuhörer!
Willkommen bei der Kölner Onlineradio-Mittagsshow an diesem wunderbaren Frühlingsmittwoch.
Es ist auf die Sekunde genau dreizehn Uhr fünf, und es begrüßt euch am Mikrofon heute Lena Müller-Rhein.
Schön, dass ihr zugeschaltet seid.
(Jingle-Einspielung)
Heute zu Gast: Britti Poster, die junge Frau an der Seite der detektivischen Zahnärztin aus Sülz.
Das wird spannend, Leute!
Wie wir euch gestern berichtet haben, wurden Gerborg J., die ein kleines Detektivbüro in Frechen leitet, und ihr Kumpane Bernd C. wegen des Verdachts der räuberischen Erpressung in mehreren Fällen verhaftet. Auch könnte dieses Pärchen im Zusammenhang mit dem Mord an der Pudding-Witwe Hedda Kernbach stehen. Die Ermittlungen laufen.
Aber nicht unsere Kölner Kripo hat den beiden das Handwerk gelegt, sondern die Zahnärztin Dr. Leocardia Kardiff, die auch die Leiche der alten Dame vor zwei Wochen gefunden hat, spielte Detektiv und konnte die beiden Betrüger auffliegen lassen.
Mal was ganz Neues!
Und zu euch kommen heute die neuesten Infos direkt aus dem Umfeld der Frau Doktor. Denn zu Gast ist Britti Poster, Mitarbeiterin und Vertraute der Ermittlerdentistin.
Hallo, liebe Britti Poster, herzlich willkommen bei der Kölner Onlineradio-Mittagsshow.
(Jingle-Einspielung)

Britti: Ja … ich bin die Britti. Hallo alle zusammen!
Lena: Britti, du bist Zahnarzthelferin bei Dr. Leocardia Kardiff, der Ärztin, die unsere Polizei alt aussehen lässt. Und, Britti, jetzt sag uns mal: Wie ist es denn so, mit einer Miss Marple im weißen Kittel zusammenzuarbeiten?

Britti: Oh, ganz toll. Die Frau Doktor ist eine super Chefin, und wir alle sind froh, bei ihr und Dr. Lang zu sein.

Lena: Hatte deine Superchefin schon immer Ambitionen, Verbrechen aufzuklären?

Britti: Nö, nicht, dass ich wüsste.

Lena: Was weißt du über den Fall? Hat sie dich eingeweiht?

Britti: Also. An diesem Montag, also vorgestern, da hat sie einen Anruf bekommen und ist schnurstracks nach Hause gedüst. Dort hat sie den Typen dann wohl überwältigt.

Lena: Bei dem Typen handelt es sich um Bernd C., einen zweiunddreißigjährigen Arbeitslosen. Wie die Polizei in einem kurzen Statement dargelegt hat, haben er und die Mitangeklagte Gerborg J. schon seit einigen Jahren ihr kleines Erpressergeschäft betrieben. Britti, wie kam es, dass Dr. Kardiff ins Visier dieser Kriminellen geraten ist?

Britti: Sie hat nachgeforscht und … äh … ja, dann hat sie ihre Nase wohl zu tief hineingesteckt.

Lena: Wir erinnern uns. Am Mittwoch nach Ostern wurde die Witwe des Puddingherstellers Erich Kernbach in ihrer eigenen Wohnung ermordet. Unseren Informationen nach war es die Chefin unseres heutigen Studiogastes Britti Poster, die am Tatort das Opfer gefunden hat.

Britti: Ja … ähm … genauso war es.

Lena: Und ohne die aktive Mithilfe von Dr. Kardiff hätte die Polizei dieses Verbecherpärchen, das im Zusammenhang mit diesem Mord nun verhaftet worden ist, scheinbar nicht geschnappt. Peinlich für die Kölner Kripo. Inwieweit warst du persönlich mit von der Partie, Britti?

Britti: Nun ja, ich kann schon sagen, dass meine Chefin und ich in der Praxis über alles sprechen. In unseren Pausen natürlich. Und seit dem schrecklichen Tod von Frau Kernbach haben wir immer wieder über den Fall geredet.

Lena: Du selbst hast Hedda Kernbach auch gekannt?

Britti: Aber selbstverständlich. Die alte Dame war eine Patientin von uns. Ich kenne alle unsere Patienten persönlich. Ich rede gern mit den Menschen, die zu uns kommen, das nimmt vielen die Angst vorm Zahnarzt. Mein anderer

Chef, der Herr Dr. Lang, meint immer, Britti, Sie sind unser Sonnenschein.

Lena: Britti, du schreibst in deinem Blog, dass deine Chefin gern Krimis liest. Hat sie vielleicht deshalb die Idee gehabt, den Fall ihrer Patientin auf eigene Faust zu untersuchen?

Britti: Kann sein … ähm … sie hat übrigens auch noch einer anderen Patientin das Leben gerettet. Die hatte in unserer Praxis einen Herzanfall, und Dr. Kardiff hat sie wiederbelebt.

Lena: Das klingt ja schon nach Superwoman im weißen Kittel. Würdest du sagen, die Kölner Polizei könnte noch was von deiner Chefin lernen?

Britti: Auf jeden Fall.

Lena: Also, wenn uns heute Mittag die Damen und Herren des Ermittlerteams zuhören – bei ungelösten Fällen können Sie sich auch an den Zahnarzt Ihres Vertrauens wenden.
Eine letzte Frage noch: Könntest du dir vorstellen, selbst mal Detektiv zu spielen und zusammen mit deiner Chefin auf Verbrecherjagd zu gehen?

Britti: Ja, kann ich mir vorstellen. Unbedingt.

Lena: Britti, unsere Zeit ist um. Danke, dass du da warst.
Das war Britti Poster, meine lieben Zuhörer, die Mitarbeiterin der Zahnärztin, die am Montag vielleicht noch vor der Polizei den Mord an Hedda Kernbach aufgeklärt hat. Wir werden euch darüber auf dem Laufenden halten.
Jetzt aber Robbie Williams mit »Shine My Shoes«. Oder ganz nach dem Thema unserer heutigen Mittagsshow: *Shine my tooth …*
Bleibt dran!

(Musik)

NEUN

»Frau Dr. Kardiff, da ist schon wieder so ein Pressefuzzi am Empfang.« Bulldogge Horst hat die Tür zum Behandlungsraum vier ohne anzuklopfen aufgemacht, was sonst nicht ihre Art ist.

Ich gehe davon aus, dass Gerda Horsts Nerven so wie meine blank liegen.

Trotzdem, freundlich bleiben, das ist das Motto.

Durchatmen.

Ich unterbreche die Behandlung und nehme kurz meinen Mundschutz ab. »Liebe Frau Horst, schicken Sie sie bitte alle weg. Kommentarlos. Dasselbe bei diversen Anrufen und Interviewanfragen.«

»Es sind aber eine ganze Menge!« Gerda Horsts Ton ist vorwurfsvoll, als ob ich die Pressemeute extra bestellt hätte.

»Bitte, Frau Horst, Sie schaffen das schon.«

Bulldogge Horst schleicht mit gesenkten Schultern aus dem Behandlungsraum hinaus, wie ein kleiner müder Cockerspaniel. Es tut mir leid, ehrlich. Ist ja indirekt meine Schuld.

Wie immer, oder?

Seit der Verhaftung von Gerborg Jahnke und Bernd Carlos vor drei Tagen kann ich mich in der Praxis vor der Presse kaum schützen.

ABER …

… dass die Presseleute Wind von der Sache bekommen haben, ist tatsächlich mal nicht meine Schuld.

Dabei hätte doch alles gut ausgehen können und vor allem diskret.

Wenn diese verdammte Gerborg Jahnke ihren blöden Mund gehalten hätte. Warum bitte musste die ein Exklusivinterview in der Bild geben? Wie kann so was überhaupt sein?

Kein Wunder, dass hier so ein Rummel ist.

Sie hat nicht nur die Polizei bloßgestellt, sondern auch noch meinen Namen herausposaunt. Blöde Kuh! Mit ihren falschen Löckchen und dem schrecklichen Lidschatten.

Die Pressekonferenz vom Kölner Polizeipräsidium nach Frau Jahnkes Interview werde ich auch so schnell nicht vergessen. In der ganzen Zeit musste dieser Oberstaatsanwalt nur Fragen zu meiner Person beantworten und hat sich gewunden wie eine Schlange. Ich hab's mir im Fernsehen angeschaut. Nathi und Lulu fanden es »irrwitzig« …

Meine Töchter haben mir auch die vielen Kommentare im Internet gezeigt. Ein Shitstorm ist über die Kölner Kripo hergezogen. Dann sind bei uns in der Praxis schon die ersten Anrufe von Bild und RTL und so weiter reingekommen.

Gott sei Dank haben meine Töchter alles gut überstanden. Wenn ihnen etwas passiert wäre, ich hätte den Typen schlicht und einfach ermordet. Dann könnte ich jetzt auch Interviewanfragen in der Untersuchungshaft annehmen.

Obwohl … wenn dieser Bernd Carlos mich angezeigt hätte … na ja.

Ich hätte ihm nicht wirklich seine Zähne gezogen.

Obwohl …

Nein!

… irgendwie war's auch komisch. Wie der plötzlich geredet hat.

Wenn Gras über die Sache gewachsen ist, könnte ich mit der Geschichte sicher der Mittelpunkt auf jeder Party sein.

Nein, besser nichts darüber erzählen. Niemandem! Niemals!

Da hatte dieser Bernd Carlos schon recht.

Ich glaube, der Bullige hat sich einfach geschämt, dass ihn eine Frau überwältigt hat. Sicher hat er mir deshalb, bevor der Hauptkommissar gekommen ist, den Vorschlag gemacht, totales Stillschweigen über die Zangenaktion zu bewahren. Das war am Ende unser Deal: Er redet, und ich werde nie jemandem erzählen, dass er schon beim Anblick einer kleinen Zange eingeknickt ist. In Wahrheit hätte es auch für mich Konsequenzen gehabt, wenn herausgekommen wäre, dass ich ihm quasi mit Folterung gedroht habe. Aber das hat der Typ gar nicht geschnallt. Gut so!

Mein Gott, wenn Jakob Zimmer davon wüsste … oder diese Frau Jahnke! Wenn die dann auch das in den Medien verbreitet hätte … nicht auszudenken.

Trotzdem.

Es ist eine verdammt gute Geschichte, wie Bernd Carlos mit seinem Geständnis herausgeplatzt ist. Frau Jahnke hätte ihren wortkargen Handlanger sicher nicht wiedererkannt.

Apropos!

»Der hätte ich einen Zahn ziehen sollen, damit sie die Klappe hält.«

»Bitte, Frau Doktor?«, fragt Britti.

Mir wird klar, dass ich laut gesprochen habe.

Schneller als der Blitz ist Britti an meiner Seite, sie lechzt nach mehr Informationen. Sie ist auch die Einzige, der der Trubel gefällt.

Gestern hat sie ein Interview für ein Onlineradio gegeben. Ich glaube, sie weiß, dass sie damit über das Ziel hinausgeschossen ist. Jetzt überschlägt sie sich vor Arbeitseifer.

»Britti, ich möchte gern später etwas mit Ihnen besprechen.«

Britti Poster wird blass. Sicher denkt sie, dass ich sie rauswerfen will.

»Können wir uns gleich in der Mittagspause in meinem Büro treffen, oder müssen Sie für Dr. Lang wieder die Aufzeichnungen über seine Patienten notieren?«

Britti bekommt rote Wangen und sieht zu Boden. »Nein, ich hab wieder Zeit. Ich …«

In der Sekunde kommt mir ein ungeheuerlicher Verdacht. Könnte meine Zahnarzthelferin eine Affäre mit meinem Kollegen gehabt haben, und die beiden haben es in den Mittagspausen miteinander getrieben?

Ach du Scheiße …

Ich sehe es als Gemälde vor mir. Die beiden, nackt, wie Gott sie schuf. Die Salzkristalllampe taucht ihre Bewegungen in ein weiches Licht …

Stopp, Leo! Aus!

Am liebsten würde ich mir wieder eine meiner kleinen Ohrfeigen geben, aber mitten in einer Behandlung? Die Patientin würde sicher einen Schreck kriegen.

Ich muss mir die blöden Ohrfeigen abgewöhnen. Zum tausendsten Mal. Ich muss!

Ich schüttle nur einmal kräftig den Kopf, um das Bild aus meinem Hirn zu vertreiben.

Das kann nicht sein. Eine unserer Mitarbeiterinnen hätte Wind von so einer Affäre bekommen. Und Britti ist sicher nicht die einzige geschwätzige Helferin im Team.

Okay, stopp.

Ich konzentriere mich auf die Patientin vor mir auf dem Stuhl. Mir fällt ihr Name im Moment nicht ein, aber ich weiß, dass ich bei ihr eine kariöse Stelle zu behandeln habe. Sie wollte keine Spritze, weil das Loch minimal ist und sie den Schmerz des Einstiches heftiger empfindet als einen kurzen Schmerz beim Bohren.

Das kommt mir entgegen.

Ich mache mich an die Arbeit. Britti, Frederic und all der andere Müll in meinem Kopf fliegen weit nach hinten.

Frau Sowieso ist fertig, ich sage »Bitte ausspülen«, schüttle ihre Hand und wünsche ihr einen guten Tag.

»Kann ich mir vor unserem Gespräch noch was zu essen holen?«

Britti wirkt immer noch nervös, und jetzt kommen mir meine Vermutungen wieder zurück ins Bewusstsein. »Na klar, Britti, ich werde auch was essen, und dann trinken wir zusammen einen leckeren Kaffee, was?«

Sie nickt und scheint beruhigter, weil meine Stimme nicht nach Rauswurf oder Anschuldigung klingt. Aber ich muss ihr den Kopf waschen, was diese Tratscherei angeht.

Gerade in der heutigen Zeit mit Internet und allgemeiner Informationswut muss sie lernen, auch mal ihren Mund zu halten. Keiner hat was davon, wenn wir hier überrannt werden und unser Betrieb in Mitleidenschaft gezogen wird. Frederic hat sogar vorgeschlagen, die Praxis für eine Woche zu schließen, dann wäre sicher ein neues Thema auf den Titelseiten. Aber ich möchte es durchstehen.

Ich schaffe das.

Das meiste wird ohnehin über die beiden Verhafteten Jahnke und Carlos und ihren erpresserischen Nebenverdienst samt der angeblich stümperhaften Arbeit der Polizei berichtet und geschrieben. Auch die Ermittlungen sind noch lange nicht abgeschlossen. Leider soll keiner von den beiden für den Mord an Hedda Kernbach verantwortlich sein.

Der Mörder von Hedda läuft dann also immer noch da draußen herum …

Schrecklich.

Auf dem Weg in mein Büro läuft mir ein Schauer über den Rücken. Noch bevor Britti dazu kommt, mache ich Kaffee und öffne eine Schachtel Pralinen.

Der Salat, den ich heute Morgen mit in die Praxis genommen habe, bleibt auf meinem Schreibtisch stehen und wirft mir einen vorwurfsvollen Blick zu. Sorry, ihr grünen Blätter und Tomaten samt Gurken und Joghurtdressing mit Vollkornbrötchen, ihr müsst auf den Abend warten oder auf den Sankt Nimmerleinstag.

Der Kaffee ist fertig und die Pralinenschachtel fast leer. Ich habe nicht mal gemerkt, wie ich die runden Kugeln in mich hineingefuttert habe. Ich spüre schon das nächste Fettröllchen an meinen Hüften wachsen.

Trotzdem, noch eine. Gute Freunde, die man zum Fressen gernhat.

Ich rühre den Kaffee um und denke an Jakob Zimmer.

Es hatte was Westernmäßiges, wie er am Montag in mein Haus gestürmt ist. Langsam gewöhne ich mich an ihn.

Er sich leider nicht an mich.

Keine zehn Minuten nach Nathalies Anruf bei ihm kam er mit Blaulicht und Sirene in unsere Einfahrt gerast. Rekordzeit. Erst da wurden die Nachbarn aufmerksam.

Als er mich dann in der Küche mit dem an den Küchenstuhl gebundenen Bernd Carlos sah, hat er sofort Verstärkung gerufen. Er hat die Hände des Mannes von der Wäscheleine gelöst, ihm aufgeholfen und ihm dann seinerseits Handschellen angelegt.

Der bullige Typ und ich haben abwechselnd geredet. Keiner von uns beiden hat die Aktion mit der Zange erwähnt. Jakob Zimmer hat dem Mann seine Rechte erklärt und mich ignoriert. Nicht mal, als ich ihm die Handyaufnahme von Carlos' Geständnis gegeben habe, hat er was zu mir gesagt.

Später, als der Tumult losging und die anderen dazukamen, hat seine Kollegin, Hauptkommissarin von Zeh, meine Aussage aufgenommen. Hat mir versichert, dass ich in Notwehr gehandelt habe. War sogar freundlich zu mir. Ich glaube, sie hat mich verstanden, sie hat mir erzählt, dass sie auch Mutter ist und zwei Jungs hat.

Hat mir von Heidi Mohn berichtet.

Oh mein Gott.

An die Arme darf ich gar nicht denken.

Vergiftet! Im Koma!

Ich darf nicht vergessen, im Krankenhaus anzurufen und mich nach ihr zu erkundigen.

Heidi schafft das, sie muss wieder gesund werden!

Und ich darf nicht vergessen, meinen Anwalt anzurufen, falls doch noch ein Nachspiel auf mich zukommt. Mich wundert's, dass mein Vater noch nicht hier aufgetaucht ist, um nach dem Rechten zu sehen in dem Chaos, das seine einzige Tochter anrichtet.

Außer ihm haben alle angerufen, meine Mutter kommt in zwei Wochen sogar nach Köln, um mich und die Kinder endlich mal wieder zu besuchen. Nur Papa Dr. Gerwald Hubertus gibt keinen Ton von sich.

Egal. Das ist nach all dem Chaos wirklich meine kleinste Sorge, oder?

Es klopft.

»Ja, Britti, kommen Sie einfach rein.«

Britti wirkt immer noch schuldbewusst.

»Auch einen Kaffee, Britti?«

»Gern.«

Ich schäume neue Milch auf, Britti setzt sich auf den Rand meiner roten Couch. Sie kaut an ihrer Unterlippe. Sieht mich nicht an.

»Hat sich Dr. Lang bei Ihnen beschwert?«

»Was?« Im Moment bin ich irritiert. Warum …? »Warum sollte er sich denn bei mir über Sie beschweren?«

»Ähm …«

So verlegen und nach Worten suchend habe ich meine Helferin in den Jahren, seit sie bei uns ist, noch nicht erlebt. Sie seufzt und faltet die Hände zusammen, legt sie auf ihre Knie. Will sie mir doch eine Affäre beichten? Ich glaube, das will ich nicht hören.

»Liebe Britti, Dr. Lang hat sich keinesfalls über Sie bei mir beschwert. Nein, ganz im Gegenteil.«

»Im Gegenteil?«

»Sie sind doch seine bevorzugte Wahl …«

Oh, das war schlecht formuliert, das könnte sexuell interpretiert werden.

»… Ich meine, Sie sind seine Lieblingsschreiberin …«

Besser, oder?

»Lieblingsschreiberin?«

»Was ich meine, ist, Sie machen doch in den Mittagspausen immer seine Notizen für ihn. Er diktiert, und Sie schreiben mit.«

»Er hat es Ihnen also nicht gesagt! Mann, da fällt mir ja ein Fels von der Brust. Ist mein Kaffee schon fertig? Kann ich auch ein paar Schokostreusel drüberhaben? Die haben nämlich nur Sie in Ihrem Büro, die gibt es im Pausenraum nicht. Könnten wir aber mal bestellen.«

Britti ist wieder Britti. Schlagartig. Jetzt ist allerdings meine Neugierde geweckt.

»Was hätte mir Dr. Lang denn sagen sollen?«

Britti sieht mich jetzt direkt an. Die Röte auf ihren Wangen ist ein wenig zurückgekommen. Ich merke, dass sie mit sich kämpft, ob sie reden soll oder nicht. Das heißt, mein Kollege muss ihr ein Schweigegelübde abgenommen haben, sonst würde es längst schon die ganze Praxis wissen. Ach was, das ganze WWW …

Oder sie schämt sich tatsächlich.

Ich will es wissen.

Ich öffne die Dose mit den Schokostreuseln und verteile sie großzügig über Brittis Kaffeeschaum.

»Britti, Sie können es mir sagen. Ich werde sicher nichts davon weitergeben, versprochen.« Ich lege meine linke Hand auf mein Herz und halte ihr mit rechts den Kaffee hin.

Britti nimmt die Tasse mit beiden Händen und strahlt mich an. »Ich penne dort immer.«

»Was?« Ich kann mit ihren Worten nichts anfangen.

»Ich schreibe kaum was. Ja, am Anfang, da hat mir der Herr Doktor ein paar Sätze diktiert, und dann haben wir Tee getrunken. Er meint, das ist gesünder als Kaffee. Und wir haben geratscht. Sie glauben es vielleicht nicht, aber man kann mit dem Herrn Doktor gut über andere ablästern.«

Ich glaube es tatsächlich nicht, aber wenn es stimmen sollte, frage ich mich, ob auch über mich abgelästert wurde.

»Und dann, nach ein paar Tagen, habe ich nix mehr geschrieben und gleich mit ihm Tee getrunken und gequatscht. Dann bin ich müde geworden und auf seiner Couch eingeschlafen. Das erste Mal war mir das schrecklich peinlich. Aber er hat gesagt, das wäre durchaus verständlich, ich würde ja schwer arbeiten, und ein Schläfchen wäre so gesund wie eine Tasse Tee, und überhaupt sollte man so ein Mittagsschläfchen einführen.«

Britti Poster kichert plötzlich laut, dann trinkt sie einen Schluck von dem Kaffee. »Köstlich, Frau Doktor, echt! Wir brauchen diese Schokostreusel. Vielleicht kann ich die nachher gleich im Internet bestellen.«

»Und weiter?«

»Ach so. Na, ich bin die letzten Wochen in jeder Mittagspause dort eingepennt, bis er mich vor ein paar Tagen dann nicht mehr hineinbestellt hat. Vielleicht hab ich ja geschnarcht oder so, und das war ihm zu viel. Auf jeden Fall wollten er und ich es für uns behalten, damit die anderen nicht neidisch werden. Und ich habe es für mich behalten, bis jetzt. Das ist doch super! Finden Sie nicht?«

Ich nicke und proste ihr mit meiner Tasse zu. Was soll ich davon halten? Eine komische Geschichte.

Passt so gar nicht zu Frederic.

»Was wollten Sie denn eigentlich von mir, Frau Doktor?«

»Oh, ich wollte Sie bitten, keine Interviews mehr zu geben. Ich finde, das schadet dem Ruf unserer Praxis. Und Frau Horst verliert mehr und mehr die Nerven.«

»Eines habe ich für den Mittag noch Bild online zugesagt.«

»Sagen Sie es bitte wieder ab.«

Britti Poster zieht einen Schmollmund. Ein Schokostreusel klebt auf ihrer Lippe.

»Britti, wir brauchen so was hier nicht. Lassen Sie uns lieber hoffen, dass dieser Rummel bald vorüber ist.

»Die wollten auch was zahlen.«

Ich ziehe die Luft ein. Überlege.

»Passen Sie auf, Britti. Ich werde mit Dr. Lang über eine moderate Gehaltserhöhung sprechen. Davon hätten Sie längerfristig was. Wäre das eine Alternative?«

Britti stellt ihre Kaffeetasse ab und leckt sich die Lippen. Sie steht auf und grinst mich an. Ist ihr Lächeln nicht ein wenig zu breit? Sie streckt mir ihre Hand hin. »In Ordnung. Ich sage das Ding mit der Bild ab.«

Ich schüttle ihr die Hand.

Sie dreht sich um, macht die Tür auf, dreht sich wieder zurück. »Darf ich für uns alle jetzt gleich die Schokostreusel bestellen?«

In dem Moment erinnert sie mich so sehr an eine meiner Töchter, dass ich lächeln muss. »Ja, Britti, machen Sie das.«

Britti Poster stürzt nach draußen.

Mein Magen knurrt. Die Pralinen haben nicht gereicht. Hallo, Salat, ich glaube, du bist doch noch an der Reihe.

Frederic und Britti!

Komische Geschichte …

Verdammt. Jetzt geht es in meiner Phantasie wieder los.

Leo, du Irrwitz!

Mein Magen knurrt nicht, er rumort.

Ich glaube, mir wäre lieber gewesen, die beiden hätten doch ein Verhältnis miteinander gehabt …

Aua! Mein Bauch!

Ich muss …

Renn los, Leo, sonst …

Sch…!

ZEHN

Es ist vier Uhr vier.

Sie ist wieder in der Brahmsstraße Nummer 4. Im Wohnzimmer von Hedda Kernbach. Sie beugt sich über die alte Dame. Deren Kehle ist aufgerissen. Unter dem Körper der alten Dame breitet sich eine Blutlache aus. Die Zeitschrift schwebt diesmal über ihrem Kopf. Wie bei einem Zaubertrick. Der Mund der alten Frau ist ein gähnendes, tiefes Loch. Es gibt keinen einzigen Zahn mehr darin. Da hat einer alle Zähne mit der Zange gezogen. Sie will helfen, doch die alte Frau vor ihr ist schon lange tot, der Körper am Boden gleicht einer Mumie, die Haut blättert ab.

Etwas atmet.

Etwas atmet hinter ihr.

Sie ist nicht allein in der Wohnung.

Da ist etwas.

Etwas Böses und Gieriges, etwas Dunkles und Unersättliches. Etwas, das getötet hat, aus Lust und Freude und aus einem schändlichen Verlangen.

Sie hat dieses Etwas aufgescheucht. Sie hat es gestört. Sie hat …

Das Etwas ist noch nicht fertig, sein Hunger nach Blut noch nicht gestillt. Deshalb kommt es näher.

Sie kann es riechen.

Eine Mischung aus faulem Fleisch und Kupfer.

Sie ist die Nächste.

Sie will schreien, doch hier gibt es keine Stimme.

Sie will rennen, doch ihr Körper ist eine Statue geworden, kein einziger Muskel folgt mehr ihrem Befehl.

Das Etwas streicht über ihren Nacken.

Weich, sanft, ungeduldig.

Etwas flüstert.

»Möchtest du eine Tasse Tee, meine Liebe?«

Dann krallen sich Nägel in ihre Haut.

Der Schmerz ist unfassbar.

Leocardia Huberta Kardiff erwacht schweißgebadet. Sie zittert am ganzen Körper.

Sie macht die Nachttischlampe an. Die Dunkelheit im Zimmer weicht zurück, bleibt aber in den Ecken kleben.

Sie setzt sich auf und zieht die Knie an ihren Oberkörper. Dann wippt sie leicht vor und zurück.

Ein Gedanke kommt und setzt sich auf die Bettkante.

Was wirst du jetzt tun?

Fragt er sie.

TEIL 5

AUGEN AUF

EINS

Auf den beiden Bildschirmen im Überwachungszimmer sah es aus, als würde das Pärchen nebeneinandersitzen.

Dabei kauerte Bernd Carlos im Verhörraum eins wie eine dicke Schnecke, die ihr Haus verloren hat, auf seinem Stuhl und stierte unlustig auf Per Kowalski und Konrad Tiefenberg, einen Kollegen.

Hauptkommissar Tiefenberg und Kriminalobermeister Arnd Schleier, beide vom Betrugsdezernat, waren nach der Verhaftung von Gerborg Jahnke und Bernd Carlos am Montag zum Team um Jakob Zimmer gestoßen. Neben dem dringenden Verdacht auf Mord und Mordversuch kamen auf die beiden Verdächtigen auch Anklagen wegen räuberischer Erpressung und Nötigung hinzu.

Im Verhörraum zwei thronte kerzengerade die drahtige Gerborg Jahnke in einem senfgelben Kostüm mit passender riesiger Handtasche, die sie an ihre Brust drückte und wie einen Schatz festhielt. Mit ihr im Raum ihr Anwalt, ein blutjunger Mann im grauen Zweiteiler, der jede Schuld seiner Mandantin immer noch bestritt. Bernd Carlos hätte seine mütterliche Auftraggeberin nicht wiedererkannt, denn Frau Jahnke schwieg eisern. Für Birgit von Zeh und Arnd Schleier, die ihr gegenübersaßen, hatte sie ein verkniffenes Lächeln übrig.

Die Bilder auf den Schirmen flackerten von Zeit zu Zeit. Der herbeorderte Techniker hatte daran nichts ändern können, es fehle einfach Luis, der mit seinen magischen Händen die Computer bezirzen würde, meinte Birgit dazu.

Luis Fahrenz, in dem schönen Örtchen Hasenthal an der Mur, hatte heute Abend endlich seinen Termin bei dem zweiten Sekretär und Pressesprecher der Kernbach-Stiftung, August M. Wirzenshuber, bekommen und wollte sich danach bei Hauptkommissar Zimmer melden.

Alle seine bisherigen Berichte hatten von negativen Bescheiden, freundlicher Abwimmelung und dem steirischen Wald gehandelt, wo Luis, um Zeit totzuschlagen, spazieren ging. Dazu von gutem Essen und den skurrilen Kollegen, die dort Inspektor und Gendarm hießen. Alle duzten sich ländlich vertraut und unterhielten sich in einem Dialekt, der Luis wie eine Mischung aus Hindi und Hundegebell vorkam. Und alle hatten scheinbar unendlich viel Zeit.

Erst als Luis der Kragen geplatzt war und er den Kollegen vor Ort einen Bericht an ihre vorgesetzte Dienststelle in Wien angedroht hatte, war Bewegung in die Sache gekommen. Zwar galt er jetzt als der unsympathische Piefke, aber damit konnte er leben.

Jakob Zimmer stand im Überwachungsraum, wo die Bildschirme nebeneinander aufgebaut waren und er beide Verhöre gleichzeitig verfolgen konnte. Er drehte seinen Kopf von Bernd Carlos zu Gerborg Jahnke und war mit sich und der gesamten Welt unzufrieden.

Seine Laune hatte sich schon seit Montagabend extrem eingetrübt.

Seit seinem Eintreffen in Dr. Kardiffs Haus.

Die blonde Zahnärztin hatte nicht nur jeden seiner Ratschläge missachtet, sich in echte Gefahr gebracht, nein, sie hatte es auch noch geschafft, ihm und seinem Team zuvorzukommen.

Sie hatte die Zeitschrift mit der Anzeige vom »Offenen Ohr« entdeckt, sich mit Gerborg Jahnke getroffen, ein Teilgeständnis von Bernd Carlos auf Handy bekommen. Zumindest stammelte er darauf ein paar halbe Sätze, in denen er zugab, die Töchter von Frau Kardiff bedroht zu haben und auch der Mann zu sein, der Heidi Mohn geschlagen hatte. Dazu nannte er seine Auftraggeberin beim Namen. Sagenhaft!

Jakob hätte zu gern gewusst, wie es Leocardia Kardiff gelungen war, den bulligen Kleinkriminellen zum Reden zu bringen, doch weder Bernd Carlos noch Leo und ihre Töchter verloren darüber ein einziges Wort.

Was war in dem Haus bloß passiert?

Diese blonde Zahnärztin war einfach unmöglich. Er war so wütend gewesen, dass er nicht ein Wort mehr an sie hatte richten können.

Jakob Zimmer hatte Bernd Carlos verhaftet. Hatte auf Birgit von Zeh und Per Kowalski gewartet, die auf dem Weg zu Carlos' Wohnung umdrehten und den Verdächtigen in Dr. Kardiffs Haus vorfanden.

Birgit hatte Leocardia Kardiffs Aussage aufgenommen, Per mit ihren Töchtern gesprochen. Als Birgit Leo vom Giftanschlag auf Heidi Mohn erzählte, war die Zahnärztin in Tränen ausgebrochen. Für einen Moment hatte sie ihm da schon wieder leidgetan, und er musste den Impuls unterdrücken, sie in den Arm zu nehmen.

Doch schon im nächsten Moment, als die Frau Doktor den »Monolog« von Gerborg Jahnke bei ihrem ersten Zusammentreffen wiedergab, war Jakobs Gemütszustand wieder in eine Mischung aus Frustration und Empörung verfallen.

Samstag, nachdem er sie beim Brunch getroffen hatte, quasi direkt danach, hatte sich Leo mit Jahnke und Carlos in ihrer Zahnarztpraxis getroffen. Ihm gegenüber kein Wort davon erwähnt. Was war er für diese Frau? Ein Affe mit Schellen, der immer dann Musik machte, wenn sie ihn in höchster Not aufzog?

Jakob dachte an seinen Backenzahn und schwor sich, den Termin nächste Woche abzusagen. Es gab noch Dutzende Zahnärzte hier in Köln, die sich nicht in seine Ermittlungen einmischten.

Nach Bernd Carlos war Gerborg Jahnke an der Reihe gewesen.

Frau Jahnke hatte zuerst eine Bekanntschaft mit Heidi Mohn geleugnet und sich auf ihre Schweigepflicht ihren Kunden gegenüber berufen. Weder Bernd Carlos noch Leocardia Kardiff wollte sie kennen. Sprach von Verleumdung und übler Nachrede, die in ihrer Branche öfter vorkämen.

Ihr Pech nur, dass der bullige Kleinkriminelle auf dem Revier redete wie ein Wasserfall. Er wiederholte vor den Ermittlern, was er schon bei Dr. Kardiff ausgesagt hatte. Dazu kam, dass er aus Naivität oder Berechnung alle die kleinen Zettel mit Namen und Adressen der Opfer oder den Orten, wo er sie treffen würde, die Frau Jahnke ihm im Lauf der Jahre zugesteckt hatte, behalten hatte. Er hatte die Ermittler zu sich nach Hause geführt und ihnen einen Schuhkarton voll mit Handgeschriebenem von Gerborg Jahnke ausgehändigt.

Das reichte aus, um auch gegen Gerborg Jahnke einen Haftbefehl ausstellen zu lassen.

Im Karton von Carlos hatten die Ermittler auch den Zettel gefunden, auf dem der Name und die Adresse von Heidi Mohn standen. Bernd Carlos hatte zugegeben, die alte Dame schon tagelang verfolgt und sie schließlich bedroht und dann geschlagen zu haben. Dass Heidi Mohn zurzeit im Krankenhaus lag und mit den Folgen einer Vergiftung kämpfte, war ihm völlig unbekannt. Er hätte nie einen vergiftet, er wüsste gar nicht, wie so was ginge. Auch keiner der Ermittler traute Bernd Carlos so viel Raffinesse und Verstand zu.

Warum er Heidi Mohn einschüchtern sollte, wusste er nicht. Er hätte bei keinem seiner Aufträge von Gerborg Jahnke nach dem Grund gefragt, sondern nur die grobe Arbeit erledigt und das Geld kassiert. Bereitwillig hatte er sich auch dem DNA-Test unterzogen. Die Bestätigung vom Labor war reine Formsache gewesen.

Beim nächsten Besuch der Ermittler bei Frau Jahnke hatte Jakob ihr schon den Haftbefehl vorzeigen können und sie ihm ihrerseits die Karte ihres Anwalts. Ihr Schweigen hatte in dem Moment, als Birgit von Zeh und Jakob Zimmer an ihrer Haustür geklingelt hatten, begonnen und erst in der Untersuchungshaft geendet.

Dort, nach einer stillen Nacht in der Zelle, hatte sie sich entschlossen, mit der Presse zu sprechen, für alle Beteiligten völlig unerwartet.

Aus welchem Grund Frau Jahnke der Bild ein Exklusivinterview verkauft hatte, wollte Jakob nicht in den Kopf. Ging es immer noch um mehr Geld? Im Gefängnis würde sie nichts ausgeben können, und er war sich sicher, dass einige der Geschädigten auch Zivilklagen gegen Frau Jahnke einleiten würden. Oder wollte sie ihr Ego streicheln, indem sie preisgab, dass ihr nicht die Kölner Kripo auf die Schliche gekommen war, sondern eine Zivilperson mit zu viel Neugier im Blut?

Auf alle Fälle hatte Frau Jahnke ihre fünfzehn Minuten Ruhm bekommen.

Und Staatsanwaltschaft und Polizei ihr nächstes Fettnäpfchen.

Jakob Zimmer hatte sich diesmal nicht als Sündenbock zur Verfügung gestellt und den prunkvollen Theo die Suppe allein auslöffeln lassen. Der stand jetzt hinter dem Hauptkommissar, mit verschränkten Armen und ebenso finsterer Miene.

Die Presse hatte die Verhaftung von Carlos und Jahnke zwar groß gefeiert, aber natürlich die Story von der detektivischen Zahnärztin, die die Ermittler erst auf die richtige Spur bringen musste, ausgeschlachtet. Auch wenn der Oberstaatsanwalt in seinen Interviews und Stellungnahmen immer wieder betonte, dass die Kölner Kriminalpolizei bereits nach den beiden Betrügern gefahndet habe und Dr. Kardiffs Kontakt zu den Betrügern ein parallel zu den professionellen Ermittlungen laufender Zufall gewesen sei, hörten die Fragen samt den hämischen Kommentaren nicht auf.

Prunks Beteuerungen, dass das Betrügerduo noch nicht für den Mord an der Pudding-Witwe, sondern vorerst wegen seiner Erpressungen im Lauf der letzten Jahre angeklagt werden konnte, wollte zu seinem Leidwesen keiner wirklich hören. Darin steckte auch keine Schlagzeile auf Seite eins.

Das heutige Verhör der beiden sollte nun endgültig einen möglichen Zusammenhang zwischen der Erpressung von Heidi Mohn und dem Mord an Hedda Kernbach klären. Jakob Zimmer sah in den beiden nicht den oder die Mörder der alten Frau, aber er erhoffte sich, in die Richtung des Täters geführt zu werden. Er beobachtete beide Bildschirme und ließ sich mit der Entscheidung, wann er selbst in den Verhör-Ring steigen wollte, noch Zeit.

Per Kowalski in Raum eins machte seine Sache gut. Er schaffte es sogar, sich während der gesamten Zeit kein einziges Mal auf die Zunge zu beißen.

»Herr Carlos, wenn Frau Jahnke die einzige Zeugin für Ihr Alibi in der Zeit des Mordes an Frau Kernbach ist, sieht es schlecht für Sie aus.«

»Ich hab das doch erst im Fernsehen gesehen. Dass die tot

ist. Die Gerborg hat mir nie was von der gesagt. Schauen Sie doch nach. Im Schuhkarton, da liegt alles.«

»Sie könnten diese spezielle Notiz vorher entsorgt haben. Sich den Namen Kernbach und die Brahmsstraße gemerkt haben.«

»Ich weiß nicht mal, wo die ist.«

»Von Erpressung ist es nicht weit zu Mord.«

Bernd Carlos wurde immer blasser. Seine dicken Lippen wölbten sich wie Gummischläuche nach außen.

»Ich hab keinen gemordet. Das hätte ich nicht mal für die Gerborg getan. Ich hab doch alles zugegeben, das mit dem Angriff auf die alte Frau und die anderen Sachen. Ich war an dem Mittwoch mit der Gerborg bei McDonald's. Am Rudolfplatz. Da hat die mir gesagt, dass ich bei der Mohn schneller machen soll.«

»Warum?«

»Ich weiß es nicht. Ehrlich. Es ist mir immer scheißegal, warum. Ich hab die Kohle gekriegt, und das zählt.«

Im Verhörraum zwei erhob sich in dem Moment der Anwalt von Gerborg Jahnke. »Frau Hauptkommissarin von Zeh, wenn Sie keine weiteren Fragen an meine Mandantin haben, sind wir hier fertig, denke ich.«

Jakob stand schnell auf und setzte sich in Bewegung. Oberstaatsanwalt Theo Prunk stützte sich auf den Tisch des Überwachungszimmers und sah den Hauptkommissar auf dem Bildschirm in den Verhörraum zwei kommen. Er wirkte ruhig, aber gespannt wie ein Bogen in der Sekunde, bevor der Pfeil sich löst.

»Frau Jahnke, wir sind hier erst fertig, wenn ich mein Okay dazu gebe.«

Während der Anwalt noch Luft holte, um eine Erwiderung im Namen seiner Mandantin zu geben, hatte sich Jakob Zimmer über den Tisch gebeugt und Gerborg Jahnke ins Visier genommen.

»Frau Jahnke, Erpressung ist eine Sache. Ihre kleinen Deals mit Informationen gegen mehr Kohle werden Ihnen ein paar Jährchen einbringen. Bei guter Führung können Sie die Partie ein wenig abkürzen. Aber Mord heißt lebenslänglich. Und im

Fall von Hedda Kernbach könnte ich mir gut vorstellen, dass der Staatsanwalt auf besondere Schwere der Tat plädiert.«

Gerborg Jahnkes Krause schien sich bei jedem Wort von Jakob Zimmer mehr in sich zusammenzurollen. Sie klimperte mit ihren Wimpern, und der starke lila Lidschatten wechselte sich mit ihren blauen Augen ab. An ihrem Hals pochte eine dicke Vene. Unvermittelt schossen ihr ein paar Tränen in die Augenwinkel.

»Sie setzen meine Mandantin unter Druck.«

Weder Jakob Zimmer noch Gerborg Jahnke beachteten den jungen Mann im grauen Zweireiher. Auch Birgit von Zeh und der Kollege Arnd Schleier schienen den Raum verlassen zu haben. Das Augenduell fand nur zwischen Jahnke und Zimmer statt. Als Frau Jahnke als Erste ihren Blick senkte, wusste Jakob, dass er sie geknackt hatte.

Gerborg Jahnke, der es bis jetzt gegen alle Gewohnheit sehr schwergefallen war zu schweigen, holte tief Luft. »Ich arbeite hart für mein Brot. Habe einen Sohn, der in London studiert. Die Welt verändert sich, da kommt man nicht immer mit.«

»Wir arbeiten alle hart, Frau Jahnke. Und auch mancher Ermittler über dreißig hat das Gefühl, die Kriminellen um ihn herum sind ihm ein paar Lichtjahre voraus.«

»Was wollen Sie wissen?«

»Wer hat Sie engagiert?«

»Heidi Mohn.«

»Warum?«

»Sie hat spitzgekriegt, dass Stiftungsgelder verschoben wurden.«

»Aber die Stiftung hat doch Hedda Kernbach gegründet. Was hatte Frau Mohn damit zu tun?«

»Ein Mitarbeiter aus Österreich hat Hedda Kernbach über ein externes Konto informiert, das keinem der wohltätigen Zwecke zugeordnet werden konnte. Frau Kernbach hat dann Frau Mohn gebeten, Nachforschungen anzustellen. Unauffällig. Damit niemand davon Wind bekommt. Sie hat auch diesem Informanten nicht wirklich getraut.«

»Wie hieß der?«

»Wirzenshuber.«

»August M. Wirzenshuber?«

»Ah, Sie kennen den schon, gut. Na, jedenfalls hat die gute Frau Mohn mich in den Gelben Seiten gefunden, und ich war ihr auf Anhieb sympathisch.«

»Schlechte Menschenkenntnis.«

»Oh nein. Zuerst lief alles legal ab. Viele Aufträge erledige ich ohne Zusatzverdienst, ehrlich. Aber davon wird man nicht reich, wenn man alles allein machen muss. Dazu die Spesen und –«

»Bedauern werde ich Sie später, Frau Jahnke.«

»Ich habe also begonnen, mich dahinterzuklemmen, die Ströme des Geldes verfolgt. Ich war zweimal in diesem süßen kleinen Ort Hasenthal, wo der Sitz der Kernbach-Stiftung ist. War wie Urlaub. Kann ich ein Glas Wasser haben?«

Jakob nickte. Birgit stand auf und verließ kurz den Raum. Gerborg Jahnke leckte sich die Lippen.

»Dann bekam ich einen Anruf. Mir wurde eine hohe Summe angeboten, wenn ich alles, was ich in der Sache herausgefunden hatte, vernichten würde. Das war verlockend, denn bis dahin war meine Ausbeute mager gewesen.«

»Wer hat Sie angerufen?«

»Ein Mann.«

»Ein Mann? Nichts weiter? Sie glauben doch nicht, dass –«

»Die Summe war höher als meine gesamten Jahreseinnahmen. Und nein, ich habe nicht nach seinem Namen gefragt. Wir waren uns schnell einig. Am selben Tag war er bei mir. Mit einem richtig dicken Kuvert voller Scheine. Bevor er mein Büro verlassen hat, hat mich ein wenig die Gier gepackt. Ich habe ihm vorgeschlagen, dass ich gegen einen kleinen Bonus auf die Gegenseite wechseln könnte; ich wüsste Mittel und Wege, Frau Mohn davon abzuhalten, überhaupt weiterzugraben. Er hat gelächelt, und wir waren uns einig. Ein charmanter Mann, übrigens. Mit Charisma.«

Birgit kam mit einer Wasserflasche und einem Glas zurück. Sie stellte beides auf den Tisch. Gerborg Jahnke schraubte die Flasche auf und trank direkt daraus.

»Wie ging es weiter?«

»Oh. Am Mittwoch nach Ostern hat sich mein Mitarbeiter Herr Carlos bei Frau Mohn vorgestellt.«

»Sie meinen, er hat die alte Frau k. o. geschlagen.«

»Ich bin für seine Methoden nicht verantwortlich. Also ehrlich.«

»Wie hat Frau Mohn darauf reagiert?«

»Frau Mohn weiß bis heute nicht, dass Herr Carlos von mir kam. Ich pflege immer zuerst einen kleinen Schrecken zu inszenieren, dann bringe ich mein Anliegen vor. Aber in dem Fall ist am selben Tag Frau Kernbach ermordet worden, und ich hielt es für besser, mich aus der ganzen Angelegenheit zurückzuziehen. In den letzten zwei Wochen habe ich weder von Frau Mohn noch von dem charmanten Herrn etwas gehört oder gesehen. Also auch nichts von meinem Bonus.«

»Wenn ich die Zeit dazu hätte, würde ich Sie schon jetzt bedauern, Frau Jahnke.«

»Die Erste, die mich wieder auf Heidi Mohn angesprochen hat, war diese Zahnärztin. Die hat euch von der Kripo ganz schön alt aussehen lassen, was?« Gerborg Jahnke grinste plötzlich von einem Ohr zum anderen. Ihr Make-up bekam an den Wangen Sprünge.

Jakob zuckte nicht mit der Wimper. »Ich bin mit Ihnen fertig. Vorerst. Kriminalobermeister Schleier hier vom Betrugsdezernat wird Ihnen noch ein paar Fragen zu Ihren speziellen Geschäftsmethoden in den letzten Jahren stellen.«

»Ich will nur klarstellen, dass ich mit Mord nichts zu tun habe. Um die anderen Angelegenheiten wird sich mein Anwalt kümmern.«

Der junge Mann im Zweireiher sog die Luft ein, nickte schnell. Arnd Schleier räusperte sich. Jakob Zimmer und Birgit von Zeh standen auf.

An der Tür drehte sich Jakob noch einmal um. »Wenn Sie hier fertig sind, möchte ich Sie bitten, uns noch eine genaue Beschreibung Ihres charmanten Besuchers mit dem Geldkuvert zu geben. Fotos werden Ihnen auch vorgelegt. Sollten Sie darauf niemanden wiedererkennen, erstellen wir am Computer ein Phantombild.«

Kaum hatte Jakob den Verhörraum verlassen, rief er Luis Fahrenz in Österreich an. Er erwischte ihn an der Eingangstür des Stiftungshauses in Hasenthal an der Mur auf direktem Weg zu seinem Termin. Jakob gab ihm die neuen Informationen durch, und Luis, der sich in den letzten Tagen nutzlos und zum Teil auch etwas verarscht vorgekommen war, brannte vor Vorfreude.

»Geldkuvert? Charmanter Fremder? Wo lebt diese Jahnke? In einem schlechten Agentenfilm?«

Die weiteren Ermittlungen würden ergeben, wie viel Wahrheit in den Worten von Gerborg Jahnke steckte.

»Mach voran, Luis. Dieser Wirzenshuber weiß mehr, als er bis jetzt herausgelassen hat. Hau ihm um die Ohren, dass sein Name aus dem Mund einer geständigen Erpresserin gekommen ist.«

»Die aber leider nicht unsere Mörderin ist.«

»Deshalb machen wir weiter.«

Das Alibi, das Frau Jahnke für sich und letztendlich auch für Bernd Carlos hatte, hatte das Team schon gestern überprüft und bestätigt bekommen. Am Tag des Mordes an Hedda Kernbach, in der Zeit zwischen zwölf und zwei Uhr mittags, hatte das Pärchen in der McDonald's-Filiale am Rudolfplatz gesessen. Zwei Mitarbeiter konnten sich an die ständig redende Frau und den schweigenden, ständig essenden Mann erinnern, erkannten die beiden auf den Fotos wieder.

Die Kollegen Tiefenberg und Schleier übernahmen den Fall Jahnke/Carlos. Bernd Carlos würde direkt zurück in die Untersuchungshaft nach Köln-Ossendorf überstellt werden, die er von seinen früheren Besuchen her ganz gut kannte. Gerborg Jahnke blieb noch im Präsidium, um ihre Angaben zum »charmanten Fremden« zu spezifizieren. Sobald das Phantombild fertig war, würde es an Jakobs Team geschickt werden.

Jakob Zimmer, Birgit von Zeh, Per Kowalski und Oberstaatsanwalt Prunk wechselten vom Überwachungszimmer in das Großraumbüro. Per holte vom Kiosk gegenüber einen Sechserpack Kölsch und schmuggelte das Bier in das Polizeipräsidium. Sie überbrückten die Zeit, bis sich Luis wieder per

Skype melden würde – mit Geschichten von der guten alten Polizeiarbeit ohne Internet und Computerüberwachung.

Jakob entschuldigte sich kurz, stand auf, ging auf die Toilette und sah erst jetzt, dass jemand dreimal versucht hatte, ihn zu erreichen. Keine Nachricht wurde hinterlassen. Während des Verhörs hatte er sein Handy lautlos gestellt. Jakob Zimmer kannte die Nummer.

Frau Dr. Leocardia Kardiff.

Was wollte sie plötzlich wieder so dringend von ihm, wo sie ihn doch sonst gern in Unkenntnis ließ? Gab es noch mehr Enthüllungen? Noch ein paar Ganoven, die sie überwältigt hatte?

Er wollte eben zurückrufen, als Per aufgeregt an die Toilettentür klopfte. Luis hatte sich eben aus Österreich gemeldet, mit unerwarteten Neuigkeiten. Jakob ließ sein kleines Geschäft unerledigt und steckte sein Handy zurück in die Hosentasche. Beides konnte warten.

ZWEI

Die Ausweise.

Die Kontounterlagen.

Das Bargeld.

Die Zahnbürsten.

Die Zugkarten.

Die paar Kleidungsstücke zum Wechseln.

Sie hakte ab. Alles kam in die kleine Reisetasche.

Sein Anruf lag gerade mal vierzig Minuten zurück, und sie war schon bereit zum Aufbruch. Sie fuhr ihren Laptop herunter und strich mit den Fingern über die Tastatur. Am sichersten war es, ihn jetzt mitzunehmen und unterwegs zu entsorgen. Sie verstaute ihn ebenfalls. Alles andere konnten sie kaufen, wenn sie erst einmal angekommen waren.

Sie hatte die Dinge in die Hand genommen, ihr Prinz musste errettet werden.

Den Großteil hatte sie schon in den letzten Tagen erledigt.

In ihrer Schublade lagen seit dieser Woche zwei gefälschte Personalausweise. Der Fälscher in Dortmund hatte gute Arbeit geleistet. Es gab auch ein neues Konto in einem Drittstaat in Übersee, auf die Namen Renate und Claus Hold. Im Laufe der Woche waren Überweisungen aus Österreich an dieses Konto geflossen. Waren sie erst mal dort, würden sie einen nächsten neuen Namen annehmen können, ihre Identitäten wechseln wie ihre Hemden. Das Drittland war bekannt für seine Möglichkeiten, unterzutauchen.

Von Köln aus würden sie mit dem Nachtzug Deutschland verlassen. Die Nacht durchfahren bis Graz. Ihr Prinz sollte dort im Hotel warten, bis sie aus Hasenthal und von der Stiftung zurückkäme. In ihrem kleinen Büro, auf das sie in der Stiftung bestanden hatte, stand noch ein Computer, dessen Festplatte sie ebenfalls entsorgen musste. Von Graz in den Osten und von dort aus dann der Flug nach Übersee.

Der falsche Name würde ihnen Zeit verschaffen.

Die polizeilichen Ermittlungen in der Detektei »Offenes Ohr« und bei der Kernbach-Stiftung in Hasenthal an der Mur würden ihre Zeit dauern. Bis man alle Daten und Namen verglichen hatte, konnten Wochen, wenn nicht Monate vergehen. Hatte es nicht auch Jahre gedauert, bis man ihr mit der Veruntreuung der Gelder auf die Schliche gekommen war? Nicht einmal ihren Prinzen hatte sie darin eingeweiht. Ein paar kleine Geheimnisse braucht jede Frau für sich.

Alles hatte sie vorbereitet. Für sich selbst und für ihren Prinzen. Für den Fall, dass die Dinge sich schneller änderten, als sie beide es vorgesehen hatten. Für ebenden Fall, der jetzt eingetreten war.

»Der Mensch denkt, und Gott lenkt«, das Sprichwort hatte schon bei ihrer Mutter über der Essecke gehangen.

Ihr Prinz. Passten sie nicht hervorragend zusammen? Auch wenn keiner sie mit dem smarten, charmanten Mann in Verbindung bringen würde, war es für sie die ideale Verbindung.

Ihre Mutter hätte an so einem Schwiegersohn in spe ihre wahre Freude gehabt. Schade nur, dass sie nach einem Schlaganfall schon so früh verstorben war.

Ihr Prinz schaffte es nicht, auch nur ein Glas für wenige Minuten ungespült stehen zu lassen, und brauchte Stunden für seine Haare. Sie machte mit der gleichen Leidenschaft, mit der sie sich liebten, das angerichtete Chaos hinterher sofort wieder sauber. Außer wenn sein Viagra noch wirkte – das war schon mal der Anlass, ein zweites Mal loszulegen und die Säuberungsaktion auf später zu verschieben. Er setzte sich dann in ihren Lesesessel und sah ihr zu. Wenn sie fertig war, applaudierte er, und sie kicherte wie ein Schulmädchen. Wie sie ihn liebte und bewunderte. Vergötterte geradezu.

Schließlich gab es etwas, das keiner – bei allen Vorzügen und Gemeinsamkeiten, die sie teilten – je erwartet hätte, im anderen wiederzufinden. Sie liebten beide Phantasien von, vorsichtig formuliert, grausamer Natur.

Ihr grausamer und edler Prinz.

Bei ihr hatte es schon lange vor dem Tod ihrer Mutter begonnen. Ihre früheste Erinnerung reichte in das Kleinkindalter zurück. Auf dem Spielplatz hatten sie und eine Spielkameradin einen kleinen verletzten Vogel im Gebüsch gefunden, der in die Fänge einer Katze geraten sein musste. Das Tier lebte noch, und Petra oder Paula oder wie auch immer das andere Mädchen hieß, lief los, um nach ihrer Oma zu suchen. Petra oder Paula wollte das Vögelchen retten, es gesund pflegen und als Haustier behalten. Sie war zurückgeblieben, und in den Minuten, bis Petra oder Paula samt Oma zurück war, hatte sie das Tier in ihre Hände genommen und so fest zugedrückt, dass es erstickt war. Danach hatte sie den toten Vogel zurück ins Gebüsch gelegt, und als Petra oder Paula und ihre Oma zurückgekommen waren, glaubten die zwei, der Vogel sei eines natürlichen Todes gestorben.

In der Nacht vor dem Einschlafen und auch die Tage danach hatte sie das Erlebte immer und immer wieder vor ihrem inneren Auge ablaufen lassen und statt Ekel, Trauer oder Angst eine freudige Erregung gespürt. Keinem Menschen, nicht mal ihrer Mutter, hatte sie davon erzählt. So klug war sie damals schon gewesen, zu wissen, dass ihr Verhalten nicht brav und psychisch gesund war.

Später, im Laufe ihres angepassten und grauen Lebens, hatte sie manchmal kleine Grausamkeiten gegen Tiere gewagt, ein unbeobachteter Tritt oder Schlag, manchmal brühte sie für Besucher einen Tee zu heiß auf und freute sich, wenn die sich die Zunge verbrannten. Zu mehr fehlte ihr der Mut. Mehr war und blieb Kopfkino in schlaflosen Nächten.

Nach dem ersten Zusammentreffen mit ihrem Prinzen waren sie noch am selben Abend ein Liebespaar geworden. Sie hielten es vor allen geheim, wollten zuerst testen, ob es überhaupt mehr werden würde. Später war ihnen diese Geheimhaltung von großem Nutzen gewesen. Ironischerweise war ihr erstes Treffen von der verstorbenen Hedda arrangiert worden.

Hedda, die ihr nach dem Tod der eigenen Mutter eine mütterliche Freundin geworden war. Hedda, die ihr nach einer betriebsbedingten Kündigung einen neuen Job als interne Verwalterin ihrer Stiftung in Österreich verschafft hatte.

Trotz all dem Guten, das Hedda für sie getan hatte, war sie

auch eine anstrengende Person gewesen. Wenn Frau Kernbach mit den Fingern schnipste, musste jeder zur Stelle sein. Ewige Dankbarkeit zeigen für alles, was man von der reichen Pudding-Witwe bekam. Reich war sie. Unglaublich, wie viel Geld allein nur in dieser einen Stiftung steckte. Hasenthal an der Mur. Was für ein lächerlicher kleiner Ort, der davon profitierte.

Hedda hatte immer die Großzügigkeit in Person sein wollen. Immer die Gute. Immer die Humorvolle. Dabei war ihr Humor ziemlich gewöhnungsbedürftig gewesen. Wenn sie nicht mit dem reichen Erich Kernbach verheiratet gewesen wäre, hätte keiner über ihre Witze gelacht. Peter Kernbach-Kessel hatte einmal verkündet, dass seine Tante Hedda sich wohl für eine Miniausgabe von Mutter Teresa halte. Hedda hatte daraufhin monatelang nicht mit ihm gesprochen.

Natürlich hatte sich Hedda auch als Kupplerin betätigt. Sie hatte bis zu ihrem Tod nie erfahren, wie schnell ihr charmanter Bekannter und ihre Freundin in der Kiste gelandet waren.

In etwas langsamerem Tempo waren sie auf ihre persönlichen Bilder zu sprechen gekommen.

»Hast du dir schon mal vorgestellt, jemanden zu töten, einfach so, ohne Schuldgefühl und Scham?« So hatte er ihr die erste Frage in diese Richtung gestellt.

Sie hatte gelächelt, sich nackt vor ihm hingekniet und ihm ihre Kehle dargeboten. Daraufhin war er mit einem Schrei aufgesprungen und im Badezimmer verschwunden. Sie war ihm gefolgt bis an die verschlossene Tür, hatte sich auf den Boden gesetzt und ihm die Geschichte mit dem Vogel erzählt.

Ihr Prinz hatte die Tür bei den letzten Sätzen schon wieder geöffnet, ein Strahlen im Blick. Er war zu ihr hinunter auf den Boden gekommen, hatte sie gedreht und von hinten genommen wie ein Kater sein Kätzchen.

Später, als alles um sie beide herum wieder sauber und geordnet war, hatten sie es sich unter der Decke gemütlich gemacht, und er hatte ihr von diesen Phantasien, diesen inneren Bildern, diesen Wünschen zu erzählen begonnen. In ihr hatten seine grausamen Sehnsüchte Bewunderung und noch mehr Liebe ausgelöst.

Sie passten schlicht und einfach perfekt zueinander.

Im Lauf der Zeit hatten sie das Gedankenspiel erweitert. Sie zeigte im Fernsehen oder auf der Straße auf Menschen, er überlegte sich, wie er die oder den gern töten würde. Ein Messer musste immer im Spiel sein und viel Blut. Bald waren sie auf Personen in ihrem Bekanntenkreis gekommen, das erregte ihn mehr als anonyme Gesichter.

Als er ihr schließlich offenbarte, dass die Zeit für ihn gekommen sei, es tatsächlich einmal zu tun, er könne nicht mehr nur Phantasien ermorden, war sie nach außen ruhig und besonnen geblieben. Innerlich hatte sie doch mehr Angst bekommen, als ihr lieb war, denn ein realer Mord war nun mal keine Lappalie, und ihr Prinz würde eine Verhaftung, Anklage, Gefängnisstrafe, wenn er denn erwischt würde, nicht überleben. Also musste ein Plan her.

Sie bot an, ihm dabei zu helfen, sogar, ihm ein Alibi zu geben, wenn nötig.

Schon damals hatten sie öfter über andere Länder nachgedacht, Länder, in denen Menschen verschwinden konnten, ohne dass die Polizei eine große Sache daraus machte. Ein Land, in dem es genug Armut gab, um sich mit Geld alles kaufen zu können. Er träumte von der Möglichkeit, seine Passion ohne Angst vor Strafverfolgung ausleben zu können, sie wollte dabei an seiner Seite stehen, ihn glücklich sehen, vielleicht selbst ein klein wenig aktiv mitarbeiten. Zukunftsphantasien der mörderischen Art.

Dann war die Sache mit Hedda Kernbach passiert.

Jemand innerhalb der Stiftung war dabei gewesen, ihr auf die Schliche zu kommen, hatte die Pudding-Witwe informiert, einen Verdacht ausgesprochen. Nur gut, dass Hedda es zuerst nicht glauben wollte und sich direkt an sie gewandt hatte.

Sie hatte Hedda eine Geschichte aufgetischt, von Plänen, auch im Ausland mit einer neuen Stiftung armen Waisenkindern zu helfen, hatte Unterlagen gefälscht und ein ganzes Schulprojekt erfunden. Doch ihr war klar gewesen, dass dieses Kartenhaus vom nächsten Windstoß umgeworfen werden würde.

Ihr Prinz hatte die nächstliegende Lösung parat gehabt: Hedda Kernbach musste sein erstes reales Opfer sein.

Was hatten sie gelacht, als er ihr seine schwarze Gummimaske vorführte und das Ding fast nicht mehr abbekam, weil der Schweiß das Gummi fest auf der Haut kleben ließ. Wie glücklich und dankbar hatten seine Augen geglänzt, als sie ihm die weiße Strickmaske schenkte, ihre eigene Handarbeit.

Der Zeitpunkt war tatsächlich da, das fühlten sie beide.

Was sein Alibi anging, hatte er allerdings strikt darauf bestanden, sie aus dem Spiel zu lassen. Sie stand Hedda zu nahe und hätte selbst in den Kreis der Verdächtigen geraten können, außerdem hätte auch ihr Liebesverhältnis auffliegen können. Er habe sich etwas Sicheres einfallen lassen, hatte er ihr erzählt, ohne sie in die Details einzuweihen.

Erst später, als alles vorbei war, erfuhr sie die lange vorbereitete Geschichte. Sie hatte seinen Plan genial gefunden, sich aber einer kleinen Eifersucht nicht erwehren können.

Völlig unerwartet war plötzlich Heidi auf der Bildfläche aufgetaucht.

Hatte sich in Dinge eingemischt, die sie nichts angingen. Hatte sich schon länger von Hedda einspannen lassen, die Stiftungsgelder zu überprüfen und ihr hinterherzuspionieren. Gerade die schon leicht senile Heidi, die sie alle immer mit ihren Geschichten aus längst vergangenen Zeiten langweilte. Heidi und Hedda, diese klebrige, zuckrige Freundschaft, hatte sie schon lange unangenehm berührt.

Sollte sich jetzt tatsächlich bewahrheiten, dass die beiden auch noch verwandt, tatsächlich Cousinen waren, würde es in das verhasste Bild passen. Die zwei alten Schachteln hatten sich in ihrer Art und ihrem Humor tatsächlich geähnelt.

Was für eine Frechheit, dass die beiden sie nicht in ihre verwandtschaftlichen Verhältnisse eingeweiht hatten. Gut, dass die eine Cousine schon im Jenseits und die andere, mit etwas Glück, auf dem Weg dorthin war.

Wenn man es genau nahm, war Heidi eigentlich schuld an Heddas Tod. Hätte diese alte Bohnenstange nicht eine Detektivin auf die veruntreuten Stiftungsgelder angesetzt, wäre die Wahl des Mordopfers Nummer eins ihres geliebten grausamen Prinzen niemals auf die Pudding-Witwe gefallen.

Wie sich Heidi vor ihr aufgeplustert hatte. Ihr die Ergebnisse der Detektivin vor die Nase gehalten hatte. »Soll ich jetz domet zem Hedda gonn? Wie konntste nur? Du schlächte Minsch!« Die immer mit ihrem kölschen Gelaber.

Nachdem diese Detektivin Jahnke die Seite gewechselt hatte und Heidi ein kleiner Denkzettel verpasst worden war, hatte sie diese Sache schon als erledigt betrachtet. War die naive Heidi doch an eine Person geraten, die sich schon seit Jahren nicht an die Spielregeln hielt und ihre Loyalität dem Höchstbietenden darbot.

Was für eine Ironie.

Was für ein Stück Glück für sie und ihren Prinzen.

Wer mehr zahlt, herrscht eben. Das hätte sich als gestickter Spruch auch gut an der Wand gemacht.

Aber Heidi ließ nicht locker. Brachte das Thema auch nach Heddas Tod wieder aufs Parkett. Wollte Erklärungen, hoffte auf einen Irrtum, wollte nicht glauben, dass gerade sie Hedda betrogen hatte. Was für eine naive und kleinkarierte Person Heidi doch war.

Ihr Prinz hatte ihr angeboten, auch Heidi zur Strecke zu bringen, aber das wäre eine zu gefährliche Sache gewesen. Immerhin war es seine Idee, ein Blatt vom Fingerhut als Verstärker für Heidis Herztropfen zu verwenden. Das schien perfekt und teuflisch genial. Wenn diese dumme Kuh doch nur gleich gestorben wäre. Am liebsten hätte sie auf der Intensivstation den Stecker gezogen oder sie mit einem Kissen erstickt wie damals den Vogel.

Aber ihr Prinz hatte recht behalten. Im Fall Hedda Kernbach verdächtigte ihn niemand. Die Polizei kam nach einer Ermittlungspanne nicht voran, und der Fall wurde in den Medien ziemlich aufgebauscht.

Dass diese Dr. Kardiff die tote Hedda gefunden hatte, hatte ihr anfangs große Sorgen bereitet. Ihr Prinz konnte damit gut umgehen, fand diesen Zufall amüsant und machte sich über die Tatsache lustig, dass Dr. Kardiffs Hypnosetherapeut der Nachbar von Hedda war. Das sei wie eine Anekdote des Schicksals, meinte er.

Doch die Dinge kippten, die Situation drehte sich.

Diese Kardiff entpuppte sich als neugierige Besserwisserin und stellte unprofessionelle Nachforschungen an. Sie tauchte immer wieder auf und mischte sich in Sachen ein, die sie überhaupt nichts angingen. Ihr Prinz hatte darauf mit einer Mischung aus Belustigung und Häme reagiert, sie das Goldlöckchen mit den irrwitzigen Ideen genannt. Doch in seinen Augen meinte sie eine Art Sorge zu erkennen, die zunahm, je weiter und intensiver sich diese Frau in den Fall hineingesteigert hatte.

In diesem Moment hatte sie beschlossen, die Dinge schneller voranzutreiben. Alles für ihre gemeinsame Flucht vorzubereiten. Schneller als geplant, aber manchmal gab einem das Schicksal eben einen Schub nach vorn.

Ihr Prinz hatte sich bei ihr gemeldet und ihr erzählt, dass es vorbei sei. Diese Kardiff, das Goldlöckchen, sei ihm auf die Schliche gekommen. Er hatte am Telefon ganz ruhig geklungen, gefasst, fast erleichtert.

Sie hatte ihn bearbeitet, jetzt keinen Blödsinn zu machen, wie etwa die Polizei zu rufen, sich in Panik selbst zu stellen. Es wäre alles für sie beide geregelt. Schon heute Nacht konnten sie eine kleine Reise ins Nachbarland antreten. Als erste Station, bevor es weiterginge. Dass sie ihn in einer Stunde abholen würde. Ob er denn bereit dazu wäre und mitkommen wollte.

Er hatte Ja gesagt.

Ja, ich will.

Als ob sie ihm einen Heiratsantrag gemacht hätte.

Sie hatte aufgelegt und die Abfahrtszeit des Nachtzugs erfragt. Ihre Wohnung zum letzten Mal in Ordnung gebracht. Ihren Lesesessel würde sie vermissen. Auch ihre Pflanzen. Ihre Bücher und ihr kleines Rasenstück vor der Terrasse. Sie hatte die letzten Handgriffe getan. Die falschen Ausweise aus der Schublade geholt. Das Bargeld. Die Liste begonnen abzuhaken.

Es war so weit. Und es war gut.

Ihr Prinz würde die Sache mit dieser Kardiff noch vor ihrer Flucht lösen, sich seinen Genuss und seine Befriedigung holen. Dann mussten sie los.

Es war Freitagabend. Wann würde man die Zahnärztin als

vermisst melden? Sie erinnerte sich, dass die Frau Kinder hatte. Die würden sicher nicht lange auf ihre Mutter warten. Doch selbst wenn man diese Kardiff noch heute Nacht finden würde, wären sie und ihr Prinz schon im Nachtzug unterwegs, als Herr und Frau Hold.

Neues würde kommen.

Besseres als Lesesessel, Rasenstück, Bücher. Mit noch ein wenig Glück würde bald ein anderes und schöneres Leben auf sie und ihren Prinzen warten. Ein Leben, das sie sich zusammen neu aufbauen konnten. Zusammen erschaffen konnten. Wer würde in dem neuen Land schon danach fragen, woher sie kamen und warum es sie ausgerechnet hierher verschlagen hatte? Geld würde ihnen den Weg ebnen, Geld würde dazu beitragen, in der Fremde willkommen zu sein.

Mit noch ein wenig Glück.

Konnte sie darauf bauen?

Ein Glück war es gewesen, dass kein Mensch von dem Verhältnis zwischen ihnen beiden erfahren hatte. Ein Glück, dass Heidi bis jetzt keine Verbindung zwischen ihrem Prinzen und dieser Detektivin erahnte. Ein Glück, dass es Anfang dieser Woche die Verhaftungen gegeben hatte.

Doch die Zeit lief. Lange konnte es nicht mehr dauern, und die losen Fäden würden an ihnen festgeknotet werden.

Das Telefon klingelte.

»Warum bist du noch nicht hier?« Die Stimme ihres Prinzen am anderen Ende der Leitung klang aufgeregter, viel nervöser als bei ihrem Gespräch vor mittlerweile fünfundvierzig Minuten.

»Ich bin im Aufbruch, Liebster. Wie ist es gelaufen?«

Nur ein Schluchzen.

»Ist sie tot? Hast du …?«

Am anderen Ende der Leitung blieb es still.

Die Verbindung brach ab, und das Tuten hing in ihrem Ohr fest wie eine Alarmsirene. Als sie den Hörer auflegte, merkte sie, dass ihre Hände ein klein wenig zitterten. Warum hatte sich ihr Prinz so verzweifelt angehört? Warum war das Goldlöckchen nicht längst tot? Was war schiefgegangen?

Das Zittern ihrer Hände nahm zu. Sie verschloss die kleine Reisetasche.

Sie löschte das Licht und verließ ihre Wohnung, ihr Zuhause.

Beim Zuziehen der Haustür klemmte sie sich einen Finger ein. »Aua!« Die Nervosität machte sie ungeschickt. Sie steckte sich den Finger in den Mund und lutschte darauf, während sie nach draußen trat.

Drinnen klingelte das Telefon erneut, doch sie hatte keine Zeit mehr zu verschwenden und kehrte nicht um, die schrillen Töne begleiteten sie immer leiser werdend während ihres Abgangs.

Der Himmel war verhangen, es war wieder kälter geworden. Auf dem Weg zum nächsten Taxistand begutachtete sie ihre schönen langen Nägel, auf die sie so stolz war, sah, dass einer abgebrochen war.

Kein gutes Omen.

DREI

Luis Fahrenz' Gesicht ruckelte auf Per Kowalskis Bildschirm. Seine Nase kam zu groß und etwas rötlich rüber.

»Ist das hinter dir Schnee?« Birgit von Zeh versuchte, aus dem weißen Pünktchen im Hintergrund eine Landschaft oder einen Ort zusammenzusetzen.

»Birgit, es ist April. Auch wenn dieses idyllische Örtchen im Winter gern von Langläufern und Skiwanderern aufgesucht wird, liegt es dennoch nicht hoch genug, um mitten im Frühling eine Schneedecke zu bekommen. Ich bin im Waschraum vom Kernbach'schen Stiftungshaus. Hinter mir gibt es eine schreckliche Tapete mit gelb-weißen Pünktchen.«

Per drängte sich vor Birgit und hob seine Hand. »Hey, Luis. Nicht dass die dich dadrinnen übersehen und du die Nacht dort verbringen musst.«

»Haha, Pinguin Kowalksi, sehr komisch. Ich wollte mich so schnell wie möglich bei euch melden, und das ungestört.«

»Leg los.« Jakob Zimmer, der seinen Toilettenbesuch schnell und ohne seine Blase zu entleeren unterbrochen hatte, hatte keine Zeit zu verlieren.

Luis warf einen Blick nach hinten, er vergewisserte sich, dass er frei reden konnte.

»Also, nach den letzten drei frustrierenden Tagen hat es heute mit einem Termin geklappt. Ich habe auf Trick siebzehn zurückgegriffen und gedroht, an die Presse zu gehen. Nach all der Aufregung um Hedda Kernbachs Tod würde es die Medien sicher interessieren, dass in ihrer Stiftung vielleicht etwas faul ist. Auch hier im Alpenstaat hat der Mord an der Pudding-Witwe viel Aufsehen erregt.«

»Du als Kommissar von der Kölner Kripo drohst mit medialen Enthüllungen?«

»Tja, sorry, Boss, aber was anderes ist mir nicht mehr eingefallen. Ich hätte mich an das Kriminalamt in Bruck an der Mur wenden können, aber das hätte noch mal Tage gedauert. Die österreichischen Gesetze in puncto Stiftungsrecht sind anders gestrickt als bei uns. Und einen wirklich dringenden Tatverdacht hatten wir ja nicht vorzuweisen.«

Jakob grunzte frustriert. »Okay. Weiter.«

»Also, heute hat mich hier in der schönen Hasenthaler Wasserburg, wo das Hauptbüro der Stiftung Kernbach untergebracht ist, der zweite Sekretär empfangen. Genau dieser August M. Wirzenshuber. Sein steirischer Dialekt ist nicht von schlechten Eltern, obwohl er sich bemüht hat, hochdeutsch zu sprechen. Er trug tatsächlich einen Steireranzug. Zuerst viel Blabla und ein Infoblatt, wie viele gute Taten durch Hedda Kernbachs Gelder hier in der ländlichen Umgebung, dem Ort und der ganzen Steiermark möglich werden. Mehr Interna dürfe er mir nicht herausgeben. Also eigentlich nichts, was ich nicht in den öffentlichen Broschüren auch schon gelesen habe oder was auf der Webseite steht.«

»Mist!«

»Geduld, Boss. Ich bin umgeschwenkt, bin megafreundlich geworden und habe ihm Hedda Kernbachs grausamen Tod noch mal in allen bunten Details geschildert. Habe von unseren zähen Ermittlungen und den schwachen Ergebnissen gesprochen. Und davon, dass es doch nicht sein kann, dass der Tod einer so großmütigen Dame, der samt ihrem verstorbenen Mann Erich in Hasenthal sogar ein Platz gewidmet ist, ungesühnt bleibt. Er wollte zwar nicht glauben, dass eine Einsicht in die Stiftungsbücher den Fall klären würde, aber ich habe nachgelegt und gesagt, dass jedes noch so unscheinbare und kleine Puzzleteilchen uns der Lösung näher bringen kann. Dann mein abruptes Finale: Wir wären im Rahmen unserer Ermittlungen auf eine Veruntreuung der Stiftungsgelder gestoßen. Auch sein Name sei gefallen. Und wenn sich der Verdacht erhärte, sei Schluss mit der Stiftung und Schluss auch mit seinem Posten.«

»Hört sich gut an.«

»Ja, und jetzt, Achtung, mein ganz persönlicher Trommelwirbel.«

Birgit, Per und Jakob starrten gebannt auf Luis' Gesicht auf dem Bildschirm.

»August M. Wirzenshuber hat sich vorgebeugt und mir durch

seinen Bart zugemurmelt, dass es Anfang März fast ein Verfahren gegen die von Frau Kernbach schon vor Jahren eingesetzte interne Verwalterin der Stiftung gegeben hätte. Er selbst, dabei hat sich der Kerl an die Brust geklopft wie ein Gorilla, hätte Ungereimtheiten bei der Verteilung der Gelder entdeckt. Frau Kernbach hätte am Telefon verärgert und sogar empört geklungen und eine Prüfung der Stiftungsgelder und einzelner Projekte angekündigt. Nur aus alter Freundschaft zu dieser Person hätte sie von einer direkten Anzeige abgesehen. Hedda Kernbachs Tod hat diese Prüfung dann im Sand verlaufen lassen. Auch Wirzenshuber wollte erst abwarten, wer als Erbe eingesetzt wird. Erst nach der Nachlassregelung wird dieses Thema wieder auf die Tagesordnung kommen. Zuständig werden dann die Stadt Hasenthal an der Mur selbst und die noch lebenden Verwandten von Hedda sein. Also Herr Peter Kernbach-Kessel.«

»Der einzige lebende Verwandte.«

»Nicht ganz. In weiterer Folge ist auch Frau Heidi Mohn aufgeführt.«

»Also stimmt ihre Ansage, dass sie mit Hedda verwandt ist und die beiden sich erst hier in Köln nach Jahrzehnten wiedergefunden haben.« Jakob Zimmer stand auf und begann, auf und ab zu gehen. Seine volle Blase und seine Neugier ließen seine Beine kribbeln.

Birgit von Zeh rümpfte die Nase. »Wir haben doch diesen Großkotz von Neffen bereits aus dem Kreis der Verdächtigen genommen, Luis. Der hatte doch ein wasserdichtes Alibi.«

Jakob schnitt ihr das Wort ab. »Birgit, ich glaube, mit diesem reichen Snob hat das nichts zu tun. Luis, wer ist diese interne Verwalterin der Stiftung und langjährige Freundin? Mir fällt da gerade nur eine ein.«

Luis kam noch näher an den Bildschirm heran, sodass die Poren auf seiner Nase zu sehen waren. »Bingo, Jakob hat es schon geschnallt.«

»Liese Freihaus!«

»Genau die.«

»Liese Freihaus, die blasse dritte Skatdame? Die hatte doch ein Alibi?«

Per Kowalski erhob sich ebenfalls. Er machte zwei Schritte zu seinem Schreibtisch hinüber und öffnete auf seinem Computer die Liste der Personen, die Hedda Kernbach nahegestanden und die sie im Laufe der ersten Woche vernommen hatten.

»Liese Freihaus, siebenundfünfzig, frühpensionierte Buchhalterin. Lebt allein. Keine Kinder. War eine Freundin unseres Opfers, zusammen mit Heidi Mohn in dieser Skatrunde. Und hat ein wasserdichtes Alibi, stimmt. Am Tag der Ermordung von Hedda Kernbach hat sie zur Mittagszeit im Schwarzen Adler, dem Stammlokal der Damenrunde, zu Mittag gegessen. Angabe von mehreren Zeugen.«

Birgit drehte sich zu ihrem Chef um. »Ich kann mich an die Vernehmung erinnern. Sie hat äußerst breitwillig Auskunft gegeben und hatte doch einen Zettel dabei, auf dem alle ihre Tätigkeiten an dem besagten Tag notiert waren. Samt Zeitangaben. Bei jedem Punkt auf der Liste hat sie ein Häkchen gemacht. Per und ich waren im Schwarzen Adler und haben alles überprüft. Aber sie hat kein Wort von ihrer Nebentätigkeit als interne Stiftungsverwalterin oder etwas von einem Streit mit ihrer guten Freundin erwähnt.«

Jakob blieb stehen. »Ich hab die Freihaus noch mal im Krankenhaus getroffen, als ich Heidi Mohn vernommen habe. Schlagt mich tot, aber ich wittere Zusammenhänge. Alibi hin oder her.«

Birgit stand ebenfalls auf und begann, Jakob und Per zu umrunden.

Per drehte sich in seinem Bürostuhl den Kollegen zu. »Könnt ihr euch noch an ihre Fingernägel erinnern? Haben so gar nicht zu ihrer strengen und blassen Erscheinung gepasst. Aber beneidenswert perfekt.«

»Perfekte Nägel, passend zu einem perfekten Mordplan?«

»Aber nicht sie allein. Sie muss einen Komplizen gehabt haben.«

»Ja klar. Ring frei für unseren charmanten Geldboten. Der Fremde mit einem Kuvert voller Scheine. Wie in den guten alten Bestechungszeiten.«

»Das Phantombild?«

»Dauert noch.«

»Ich wette, wir kennen den. Wir haben den auf der Liste und sehen ›den Baum vor lauter Wald‹ nicht. Versteht ihr! Lassen wir mal alle die schönen wasserdichten Alibis beiseite und denken frei von der Leber weg.«

»Vielleicht hat die Jahnke uns einen Bären aufgebunden, und Bernd Carlos und sie waren doch die Täter.«

»Nee, glaub ich nicht. Gerborg Jahnke und Bernd Carlos waren mit ihren Erpressungen einfach nur zur gleichen Zeit am selben Opfer dran wie der Mörder. Ich sehe da keinen Zusammenhang.«

»Der Neffe?«

»Selbst wenn irgendjemand diesen Mann mit seinem Zwiebelbart tatsächlich charmant nennen sollte, glaube ich es nicht. Der hat Geld genug, und diese Stiftung seiner Tante war ihm völlig egal.«

»Der österreichische Almöhi Wirzenshuber, der auf einen Kurztrip nach Köln kommt und seine Chefin meuchelt?«

Sie alle schüttelten den Kopf.

»Wen haben wir übersehen, Leute?«

Sie sahen sich an.

Luis Fahrenz auf dem Bildschirm flüsterte plötzlich. »Leute, da kommt einer. Außerdem möchte ich kurz zurück zu August M. Wirzenshuber. Noch mal auftauchen, wie Columbo. Ich melde mich später aus der kuscheligen Pension mit Spitzendeckchen und Kuckucksuhr. Servus und baba, wie man hier so sagt.«

Der Bildschirm wurde dunkel.

»Baba?« Birgit schmunzelte. »Wenn Luis morgen zurückkommt, wird er uns mit neuen österreichischen Wörtern beglücken.«

Per scrollte die Seite hinunter. »Hier ist auch Liese Freihaus' Nummer. Sollen wir sie noch mal herbitten?«

Hauptkommissar Jakob Zimmer kratzte sich am Kinn und presste seine Beine zusammen. »Wie spät ist es?«

»Kurz vor zehn.«

»Ruf direkt an.«

Per wählte die Nummer. Sie warteten.

»Keiner geht ran. Was jetzt?«

Jakob biss sich auf die Lippen. »Versuch es in einer Minute wieder. Und du, Birgit, geh die ganze Liste der Leute durch, die wir in dem Fall bisher verhört haben. Auch die, die wir nur als Zeugen vernommen haben. Wenn ich zurück bin, fahren wir direkt zu der Frau hin. Liese Freihaus ist schon mal die Hälfte des Bildes. Ich bin mir sicher.«

Jakob machte sich schnell auf den Weg zur Tür.

»Und wo musst du so eilig hin, Chef?«

»Aufs Klo, wenn ihr es ganz genau wissen wollt. Ich bin vorhin nicht zum Abschluss gekommen.«

Jakob rannte los und schaffte es tatsächlich in letzter Sekunde, sich an das Pissoir zu stellen und die Hose zu öffnen. Die Erleichterung war enorm. Im selben Moment schnellte der Schmerz in seinem Backenzahn hoch. Die drei unbeantworteten Anrufe fielen ihm ein.

In seinen Gedanken spulte er zurück. Zurück zum Anfang. Zum ersten Besuch in der Praxis Dr. Lang/Dr. Kardiff. Er sah sich händeschüttelnd mit dem Kollegen von Leo. Ein eleganter Mann. Charmant. Mit Charisma. Sein Alibi: die Zahnarzthelferin, die in den Mittagspausen bei ihm im Büro gewesen war. Was, wenn …?

Vor lauter Eile, ins Büro zurückzukommen, vergaß er, die Spülung zu betätigen. Im Laufen schnappte er sich sein Handy und versuchte, Leocardia Kardiff zu erreichen. Die Mailbox ging an. Jakobs Herz machte einen kleinen Sprung.

Auf halbem Weg kamen ihm Birgit und Per entgegen.

»Das Phantombild ist fertig. Und du wirst es nicht glauben …«

»Ich weiß, was und wen wir übersehen haben.«

VIER

Das dritte Aspirin.

Wenn das nicht hilft, dann muss ich mir wohl aus meinem kleinen Giftschränkchen was Stärkeres holen.

Nein, Leo, tu das nicht!

Aber mein Schädel …

Giftschränkchen klingt komisch. Vor allem, wenn man an Heidi Mohn denkt. Ich habe den Mordversuch an ihr gegoogelt. Nichts im Netz zu finden. Kein Wunder, Heidi war … oh nein, ist … *ist* ja nur eine unbedeutende alte Frau, die umgefallen ist.

Nein, sicher hat die Polizei den Fall vor der Presse geheim gehalten. Nicht so negativ denken …

Das machen nur meine Kopfschmerzen.

Kein Wunder nach der Nacht.

Dieser Traum.

Diese Stimme.

Wenn ich raten sollte, würde ich sagen, mein Unterbewusstsein wollte mir etwas mitteilen.

Scheiße, lass den Quatsch. Du weißt doch, was Sache ist. Leo!

Ich sollte ihn direkt fragen.

Nein, er kann nichts damit zu tun haben, und die Sache mit Britti ist … Zufall? Eine nette Geste? Oder ein geniales Alibi.

Kein Wort mehr. Aber … das hieße doch, dass Frederic … NEIN! NIE!

Ich muss ihn danach fragen.

Das ist es doch, woran ich den ganzen Tag schon vorbeischleiche. Wenn ich mich jetzt nicht traue, ist er aus der Tür raus, und ich muss das ganze Wochenende warten.

Sogar das Klopfen fällt mir schwer.

Leo, reiß dich am Riemen. Nach allem, was du so miterlebt hast, ist eine kleine Frage wohl noch hinzukriegen.

Klopf an, Mann!

Vielleicht ist er ja doch schon nach Hause gegangen. Immerhin haben wir seit einer halben Stunde Praxisschluss. Ich glaube, außer Gerda Horst und mir sind alle schon weg.

Gut, dass die Bulldogge noch da ist.

»Alles klar, Frau Doktor?«

Na bitte, jetzt bin ich meiner Vorzimmerdame schon aufgefallen, weil ich wie eine Idiotin vor dieser Bürotür stehe.

»Ja, Frau Horst, danke! Ich habe nur über etwas nachgedacht. Mein Schädel brummt.«

»Kein Wunder, Frau Doktor, bei dem, was in den letzten zwei Wochen los war.«

Genau das Gleiche habe ich doch auch gerade gedacht. Danke, Bulldogge Horst. Nein, diesen blöden Spitznamen hat sie nicht verdient. Wie man mich wohl hinter vorgehaltener Hand nennt? Die irre Leo? Die psychotische Zahnfee?

»Kann ich noch was für Sie tun, Frau Doktor, oder ...?«

»Sie können gern Feierabend machen, Frau Horst.«

War ich nicht eben noch froh, dass Gerda hier ist, falls ... Nein! Kann nicht sein, wird nicht sein, ist irre!

Gerda Horst zieht sich einen leichten Mantel über, heute sind die Temperaturen wieder gefallen. »Hoffen wir mal, dass sich bis Montag dieser Presserummel gelegt hat.«

»Ja, das hoffe ich auch, Frau Horst. Es heißt doch immer, dass die Schlagzeile von gestern keinen mehr interessiert.«

»Also dann, tschüss, Frau Dr. Kardiff. Und ein schönes Wochenende.«

»Ja, für Sie auch.«

Gerda Horst geht Richtung Tür. Ich sollte auch gehen. Jacke an und raus. Heim zu meinen Mädels.

Ach nein, die sind ja heute Abend mit ihrem Vater im Kino. Mein Ex hat sich erstaunlicherweise fast ritterlich verhalten, nachdem er von Bernd Carlos' Überfall erfahren hat. Sicher ist ihm auch ein Stein vom Herzen gefallen, dass seinen Kindern nichts Schlimmes zugestoßen ist. Kein Vorwurf, sondern das Angebot, sich auch dieses Wochenende um seine Töchter zu kümmern, damit ich wieder Kraft tanken kann. Toll!

Oder hat er nur Angst bekommen, dass ich arbeitsunfähig werde und er dann keinen Unterhalt mehr von mir bekommt?

Verdammt, kann ich denn nur schlecht von allen denken?

Ich sollte die drei anrufen. Fragen, welchen Film sie sich ansehen wollen.

Mein Smartphone. Ich berühre es in meiner Jeans. Ich sollte besser bei jemand anderem anrufen.

Nein, nicht noch mal! Er muss doch sehen, dass ich es schon dreimal versucht habe. Kein Rückruf von ihm. Er hat die Schnauze voll von mir.

Trotzdem, Leo, ruf noch mal an! Es könnte lebensge... Mein Ellbogen stößt gegen die Tür.

»Ja, bitte?«

Er ist doch noch da. Zu spät für alles andere.

Ich drücke die Türklinke nach unten. Mir ist heiß. Mein Kopf pocht. Ich mache auf.

»Ah, du bist es, Leocardia. Komm doch bitte herein.«

Frederic sitzt an seinem großen Schreibtisch und schreibt mit dem edlen Füllhalter in sein Buch. Sicher Notizen über seine Patienten. Britti Poster war ihm ja in den letzten Wochen keine Hilfe dabei, wie ich erfahren habe.

Haha – mal wieder ein sehr schlechter Scherz.

»Komm doch rein, meine Liebe. Setz dich. Du siehst müde aus.«

Ich folge seiner Einladung und betrete das Büro meines Kollegen.

Wie aufgeräumt und geordnet es hier aussieht. Die Salzkristalllampe wirft ihr mildes Licht auf die weiße Couch. Ich stelle mir vor, wie Britti Poster hier geschlafen hat, Dornröschen gleich. Ich setze mich dorthin, würde mich am liebsten auch hier einrollen und meine Kopfschmerzen wegpennen.

»Möchtest du einen Tee?«

»Frederic, Britti Poster hat mir erzählt, dass sie seit einiger Zeit ihre Mittagspausen hier in deinem Büro verschläft.«

Bravo, Leo! In medias res.

Frederic nimmt mich erst jetzt richtig wahr. Ich glaube, bis vorhin war ich für ihn wie die Lampe, einfach nur ein dekorativer Gegenstand in seinem Rückzugsraum. Seine Hand stoppt die Niederschrift, und seine Augen hinter den randlosen Brillengläsern sehen mich verständnisvoll und ein wenig mitleidig an.

»Ich hätte es mir denken können, dass Britti die Sache nicht für sich behalten kann.«

»Sie hat mir auch erzählt, dass sie immer nach deinem Tee umgefallen ist wie ein Stein.«

»So hat sie das formuliert?«

»Ja … oder so ähnlich.«

Dr. Frederic Lang legt den Füllhalter aus der Hand. Er steht auf, nimmt die Brille ab und kommt an meine Seite, setzt sich neben mich. »Warum interessiert dich das, Leo?«

Ich stocke. Eigentlich hätte ich mir denken können, dass diese Frage kommt, und mir eine gute Antwort dazu suchen sollen.

Nein, wenn ich ehrlich bin, will ich keine Antwort darauf geben. Ich bin die, die hier Fragen stellt und Antworten will.

Ich will ihn fragen, warum er so was geduldet hat. Warum er, der Perfektionist, unsere Zahnarzthelferin auf seiner blütenweißen Couch pennen ließ. Will ihn fragen, wieso unsere Britti Poster nach dem Genuss seines Tees so müde wurde, dass sie die ganze Mittagspause durchgeschlafen hat, wo sie doch sonst munter wie ein Reh im Wald ist. Was hat er ihr in den Tee getan und warum?

Vor allem aber will ich ihn fragen, warum er mir heute Nacht in meinem Traum erschienen ist.

Oh Gott!

Und bitte, Frederic, sag mir, dass ich mich irre, täusche, wahnsinnig geworden und nicht mehr zurechnungsfähig bin mit meiner irrwitzigen Vermutung und meinen beschissenen Fragen.

Ich hole tief Luft. »Frederic, ich …«

Ich mache meine Augen kurz zu. Eine Erinnerung taucht auf. Ich bin sieben oder sechs oder noch jünger, habe eine Todesangst vor Papas Spritzen. Mal wieder muss ich in seinem Büro stundenlang warten. Ich bin durstig, traue mich aber nicht, nach draußen zu gehen. Die Tür geht auf, und ich zucke unter dem Schreibtisch zusammen. Ich halte meine Puppe Popsi fest an meine Brust gedrückt, will auf keinen Fall, dass die Arme wieder eine Spritze bekommt, nur weil Papa mir zeigen will, dass diese spitzen Nadeln völlig harmlos sind. Ich keuche, Schritte kommen näher. Ein Gesicht taucht über der Kante des Tisches auf. Es ist Onkel Frederic. Er lächelt mich an und geht in die Knie. In seiner Hand hat er eine Limonade. Onkel Frederic hat an mich gedacht, und Onkel Frederic hat gewusst, dass kleine Mädchen oft durstig sind. Onkel Frederic ist gekommen und nicht mein Papa.

Macht das hier und jetzt einen Unterschied?

»Und du möchtest sicher keinen Tee, meine Liebe?«

»Nein, ich …« Etwas packt mich im Nacken. Ein heißer Schmerz an meinem Haaransatz. Was …? Ich reiße die Augen auf.

Frederic sitzt nicht mehr neben mir. Ich kann seinen Fuß sehen, den er auf die Couch gestellt hat, um besseren Halt zu haben. Er hat tatsächlich einen Fuß auf seiner Couch? Hat seinen Fuß samt Schuh auf die saubere weiße Couch gestellt?

Plötzlich erscheint alles möglich.

Aua, aua. *Aua!*

Er hat mich im Nacken gepackt. An meinen Haaren. Aua!

Onkel Frederic? Dr. Frederic Lang? Der Smarte, der Feine, der Liebling der weiblichen Patientenschaft?

Er reißt mich hoch.

Der Schmerz, der verdammte, beschissene Schmerz. Mein Kopf wird gleich explodieren.

Lass mein Haar los, du Arschloch!

Als hätte er mich gehört, lockert sich der Griff. Ich versuche durch die Tränen in meinen Augen etwas zu erkennen. Wie durch einen Schleier sehe ich Frederics Gestalt neben mir, er scheint sich umzusehen, dreht sich von mir weg. Sein Fuß ist wieder von der Couch verschwunden, ein dunkler Abdruck ist zu erkennen. Wie teuer wird die Reinigung?

Leo, lass den Scheiß!

Leo, versuch zu fliehen!

Natürlich. Das ist es. Ich muss raus! Raus aus dem Büro, raus aus der Praxis.

Etwas in mir will nicht einsehen, dass ich aus meiner eigenen Praxis flüchten muss.

Ich stelle mir vor, wie ich mir in diesem Moment eine wirklich riesige Ohrfeige gebe, nur um zu Sinnen zu kommen und bitte, bitte davonzulaufen.

Endlich!

Meine Muskeln spannen sich an. Ich bin bereit.

Zu spät.

Der Griff fasst wieder zu. Eisern, hart, unerbittlich.

Mein Haar, mein Kopf!!

Um Gottes willen!

Schmerz schreit.

Hand packt fester zu.

Kopf schlägt nach vorn.

Da ist die Salzkristalllampe. Schmerz dimensioniert sich. Kopf explodiert.

Finster.

Pause im Dunkeln.

Einatmen.

Tausend Fragen in Zehntelsekunden …

Kann nicht sein, was nicht sein darf?

Zeit könnte vergangen sein.

Hinter meinen Augenlidern ist es hell.

Da war doch … Frederic!

Ich reiße die Augen auf, und das grelle Licht an der Decke sticht mir in die Pupille. Tränen schießen hoch, ich kann in der Helligkeit nichts erkennen. Ich will die Hände hochreißen, um meine Augen zu bedecken. Es geht nicht. Was zum Teufel ist mit meinen Händen los?

Ich zwinkere und mache meine Augen auf und zu, auf und zu. Ich drehe den Kopf – oh mein Gott, der Schmerz hat sich verdoppelt, verzehnfacht, mein Hirn ist eine Kugel aus Schmerz. Das Pochen hat sich an einem Punkt gesammelt, an der linken Stirnseite. Das kann von der Salzkristalllampe kommen, an der mein Kopf …

Frederic!

Hat er mich tatsächlich am Nacken gepackt und meinen Kopf an die Lampe geschlagen?

Nein.

Niemals.

Meine Augen gewöhnen sich an das Licht. Wo sind meine Hände? Ich spüre sie nicht. Meine Beine kann ich sehen, auch meinen Bauch. Sind das drei Speckrollen? Unwichtig.

Völlig und verdammt unwichtig!

Ich liege, nein, ich sitze. Mein Oberkörper ist aufgerichtet, ich sehe meinen Unterleib und meine Beine, weil … Oh du lieber Gott!

Ich sitze in einem der Zahnarztstühle.

Wo? Im Behandlungsraum eins oder vier? Nein, die würde ich wegen der Bilder an der Wand sofort erkennen.

Nein, es ist … oh, es ist die Sieben, hinten, der kleinste Raum, der nur benutzt wird, wenn wir völlig überbucht sind, weil er kein Fenster hat und unsere Patienten das nicht mögen, weil sie dann das Gefühl haben, eingesperrt zu sein.

So wie ich jetzt?

Hilfe!

Langsam klärt sich mein Blick. Meine Gedanken brauchen noch Zeit, die pochenden Schmerzen lenken sie ab.

Ich bin allein in dem Zimmer.

Frederic muss mich während meiner Bewusstlosigkeit hierhergeschleift haben. Langsam wird mir auch klar, warum meine Hände mir nicht gehorchen. Sie sind nach hinten gebunden. Ich kann, wenn ich meinen Kopf drehe, nur meine Schultern sehen.

Frederic hat mich gefesselt wie ich am Montag Bernd Carlos … Welche Ironie.

Mit was er mich wohl gefesselt hat? Hier gibt es sicher keine Wäscheleine wie bei mir zu Hause. Ist das jetzt ausgleichende Gerechtigkeit?

Quatsch!

Meine Beine kann ich bewegen.

Super!

Ich stelle sie vom Stuhl nach unten und … Aaah! Nein, schnell zurück. Wenn meine Beine den Boden berühren, kugele ich mir die Schulter aus. Meine Arme sind ganz straff nach hinten gezogen.

Atme, Leo, atme! Ein und stoßweise aus … so ist es gut, und noch mal. Besser also sitzen bleiben.

Ich beginne, abwechselnd mit den Schultern zu kreisen, versuche, Blut in meine tauben Arme zu pumpen. Oh Gott, oh Gott, wenn nur mein Kopf nicht so wehtäte. Ein Königreich für noch ein Aspirin. Nein, lieber gleich was Hartes, ein Opioid, das würde ich mir jetzt reinziehen.

Die passenden Halluzinationen und geistigen Verwirrungen dazu habe ich ja schon. Ich denke nämlich … nein, ich befürchte … ehrlich, ich weiß, dass mein Kollege Dr. Frederic Lang, den ich seit Kindertagen kenne, der Onkel Frederic, der langjährige Kollege von mir und meinem Vater, dass dieser Frederic ein … ich kann es nicht mal in Gedanken aussprechen, so absurd kommt mir das vor.

Und doch … Brittis Mittagsschläfchen sind doch Beweis genug.

Es ist absurd!

Eigentlich hätte Britti das selbst komisch vorkommen müssen. Oder ging es ihr wie mir? Wer könnte schon unserem Dr. Lang so was auch nur im Traum zutrauen?

Wie hat er Britti betäubt? Was hat er in den Tee getan? In welcher Dosierung? Schließlich musste sie ja nach unserer Mittagspause wieder aufwachen und weiterarbeiten können.

Hat er wochenlang mehrere Mittel ausprobiert? Getestet, welches Britti tief genug schlafen und doch wieder frisch erwachen lässt? Vielleicht hat er ihr für das Aufwachen auch was in den Hals getropft, wie zur Wiedererweckung eines betäubten Tieres nach einer Behandlung? Ich kann ihn ja später noch fragen, was genau er gefunden hat.

Galgenhumor, Leo. Frag den Mörder.

Nachdem du »Fang den Mörder« gespielt hast.

Mörder.

Was für ein Wort.

Mörder und Frederic.

Ich glaube, ich muss gleich kotzen … ich …

Reiß dich zusammen, Leo. Denk weiter.

Frederic hat also lange mit Britti herumexperimentiert.

Moment mal! Das hieße ja … wenn ich weiterdenke, und ich muss weiterdenken, auch wenn sich in meinem Schädel ein irrer Specht eingenistet hat, der klopft und klopft und klopft … wenn ich also weiter überlege, dann hat er die Sache von langer Hand geplant.

Und die Tatsache ist … Sprich es aus, Leo, los, spuck es aus, schrei es heraus, stell dich …

»Frederic hat Hedda Kernbach ermordet.«

Fast erwarte ich Applaus, weil ich diese Tatsache laut ausgesprochen habe. Doch im Behandlungsraum sieben bleibt es still. Nur in meinem rechten Arm fühle ich ein Kribbeln. Weiter die Schultern bewegen.

Was habe ich mir gedacht? Dass sich alles aufklärt und wir beide in unser Wochenende gehen? Oder dass er gesteht und wir danach noch einen Kaffee trinken?

Mein rechter Arm erwacht, und das Kribbeln wird zu einem Rasen. Eine Horde roter Ameisen rennt über meinen Arm und beißt zu, beißt immer wieder zu. Jetzt kommt der linke … ich beiße mir fest auf die Lippen. Ich glaube, es blutet.

Weiterdenken.

Ich sehe Frederic vor mir. In seinem schwarzen Hemd, die oberen Knöpfe offen, das Haar nach hinten frisiert, elegant wie immer. Es ist ein bisschen so wie in meinem Traum. Er klingelt an Hedda Kernbachs Tür. Sie macht auf, freut sich über ihn, ist er doch ihr charmanter Zahnarzt. Sie bittet ihn herein. Er folgt ihr ins Wohnzimmer. Unter dem großen Lüster stehen die beiden. Sie bietet ihm Tee oder Kekse an oder beides. Er greift in seine Jacke, holt ein Messer heraus und …

Warum? Das wäre die nächste Frage …

Schritte.

Mein Kopf pocht, meine Arme jaulen, mein Herz rast, aber meine Ohren sind intakt. Da kommt einer. Ich kann Schuhe auf unserem Marmorboden hören.

Näher.

Gleich ist er hier.

Was wird geschehen? Tapfer sein, Leo, jetzt einfach tapfer sein. Du wirst das schaffen. Du wirst das überleben. Du wirst …

Die Tür geht auf.

Ich japse. Ich keuche. Ich stöhne. Bitte *was*?

Da steht doch nicht Frederic in der Tür. Habe ich mich geirrt?

Da steht der Elefantenmensch. Aber nicht mit einem Tuch über dem Kopf. Sondern mit einer weißen Maske.

Ist das Strick?

Ist mir nach Lachen zumute?

FÜNF

Letztendlich hatte es ihn doch hart getroffen, dass Leocardia ihm auf die Schliche gekommen war.

Gerade sie. Er kannte die kleine Leo seit ihrer Geburt, und später, als sie regelmäßig bei Gerwald in der Praxis gewesen war, war er schon ein wenig vernarrt in das hübsche Püppchen gewesen. Goldlöckchen hatte er sie genannt. Mit ihren blonden Locken und den riesigen blauen Augen hatte sie ihn angesehen, immer flehentlich, wenn Gerwald, der unsensible Bock, wieder etwas zu brachial versuchte, seiner kleinen Tochter die Angst vor Spritzen zu nehmen. Allen, die damals in der Praxis gearbeitet hatten, war klar, dass Leocardia auf diese Art und Weise immer mehr Angst entwickeln würde, nur dem uneinsichtigen Dr. Gerwald Hubertus nicht. Immerhin hatte Frederic seinen Kollegen später dazu überreden können, Leo in Therapie zu schicken, damit sie nicht völlig diesem herrlichen Beruf entsagen würde.

Es hatte funktioniert. Leocardia hatte Zahnmedizin studiert und war ihrem alten Herrn in der Praxis nachgefolgt, als dieser wegen seiner beginnenden Parkinsonerkrankung das Handtuch werfen musste. Wie hatte sich Frederic da gefreut, und wie gern hatte er seine neue Partnerin willkommen geheißen. Es hatte Momente gegeben, sogar ganze Tage der Überlegung, in denen er sich fragte, ob er in der jungen Kollegin nicht seine Traumfrau hätte finden können. Er, der erfahrene elegante Seniordoktor, und sie, die blond gelockte aufstrebende Dr. Kardiff mit den weißen, fast perfekten Zähnen.

Doch zu der Zeit war er bereits aus mehr als einem Alptraum, in dem er seiner schönen jungen Frau in der Hochzeitsnacht mit einem Messer die Kehle aufgeschlitzt hatte, schweißnass erwacht. Deshalb hatte er jegliche Avancen unterlassen, sein Junggesellenimage gepflegt und den Künstler Johannes Belmont verachtet, den Leo geheiratet und zum zweifachen Vater gemacht hatte.

Wenigstens hatte die Ehe nicht lange gehalten, und so, als alleinerziehende, hart arbeitende Mutter, konnte er Leocardia im Stillen bewundern und mit manchem väterlichen Rat zur Seite stehen. Natürlich nahm er sie immer wieder gern in seine diversen Tötungsphantasien auf, doch ohne die Möglichkeit, seine Vorstellungen je in die Tat umsetzen zu können.

Er und seine Phantasien.

Immer war es ein einfaches Messer.

Oft war es der ultimative Schnitt in die Kehle.

Blut musste fließen.

Ein letzter Schrecken in den Augen seiner imaginären Opfer war der Höhepunkt.

Frederic hatte es im Kopf mit Erwürgen, Erschlagen, Erschießen und anderen grausamen Methoden versucht, aber nichts kam der Wildheit eines Schnittes oder Stichs in lebendes Fleisch gleich. Nichts dem Bild einer klaffenden Wunde, aus der Blut strömte, das den Körper des fiktiven Opfers besudelte.

Eine Zeit lang hatte er mit einer Selbsthypnose versucht, sich tief in seine Kindheit zu versetzen. Außer dass sein Großvater einmal ein lebendes Huhn nach Hause gebracht hatte und dem Tier vor den Augen seines kleinen Enkels die Kehle aufgeschlitzt hatte, war nichts hochgekommen. Aber vielleicht genügte ein solch grausamer Augenblick im Leben eines Heranwachsenden, um sich ein für alle Mal obsessiv in seinem Unterbewusstsein festzukrallen.

Er hatte sogar an eine Therapie gedacht und sich tatsächlich in den Gelben Seiten nach einem Psychotherapeuten in einer anderen Stadt, Aachen oder Düsseldorf, umgesehen. Doch je besser er als Zahnarzt wurde, je erfolgreicher, umso weniger hatte er Lust gehabt, diesen kleinen Tick, wie er ihn lange bezeichnet hatte, aus seiner Psyche entfernen zu lassen.

Frederic hatte weitergearbeitet, war beliebt unter Kollegen und Patienten, lebte ein integres und elegant gutes Leben, nur hatte er ebendiese kleine blutige Schwäche. Was soll's?

Damals war er naiv gewesen.

Denn die kleine Phantasie war in seinem Herzen und Hirn wie ein bösartiger Tumor gewachsen.

Es gab bald keinen Händedruck, keine flüchtige Begegnung, kein Gespräch mehr, in dem er bei seinem Gegenüber nicht in Gedanken den Winkel eines Kehlkopfschnittes ausmaß und sich vorstellte, wie er dessen Speiseröhre samt Luftröhre durchtrennte. Der Druck, seine Kopfgeburten in die Tat umzusetzen, nahm zu, er war wie ein Fisch an Land, seine Kiemen mussten endlich in Wasser eintauchen, um am Leben zu bleiben.

Bevor er auf Liese getroffen war, hatte er sogar einmal nach Praxisschluss hinter dem Kölner Hauptbahnhof, in den schmalen Gassen, wo man sich jemanden für seine Bedürfnisse holen konnte, einen jungen Mann angesprochen und ihn gefragt, ob er mit ihm in den nächsten Hauseingang kommen würde. Der junge Mann hatte matt gelächelt, seinen Preis genannt und war Frederic brav wie ein Hündchen gefolgt.

Frederic hatte ein kurzes Messer in der Manteltasche gehabt, das er in der Praxis aus dem Jausenschrank seiner Angestellten genommen hatte. Kaum waren sie um die Ecke und standen unter dem kleinen Dach eines Hauseingangs, hatte der junge Mann versucht, Frederics Hose zu öffnen. Frederic hatte den Mann an den Haaren gepackt und seinen Kopf nach oben gerissen. Da war die Kehle, so weiß und frei. Er hatte das Messer in seiner Manteltasche gespürt. Ein Griff und ein Schnitt nur, fast hätte er seine Mörderphantasie da schon in die Tat umgesetzt.

Was hatte ihn damals bewogen, abzubrechen? War es der glasige Blick des Kerls gewesen, der seinen Tod hinter dem Schleier von Drogen kaum wahrgenommen hätte? Oder die Angst vor Zeugen? Schließlich hatten ihn mehrere der anderen Jungs gesehen und hätten ihn beschreiben können. Frederic wusste es nicht mehr, war aber froh, dass der Kerl noch lebte.

Als er Lieses Bekanntschaft gemacht hatte, war alles ziemlich schnell gegangen. Das hatte ihn anfangs sehr erstaunt. Sie war nicht sein Typ. Sie war mager und blässlich, und außer ihren langen, extrem gestylten Fingernägeln hatte sie wenig Aufreizendes an sich. Zu der Zeit hatte er schon länger völlig ohne weibliche Begleitung gelebt, er litt unter einer beginnenden erektilen Dysfunktion, aber mit Viagra war dem beizukommen, auch wenn er sich hinterher oft schwindlig fühlte und einen völlig trockenen Mund hatte.

Liese Freihaus und Hedda Kernbach waren über ihr gemeinsames Hobby miteinander befreundet, und Hedda, eine spendable und gesellschaftlich angesehene Persönlichkeit, die aber auch sehr verletzend, harsch und pingelig sein konnte, hatte ihn einmal zu einem ihrer Skatabende in den Schwarzen Adler eingeladen. Er hatte das Kartenspiel albern gefunden, war aber mit Liese ins Gespräch gekommen. Keine vier Stunden später war er mit in ihre Wohnung gegangen, und sie hatten miteinander geschlafen.

Nach zwei Wochen als heimliches Liebespaar hatte er ihr von seinen Phantasien erzählt. Es war aus ihm herausgerutscht, wie jemand von einer schlechten Angewohnheit wie dem Rauchen oder Nägelkauen erzählt, und er hatte sich schon gegen ihren Ekel oder ihre Wut gewappnet.

Doch Liese Freihaus hatte diese dunkle Seite des Herrn Dr. Lang fasziniert. Sie teilten seine Obsession wie das gemeinsame Frühstück nach einer Liebesnacht. Sein Herz und seine Passion blühten mit Liese auf, und so war es nur logisch gewesen, allmählich auf eine Realisierung seiner Phantasie hinzuarbeiten.

Wieder war es Liese, die ihm vorschlug, Köln den Rücken zuzukehren und gemeinsam in eines der Länder auszuwandern, wo es unbegrenzte Ressourcen an Opfern gäbe, wo man sich mit Geld ein Menschenleben kaufen konnte. Zuerst hatte er dieser Idee ablehnend gegenübergestanden, er lebte gern in Köln, doch je weniger er seinen Trieb kontrollieren konnte, desto verlockender erschien ihm Lieses Plan von einem neuen Leben.

Bevor er sich in die eine oder andere Richtung entscheiden konnte, passierte die Sache mit Hedda Kernbach. War es Zufall oder Fügung gewesen, dass Liese und er zur selben Zeit mit der alten Dame Streit hatten und zu derselben Lösung kamen?

Ihn trieb Hedda Kernbach wegen ihrer neuen Goldbrücke in den Wahnsinn. Zuerst musste er für sie das teure Stück wieder und wieder nachschleifen, und dann drückte die seiner Meinung nach perfekte Maßanfertigung ihr ständig aufs Zahnfleisch. Sie drohte ihm sogar, den Zahnarzt zu wechseln, und warf ihm Stümperei vor. Von der Seite hätten die Medien, die den Tod der Wohltäterin betrauerten, sie einmal kennenlernen sollen. Schon allein dafür hätte er sie töten können.

Zugleich machte die alte Dame auch ihrer Skatfreundin und Angestellten Liese Freihaus das Leben zur Hölle. Liese hatte jahrzehntelang für einen großen Betrieb in der Buchhaltung gearbeitet, bis sie im Rahmen von Personaleinsparungen ihren Job verlor. Dann war Erich Kernbach verstorben, und seine Witwe Hedda löste mehrere kleine Stiftungen auf, um sie in einer großen zusammenzuführen, die einem unbedeutenden Ort in Österreich zugutekam, in dem Hedda bei Kriegsende aufgewachsen war. Hedda hatte Liese zur Stiftungsverwalterin gemacht und ihr damit die Arbeitslosigkeit erspart.

Jahrelang war Liese ihre treue Angestellte gewesen. Nun bezichtigte Hedda ihre Skatfreundin der Untreue, weil angeblich Gelder fehlten und Zahlungen an ein Scheinkonto gegangen waren. Frederic hatte bis heute nicht genau von Liese erfahren, was und wie viel an der Sache dran war, aber dieses Zerwürfnis der beiden Frauen hatte seine Liebste extrem verärgert.

Da war es nur logisch gewesen, Hedda Kernbach zum Opfer Nummer eins zu küren, wie Liese es eines Abends vorgeschlagen hatte.

Frederic hatte nach kurzem Bedenken zugestimmt.

Ein Plan musste her.

Sie hatten alles durchgesprochen.

Hedda Kernbach lebte allein. Außer einer Reinemachfrau, die jeden Montag zu ihr in die Wohnung kam, versorgte sie sich selbst. Sie liebte es, vormittags im Stadtwald spazieren zu gehen und ihr Mittagessen bereits um zwölf einzunehmen, danach sah sie fern oder hielt ein Nickerchen.

Frederic plante, den Mord in den Mittagsstunden auszuführen, in der Praxis wussten alle, dass er meistens die Zeit in seinem Büro verbrachte. Liese wollte ihm trotzdem ein Alibi geben, indem sie behauptete, sie hätte ihn dort besucht, doch das lehnte er strikt ab. Nach längeren Diskussionen war ihm die Idee mit einer der Zahnarzthelferinnen gekommen.

Die leicht zu beeinflussende Britti schien ihm die Richtige zu sein.

Er hatte sie zu seiner Schreibkraft in der Mittagspause auserkoren und akribisch begonnen, an der Mischung zu experimentieren, die Britti lange genug einschläfern würde, um ihm über die Mittagspause ein wasserdichtes Alibi zu verschaffen. Seine eigens gemixten K.-o.-Tropfen.

Er erinnerte sich daran, wie Britti bei seinem zweiten Versuch und einer zu niedrigen Dosierung statt müde aufgekratzter als ohnehin schon geworden war, ihn sogar angemacht hatte. Doch die richtige Mischung aus Benzodiazepinen, Chloralhydrat und Barbituraten in der richtigen Dosierung zu finden, war letztlich eine Fingerübung für ihn gewesen.

Britti schlief etwa acht Minuten nach ihrem Tee ein und wachte mit sanfter Hilfe etwa eineinhalb Stunden später wieder auf. Lächelnd, etwas verwirrt und frei von jeglicher Erinnerung. In der Zeit konnte er die Praxis ungesehen durch die Brandschutztür in seinem Büro verlassen, dazu brauchte er nur den Türwächter um hundertachtzig Grad zu schwenken, und er gab kein Alarmsignal mehr von sich.

Perfekt.

Endlich war der Mittag gekommen, den Frederic gern als den bisherigen Höhepunkt seines Lebens bezeichnete.

Nicht alles war planmäßig verlaufen. Er hatte sich hinreißen lassen, Hedda die Goldbrücke mit dem Messer aus dem Mund zu stemmen.

Bis heute fragte er sich, welcher Irrsinn ihn dazu bewogen hatte. Vielleicht war es doch das finale Grinsen seines Opfers gewesen. Über seine weiße Maske hatte sie sich lustig gemacht, selbst im Angesicht ihres Todes. Unfassbar. Da hatte er ihr den Mund gestopft, hatte die Zeitschrift, die auf dem Tischchen lag, genommen und sie ihr in den Hals gerammt, damit ihr das Lachen verging.

Schließlich und endlich: das Auftauchen von Leocardia.

Warum musste ihr Hypnosetherapeut gegenüber von Hedda Kernbach wohnen? Warum Leo gerade zur Mittagszeit einen Termin bei ihm haben? Frederic sah sie immer noch vor sich, wie sie neben der Leiche gekniet hatte, wie ein verstörter Engel mit gelocktem Haar.

Oder hatte er es unterbewusst genauso arrangiert?

Leocardia hatte ihm den Namen und die Adresse ihres Therapeuten genannt und den Tag samt der Zeit, wann sie dort sein würde. Also war das mit dem Zufall eher doch sein Wunsch und Wille gewesen. Er wollte Leo in der Nähe haben. Riskant, aber ungeheuer reizvoll. Vielleicht war er doch immer noch vernarrt in sie.

Er selbst hätte allerdings nicht gedacht, dass sich Leocardia danach so in die Geschichte hineinsteigern würde. Sich verbeißen würde mit ihren weißen, geraden und hübschen Zähnen. Wie besessen hatte sie sich vorgearbeitet, die polizeilichen Ermittlungen überrundet, bis sie schließlich an seine Tür geklopft hatte.

Frederic war auch ein bisschen stolz auf sein Goldlöckchen.

Was würde Liese darüber denken, wenn er ihr seine Gedanken mitteilte? Liese war auf Leocardia nicht gut zu sprechen, seit die sich auch in Lieses zweite Baustelle, in die Sache mit Heidi Mohn, eingemischt hatte. Seine Idee, die Digitalistropfen von D4 auf toxisch zu mischen, fand Frederic bis heute genial. Wäre Leocardia nicht eingeschritten, wäre Heidi Mohn schon im Skathimmel.

Frederic merkte, wie sehr er unter der Strickmaske schwitzte.

Er stand in der Tür zum Behandlungsraum sieben, seine rechte Hand mit dem Messer hinter seinem Rücken verborgen. Leocardia hob ihren Kopf und sah ihn direkt an.

Blut war auf ihrer Stirn, dort, wo er ihr den Kopf an die Salzkristalllampe gedonnert hatte. Blut tropfte über ihre Lippen. Noch mehr von ihrem Blut würde fließen, wenn er ihr mit dem Messer die Kehle aufschlitzen würde.

Darauf lief es doch hinaus, oder?

Das erste Mal hatte er aus Hass getötet, das zweite Mal könnte es aus Liebe sein.

Leocardia sah ihn an, ohne ihn zu erkennen.

Dann lachte sie.

Lachte.

Trotz ihrer schrecklichen Situation lachte das Goldlöckchen.

Es war, als würde seine Welt zerbersten.

Frederic ließ das Messer fallen und rannte aus dem Zimmer. Den Gang entlang und weiter in sein Büro.

Wiederholte sich das Gleiche wie bei Hedda Kernbach?

Wurde er zum zweiten Mal von einem Opfer verhöhnt?

Er griff zum Telefonhörer. Zog sich, während er wählte, die Maske vom Kopf. Der Schweiß rann von der Stirn in seine Augen. Mischte sich mit Tränen der Demütigung.

»Warum bist du noch nicht hier?«

»Ich bin im Aufbruch, Liebster. Wie ist es gelaufen?«

Nur ein Schluchzen kam aus seiner Kehle.

»Ist sie tot? Hast du …?«

Frederic legte auf.

SECHS

Frederic.

Es ist Frederic.

Frederic mit alberner Strickmaske.

Frederic, väterlicher Freund, Kollege, Mörder.

Frederic, der mich an den Behandlungsstuhl in Zimmer sieben gefesselt hat.

Frederic, der gekommen ist, um mich zu töten.

Schlechter Film.

Der Mörder ist diesmal der Zahnarzt.

Es ist so schrecklich, dass ich darüber lachen muss, ein irrwitziges Lachen.

Immerhin, ich lebe!

Noch.

Ich kann von meiner Position aus das Messer sehen, das er fallen gelassen hat.

Warum ist er aus dem Zimmer gerannt? Warum hat er seine Absicht nicht in die Tat umgesetzt? Was hat ihn erschreckt? Was abgehalten? Warum lebe ich … noch?

Ich kann ihn hören. Redet er mit sich selbst?

Jetzt läuft er draußen auf dem Flur auf und ab.

Seine Schuhsohlen klacken auf dem Marmorboden. Er kommt näher, wendet, weicht zurück. Ist es zu schwer für ihn, mich zu töten? Weil ich ihm näherstehe als Hedda Kernbach?

Hedda!

Frederic hat Hedda umgebracht.

Ja, so ist es.

Ich würde mich gern vergraben. Gern in einem Loch verschwinden. Im Boden versinken, wie es heißt. Vor Scham. Ja, ich schäme mich für ihn. Schäme mich für seine schändliche Tat.

Der Traum fällt mir ein.

Die Leiche der alten Dame fällt mir ein.

Die Goldbrücke, die fehlte.

Der Abend, als ich in sein Büro geschlichen bin, um an Hedda Kernbachs Akte zu kommen, fällt mir ein. Hätte ich es da schon ahnen, wissen können?

Nein. Keiner ahnt so etwas.

Die Schritte entfernen sich. Hören auf.

Ist er geflohen?

Gott im Himmel, lass ihn fliehen, entkommen, Hauptsache, er kommt nicht noch mal mit dieser Strickmaske in meine Nähe. Hauptsache, das Messer bleibt am Boden liegen. Hauptsache, ich lebe … weiter.

Scheiße!

Meine Arme sind wieder eingeschlafen.

Mir ist übel.

In meinem Schädel saust es.

Könnte kotzen.

Ich sehe den Raum wie unter Wasser.

Mein Kreislauf kippt.

Ist das die Eingangstür?

Ist jemand gekommen?

Ich versuche, mich zu erinnern, ob ich Hauptkommissar Jakob Zimmer auf seine Mailbox gequatscht habe. Oder habe ich einfach wieder aufgelegt? Oder hat er meine Nummer gesehen und meinen Anruf weggedrückt?

Ich werde mich wohl nicht allein befreien können.

Mein Hirn fühlt sich an wie nach einem Sonnenstich.

Brei.

Leo, hast du überhaupt wirklich angerufen? Oder wolltest du Jakob, ja, ich nenne ihn jetzt beim Vornamen, nur anrufen?

Jetzt weiß ich, wer da gekommen ist. Kann doch nur Dr. Gerwald Hubertus, der Paps, sein, der immer zur Unzeit vorbeikommt. Oder?

Ich kann ihn fast sehen, den alten Mann mit seinen weißen Haaren und seinem strengen Blick. Den Herrn Zahnarzt in seinem weißen Kittel. So weiß wie die Maske des bösen Wolfes.

»Papa?«

Pst. Sei still, mein Kind. Brave Töchter schweigen.

Mir fehlt meine Puppe Popsi.

Papa Hubertus schüttelt den Kopf und löst sich in Luft auf. Das sollte er öfter machen. Aber mit einem hat er recht. Ich glaube, ich sollte nicht so laut sprechen.

Nein, das bin gar nicht ich. Da ist jemand gekommen. Wirklich. Da reden zwei.

Schritte.

Da sind sie.

Frederic und … gottverdammte Scheiße, ist mir schlecht.

Alles verschwimmt.

Ich darf nicht ohnmächtig werden. Drehe meinen Kopf. Schüttle ihn. Der Schmerz flammt auf. Holt mich zurück.

Da steht eine zweite Person neben meinem Kollegen in der Tür. Sie flüstert in sein Ohr. Sie massiert ihm die Schulter.

Guck mal, da hat doch der Mörder eine Frau gefunden.

Die kenne ich doch.

Ihre Hände, ihre Finger … »Tolle Nägel! Können Sie mir Ihr Nagelstudio empfehlen?«

Ich lache wieder. Hysterisch laut.

Die Frau. Die mit den Nägeln. Die dritte Skatdame.

Na, so was!

Ironie oder was?

Ich lache gegen den Schmerz, gegen die Angst, gegen die Ohnmacht an.

Doch diesmal hat es auf Frederic keine Wirkung. Seine Frau gibt ihm Kraft.

Frederic lächelt zu mir zurück.

Frederic zieht sich die Maske über.

Frederic hebt das Messer auf.

Oje, Leo, jetzt stirbst du.

Leo, dreh die Schultern! Beweg dich, komm zu dir!

Aua! *Aua!*

Was kann ich tun?

Es kracht.

Wie ein Donnerschlag dröhnt es. Ist das in meinen Ohren, oder kommt das von draußen?

Da hat jemand die Tür eingetreten, oder? *Oder?*

Ab jetzt alles in Zeitlupe.

Frederic und seine Frau drehen sich um. Machen einen Schritt nach vorn. Synchrone Bewegung, synchroner Tanz.

»Lassen Sie das Messer fallen!«

»Die Hände nach oben! Beide!«

»Gehen Sie auf die Knie und dann langsam nach vorn auf den Boden. Die Hände bleiben oben!«

Ich sehe einen schlaksigen jungen Mann in den Behandlungsraum stürzen. Hinter ihm eine sportliche Frau mit Pferdeschwanz.

Dann der große Blonde.

Scheiße! Ich weiß alle ihre Namen nicht mehr.

Der Blonde telefoniert.

»Einen Krankenwagen. Schnell! Zum Nikolausplatz Nummer 7. Praxis Dr. Kardiff.«

Das bin ich.

Oder?

Sag Leo zu mir, Schätzchen …

SIEBEN

Jakob Zimmer blätterte in der Zeitschrift.

»Die Pudding-Witwe – ihr Zahnarzt war ihr Mörder.«

Er schüttelte den Kopf über den Aufmacher.

Ihm kamen die Presseleute wie Geier vor, die sich auf ihre Opfer stürzten und mit ihrem Festmahl schon begannen, noch bevor deren Körper kalt waren. Andererseits galten Geier auch als die Gesundheitspolizei in der Natur, da ein totes Tier von ihnen komplett verwertet wurde. Wollte man es positiv sehen, verwerteten die Medien einen Mord so lange, bis die Lösung feststand, und verhinderten damit, dass er aus dem kollektiven Bewusstsein der Menge gelöscht werden konnte.

Trotzdem, er mochte die Meute nicht.

Bei der Pressekonferenz am Montag nach der Verhaftung von Dr. Frederic Lang und Liese Freihaus hatte sich die kühle Blondine in ihrem schicken Kostüm wieder an ihn herangepirscht und ihm ganz klare Avancen gemacht, ihre Handynummer inklusive. Ganz anders als bei dem ersten Pressestatement, als er und seine Kollegen noch weit davon entfernt waren, einen Täter präsentieren zu können. Nun aber hatte sein Team, einschließlich Oberstaatsanwalt Theo Prunk und Rechtsmediziner Harro de Närtens, den Charme der Sieger ausgestrahlt.

Der Hauptkommissar schmückte sich nicht gern mit fremden Federn und hätte am liebsten Dr. Kardiff dazubestellt. Aber oberste Priorität war natürlich, sie und die Praxis nicht noch mehr in den Mittelpunkt der öffentlichen Aufmerksamkeit zu bringen.

Die Story von ihrem mörderischen Zahnarztkollegen hatte noch einmal eine gewaltige mediale Lawine heraufbeschworen. Mehr noch als der Tod von Hedda Kernbach. Jakob mochte sich gar nicht vorstellen, wie hoch sich die Welle erst aufgetürmt hätte, wenn die Kölner Polizei und die Staatsanwaltschaft nicht übereingekommen wären, gewisse Details auszusparen.

Die weiße Strickmaske, die Dr. Lang bei seiner Verhaftung getragen hatte und deren Wolle genau mit dem in Hedda

Kernbachs Wohnung sichergestellten Faden übereinstimmte, hatten sie der Presse unterschlagen. Genauso wie das bizarre Liebesverhältnis zwischen den beiden Angeklagten.

Liese Freihaus würde man aktuell neben der Veruntreuung von Stiftungsgeldern nur wegen Anstiftung zum Mord belangen können. Noch arbeiteten Jakob und sein Team daran, ihr den Tötungsversuch an Heidi Mohn nachzuweisen.

Zwar ging es Frau Mohn besser, und Jakob hatte sie noch einmal wegen der Erpressungsgeschichte vernehmen können, aber ob Liese Freihaus Heidis Tropfen in eine tödliche Dosis Digitalis umgewandelt hatte, konnte nicht einwandfrei rekonstruiert werden.

Heidi Mohn, schon geschockt genug über die Verhaftung ihrer Freundin Liese, hatte sich nur erinnert, dass Liese das Fläschchen einmal in der Hand gehabt hatte, aber das traf auch auf Peter Kernbach-Kessel und weitere Personen zu, einschließlich ihrer Nachbarn, den Sievers. Auch, wer das Fläschchen anfänglich in der Apotheke besorgt und ihr gebracht hatte, war aus Heidi Mohns Gedächtnis gelöscht wie vieles anderes. Ihre Demenz schritt voran.

Außerdem wuchs Fingerhut in vielen Ecken, im Wäldchen bei Liese Freihaus' Wohnung genauso wie an anderen waldigen Stellen. Einfacher zu beweisen waren da die unterschlagenen Gelder in der Stiftung, hier standen die Ermittlungen in Hasenthal an der Mur erst am Anfang.

Über Lieses mögliches Motiv, ihre Freundin Heidi zu töten, stritten Jakob und Birgit noch.

Für Jakob hatte es ganz klar etwas mit der Verwandtschaft zwischen Hedda und Heidi zu tun, denn Heidi war nach Heddas Tod somit zu den Erbberechtigten zu zählen und hätte auch Einsicht in die Stiftungsunterlagen nehmen können. Birgit dachte psychologischer; sie war der Meinung, dass sich Liese ihrem Lover Frederic näher fühlen und ihm mit einem eigenständigen Mord ihre Liebe beweisen wollte.

Liese Freihaus selbst schwieg zu allen Vorwürfen und verweigerte konsequent die Aussage. Am Ende konnte es gut sein, dass ihr der Mordversuch nicht nachzuweisen wäre.

Dr. Frederic Lang dagegen redete wie ein Wasserfall, doch ausschließlich über seine kranken Phantasien und seine Angst, nie wieder als Zahnarzt praktizieren zu können. Er wirkte von Vernehmung zu Vernehmung zunehmend wirr und psychisch angeschlagen. Sie alle tippten darauf, dass sein Anwalt auf Unzurechnungsfähigkeit und Einweisung in eine psychiatrische Anstalt plädieren würde.

»Herr Zimmer, bitte.«

Jakob schreckte aus seinen Gedanken hoch.

Britti Poster, die er zusammen mit Birgit lange und intensiv als Zeugin vernommen hatte, schenkte ihm ein zaghaftes Lächeln. Luis hatte ihm erzählt, dass Britti nach dem Verlassen des Polizeipräsidiums ein Selfie von sich vor dem Gebäude gemacht und später auf ihrer Facebook-Seite gepostet hatte. Sie hatte binnen Kurzem Tausende Likes bekommen und die offizielle Anfrage einer Kölner Filmproduktionsfirma, ob sie bei einer Verfilmung der Story beratend tätig sein könne.

Britti Poster drehte sich um. Jakob legte die Zeitschrift auf seinen Sitz, stand auf. Die Praxis war seit gestern polizeilich wieder freigegeben, nur der Behandlungsraum sieben blieb noch versiegelt.

Jakob folgte Britti an der Rezeption vorbei in den Gang zu den Behandlungsräumen. Er konnte an der Eingangstür rund um das neue Schloss die Splitterung im Holz sehen, die er und sein Team bei der gewaltsamen Erstürmung der Praxis hinterlassen hatten.

Wenn er früher auf sein Handy geguckt hätte, hätte Leocardia Kardiff sicher nicht so viel ertragen müssen. Er fühlte sich etwas schuldig deswegen. Andererseits, wenn sie sich nicht in alles eingemischt hätte, wäre sie nicht immer und immer wieder in diese brenzligen Situationen geraten.

Sie hätte mit durchtrennter Kehle genauso mausetot wie Hedda Kernbach hier liegen können. Jakob schob diesen Gedanken ganz weit von sich und konzentrierte sich auf seinen Termin.

»Bitte setzen Sie sich, Herr Hauptkommissar. Frau Doktor kommt gleich.« Britti Poster huschte nach draußen, es war ihr sichtlich unangenehm, mit ihm allein in einem Raum zu sein.

Im Behandlungszimmer zwei gab es zwar bunte Bilder an den Wänden, aber auch eine Abbildung eines Zahnes samt Wurzel, der in verschiedenen kariösen Stufen gezeigt wurde. Jakob schluckte. Er fuhr sich mit der Zunge über seinen Backenzahn und fühlte diesmal überhaupt keinen Schmerz.

Vielleicht sollte er einfach wieder aufstehen und gehen.

EPILOG – FINGERSCHNIPPEN

»Frau Doktor, Hauptkommissar Zimmer wartet in der Zwei.« Britti lächelt mich fast schüchtern an.

Seit ihrer Vernehmung bei der Polizei wirkt sie ein wenig geläutert, was ihren Redefluss angeht. Vielleicht hat sie auch nur Angst, dass ich sie doch entlassen könnte.

Greta hat mir erzählt, dass Brittis Geschichte schon im Internet kursiert und sie ein kleiner Star geworden ist. Die klassischen fünfzehn Minuten Ruhm. Ich glaube, Greta beneidet sie darum.

Mir ist es recht.

Je mehr der Fokus auf anderen liegt, desto weniger muss ich mich mit Presseanfragen oder Schaulustigen herumschlagen.

Ich kann kaum glauben, dass es seit Frederics Verhaftung laut Gerda Horst mehr als dreimal so viele Neuanmeldungen von Patienten bei uns gegeben hat. Ich habe einen Aufnahmestopp herausgegeben.

Ich muss ohnehin Frederics Termine übernehmen, und dadurch, dass die Praxis Montag und Dienstag bis zum Nachmittag wegen der Ermittlungen geschlossen bleiben musste, staut es sich im Warteraum.

Heute Abend will ich unbedingt noch Heidi Mohn im Krankenhaus besuchen. Ich mag mir gar nicht vorstellen, wie es ist … wie ihr zumute sein muss.

Die Zeit soll ja alle Wunden heilen, heißt es.

Wenn Gras darüber gewachsen ist, dann …

Werde ich es vergessen können, dass Frederic mich töten wollte?

Nein, so hoch kann kein Gras wachsen.

Aber mir geht es besser.

Das ist das erste Mal, dass ich das sagen kann, seit ich Hedda gefunden habe.

Am Samstag konnte ich bereits das Krankenhaus verlassen. Die Platzwunde an meinem Kopf wurde genäht, meine wunden Handgelenke mit einer Salbe versorgt. Frederic hatte mich tatsächlich mit einem Kabel gefesselt.

Meine Lippe heilt von allein.

Hoffentlich auch meine Psyche.

Na ja, noch irrwitziger kann ich wohl kaum werden.

Oder?

Die Psychologin im Krankenhaus meinte, ich solle mir bald eine lange Auszeit gönnen. Immerhin habe ich mir für die nächsten Wochen schon Termine bei Sharif El Benna gemacht.

Meine Mädels haben mich vom Krankenhaus abgeholt. Meine Mutter ist von Baltrum gekommen und bekocht uns alle seither. Das kann sie wirklich besser als ich.

Mein Vater hat sich gemeldet, kurz nur, aber immerhin.

Mein Exfreund Magister Heinz hat gefragt, wie es mir geht, natürlich nicht, ohne mich darauf hinzuweisen, dass ich mir vieles hätte ersparen können, wenn ich nur die Polizei allein hätte machen lassen. Er ist wieder bei seiner Frau eingezogen. Immerhin hat er sich wegen der Steuerfahndung entschuldigt. Es ist gut, dass ich ihn los bin.

Mein Exmann will in den nächsten Tagen vorbeikommen. Mal schauen, ob er es tatsächlich schafft. Ich glaube es nicht wirklich.

So viel Ex …

Und mein Exkollege Dr. Frederic Lang hat mich aus dem Gefängnis über seinen Anwalt grüßen lassen und mir bestellt, dass er froh ist, dass ich noch am Leben bin.

Toll!

»Frau Doktor … der Herr Zimmer …« Britti zupft mich am Ärmel.

»Ja, danke, Britti, ich kümmere mich um den Mann.«

Ich gehe den Gang entlang. Sehe hinten die verschlossene Tür von Behandlungsraum sieben. Eine Polizeiplakette klebt zwischen Schloss und Rahmen. Freitagnacht hätte ich hier sterben können. Aber Hauptkommissar Jakob Zimmer hat mich ja gerettet.

»Hallo, Herr Zimmer.«

Er sitzt auf dem Behandlungsstuhl. Wirkt blass. Seine Finger spielen nervös. Er nickt nur.

Ich schmunzle. »Ich freue mich, Sie wiederzusehen, Jakob.«

Das stimmt.

Er sieht mich mit großen Augen an. Kann es sein, dass er Angst vorm Zahnarzt hat?

Wenn das Gras vielleicht doch hoch genug über die Sache gewachsen ist, könnte ich ihn fragen, ob er mit mir ausgeht.

Seine Handynummer habe ich ja.

Ich setze mich auf meinen Drehstuhl und wende mich ihm zu. Hinter mir betritt Britti den Raum mit seiner Patientenakte in der Hand.

»Na dann, Herr Hauptkommissar. Mund auf. Und werden Sie mir bloß nicht ohnmächtig.«

Jakob Zimmer lächelt nicht über meinen Scherz.

Ich schon.

Fine

Danksagung

Ein großes Dankeschön geht an:

Dr. Cornelia Assaf, Zahnärztin
Alexander Bahr, Zahnarzt
Christina Derichs
Astrid Üffing
Stefan Wirtz
Elke Pistor
Birgit und Frank Orlinski
Lennart & Laurens
Chris Willer
Regina und Peter Molden
&
Gabriela

Ein spezieller Dank an meine Lektorin Hilla Czinczoll.